U0513774

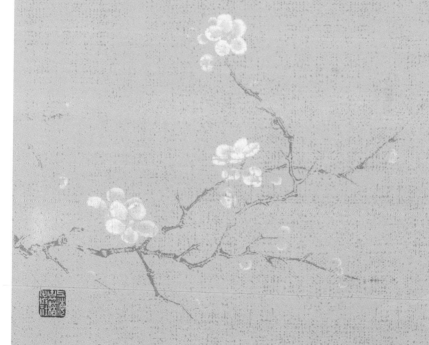

王水照文集

宋代文学论丛

图书在版编目(CIP)数据

宋代文学论丛 / 王水照著. —上海：上海古籍出
版社，2024.3
（王水照文集）
ISBN 978-7-5732-1026-5

Ⅰ.①宋…　Ⅱ.①王…　Ⅲ.①中国文学-古典文学研
究-宋代-文集　Ⅳ.①I206.44-53

中国国家版本馆 CIP 数据核字(2024)第 048641 号

王水照文集

宋代文学论丛

王水照　著

上海古籍出版社出版发行

（上海市闵行区号景路 159 弄 1-5 号 A 座 5F　邮政编码 201101）

（1）网址：www.guji.com.cn

（2）E-mail：guji1@guji.com.cn

（3）易文网网址：www.ewen.co

江阴市机关印刷服务有限公司印刷

开本 890×1240　1/32　印张 9.625　插页 7　字数 273,000

2024 年 3 月第 1 版　2024 年 3 月第 1 次印刷

印数：1—2,500

ISBN 978-7-5732-1026-5

Ⅰ·3793　定价：58.00 元

如有质量问题，请与承印公司联系

王水照先生

2012 年，日本京都

北京大学中文系 1955 级毕业合影

第三排左起第二位为王水照先生

北京戒台寺千佛阁前与文学所同事合影

从左至右依次为：张锡厚、工伯祥、余冠英、乔象钟、

胡念贻、王水照诸先生

1964 年 5 月

与中国科学院文学所部分同事在安徽寿县合影

第一排右二为徐公持先生；第二排左起依次为柳鸣九、胡念贻、范宁、蔡仪、

何其芳、王燎荧诸先生，右二毛星先生；第三排左三为王水照先生，

左五为陈毓罴先生，左六为曹道衡先生，右一为蒋和森先生

1965 年 5 月

与复旦大学中文系教研室同仁合影

前排左起依次为：骆玉明、王水照、陈尚君诸先生

后排左起依次为：侯体健、朱刚、聂安福、陈引驰、张金耀、戴燕诸先生

2010 年

"学术师承与学科建设——宋代文学论坛"留影

2013 年 6 月

与夫人、儿子、女儿合影

1986 年

《唐宋文学论集》书影

齐鲁书社，1984 年

《王水照自选集》书影

上海教育出版社，2000 年

《当代名家学术思想
文库·王水照卷》书影

万卷出版公司，2011 年

《走马塘集》书影

复旦大学出版社，2016 年

出 版 说 明

　　王水照,1934 年生,浙江馀姚人。1955 年考入北京大学中文系学习,1960 年毕业后进入中国科学院哲学社会科学部(今中国社会科学院)文学研究所工作。1978 年春,调入复旦大学中文系任教。先后担任复旦大学中文系教授、复旦大学首席教授、复旦大学文科资深教授,博士生导师。长期兼任复旦大学中文系学术委员会主任,中国宋代文学学会会长、名誉会长等。王水照先生从事古典文学研究六十馀年,在宋代文学、古代文章学、词学、钱锺书学术研究诸领域建树卓著,着力阐明或构建的"宋型文化"、"文化性格"、"破体为文"、"中唐——北宋枢纽论"、"古代文章学体系"等命题,产生了广泛的学术影响。他的苏轼研究,广博、深刻而富有文化情怀,尤为一般读书人所熟知。他是当代宋代文学研究的拓荒人和奠基者之一,也是古代文章学研究领域的一面旗帜,2012 年获上海市哲学社会科学学术贡献奖。

　　《王水照文集》共十卷,收入作者主要的学术著作和文章。

　　第一卷《宋代文学论丛》和第二卷《北宋三大文人集团》主要集中于两宋文学的整体性研究,反映出作者对宋代文学与文化的宏观关照。

　　第三卷《苏轼研究》、第四卷《苏轼选集》、第五卷《苏轼传稿》和《王水照说苏东坡》以及第六卷的《宋人所撰三苏年谱汇刊》,汇集了作者深研"苏海"的各类著述,以专著、选集、传记、年谱以及讲演稿等

1

不同形式呈现,是当代"苏学"研究的重要成果。

第六卷的《历代文话提要选刊》、第七卷《唐宋散文举要》、第八卷的《中国古代文章学研究》是作者有关古代文章学的系列研究论著,以文话提要、散文选注和专题研究等形式,考察了中国古代文章学的诸多重要问题,在侧重唐宋散文的同时,亦展现出对我国古代文章学史的整体考量。

第八卷的《半肖居文史杂论》纂辑了作者其他专书未收录的学术论文十四篇和为《中国大百科全书》撰写的若干词条,主要集中于唐代文学、词学和文学史编撰等论题;第九卷《鳞爪文辑》则是作者的随笔札记。两书体现了作者较为广泛而深邃的学术思考和文化使命感。

第十卷《钱锺书的学术人生》是有关钱锺书学术研究的论文结集,以钱锺书其人、其事、其学为核心,凝聚了作者"钱学"研究的重要心得。同卷《王水照访谈录》收录十二篇访谈,可一窥作者的学术成长经历和治学理念。

全书所收发表过的文章,都尽量列出最初出处,以备查核。书末附有作者著述年表,略供参考。

文集的编纂体例和总目由王水照先生亲自拟订,侯体健教授协助整理、统筹;文集出版得到复旦大学中文系、复旦大学中国古代文学研究中心的鼎力支持,谨此致谢。

上海古籍出版社

总　目

第一卷　整理说明

　　《宋代文学论丛》收录有关宋代文学的单篇论文。大致按照综论在前、作家作品论在后的次序编排。作者曾编印四种论文集:《唐宋文学论集》(1984)、《王水照自选集》(2000)、《当代名家学术思想文库·王水照卷》(2011)、《走马塘集》(2016),本卷即在此基础上编成。但不收专著中(如《苏轼研究》、《北宋三大文人集团》等)的论文。

第一卷目次

宋代文学论丛

附 录

宋代文学论丛

"祖宗家法"的"近代"指向与
文学中的淑世精神

——宋型文化与宋代文学之研究

一、宋型文化：中国传统文化成熟期的型范

公元 960 年，后周归德军节度使、检校太尉、殿前都点检赵匡胤，"黄袍加身"，即位称帝，揭开了有宋三百多年的新的王朝史。赵匡胤虽是承袭了唐末五代武人篡权的故伎，却能运用强干弱枝、权力制衡、文官政府、厚禄养士等多种政治智慧，形成了一整套"祖宗家法"，使纷纷扰扰几十年的混乱分裂局面终告结束，重新建立了与秦、汉、唐相并称的统一王朝，创造了彪炳史册的物质文明和精神文明，宋代文学也以其独具的时代特点和杰出成就成为中国文学史中的辉煌篇章。

文学是一种社会现象，必然受到政治、经济、文化等历史条件的制约；作为文学创作主体的作家，也不可能在完全封闭自足的心理结构中进行创作，必然接受社会环境、时代思潮、文坛风气的深刻影响。在制约和影响文学发展的多种因素和条件中，作为物质文明和精神文明综合成果的文化，无疑是关系最直接、层次最深的因素。从文化的角度探讨文学特点的形成和历史地位的确立，或许是一个较佳的切入点。

在唐宋文化研究中,有所谓"唐型文化"和"宋型文化"对举区界的说法。据我们有限的见闻,台湾学者傅乐成教授可能是此说的首倡者。他在 1972 年发表的《唐型文化和宋型文化》①一文,从"中国本位文化建立"的角度,论证了唐宋文化的"最大的不同点"。他说:"大体说来,唐代文化以接受外来文化为主,其文化精神及动态是复杂而进取的。""到宋,各派思想主流如佛、道、儒诸家,已趋融合,渐成一统之局,遂有民族本位文化的理学的产生,其文化精神及动态亦转趋单纯与收敛。南宋时,道统的思想既立,民族本位文化益形强固,其排拒外来文化的成见,也日益加深。"这里提出的从类型上来探究唐宋文化各自特质的命题,甚为精警,尽管在内容的界定上不无可商榷之处,也仍然获得了海峡两岸学者的纷纷回应。

在我们看来,唐代的"安史之乱",不仅是唐王朝由盛世逐渐走向衰微的转折点,也是中国封建社会逐渐由前期转向后期的起点;而从文化上看,唐朝代表了中国封建文化的上升期,宋朝则是由中唐逐渐发展起来的新型文化的定型期、成熟期。因此,类型的划分比单纯的朝代划分,更具有文化史上的意义和价值。

宋代文化的高度成熟与发育定型,已为古今学术名家所公认。当今著名宋史专家邓广铭先生说:

> 宋代是我国封建社会发展的最高阶段。两宋期内的物质文明和精神文明所达到的高度,在中国整个封建社会历史时期之内,可以说是空前绝后的。②

邓先生这一"空前绝后"的最高级评赞,曾在学术界引起过讨论,但邓

---

① 见《国立编译馆馆刊》第 1 卷第 4 期;又收入其《汉唐史论集》,台湾联经出版事业公司 1977 年版。
② 邓广铭:《谈谈有关宋史研究的几个问题》,《社会科学战线》1986 年第 2 期。

先生此说并非无因,实乃秉承师说。我们不妨看看他的两位师辈王国维和陈寅恪的见解:

> 故天水一朝人智之活动与文化之多方面,前之汉唐,后之元明,皆所不逮也。①
> 华夏民族之文化,历数千载之演进,造极于赵宋之世。②

"前之汉唐""所不逮"、"造极于赵宋"即是"空前","后之元明"云云也就近乎"绝后",而邓先生认为宋朝文明还超迈清代,更是转进一层了。如果再往上追溯,则南宋理学集大成者朱熹有言:

> 国朝文明之盛,前世莫及。自欧阳文忠公、南丰曾公巩与公(苏轼)三人,相继迭起,各以其文擅名当世,然皆杰然自为一代之文。③

　　这几位古今学术大师对宋代文化的一致评价,充分说明中国传统文化发展到宋代,已达到一个全面繁荣和高度成熟的新的质变点。对于"空前绝后"这样不免带有绝对化色彩的赞语,我们后辈学人或许可以提出这样或那样的限制和补充,但也很难达到他们的直觉表达所蕴含的对表述对象的深层把握,然则宋型文化是中国传统文化的一种成熟型的范式,应是没有疑义的。

---

① 王国维:《宋代之金石学》,《王国维遗书》第5册《静安文集续编》,第70页,上海书店1983年版。
② 陈寅恪:《邓广铭〈宋史职官志考证〉序》,《金明馆丛稿二编》,第245页,上海古籍出版社1980年版。
③ 朱熹注:《楚辞后语》卷六《服胡麻赋》注,见《楚辞集注》,第300页,上海古籍出版社1979年版。

　　对"宋型文化"的研究,困难之处不在于一般地确定其作为成熟型的特质,而在于揭示其区别于"唐型文化"的具体特点。在傅乐成教授用"复杂而进取"和"单纯与收敛"来分指两者各自特点以后,不少学者进一步予以发挥,促进了研究的深入,但某些看法,如认为"宋型文化"具有"封闭性"、"单纯性"等,似尚可继续探讨①。

二、"祖宗家法"的"近代"指向与
文学中的淑世精神

　　早在 1922 年,日本"支那学"创始人之一内藤湖南在《概括的唐宋时代观》一文中提出:"唐代是中世的结束,而宋代则是近世的开始。"对"近世"的含义,内藤氏多从政治体制上着眼,他又说:"中世和近世的文化状态,究竟有什么不同?从政治上来说,在于贵族政治的式微和君主独裁的出现。"②嗣后,他的学生宫崎市定在《东洋的近世》中则从社会经济、城市、教育普及等方面进一步论证宋代"近世"说:"宋代实现了社会经济的跃进、都市的发达、知识的普及,与欧洲文艺复兴现象比较,应该理解为并行和等值的发展。"③几乎在同时,严复也说:"古人好读前四史,亦以其文字耳!若研究人心、政俗之变,则赵宋一代历史,最宜究心。中国所以成为今日现象者,为善为

① 如罗联添云"唐代士人勇于进取,宋代士人能收敛形迹,淡泊自甘","宋代文化是属于收敛的一型"(《从两个观点试释唐宋文化精神差异》,收入《唐代文学论集》,台湾学生书局 1980 年版)。冯天瑜等《中华文化史》(上海人民出版社 1990 年版)下编第七章,说唐型文化"相对开放、相对外倾、色调热烈",宋型文化"相对封闭、相对内倾、色调淡雅"。
② 见刘俊文主编《日本学者研究中国史论著选译》第 1 卷,第 10 页,中华书局1992 年版。
③ 见刘俊文主编《日本学者研究中国史论著选译》第 1 卷,第 217 页,中华书局1992 年版。

恶,姑不具论,而为宋人之所造就,什八九可断言也。"①他虽未用"近世"之名,但已敏锐地发现宋代与"今日"(民国初年)在社会文化形态上的种种联结点,"当留心细察古今社会异同之点",指明研究宋代文化的现代意义,则最具慧眼。费正清、赖肖尔《中国:传统与变革》第六章就把"唐代后期与在此之后的宋代",称为"近代早期阶段",因为"这时的文化直至20世纪初都是中国的典型文化。其中许多东西在以后的一千年中证明是中国最典型的东西,至少在唐代后期开始萌芽,而在宋代开始繁荣"。而胡适则径称从"公元一千年(北宋初期)开始,一直到现在",为"现代阶段"或"中国文艺复兴阶段"或"中国的'革新世纪'"②,其论断更为鲜明。

按照目前学术界的流行看法,大抵从两个方面来确定"近代化"的含义:一是从社会制度的性质来界说,即封建制的解体、农耕自然经济结构的崩坏和资本主义因素的萌芽;一是从中西文化的碰撞、交融立论,即以所谓"西学东渐"、接受西洋文化为标志。然而宋代均未达到这样的历史阶段。一般说来,中国封建制的动摇或逐渐解体,是明中叶以后才发生的社会经济现象,宋代城市发展,手工业、商业繁荣,虽给上层建筑带来某些深刻而有意义的变化,但毕竟还处于初级阶段,对于宋代的政治权力结构、主要的社会思潮和文人的基本文化心理等尚无明显的重要影响,"西学东渐"更未提到历史日程。那么,怎样来理解上述诸家之说呢? 我们不妨从宋代的"祖宗家法"③即治国纲纪、安邦法度入手,具体考察一下其政治结构、社会思潮、文化心理等特点,看看是否包含一些指向"近代"的新因素?

众所周知,有宋一代是高度中央集权制的时代。正如朱熹所说:

---

① 严复:《致熊纯如函》,《学衡》杂志第13期,又见《严复集》第3册,第668页,中华书局1986年版。
② 《胡适口述自传》,第295页,华文出版社1989年版。
③ "祖宗家法"一语,借用自周辉《清波杂志》卷一"祖宗家法"条。

"本朝鉴五代藩镇之弊,遂尽夺藩镇之权,兵也收了,财也收了,赏罚刑政一切收了。"①皇权得到空前的加强。然而,赵宋王朝的权力结构又是以广大庶族士人为基础而建立起来的,是一个典型的文官政府。有两个数字很值得注意:一是科举取士。据统计,北宋一代开科 69 次,共取正奏名进士 19 281 人,诸科 16 331 人,合计 35 612 人,如果包括特奏名及史料缺载者,取士总数约为 61 000 人,平均每年约为 360 人②。这不仅与唐代每次取士二三十人相比数差悬殊,而且也为元明清所不及,真可谓"空前绝后"。宋代又增设封弥、糊名、誊录等制度,尽可能地实现机会均等的公平竞争,提高了封建政权的开放性。尤可注意的是大批"孤寒"之士进入官吏行列,宋太祖曾说:"向者登科名级,多为势家所取,致塞孤寒之路,甚无谓也。今朕躬亲临试以可否进退,尽革畴昔之弊矣。"③唐太宗在端门"见新进士缀行而出",也说过"天下英雄入吾彀中"④的话,反映出对科举制开始取代魏晋以来九品官人法这一历史进步的喜悦。而实际上唐代的取士权并未完全从"势家"大族手中收回,就政权的开放程度而言,亦不及宋代。二是布衣入仕的人数比例。据统计,在《宋史》有传的北宋 166 年间的 1 533 人中,以布衣入仕者占 55.12%,比例甚高;北宋一至三品官中来自布衣者约占 53.67%,且自宋初逐渐上升,至北宋末已达 64.44%⑤。另从最高的宰辅大臣的成分来看,唐代虽对魏晋以来的门阀制度作了很大的冲击,但世族仍保持相当的政治势力,仅崔氏十

① 《朱子语类》卷一二八,第 3070 页,中华书局 1986 年版。
② 参见张希清《北宋贡举登科人数考》,北京大学《国学研究》第 2 卷。
③ 《续资治通鉴长编》卷一六,开宝八年二月条,上海古籍出版社 1986 年影印本。
④ 王定保:《述进士上篇》,《唐摭言》卷一,第 3 页,中华书局上海编辑所 1959 年版。
⑤ 参见陈义彦《从布衣入仕情形分析北宋布衣阶层的社会流动》,《思与言》第 9 卷第 4 期,1971 年 11 月。

房前后就有 23 人任相，占全部唐代宰相 369 人的 1/15。而宋代宰辅中，除了吕夷简、韩琦等少数家族多产相才者外，非名公巨卿子弟占了很大的比重，布衣出身者竟达 53.3％，像赵普、寇准、范仲淹、王安石等名相，均出于寒素或低级品官之家，但他们却成为宋代文官政府的核心。

赵宋王朝的权力结构引进了多种平衡机制。首先是相权对皇权的牵制。宋朝立国之初，采取了中书主民、枢密院主兵、三司主财各不相涉的建制，对相权予以限制和分割，皇权从制度上得到前所未有的提高。例如在一般情况下，重要官员的任命权统归皇帝，"自两府而下至侍从官，悉禀圣旨然后除授，此中书不敢专也"①。然而，宋代的政治发展史表明，此一"祖宗家法"的初衷并没有完全实现，皇帝在多种场合下不得不听命于掌握实际权力的宰执大臣的意志，这在三百年间的朝廷舞台上可以找到明确的例证②。其次是台谏对相权的抑阻。北宋之前，谏院并非独立职司，谏官原是宰相衙门的属官，其监督的对象是皇帝；宋仁宗时，谏院成为独立机关，谏官由皇帝亲自除授，监督的对象转以宰执、百官为主，职权范围大大扩大；同时又有谏官"风闻言事"的特许，鼓励"异论相搅"，这也成为专制政权中一种有力的自我牵制，助长了政治上自由议论的风气。宋代御史台的御史职能，也逐渐与谏院的谏官混同，形成台谏合一之势。苏轼对此领悟尤深，他在著名的《上神宗皇帝书》③中把此作为"朝廷纪纲"。他说："历观秦、汉以及五代，谏诤而死，盖数百人。而自建隆以来，未尝罪一言者，纵有薄责，旋即超升，许以风闻，而无官长，风采所系，不问尊卑，言及乘舆，则天子改容，事关廊庙，则宰相待罪。""台谏固未必

① 《续资治通鉴长编》卷三七〇，元祐元年闰二月条，上海古籍出版社 1986 年影印本。
② 参见王瑞来《论宋代相权》，《历史研究》1985 年第 2 期。
③ 《苏轼文集》卷二七，第 729 页，中华书局 1986 年版。

皆贤，所言亦未必皆是，然须养其锐气而借之重权者，岂徒然哉！将以折奸臣之萌，而救内重之弊也。"又说："陛下（宋神宗）得不上念祖宗设此官之意，下为子孙立万世之防，朝廷纪纲，孰大于此？"苏轼此论深中宋朝政治制度的一大关捩，故常为后人引以为据，如南宋楼钥在《缴林大中辞免权吏部侍郎除直宝文阁与郡》》①中为曾任言官的林大中辩护，即引苏轼此大段言论，说明这一制度一直施行到南宋。

　宋代上层政治中的党争，尤其是围绕庆历、熙宁变法而展开的新旧两党之争，也具有近代政党竞争或斗争的萌芽性质。绵延近四十年的唐代牛李党争，恩怨源自私门，是非出于意气，说不上有什么政治主张的实质性分歧，因而只能成为瓦解封建政治秩序的破坏性因素。北宋前期的党争双方，其主要领袖人物大都是儒家政治理想的忠实信徒，只为各自不同的政治主张的实现，而互不相让、争斗不止。吕夷简为宰相时，范仲淹进《百官图》以弹劾吕氏，指斥他升黜官吏之不当；但后来吕氏竟为范氏出谋献计：范仲淹任陕西、河东宣抚使过郑州时，退居的吕氏提醒他说："君此行正蹈危机，岂复再入？若欲经制西事，莫如在朝廷为便。"一语竟使范氏"愕然"。果然，在朝的范氏政敌趁他赴边之际加紧攻击，促使"帝心不能无疑矣！"②他俩顿释前憾、化敌为友的原因，范仲淹有过说明："夷简再入相，帝谕仲淹使释前憾。仲淹顿首谢曰：'臣向论盖国家事，于夷简无憾也。'"③苏轼与王安石熙宁时互为政敌，形同水火，及至元丰末，两人在金陵诗歌唱酬，对彼此之道德文章互致仰慕，苏轼甚至发出"从公已觉十年迟"之叹④。苏轼与章惇亦复如此，他在晚年给章惇之子章援的信中说：

---

① 楼钥：《攻媿集》卷二七，《四部丛刊》本。
② "庆历党议"，《宋史纪事本末》卷二九，第 246 页，中华书局 1977 年版。
③ 《范仲淹传》，《宋史》卷三一四，第 10270 页，中华书局 1976 年版。
④ 《次荆公韵四绝》其三，《苏轼诗集》卷二四，第 1251 页，中华书局 1982 年版。

"某与丞相(指章惇)定交四十馀年,虽中间出处稍异,交情固无所增损也。"①即使对同一政治集团内部的纷争,也表现出不计私憾的真正政治家的风范。如王安石与吕惠卿:先是欧阳修把吕惠卿推荐给王安石,后王氏倚为变法的主要助手,吕氏继则阴挤王氏,矛盾激化;但事后王安石在《答吕吉甫书》②中说:"与公(吕惠卿)同心,以至异意,皆缘国事,岂有它哉? 同朝纷纷,公独助我,则我何憾于公? 人或言公,吾无与焉,则公何尤于我?"宋人信奉的"立朝大节",昌公论而杜私情,公私犁然分明,不容许个人恩怨掺糅其中,把政治行为上升为一种伦理美学,这在早期党争中颇为突出。总之,士大夫们为某种政治主张而组党相争,并从理论上公然亮明"君子有党"的正当和必要,这在中国政治史中具有某种开创性,同时作为政治制衡的一种机制,也有启迪未来的意义。

赵宋王朝权力结构的多种制衡机制互相维系,彼此制约,其出发点原是为了加强皇权,治国安邦,也取得了一定的成效:"本朝之法,上下相维,轻重相制,如身之使臂,臂之使指",因而勉强赢得了"百三十馀年,海内晏然"的表面安定③。然而,这种制衡机制同时又在士大夫中间催生出限制君权思想的萌芽。尤其是宋代士人身受强敌压境、辖土始终未能恢复"汉唐故地"的逼仄情势,看惯了唐末五代军阀篡权不断、犹如儿戏的这部"近代史","乱烘烘你方唱罢我登场"的闹剧无情地揭穿了"真命天子"的神话,加上两宋十八位君主以平庸无能者占绝大多数的实际情况,他们在原始儒学"民为邦本"的命题基础上,不断地滋长起限制君权的思想。范仲淹说:"寇莱公澶渊之役,而能左右天子,不动如山,天下谓之大忠。"④"忠"的标准已不是对一

---

① 《与章致平二首》其一,《苏轼文集》卷五五,第 1643 页,中华书局 1986 年版。
② 王安石:《临川先生文集》卷七三,《四部丛刊》本。
③ 参见范祖禹《转对条上四事状》,《范太史集》卷二二,《四部丛刊》本。
④ 《宋史全文续资治通鉴》卷五,第 237 页引,台湾文海出版社 1969 年版。

家一姓的"愚忠"了。李觏虽然严厉地驳斥孟子所述"伊尹废太甲"之事,主张不能轻言废黜天子,但在《安民策十首》①中开宗明义地指出:"愚观《书》至于'天聪明自我民聪明,天明畏自我民明威',未尝不废书而叹也。……立君者,天也;养民者,君也。非天命之私一人,为亿万人也。"提出"天命"所护佑的乃是"亿万"黎民百姓,而不是君主"一人"。算不得政治思想家的苏轼,在他历经人生磨难的晚年,也发出"我岂犬马哉,从君求盖帷"的独立人格的呼喊,并批判"三良"(奄息、仲行、铖虎)为秦穆公殉葬的愚忠行为,大胆地提出"事君不以私"的原则:"君为社稷死,我则同其归。顾命有治乱,臣子得从违。"②竟说君命可能有"乱",臣子可以有"违",对"君为臣纲"所规定的君臣关系作了挑战。罗大经后来也说:"至于君,虽得以令臣,而不可违于理而妄作;臣虽所以共君,而不可贰于道而曲从。"③与东坡如出一辙。这种对君权神圣性的怀疑言论,越到宋代后期越为激烈。宋度宗时监察御史刘黻上书"人主":"政事由中书则治,不由中书则乱。天下事当与天下共之,非人主所可得私也。"④则可视为代表宰辅向皇帝争权的声明。邓牧进一步说:"所谓君者,非有四目两喙、鳞头羽臂也,状貌咸与人同,则夫人固可为也。"⑤勇敢地抹尽了笼罩在皇帝身上的神秘光圈,还其普通人的本来面目,这不是近代民主思想的前兆么!

不少史料表明,宋代君臣之间的谈话和议论,充满着相当民主、自由的气氛。司马光《手录》"吕惠卿讲咸有一德录"条,就生动地记

---

① 《李觏集》卷一八,第 168 页,中华书局 1981 年版。
② 《和陶〈咏三良〉》,《苏轼诗集》卷四○,第 2184 页,中华书局 1982 年版。
③ 罗大经:《鹤林玉露》甲编卷三"五教三纲"条,第 49 页,中华书局 1983 年版。
④ 《刘黻传》,《宋史》卷四○五,第 12248 页,中华书局 1976 年版。
⑤ 邓牧:《伯牙琴·君道篇》,《知不足斋丛书》本。

录了司马光与吕惠卿、王珪在神宗面前的争辩过程①。熙宁二年
(1069)十一月,吕、王、司马三人在迩英阁讲读《尚书》《史记》《资治
通鉴》。先时吕惠卿进讲"咸有一德",申述"法不可不变"之理,攻击
司马光日前讲《通鉴》时言"汉守萧何之法则治,变之则乱"之谬,并指
出司马光此语实为借机讥讽"国家近日多更张旧政",斥责"制置三司
条例"等变法措施,还咄咄逼人地说:"臣愿陛下深察光言,苟光言为
是,则当从之;若光言为非,陛下亦当播告之,修(按:《续资治通鉴长
编拾补》卷六作"使",是)不匿厥旨,召光诘问,使议论归一。"俨然对
阵叫战。神宗即召司马光,司马光老成持重,引经据典,平心静气而
又滴水不漏地作了长篇答辩。吕惠卿似在事理上不占上风,就调换
论题道:"司马光备位侍从,见朝廷事有不便,即当论列。……有言责
者,不得其言则去,岂可惮己?"他指责司马光未尽"言责",亦当引咎
辞职。司马光立即应声道:"前者,诏书责侍从之臣言事,臣曾上疏,
指陈当今得失,如制置条例司之类,尽在其中,未审得达圣听否?"机
智地请出皇帝作证,神宗自然只得说:"见之。"司马光遂反戈一击:
"然则臣不为不言也。至于言不用而不去,此则实是臣之罪也。惠卿
责臣,实当其罪,臣不敢逃。"这里表面上主动请罪,实则绵里藏针。
有趣的是神宗的表态:"相与讲论是非耳,何至乃尔?"最后还劝慰司
马光说:"卿勿以向者吕惠卿之言,遂不慰意。"这场剑拔弩张的舌战
就在神宗的圆场中结束。对于坦诚直率的论政之风,这是一个无声
的有力鼓励。无独有偶,南宋朱熹在庆元时入侍经筵,曾面奏四事,
对宁宗即位以来的独断专权,作了面对面的尖锐批评:"今者陛下即
位,未能旬月,而进退宰执,移易台谏,甚者方骤进而忽退之,皆出于
陛下之独断,而大臣不与谋,给舍不及议。正使实出于陛下之独断,
而其事悉当于理,亦非为治之体,以启将来之弊;况中外传闻,无不疑

① 参见《增广司马温公全集》卷一,[日]汲古书院1993年版。

13

感,皆谓左右或窃其柄,而其所行,又未能尽允于公议乎?"他提出君主必须接受宰执、台谏及臣下等"公议"的监督,不能一人"独断",即使"独断"正确,也不合"为治之体",表现出强烈的限制君权的思想,且从"治体"即政治体制的高度来维护这一要求。他甚至疾言厉色地责问宁宗:"陛下自视聪明刚断孰与寿皇(指孝宗赵昚)? 更练通达孰与寿皇?"①这种勇批逆鳞、迹近"大逆不道"的言论,不是颇有点惊世骇俗么! 然而在宋代并没有贾祸遭灾,在通常情况下是被容许的。例如陆游在《家世旧闻》卷上中记述他的高祖陆轸任馆职时,曾面对仁宗,"举笏指御榻曰:'天下奸雄睥睨此座者多矣,陛下须好作,乃可长得。'"妙在仁宗不以为忤,在次日"以其语告大臣曰:'陆某淳直如此。'"反予以表彰,这除了仁宗宽厚温雅的个人性格外,实与宋代政风特点有关。

明末清初的启蒙主义思想家黄宗羲,在《明夷待访录》中描述了他的未来理想社会,其政治体制是皇帝、宰相、学校三者的权力制衡,与西方君主立宪制的君主、内阁、议会的三者结合,不能说毫无相似之处。宋代的君权、相权、台谏以及颇称发达的学校制度和太学生运动,也是具有若干近代政治色彩的。

我们不惮辞繁地引录上述材料,意在对宋代士人政治活动的具体情景作尽可能真切的历史还原,用以说明宋代士人政治道德人格形成的环境和原由。宋代士人的人格类型自然是多种多样、异彩纷呈的,从其政治心态而言,则大都富有对政治、社会的关注热情,怀有"以天下为己任"的责任感和使命感,努力于经世济时的功业建树中,实现自我的生命价值。这是宋代士人,尤其是杰出精英们的一致追求。

---

① 朱熹:《经筵留身面陈四事札子》,《晦庵先生朱文公文集》卷一四,《四部丛刊》本。

宋代士人在政治上崇尚气节，高扬人格力量。范仲淹在振兴士风上是一个突出的表率。朱熹一再推重他"大厉名节，振作士气，故振作士大夫之功为多"①，使得政治上的自断、自主、自信成为士大夫们的群体自觉。文莹《湘山野录·续录》"范文正公以言事凡三黜"条，记载范氏三次被贬，僚友们不畏干系三次设宴饯行，誉其为"此行极光"、"此行愈光"、"此行尤光"。其中有王质者，更与范"抵掌极论天下利病，留连惜别"。当有人警告他"将有党锢之事，君乃第一人也"时，王质奋然对云："果得觇者录某与范公数夕邮亭之论，条进于上，未必不为苍生之幸，岂独质之幸哉！"赢得了"士论"的热烈回应。范仲淹的政治人格魅力来源于他崇高博大的精神境界。具有民本思想的孟轲，也只是一般地提出君主应与百姓同乐同忧的要求："乐民之乐者，民亦乐其乐；忧民之忧者，民亦忧其忧。乐以天下，忧以天下，然而不王者，未之有也。"②而范仲淹则进一步提出"先天下之忧而忧，后天下之乐而乐"的著名处世规范，境界更高，品格更美，诚如南宋人王十朋《读〈岳阳楼记〉》诗所说："先忧后乐范文正，此志此言高孟轲。"③范仲淹的人格精神，影响了整个宋代乃至久远。《宋史》卷四四六《忠义传序》云：自范、欧等诸贤"以直言谠论倡于朝，于是中外搢绅知以名节相高，廉耻相尚，尽去五季之陋矣。故靖康之变，志士投袂，起而勤王，临难不屈，所在有之。及宋之亡，忠节相望，班班可书，匡直辅翼之功，盖非一日之积也"。对政治品节和高尚人格的尊奉，是中国士人的一个优良传统，但在宋代更为突出和普遍，成为其时士人精神面貌的极为重要的主导方面，其表现也就自然地从政治领域延伸到文学世界。

宋人对政治伦理理想人格的尊奉，直接导致文学中儒家重教化

---

① 《朱子语类》卷一二九，第3086页，中华书局1986年版。
② 《孟子·梁惠王下》，《十三经注疏》本，中华书局1980年版。
③ 王十朋：《梅溪先生文集》后集卷一五，《四部丛刊》本。

的文学观的强调和发扬。翻阅宋人诗、文别集，随处可以感受到作者们的从政热情，在反映重大政治、社会题材，表达对国事、民生的关心和意见，以及述说抗击金、元复杂斗争和危殆局势等方面，其广度和深度都有唐人所未及之处。宋代士人普遍养成议政参政的素质，王禹偁《谪居感事》自称"兼磨断佞剑，拟树直言旗"，欧阳修《镇阳读书》也以"开口揽时事，论议争煌煌"而自豪。宋代文学具有强烈的政治性格，诗文成为他们干预时事的有力工具。

宋代文学中的淑世情怀是那样深挚，以致各种不同政治倾向、学术背景的人物，在这点上也是完全一致的。王安石和司马光分隶新旧两党，势不两立，但文论思想如出一辙，都强调以治教政令为文。司马光申言："学者贵于行之，而不贵于知之；贵于有用，而不贵于无用。"并云："古之所谓文者，乃诗书礼乐之文，升降进退之容，弦歌雅颂之声。"①强调文学的实用性。王安石径直声明："治教政令，圣人之所谓文也。"②这是政治家论文。欧阳修、苏轼等古文家的文学思想虽对文学的独立审美价值给予更多的关注，其创作更是达到了北宋文学的艺术高峰，但对文学的政治教化功能也在不同的场合作了充分的强调。欧氏云"道胜者文不难而自至"③，"我所谓文，必与道俱"④；苏氏云"诗文皆有为而作"，"言必中当世之过"⑤，如五谷可充饥，药石可治病，必有实际效用，这是古文家文论。至于道学家更明确打出"文以载道"的旗帜，"为洛学者皆崇性理而抑艺文"⑥，走向了轻视乃至取消文学的独立审美功能的极端。"文道关系"是宋代文学

---

① 司马光：《答孔司户文仲书》，《司马文正公传家集》卷六〇，《四部丛刊》本。
② 王安石：《与祖择之书》，《临川先生文集》卷七七，《四部丛刊》本。
③ 欧阳修：《答吴充秀才书》，《欧阳文忠公集》卷四七，《四部丛刊》本。
④ 《祭欧阳文忠公夫人文》引，《苏轼文集》卷六三，第 1956 页，中华书局 1986 年版。
⑤ 《凫绎先生诗集叙》，《苏轼文集》卷一〇，第 313 页，中华书局 1986 年版。
⑥ 刘克庄：《黄孝迈长短句跋》，《后村先生大全集》卷一〇六，《四部丛刊》本。

思想中的一个基准,远承《文心雕龙》的"原道"、"征圣"、"宗经"等论题,近袭韩愈文道合一、以道为主的主张,而有新的论述和展开。虽然各种不同类型的人物自有其畸轻畸重的不同,但在总体上都遵行儒家重教化的社会功能,这在作为正统的文学样式诗、文中尤为明显。

宋人颇为强烈的儒家重教化的文学思想,还渗透到了原本与封建伦理相违拗的词学领域之中。词的社会功能最初是为了娱乐遣兴,侑酒助觞,它又充当着抒写幽约隐微的个人情愫的载体,这都与儒家"言志"、"载道"的文学要求异辙殊途,其受到正统舆论的指责原非意外。宋仁宗摈斥柳永"且去填词",王安石不满晏殊"为宰相而作小词",于是词人们或"自扫其迹,曰谑浪游戏而已"①,或谓仅是"空中语"②,托辞以避责,不少词人竟至于"晚而悔之"③。然而,词一方面受到正统舆论的轻视和排斥,另一方面又容许在一定范围内公开而广泛地流传,士大夫们的婉娈情怀在封建制度眼开眼闭之下,得以半合法地宣泄。柳永公然自称"奉旨填词柳三变",宋仁宗宴退时赏爱柳词,王安石自己也不免填写与晏殊相类的"小词",这是词体创作中的矛盾而又复杂的奇特现象。词本来也可以在这种既为上层社会所不容又在某种程度上被默许的夹缝中生存和发展,但在宋词的实际演变中,特别在词学理论和批评方面,却越来越强调"雅正"、"骚雅"的思想。词评家们纷纷努力于打通词与《雅》、《离骚》的森严壁垒,把词的创作与"诗言志"的儒家传统诗教接榫。黄庭坚《小山词序》称颂晏幾道词"可谓狎邪之大雅,豪士之鼓吹,其合者,《高唐》、《洛神》之流"。张耒《贺方回乐府序》评贺铸词为"幽洁如屈、宋,悲壮如苏、李",比拟容或不当,却是词

① 胡寅:《向芗林〈酒边集〉后序》,《斐然集》卷一九,《四库全书》本。
② 黄庭坚语,《冷斋夜话》卷一〇引,《津逮秘书》本。
③ 陆游:《长短句序》,《渭南文集》卷一四,《四部丛刊》本。

学批评史中转向崇古复雅思潮的征兆。及至南渡以后,更成为一时风尚。一批以"雅词"命名的词集纷纷出现,如张安国《紫微雅词》、程垓《书舟雅词》、赵彦端《宝文雅词》等,声气标榜,推波助澜。词学批评中这一倾向也愈益发展。曾慥编选《乐府雅词》,把"涉谐谑"之词一律"去之","艳曲"亦被"删除";王灼《碧鸡漫志》卷二就用"时时"得《离骚》遗意来评贺铸、周邦彦词。其实,早于他俩的鲖阳居士,在其所编的《复雅歌词》中以《诗·卫风·考槃》"贤者退而穷处"之义比拟苏轼《卜算子》(缺月挂疏桐),并提出了"骚雅"这一评词的新概念,批评北宋词"其韫骚雅之趣者,百一二而已"①。他的这两条意见都获得后来者的回应。曾丰在淳熙末的《知稼翁(黄公度)词集序》中,也认为苏词"犹有与道德合者。'缺月疏桐'一章,触兴于惊鸿,发乎情性也;收思于冷洲,归乎礼义也"。他评黄公度词云:"凡感发而输写,大抵清而不激,和而不流;要其情性则适,揆之礼义而安。非能为词也,道德之美,腴于根而盎于华,不能不为词也。"②这就把"乐而不淫,哀而不伤"③、"发乎情,止乎礼义"④的一套儒家"温柔敦厚"的诗教,从意思到用语都用以评词。后刘克庄《跋刘叔安感秋八词》云:"借花卉以发骚人墨客之豪,托闺怨以寓放臣逐子之感。"⑤林景熙《胡汲古乐府序》云:"乐府(即词),诗之变也。诗发乎情,止乎礼义,美化厚俗,胥此焉寄?岂一变为乐府,乃遽与诗异哉?"⑥这些议论都与上述意见一脉相承。至张炎,这位宋末的著名词作家兼词评家明确提出:"古之乐章、乐府、乐歌、乐曲,

① 鲖阳居士:《复雅歌词序》,见祝穆《新编古今事文类聚》续编卷二四。
② 见《知稼翁词集》,《百家词》本,商务印书馆1940年版。
③ 《论语·八佾》,《十三经注疏》本,中华书局1980年版。
④ 《毛诗序》,《毛诗正义》卷一,《十三经注疏》本,中华书局1980年版。
⑤ 刘克庄:《后村先生大全集》卷九九,《四部丛刊》本。
⑥ 林景熙:《霁山文集》卷五,《四库全书》本。

皆出于雅正。"①"词欲雅而正,志之所之。一为情所役,则失其雅正之音。"②其《词源》卷下中又三次使用"骚雅"这一概念,把词与《诗》、《骚》在文体观念上作了进一步的贯通,使鲖阳居士最早提出的这个用语,成为词学批评的重要标准。清代词学中儒家诗教观念的重新高扬,所谓"善言词者,假闺房儿女子之言,通之于《离骚》、变《雅》之义"③的主张和做法,其源实可追踪于此。

自然,词学批评领域里的这种呼唤,与词人们的实际创作实践仍有若干距离。尽管不少词评家和词作家合为一身,其创作也并未完全遵守自己的理论主张。但是,从两宋词的发展大势而言,毕竟"推尊词体"的思潮越来越强烈自觉,苏辛一派乃至姜张一派都有此倾向。这就不仅提高了词的艺术品位,词作的主题意识也日趋明确,扩大了词的境界,促成了词风的多样化。宋代文学中的淑世精神,还表现在词从自娱娱人的功能转向力图有益于世道人心、道德教化,从内心世界的低徊抒写转向对社会世间的一定关注。这也从一个方面说明,把宋代的文化和文学的特点概括为"封闭"和"单纯",至少是不够周延的。

(原载《海上论丛》,复旦大学出版社 1996 年 6 月)

---

① 张炎:《词源序》,见夏承焘校注《词源注》,第 9 页,人民文学出版社 1981 年版。
② 同上书,第 29 页。
③ 朱彝尊:《陈纬云〈红盐词〉序》,《曝书亭集》卷四〇,《四部丛刊》本。

情理·源流·对外文化关系
——宋型文化与宋代文学之再研究

一、"天人之际"的睿智思考与文学的重理节情

宋代是中国思想史上继先秦、汉、魏晋、唐之后的又一高潮所在，儒、释、道三家合流是其时的一个基本趋向。三家合流的交汇点正是在"天人关系"上，即对人在宇宙间的主体地位的确立，对人的精神世界的探索和把握。质言之，就是以人为本位的人文精神的高扬，表现出对吸纳天地、囊括自然的理想人格的追求。

宋学作为一种新儒学，其探究的一个主要命题，是人在自然天地之间、社会人伦关系之中的地位和使命，重视人"与天地参"的自主自觉性。所谓"内圣外王"，所谓"圣贤气象"，就是要把仁义礼智信的五常之道和治国平天下的帝王之学结合起来，把道德自律与事功建业统一起来，使人人在内省修身中穷天穷地穷人之理，以臻于与天理合而为一，达到个人与人类社会、自然界和谐融汇的美妙境界。这就从本体论上把人的伦理主体性提到一个空前未有的高度。张载有言："为天地立心，为生民立命，为往圣继绝学，为万世开太平。"①这正是

---

① 此据《宋元学案》卷一八《横渠学案》下《近思录拾遗》。《张载集》(中华书局1978 年版)之《近思录拾遗》"立命"作"立道"，"往圣"作"去圣"；其《语录》中除作"立道"、"去圣"外，"立心"作"立志"。

从广阔的宇宙空间和邈远的历史时间中来确认人的社会角色,其气度和眼光,不禁令人肃然起敬。邵雍《乾坤吟》云:"道不远于人,乾坤只在身。谁能天地外,别去觅乾坤?"①《自馀吟》云:"身生天地后,心在天地前。天地自我出,自馀何足言!"②《天人吟》云:"天学修心,人学修身。身安心乐,乃见天人。"③建立起人心与道、太极(乾坤)三位一体的宇宙本体论,表现出天人合一的理想。自然,宋学同时要求把封建伦理道德规范,化为主体的自觉行动方式,作为实现上述最高境界的途径,这又造成对人的主体性的斲伤。因而在他们的理论体系中,人的主体的独立性和依附性是被奇妙地扭结在一起的。

原始儒学偏重于从伦理理性来阐述经世致用之学,对天人之际的形而上方面注重不多,未能从根本上解答人的生命本质等问题,因此也未能有效地与汉末魏晋以来发展起来的佛老之学相抗衡。宋学便积极吸取、整合佛道学说,以儒家学说为本位重建传统文化,给陷入困境的儒家文化注入新的活力,既力求在与佛道鼎足而三的思想格局中维护儒家的正统地位,又力求加强面临外侮内患的宋代社会的凝聚力。而宋代佛道两家的发展取向,恰颇有与儒学一致之处,为儒学的吸取、整合提供了充分的条件。

宋代佛学(禅宗)在哲学思想上未有多大的创造和建树,但有进一步世俗化的倾向,调和了出世和入世的矛盾,并积极向儒学思想靠拢,加强与儒士们的交游接触,甚至出现了佛徒儒士化和文人居士化交互并现的奇观。释智圆说:"儒者饰身之教,故谓之外典也;释者修心之教,故谓之内典也。""故吾修身以儒,治心以释。"④这种处理"身"、"心"问题的原则,也是不少宋代文人的人生观和生死观。至于

---

① 邵雍:《伊川击壤集》卷一七,《四部丛刊》本。
② 邵雍:《伊川击壤集》卷一九,《四部丛刊》本。
③ 邵雍:《伊川击壤集》卷一八,《四部丛刊》本。
④ 智圆:《闲居编·中庸子传(上)》,《续藏经》本。

道教,在宋代的演化过程中,逐渐摆脱符箓鬼神等怪诞诡谲之习和走火入魔的外丹炼养之风,转向内丹炼养的趋势日炽。内丹学更具有哲理的色彩。陈抟《无极图》、张伯端《悟真篇》等,都引向了人生课题,即探究生命的起源,关注本体的存亡。精、炁、神等一套内炼成仙的丹法,乃是建基于天人合一论和归根返本论之上的,身内小天地的炼丹,取法于身外大天地的自然法则,以求在与物相忘中向自我本性回归,还虚归元,达到与道合一的最高理想境界。

三教合一,在彼此排斥中更重在相互汲取,共同向人类心灵世界的各个领域突进。这一时代的哲学思维特点,必然深刻地影响到宋代文人的宇宙观、人生观乃至思想方法和行为方式。他们在外在的事功世界里可能不及唐人的气魄宏伟,开拓进取,但在内在的精神领域中的独立主体意识可谓超越前人。哲学是社会的大脑,也是一个时代文化的核心。因而,宋型文化可以说是内省的,但不能断为"封闭的"、"单纯的",正确的说法似是"内省而广大",与"开放性"、"复杂性"并非绝对对立。

为了进一步说明"内省而广大"的特点,我们且再引述一些理学家们的言论。周敦颐对人生的理解,以立诚为本,去欲为戒。在他那里,"诚"是作为本体而与宇宙相通,"'大哉乾元,万物资始',诚之源也"[1]。万物之"诚"是从"乾元"而获取,提高理性自觉来涵养德性,即能臻于天人合一,也就是人的最高境界"圣人"。他说:"圣希天,贤希圣,士希贤。"[2]勾画出希圣追贤逐级升进的实施途径。周敦颐的追贤希圣乃至跃然与天同一之学,在他本人身上形成了"胸中洒落,如光风霁月"[3]的崇高风范,备受时人仰慕。程颢则从"生生不已"为

---

① 周敦颐:《通书·诚上》第一章,《四部备要》本。
② 周敦颐:《通书·志学》第十章,《四部备要》本。
③ 黄庭坚:《濂溪诗序》,《豫章黄先生文集》卷一,《四部丛刊》本。又见《宋史》卷四二七《周敦颐传》引。

宇宙根本法则出发，"'天地之大德曰生'，'天地絪缊，万物化醇'，'生之谓性'，万物之生意最可观，此元者善之长也，斯所谓仁也。人与天地一物也，而人特自小之，何哉?"①二程说："天人本无二，不必言合。"②程颢又说："天人无间断。"③都认为主体和客体浑然同一，无有间隔，在他俩兄弟这里，"人"是一个大写的字，融入广大悉备的宇宙!张载《西铭》云："乾称父，坤称母;予兹藐焉，乃混然中处。故天地之塞，吾其体;天地之帅，吾其性。民，吾同胞;物，吾与也。"正是这种"民胞物与"，人类与万物同为一体的博大胸襟，使宋人对生死问题具有一种主动从容的超越态度："存，吾顺事;殁，吾宁也。"活着时对"富贵福泽"、"贫贱忧戚"均以平常心处之，充分实现人生价值;又以平静自然的态度对待死亡，表现出对生命完成的大欢喜。陆九渊"宇宙便是吾心，吾心即是宇宙"④带有夸饰色彩的命题，却也显示出人类精神世界的无比丰富和人格尊严。而事功派的陈亮在《上孝宗皇帝第一书》⑤中自述其学术气概云："穷天地造化之初，考古今沿革之变，以推极皇帝王霸之道，而得汉、魏、晋、唐长短之由，天人之际，昭昭然可察而知也。"其襟怀之豁达大度，心理结构之开拓外倾，确非拘拘小儒可比。

宋人遨游于精神领域，习惯于把包括自己在内的人类主体，置于广袤的宇宙之间，寻找生存的价值和生命的意义。他们对于现实乃至日常生活的关注，对历史和人生的思考，就其敏锐、深刻和思维格局而言，唐人是无法望其项背的，正如一位睿智的哲学老人与雄姿勃发的少年英俊相比较时那样。

---

① 程颢、程颐:《河南程氏遗书》卷一一,《四部备要》本。

② 程颢、程颐:《河南程氏遗书》卷一一,《四部备要》本。

③ 程颢、程颐:《河南程氏遗书》卷六,《四部备要》本。

④ 《杂说》,《陆九渊集》卷二二,第272页,中华书局1980年版。

⑤ 《陈亮集》卷一,第8页,中华书局1974年版。

　　宋人"内省而广大"的思维特点,不仅表现在对"天人关系"的探索上,而且表现在对不唯经、不唯圣的独立思考精神的崇奉上。宋人普遍具有自主、自断、自信、自豪的文化性格,不以圣贤之说、社会成见来替代自己的思考。苏轼就这样说到自己和友人:《上曾宰相书》自述:"幽居默处而观万物之变,尽其自然之理而断之于中,其所不然者,虽古之所谓贤人之说,亦有所不取。"①《乐全先生文集叙》则谓张方平的一生"未尝以言徇物,以色假人。虽对人主,必同而后言。毁誉不动,得丧若一","上不求合于人主,故虽贵而不用、用而不尽;下不求合于士大夫,故悦公者寡、不悦者众。然至言天下伟人,则必以公为首"②。至于在学术思想上,宋代的疑古批判精神造就了"经学变古时代"。皮锡瑞《经学历史·经学变古时代》云:"经学自汉至宋初未尝大变,至庆历始一大变也。……陆游曰:'唐及国初,学者不敢议孔安国、郑康成,况圣人乎! 自庆历后,诸儒发明经旨,非前人所及;然排《系辞》,毁《周礼》,疑《孟子》,讥《书》之《胤征》、《顾命》,黜《诗》之序,不难于议经,况传注乎!'案宋儒拨弃传注,遂不难于议经。排《系辞》谓欧阳修,毁《周礼》谓修与苏轼、苏辙,疑《孟子》谓李觏、司马光,讥《书》谓苏轼,黜《诗序》谓晁说之。此皆庆历及庆历稍后人,可见其时风气实然。"其实,庆历时所开创的"不信注疏、驯至疑经"之风,一直风被两宋。朱熹说得更为淋漓尽致:"如《诗》、《易》之类,则为先儒穿凿所坏,使人不见当来立言本意。此又是一种工夫,直是要人虚心平气,本文之下打迭交空荡荡地,不要留一字先儒旧说,莫问他是何人所说,所尊所亲,所憎所恶,一切莫问,而唯本文本意是求,则圣贤之指得矣。"③怀疑精神是自主人格的反映,其本身就是一种创造精神、开放心态。对于一向奉为神明的经典文献,一切都须经过

①　《苏轼文集》卷四八,第 1379 页,中华书局 1986 年版。
②　《苏轼文集》卷一〇,第 314 页,中华书局 1986 年版。
③　朱熹:《答吕子约书》,《晦庵先生朱文公文集》卷四八,《四部丛刊》本。

自己的理性思辨加以鉴别、估量,这是汉唐先儒所不敢想象、望尘莫及的。

宋代哲学思维"致广大而尽精微,极高明而道中庸"的境界,必然影响到文人生活的各个领域,影响到他们的文学创作和文学批评之中。人文精神和知性反省的思辨色彩就是宋代文学的基本特征之一,我在其他文章中已有具体的论述,这里只补充一点:宋代文人文学中的普遍散文化现象。宋诗从梅尧臣、欧阳修开始,发展了杜甫、韩愈"以文为诗"的倾向,进一步用散文的笔法、章法、句法、字法入诗,逐渐显露出"宋调"的自家面目。词也在苏轼、辛弃疾手中加重了散文成分,从"以诗为词"进而发展到"以文为词"。赋则从楚辞、汉赋、魏晋时的抒情小赋到唐代应举用的律赋,创作已趋衰微,缺乏艺术创造性;宋代赋家却从散文中得到启示而重获艺术生命,形成一种类似散文诗的赋体,欧阳修《秋声赋》、苏轼前后《赤壁赋》等都是历久传诵的名篇。连宋代的骈文也不太追求辞藻和用典,而采用散文的气势和笔调,带来一些新面貌,而被称为"宋骈"。即便是"古文"本身,也增强了议论思理成分,如"记"这种原以记叙为主的文体,到宋代,不少记体名作却成了别一样式的议论文,正如《后山诗话》所云:"退之作记,记其事尔;今之记乃论也。"文学中的普遍散文化倾向,也从一个方面反映出宋人知性反省、重理节情的思维特点。

于是,情与理的关系成为评估宋代文学的一个难点。一般说来,文学作品是以形象来表达作家的思想感情的,重情更是我国韵文文学的特长,"诗缘情而绮靡"①。而"唐诗多以丰神情韵擅长,宋诗多以筋骨思理见胜"②,确是一个显著的分野。由此引发的唐宋

---

① 陆机:《文赋》,《文选》卷一七,《四部丛刊》本。
② 钱锺书:《谈艺录》,第2页,中华书局1984年版。

诗优劣之争,直至今日,人们仍然可以从各自的审美旨趣出发来参
预评说。我们认为:前代的文学作品本身已构成一个相对完整的
艺术系统,但它并不是一成不变的,由于后起的新的文学作品源源
不断地加入,促使其"完整性"有所调整,价值标准也理应有所修
正。也就是说,传统因现在而改变,正如现在为传统所指引一样。
传统是一种力量,现时产生的作品也是一种力量,各对对方施予影
响,两者的合力倒能产生较为宽容的艺术价值标准。中国诗歌从
中唐以来,已在语言、意象、技法、声律、体制等方面日趋规范化乃
至程式化,宋代诗歌学唐融化而自成家数,实质上与唐诗已成两个
艺术系统。因而不能用唐诗的重情、重兴象的标准来评价宋诗的
重理、重气格,反之亦然。其次,重情本身,对于文学创作来说,也
不是超越任何时代背景和条件的绝对要求。英国文学评论家艾略
特说:"诗不是放纵感情,而是逃避感情,不是表现个性,而是逃避
个性。自然,只有有个性和感情的人才会知道要逃避这种东西是
什么意义。"①感情奔放热烈是一种美,含情不露而表现出理性风范
也是一种美。宋代士人群体并不缺乏"感情"和"个性",只是在特
定的背景和条件下采取了一种变形的方式。他们的诗歌创作从题
材上而言,实向两个方面发展:一是社会政治诗,针砭时事,大胆议
政,论辩滔滔,即使在写景、状物、怀古、酬答等类诗中,也触处生发
议论,表现出显著的尚理特点;另一类是大量的描写日常生活的题
材,诸如谈艺说诗、书画鉴赏、饮酒品茗、登山临水和对于文房四宝
的赏爱及征歌选舞的享乐等,其写法上的一个特点是不避纤细,不
戒凡庸,悉照文人生活的原貌娓娓道来,和盘托出,使感情沉潜而
内转,个性的发露则控制到若有似无,但却是文人生活原貌的真实

---

① 〔英〕托·斯·艾略特:《传统与个人才能》,《二十世纪文学评论》上册,第
138 页,上海译文出版社 1987 年版。

写照,表现了宋代文人的盎然雅趣和丰富情韵。这种诗风的出现,一方面反映了宋代文人重理节情而趋向雅趣的性格追求。苏轼说:"无肉令人瘦,无竹令人俗。人瘦尚可肥,士俗不可医。"①黄庭坚说:"余尝为少年言:士大夫处世可以百为,唯不可俗,俗便不可医也。"②宋代文人的尚"雅",比之魏晋文人之常用"雅"以品评人物,更进一步发展成为在一切精神领域中的成熟、稳定的重要尺度了。另一方面也是处在唐诗巅峰之后,盛极难继而不得不变新变异所采取的一种样态。不与唐诗取异就无法成就宋诗的独立地位,这是诗歌历史昭示给宋代诗人的创作使命。此外,宋代印刷术的发达,也造成诗歌接受方式的转变,即由多依传抄转而为书册流布,由靠口耳相传变而为案头阅读,因而有更充裕的时间反复讽吟涵泳,一种更细腻委曲、更接近生活原生态的、近似说话的诗体,也就易于为文人圈所认可。至于词,一直以言情为主,在演变过程中也引入议论言理的因素,甚至如陈亮所说,"抟搦义理,劫剥经传,而卒归之曲子之律,可以奉百世豪英一笑"③。传为他的儿子陈沆为他所选的 30 首词即可为其作词主张作注脚,恰也能副"特表阿翁磊落骨干"④之初衷,在艺术上并非无取。苏辛革新词派的言理之作或词中的议论成分,一般说来常能与情韵相融合,仍保持幽折婉曲、含蕴不尽的词体特质。说理和言情并非绝对互不相容,而且,也不应把"言情"、"个性"作为艺术评价的唯一标准。艺术领域以多元宽容为宜,这样才有利于艺术多样化的发展。

---

① 《於潜僧绿筠轩》,《苏轼诗集》卷九,第 448 页,中华书局 1982 年版。
② 黄庭坚:《书缯卷后》,《豫章黄先生文集》卷二九,《四部丛刊》本。
③ 《与郑景元提干》,《陈亮集》卷二一,第 329 页,中华书局 1974 年版。
④ 毛晋:《龙川词补跋》,《陈亮集》附录 3,第 483 页,同上。按:今存最早《龙川文集》三十卷本,将此 30 首词编入卷一七,标为"词选",但主选者是否为陈沆,如毛晋所言,尚待考证。

二、文化整合的恢弘气魄与重建
文学辉煌、盛极而变

蒋士铨《辩诗》云："宋人生唐后，开辟真难为。"①这两句讲宋诗的话也可以推广为讲整个宋代文化。宋朝以振兴文教作为"祖宗家法"之一。宋太祖赵匡胤把朝廷正殿命名为"文德殿"，即以声明文物之邦为建国目标；礼遇士大夫，优渥有加；扩大科举名额，广开仕进之门；又以"不得杀士大夫及上书言事人"镌为誓碑立于太庙秘室，垂示嗣君②。其弟赵光义自幼喜读书、爱藏书，即位后醉心于文化事业的建设。宋真宗《册府元龟序》赞他："太宗皇帝始则编小说而成《广记》，纂百氏而著《御览》，集章句而制《文苑》，聚方书而撰《神医》，次复刊广疏于九经，较阙疑于三史，修古学于篆籀，总妙言于释老，洪猷丕显，能事毕陈。"③宋真宗踵事增华，又修撰了大型政书《册府元龟》，展示了"盛世修典"的宏伟规模。他在《崇儒术论》中云："儒术污隆，其应实大，国家崇替，何莫由斯。"④奠定了"崇儒尊道"的国策。宋朝的这几位创业垂统的皇帝，其政治倾向影响了两宋三百多年，因而崇尚传统文化，埋头攻读坟典，成为一时的风尚。任何时代对传统的继承都表现了一种选择，一种寻找与时代要求相契合的过程，宋代的重视对传统文化的吸取、整合，所表现出的恢弘气魄，即与时代要求息息相关。

宋代士人的身份有一个与唐代不同的特点，即大都是集官僚、文

---

① 蒋士铨：《忠雅堂诗集》卷一三，清咸丰蒋氏四种本。
② 旧题陆游《避暑漫钞》引《秘史》。又见《宋稗类钞》卷一《戒碑》。（《全宋文》卷七已录）
③ 《全宋文》卷二六二，第7册第120页，巴蜀书社1990年版。
④ 见《宋史》卷二八七《陈彭年传》引，第9664页，中华书局1976年版。

士、学者三位于一身的复合型人才,其知识结构一般远比唐人淹博融贯,格局宏大。南宋永嘉学派陈傅良曾论及"宋士大夫之学"云:"宋兴,士大夫之学亡虑三变:起建隆至天圣、明道间,一洗五季之陋,知向方矣,而守故蹈常之习未化。范子始与其徒抗之以名节,天下靡然从之,人人耻无以自见也。欧阳子出,而议论、文章,粹然尔雅,轶乎魏晋之上。久而周子出,又落其华,一本于六艺,学者经术遂庶几于三代,何其盛哉!"①他表彰范仲淹的"名节",欧阳修的"议论、文章",周敦颐的"经术",其实,政治家、文章家、经术家三位一体,是宋代"士大夫之学"的有机构成。对传统文化的倾心汲取是当时作为一个士人的起码的也是最重要的要求,因而对文化载体的书籍的研习,特别是凭借印刷术的发达,其所达到的深入普遍的程度,也为前代所罕见。

读书是宋代士人的基本生活方式。读书人的天职是读书,读书是读书人取得自身社会资格的依据。宋代士人读得广博,读得深入,读得认真。对"宋调"形成起了决定作用的王安石、苏轼、黄庭坚就是著例。王安石自称:"某自百家诸子之书,至于《难经》、《素问》、《本草》、诸小说,无所不读。"②博览群书,"无所不读",使他作诗时获得了使事用典的充分自由。苏轼"每一书皆作数过尽之"的"八面受敌"读书法,更是为世所称道,且极易仿效操作:"每次作一意求之。如欲求古人兴亡治乱、圣贤作用,但作此意求之,勿生馀念。又别作一次,求事迹故实、典章文物之类,亦如之。他皆仿此。"③黄庭坚不仅谆谆告诫"士大夫三日不读书,则义理不交于胸中,对镜觉面目可憎,向人

---

① 陈傅良:《温州淹补学田记》,《止斋先生文集》卷三九,《四部丛刊》本。

② 王安石:《答曾子固书》,《临川先生文集》卷七三,《四部丛刊》本。

③ 《与王庠五首》其五,《苏轼文集》卷六〇,第1820页,中华书局1986年版。

亦语言无味"①,而且身体力行,读书勤作摘记。清翁方纲《跋山谷手录杂事墨迹》尚亲见这类"手录"凡 35 幅 732 行,所录"皆汉、晋间事",并说"尝于《永乐大典》中见山谷所为《建章录》者,散见数十条,正与此册相类。然后知古人一字一句皆有来处"②。黄庭坚"铺张学问以为富,点化陈腐以为新"③的诗风,当得益于这类铢积寸累、孜孜矻矻的基本功。在宋代文学作品中,我们也可常常看到士人攻读的具体情景,其亲切、投入,令人动容。王禹偁《清明》诗"昨日邻家乞新火,晓窗分与读书灯",清明有"乞新火"的习俗,乞来新火,首要的是点亮"读书灯"。而读书灯在郭震《纸窗》诗中,则比月色更为可亲可爱,需用纸窗特意护卫:"不是野人嫌月色,免教风弄读书灯。"读书灯既陪伴了王禹偁的晓读,又为郭震的夜读照明,书真成了宋代士人不可须臾离身的人生伴侣。

宋代文化的独辟蹊径,自创新面,首先就是以这种对传统文化的倾心研读、尽情汲取为创造前提的。在宋代文学中,不难时时感到前代文学的深刻影响。宋初诗歌三体,即白体、晚唐体、西昆体,固然是对唐人的心摹手追,仿佛步武,即使是从梅尧臣、苏舜钦、欧阳修"新变派"开始的"宋调"创造者们,在创新欲望的支配下,仍表现出对前代诗歌传统的崇奉,只不过从晚唐诗人转向了李、杜、韩,且从亦步亦趋变而为脱去形迹、融化一如已出罢了。黄庭坚的"领略古法生新奇"④,一语道出了他的"新奇"来自对"古法"的"领略"。崇尚典范始终是宋人一种强烈的创作心理,由此发生的文学的"源"与"流"问题,

① 《记黄鲁直语》,《苏轼文集·苏轼佚文汇编》卷五,第 2542 页,中华书局 1986 年版。
② 翁方纲:《复初斋文集》卷二九,《四部丛刊》本。
③ 王若虚:《滹南诗话》卷二,《历代诗话续编》本,第 518 页,中华书局 1983 年版。
④ 黄庭坚:《次韵子瞻和子由观韩幹马因论伯时画天马》,《山谷内集诗注》卷七,《四部备要》本。

也曾成为评估宋诗的一个难点。

自然,文学创作的源泉在于生活,作家们不能仅仅依靠书本来写作。"除却书本子,则更无诗"①,王夫之对宋诗的这个过苛论评,是蕴含文学真理的。现实生活永远是创作生命之源,这一文学原则是没有疑义的。然而,我们也可以改换一个视角来看问题。宋代作家在丰厚的传统文化遗产面前,其创作观念中已积淀着深刻的历史意识。他们在写作时不仅感受到自己时代的风云,而且时时领悟到从远古直到唐五代的文学积存。究其实,"尚友古人"、异代精神沟通的结果,也使他们自己成为传统性的作家。评价文学作品的高低优劣,固然可以从它与传统作品的特异之处着眼,但有时也应以从前辈作家中汲取多寡、并是否加以融化点染来衡量,可以而且应该运用双重乃至多重的价值标准。宋人作诗词强调"学"重于"才",黄庭坚云:"诗词高胜,要从学问中来。"②费衮《梁谿漫志》卷七云:"作诗当以学,不当以才。诗非文比,若不曾学,则终不近诗。"宋人又强调"人工"重于"天分",强调创作基本功的锻炼,所谓"日课一诗"的"梅圣俞法"就风行一时③。苏轼《答陈传道五首》其二对陈氏学用此法甚表赞许:"知日课一诗,甚善。此技虽高才非甚习不能工也。圣俞昔常如此。"④陆游在《家世旧闻》卷上中,对他的六叔祖陆傅"平生喜作诗,日课一首,有故则追补之,至老不废",深致仰慕之忱,也透露出这位南宋大诗人的诗学渊源。由此可知,宋人讲究法度乃至活法,讲究用事运典,讲究炼字炼句等"功力",学之既至,为之亦勤,都使宋诗充满儒雅深醇的书卷气,狄得一种艺术的历史远韵。

---

① 王夫之:《姜斋诗话》卷下,《清诗话》本,第 17 页,上海古籍出版社 1978 年版。
② 胡仔:《苕溪渔隐丛话》前集卷四七引,第 320 页,人民文学出版社 1962 年版。
③ 邵博:《邵氏闻见后录》卷一八,第 145 页,中华书局 1983 年版。
④ 《苏轼文集》卷五三,第 1574 页,中华书局 1986 年版。

　　总之,从宋代文学与传统的关系,特别是宋诗、宋文与唐诗、唐文的比较而言,其融化出新之相异点固然应予肯定评价,其潜通暗贯乃至所谓"以故为新"、"脱胎换骨"、"点铁成金"的关联点和共同点,也并非全是艺术的消极面,应在多元的艺术领域中占有一个适当的位置。

　　还可注意的是宋代文化批评中的"集大成"之说。"集大成"这一概念最早是孟子用以评论孔子的。《孟子·万章下》称"孔子之谓集大成。集大成也者,金声而玉振之也"。这是对孔子儒家理想伦理人格的最高礼赞。而到宋代,却引入文学艺术领域,用以评论杜诗、韩文、颜柳字、左史、吴道子画等。早在元稹《唐故工部员外郎杜君墓系铭并序》中已说过:"至于子美,盖所谓上薄风、骚,下该沈、宋,古傍苏、李,气夺曹、刘,掩颜、谢之孤高,杂徐、庾之流丽,尽得古今之体势,而兼今人之所独专矣。"①说杜甫综兼众美,已有"集大成"的初步含义。第一次以"集大成"评杜的是苏轼,《后山诗话》云:"苏子瞻云:'子美之诗,退之之文,鲁公之书,皆集大成者也。'"又云:"子瞻谓杜诗、韩文、颜书、左史,皆集大成者也。"细析苏轼的这个概念,至少包括三层意蕴:一是从孟子的评论伦理人格,引伸到诗、文、书、史、画等文艺领域,而且他又是着眼于从整个文化大背景和文艺历史发展的纵横时空中来立论的。二是其具体含义乃指杜、韩、颜、左均具有奄有众长、吸纳万川的恢宏气势和格局,达到了艺术造诣的极致。苏轼在《书唐氏六家书后》云"颜鲁公书雄秀独出,一变古法,如杜子美诗,格力天纵,奄有汉、魏、晋、宋以来风流,后之作者,殆难复措手"②,即是此意。三是"集大成"这一概念,本身同时又包含盛极而变、变而后衰的思想,这是尤为深刻的。苏轼《书黄子思诗集后》③提出,唐代颜真卿、柳公权的书法,"始集古今笔法而尽发之,极书之变,

①　元稹:《元氏长庆集》卷五六,《四部丛刊》本。
②　《苏轼文集》卷六九,第 2206 页,中华书局 1986 年版。
③　《苏轼文集》卷六七,第 2124 页,中华书局 1986 年版。

天下翕然以为宗师,而钟、王之法益微";李白、杜甫的诗歌,"以英玮绝世之姿,凌跨百代,古今诗人尽废,然魏、晋以来高风绝尘,亦少衰矣"。任何事物的巅峰状态同时也蕴藏着负面因素,荟萃精华在此,包藏危机亦在此。颜、柳书法,李、杜诗歌,均在巅峰状态中同时丧失了"萧散简远"之趣和"天成"、"自得"、"超然"之妙。苏轼在《书吴道子画后》中更明确地说:"诗至于杜子美,文至于韩退之,书至于颜鲁公,画至于吴道子,而古今之变,天下之能事毕矣。"①同样在一片辉煌中看到了内在的阴影和继续发展的困惑。

这一点也为后人所习察。如清代陈廷焯评论南宋词时已指出:"北宋去温、韦未远,时见古意,至南宋则变态极焉。变态既极,则能事已毕。遂令后之为词者,不得不刻意求奇,以至每况愈下,盖有由也。亦犹诗至杜陵,后来无能为继。"②这与苏轼见解一脉相承。钱锺书先生《谈艺录》第 30 页云:"文章之革故鼎新,道无它,曰以不文为文,以文为诗而已。向所谓不入文之事物,今则取为文料;向所谓不雅之字句,今则组织而斐然成章。谓为诗文境域之扩充,可也;谓为不入诗文名物之侵入,亦可也。"这里也从盛极而变的历史观念来看待宋代文人文学中普遍发生的以文为诗、以诗为词、以文为赋等"破体为文"的现象,这些现象的产生不是偶然的,而是艺术发展链条上必经的一环。因而,宋代文人文学的成就与不足,它的艺术追求与偏颇,如能密切联系这个文学发展的盛而变、变而衰的历史阶段来观察,当可获得合理的解释和全面的评估。

苏轼的"集大成"思想,在当时就有了广泛的社会回应。如秦观的《韩愈论》③就指出韩愈的古文,是"钩列、庄之微,挟苏、张之辩,摭班、马之实,猎屈、宋之英,本之以《诗》、《书》,折之以孔氏"的"成体之

① 《苏轼文集》卷七〇,第 2210 页,中华书局 1986 年版。
② 陈廷焯:《白雨斋词话》卷三,第 59 页,人民文学出版社 1983 年版。
③ 秦观:《淮海集》卷二二,《四部丛刊》本。

文",杜甫的诗歌,则能"穷(苏武、李陵)高妙之格,极(曹植、刘桢)豪逸之气,包(陶潜、阮籍)冲淡之趣,兼(谢灵运、鲍照)峻洁之姿,备(徐陵、庾信)藻丽之态",因而也认为"杜氏、韩氏,亦集诗文之大成者欤!"其"集大成"之"集诸家之长"一义,与苏轼的完全相同。但秦观又反复指出:杜诗之所以能"积众家之长,适当其时而已","岂非适当其时故耶?"即认为杜甫震古烁今的伟大诗篇与其说是个人天才、学养、遭际的产物,不如说是盛唐文化全面高涨的结果。清潘德舆对秦观"适当其时"说大肆讥斥,以"假令子美生于六朝,生于宋元,将不能'集众家之长'耶"[①]来反诘,其实并不理解秦观这个"时"字所能提供给后人领悟的深刻内涵。而宋人之所以能适时地提出"集大成"的文学思想,从深层意义上讲,也是时代风云际会所酝酿而成的。它一方面折射出宋代文明的高度发展和定型化,才促使像苏轼这样本人就是"百科全书式"的集大成人物,得以概括出这一文艺概念;另一方面也预示着宋代文学已处于中国文学发展中的一个转型时期:传统的诗和文(包括宋代开始兴盛的词)已经高度成熟、定型、完美,达到了再造辉煌和艺术危机并存的境地,文学的重心已在准备转向到另一个方面——小说、戏曲就是今后作家们展示才华的新的领域。对宋代文学的走向作宏观考察时,这应是一个基本的把握。

三、附论:对外文化交流与宋代士人心态

宋代士人对传统文化的吸取和整合,具有颇为恢弘的开放气魄,那么,他们对外来文化的心态又是如何呢? 这也是研究唐宋文化不同特点时的一个重要问题。主张以"开放"与"封闭"来分指唐型文化

---

① 潘德舆:《养一斋李杜诗话》卷二,《清诗话续编》本,第 2183 页,上海古籍出版社 1983 年版。

与宋型文化的特点,其重要论据之一就是视其对外来文化采取何种态度,就是说,唐型文化"以接受外来文化为主",而宋型文化则具有"排拒外来文化的成见"。对此,也稍加辨析,以作附论。

从宋朝的对外文化交流关系而言,当然不及唐代对外来文化的毫无顾忌的大胆而全面的吸取,这是无需争议的事实。唐时西北的"丝绸之路",为输入西域文明打开了畅通的道路,宗教、音乐、歌舞、诸般技艺乃至衣食习俗等异质文化源源不断地西来,成为建构唐型文化的要素和基础之一;而两宋东南地区的海上交通,其便捷、先进(特别是指南针的发明、应用)也为前代所不及,输出的物品也以丝绸、瓷器为主,堪称海上的"丝绸之路"。从海外贸易的商业角度来看,丝毫不比唐代逊色,但在文化输入方面确实无法与之匹敌了。

宋朝颇称发达的对外交通线之所以限制在贸易商业的功能内,而没有同时发展为文化输入的通道,其原因是复杂的。大要有二:一是唐宋两朝对外的政治、军事形势不同,因而对外的文化需求也不同。唐代,尤其是盛唐士人,对于强盛的国势怀有自信亦复自傲,便以充分开放的心态去吸纳外族的一切,以满足多方面的文化消费和多姿多态的文化创造的需要。然而,宋朝自建国之时起直至灭亡,历受辽、西夏、金、元诸族的巨大威胁,军事问题自始至终都是政治的首要议题和社会的症结之一,忧患和屈辱伴随着士人的心路历程。二是宋朝与诸族在文化发展水平上的差异。宋朝"积贫积弱",在军事、财政上虽不称强大,却是当时东方文明的大国,其文化水平高高雄踞于周边诸族之上。就东北亚地区汉文化圈而论,辽、金、元等族尚处于向封建化过渡之际,显然不能依赖其原生态的部落文化来完成封建主义的上层建筑,高丽、日本也在进一步完善封建制的过程之中,他们都迫切需要宋朝汉文化的输入,这就自然造成宋朝的文化"出超"现象。

不错,宋朝士人常怀有一种文化优越感。苏颂等人的使辽诗中就有不少辽人慕宋的描写。苏颂《和过打道部落》"汉节经过人竞看，忻忻如有慕华心"①，苏辙《神水馆寄子瞻兄四绝》"虏廷一意向中原，言语绸缪礼亦虔"②，《渡桑乾》"胡人送客不忍去，久安和好依中原"③，都带有以本朝为本位的强烈色彩。苏颂的使辽诗还认为在隆冬的辽境偶遇暖日是宋皇帝的恩惠："上心固已推恩信，天意从兹变燠旸"④，"穷冬荒景逢温煦，自是皇家覆育仁"⑤。这里既是使臣们有歌颂君主的义务所致，也未尝不是在自我优越的文化意识怂恿下所说的夸饰之词。这种优越感恰恰弥补了因军事懦弱、外交妥协所造成的失意感，因而在他们笔下时有流露。

但是，这绝不等于说，宋朝的文化政策和士人心态是怀有"排拒外来文化的成见"的。恰恰相反，宋朝政府和士人在这种时代社会条件下，还是力求展开和扩大对外的平等的文化交流，并出现了一些颇具历史深远意义的特点。

苏轼对高丽的态度，受到现今一些中、韩学者的非议，以他为例或更可说明问题。元祐四年（1089）和八年（1093），苏轼先后两次向朝廷呈奏六篇札子，反复阐述对高丽禁运书籍的必要。元祐四年十一月，高丽僧人寿介等五人来华，时任杭州知州的苏轼，在《论高丽进奉状》中说："（高丽）使者所至，图画山川，购买书籍。议者以为所得赐予，大半归之契丹。"⑥元祐八年二月，高丽使臣又至汴京，要求购买《册府元龟》、历代史、太学敕式等，苏轼时任礼部尚书，又在《论高丽买书利害札子》⑦中，指出高丽听命于契丹，"终必

---

① 苏颂：《苏魏公文集》卷一三，《四库全书》本。
② 苏辙：《栾城集》卷一六，《四部丛刊》本。
③ 苏辙：《栾城集》卷一六，《四部丛刊》本。
④ 苏颂：《中京纪事》，《苏魏公文集》卷一三，《四库全书》本。
⑤ 苏颂：《离广平》，《苏魏公文集》卷一三，《四库全书》本。
⑥ 《苏轼文集》卷三〇，第847页，中华书局1986年版。
⑦ 《苏轼文集》卷三五，第994页，中华书局1986年版。

为北虏用。何也？虏足以制其死命，而我不能故也"。在当时宋、辽、高丽犄角鼎峙的形势下，从地缘政治学的角度来观察，宋、辽和战相继，互为敌国，澶渊之盟后，虽无大战，却仍处于"冷战"对峙状态；而高丽于公元993年被契丹征服，995年以后一直接受辽朝册封，屈居藩国，且地壤相连，与宋却沧海睽隔。苏轼的"必为北虏用"的疑虑，是有道理的。然而，苏轼的禁书外流的奏议，没有为宋朝廷所采纳，并不代表官方的文化政策，更未能在事实上阻止汉籍的传入高丽乃至辽国，苏轼预测的"中国书籍山积于高丽，而云布于契丹"①的景象竟然出现了。他的弟弟苏辙在使辽返宋后的述职报告之《北使还论北边事札子》中惊呼："本朝民间开版印行文字，臣等窃料北界无所不有。"②"无所不有"，竟已囊括无遗，不就是"山积"、"云布"了么！这是一。其次，就苏轼本人而言，他对与高丽的正常友好交往和文化交流，并无异议。元丰八年（1085），高丽僧统义天（文宗第四子）使华巡礼，诏令苏轼友人杨杰馆伴，往游钱塘，苏轼作《送杨杰》③相赠，中有"三韩王子西求法，凿齿弥天两勍敌"之句，以"俊辩有高才"的东晋名僧道安喻义天，称他与杨杰（以习凿齿为喻）辩才相当，对他的西来"求法"，作了热情肯定，并无民族褊狭之心。宋廷曾拟派遣苏轼出使高丽，因故未能成行④。但苏轼在《与林子中》⑤的信中，对林希亦有此差遣誉为"人生一段美事"，表达了无限向往之忱："浮沧海，观日出，使绝域（指高丽）知有林夫子，亦人生一段美事。"对"此本劣弟差遣，遂为老兄所挽"，深表遗

① 《论高丽买书利害札子》，《苏轼文集》卷三五，第994页，中华书局1986年版。
② 苏辙：《栾城集》卷四二，《四部丛刊》本。
③ 《苏轼诗集》卷二六，第1374页，中华书局1982年版。
④ 参见秦观《客有传项议欲以子瞻使高丽，大臣有惜其去者，白罢之，作诗以纪其事。与莘老同赋》，《淮海集》卷八，《四部丛刊》本。
⑤ 《苏轼文集》卷五五，第1656页，中华书局1986年版。

憾与惋惜。林希因轻信占卜,惧怕出海风浪之险,畏而辞命①。相比之下,倒显出苏轼为获取对异国风情的新的人生体验而具有迈往勇锐的追求,他的文化心态是开拓外倾的。苏轼的奏议却被有的论者指责为"站在一封闭、主观、以华夏自居、不屑与蛮夷小邦往来之立场"②,而事实真相如上所述,说明对宋朝的对外关系亦有深入研究的必要。

综观唐宋两代对外文化交流的走势,大致有一个从西向东、又由东西返回流的过程。在唐代,文化交流的流向呈现出较为单一的形态,即由西域输入佛教及其他文化,再混糅中土的儒家文化,转向朝鲜、日本等周边国家输出。而到了北宋,出现了交流史上的新趋向,以汉籍回流为突破口,缓慢地启动了一个双向交流时代的到来。宋太宗时,日本僧人奝然出使中国,便带来了中土已佚的郑玄注《孝经》等书籍,引起了朝廷上下的极大震动,这无疑会启发中土的士人对海外庋藏乃至一般文化情况给予应有的重视。连思想并不新锐的司马光在《和钱君倚日本刀歌》③中也写道:"徐福行时书未焚,逸书百篇今尚存","嗟予乘桴欲往学,沧波浩荡无通津"④。代表了这种刚刚萌露的渴求平等交流的心理和愿望。这种情况也发生在高丽与宋朝之间。高丽重视华夏文化,精心搜集汉籍,庋藏丰富。据《邵氏闻见后录》卷九载,宋神宗曾千方百计地想要搜求《东观汉记》一书,却"久之不得",后来才由"高丽以其本附医官某人来上"。元祐六年

① 龚明之《中吴纪闻》卷二第 42 页云:"初,林希枢密买卜于京师,孟诊为作卦影,画紫袍金带人对大水而哭,林以为高丽之役涉瀚海,故力辞之。"上海古籍出版社 1986 年版。
② 陈飞龙:《苏轼高丽观之探讨》,台湾《政治大学学报》第 64 期,1992 年 3 月。
③ 司马光:《司马文正公传家集》卷五,《四部丛刊》本。
④ 此诗又见欧阳修《居士外集》卷四,一般以为乃欧氏所作,似误。参看王宜瑗《〈日本刀歌〉与汉籍回流》一文,载《书与人》1995 年第 5 期。

(1091)，宋朝正式向高丽访求佚书①。据郑麟趾等撰《高丽史》卷一
〇云：时高丽使李资义等"还自宋，奏云：'帝（宋哲宗）闻我国书籍多
好本，命馆伴书所求书目录授之，乃曰：虽有卷第不足者，亦须传写
附来。'"这份书目共128种，达4 980卷。次年，高丽作了积极回应，
据秘书省报告："高丽献书多异本，馆阁所无。诏校正二本，副本藏太
清楼天章阁。"②证明在当时高丽藏书中果然有汉籍珍本。作为一个
实例，可以举出《黄帝内经》。此书据《汉书·艺文志》著录，应有十八
卷，而至宋时仅存九卷。元祐时高丽向宋廷献书中，"内有《黄帝针
经》九卷"，正可配成完帙，珠联璧合。于是朝臣上言："此书久经兵
火，亡失几尽，偶存于东夷。今此来献，篇帙具存，不可不宣布海内，
使学者诵习。"宋廷采纳此议，下诏校订版印，一时传为美谈③。这也
必然影响到宋人对域外的文化观念。又如据清乾隆时来华的韩国学
子朴趾源《热河日记》中之《避暑录》所载：宋徽宗时，高丽使臣金富
仪（按，即金富轼）来华，将唐玄宗赐赠新罗国王的一首五排"示馆伴
学士李邴，邴上之帝（原注：徽宗皇帝），因宣示两府及诸学士讫，传
宣曰：'进奉侍郎所上诗，真明皇书。'嘉叹不已"。而此诗却为康熙时
所刊《全唐诗》所漏收（后为市川世宁《全唐诗逸》补入），朴趾源不无
感叹地说："此诗既入中国，至经道君（徽宗）睿赏，而后录唐诗者并未
见收，始知前代坠文，非耳目所穷，而海外偏邦之士，反或有阐幽之
功。"这位韩国学子正说出了宋代不少士人的心声，文化交流必然起
到互补互融的作用。

　　既有书籍的东传西返，当然也不可避免的有文学艺术的你来我
往。《高丽史·乐志》就著录从北宋传入的词曲达74首之多，其中15

---

① 参见屈万里《元祐六年宋朝向高丽访求佚书问题》，《东方杂志》复刊第8卷
　　第8期，1975年2月。
② 王应麟：《玉海》卷五二《艺文·书目》引，《四库全书》本。
③ 参见江少虞《宋朝事实类苑》卷三一，第397页，上海古籍出版社1981年版。

首为柳永、晏殊、欧阳修、苏轼、李甲、阮逸女、赵企、晁端礼所作,其他59首均为中土佚词,弥足珍贵。据吴熊和先生考证,当时中韩两国的音乐交流可谓"广泛而经常",一方面有北宋派遣乐工伶人到高丽传授乐舞词曲,另一方面又有高丽派遣学艺人员到汴京,在同文馆聘请中国乐师训练指导①。这两种方式的结合,使两国音乐交流的水平达到很高的境界,尤以神宗朝为盛。宋代乐舞词曲的大量流布于高丽,也换来了高丽音乐舞蹈的传入宋朝。元丰五年(1082)二月,宋神宗因高丽使者来华,曾云:"蛮夷归附中国者固亦不少,如高丽其俗尚文,其国主颇识礼义,虽远在海外,尊事中朝,未尝少懈。朝廷赐予礼遇,皆在诸国之右。近日进伶人十数辈,且云夷乐无足取者,止欲润色国史尔。"②这十几位高丽伶人随使者崔思齐、李子威到达汴京,曾于元丰五年元夕作过演出,宋神宗君臣咏唱酬和甚为欢洽,王安礼《恭和御制上元观灯》诗有"銮舆清晓出瑶台,羽卫瞻迎扇影开。凤阙张灯天上坐,鸡林献曲海边来"③,为这次献艺留下珍贵的历史一幕,也反映出超越国界的文化认同心理。

对外文化交流包括输入和输出,判断宋型文化在这个问题上是否"开放",就不仅应从其接受、吸纳异质文化的广度和深度来衡量,还应考察它对汉文化圈的影响和渗透的程度。大致说来,日本、高丽等东亚诸国,他们对唐代文化的接受模仿多于融化、创造,甚至近似全面照搬,且偏重于典章制度方面;而对宋代文化的接受,却着力于融汇贯通,尤注重宗教、哲学、文学等精神文化的统摄,如日本其时对朱子学、苏黄文学的悉心研习和运用,镰仓、京都"五山"禅林对宋代五山十刹禅宗的传承和发扬,都是显例,对其民族文化的发展,影响

---

① 参见吴熊和《高丽唐乐与北宋词曲》,《中华文史论丛》第50辑。
② 《续资治通鉴长编》卷三二三,元丰五年二月丁卯条,上海古籍出版社1986年影印本。
③ 方回:《瀛奎律髓》卷五《升平类》,《四库全书》本。

更为深巨。

　　总之,宋代对外来文化的吸取,限于种种时代条件,在规模和对本民族历史的影响深度上,确实无法与唐代并肩,但无论是官方的文化政策,或是宋代士人的态度,都并无"排拒"之意,与封闭性的文化"锁国"更不相干。在特定的历史容许的范围内,宋人仍渴求与周边诸族的平等的文化交流,渴求了解中土以外的外部世界。这对全面把握宋代作家的文化心态也是有一定意义的。

　　　　　　　　　　(原载《〈文学遗产〉纪念文集》,文化艺术
出版社 1998 年 8 月)

文体丕变与宋代文学新貌

"文体"一词,含义颇广,容纳过各种各样的涵义。我们这里是指文类,即文学样式。就宋代文学而言,主要指诗、词、文、小说、戏曲五大门类。

文体是文学作品最直观的形式,但一种文体的产生、兴盛、嬗变和衰亡的过程,却蕴含着深刻的社会的、政治的、伦理的和审美的原由,它反映着文学创作观念、价值标准的变化。各种文体的体式规范、结构形态、文学特征和不同功能的形成,不是个别作家人为营造的结果,而是长期文学实践的产物,因而具有稳定性;然而,这种稳定性却随时遭到挑战,各种文体的特性总又处在不断变异之中,它们之间还发生互相融摄、渗透和贯通的现象,从而直接影响文学的时代面貌。

在中国文学的长期发展中,体类之繁多,变化之复杂,作家们对辨体之重视和悉心研究,恐为世界历史所罕见,这为建立一门全面、系统的文体学打下坚实的基础。而文体问题在宋代的文学创作和文学思想中尤为突出、特殊和重要。从文体角度研究宋代文学,了解五大文体的不同发展样态,确定其在文学历史中的地位,考察各该文体的具体特点、价值、功能及其变异、换位诸问题,当能从一个侧面对宋代文学获得新的把握。

一、"一代有一代之文学"：宋代
各体文学的历史地位

（一）"一代有一代之文学"说的来由

宋代文学的主要文体是诗、词、文、小说、戏曲五大类，对此五种文体的成就、价值及其在中国文学史上的地位，从"一代有一代之文学"的说法中可以作些探索。

王国维在 1912 年所写的《宋元戏曲史》自序中说："凡一代有一代之文学：楚之骚，汉之赋，六代之骈语，唐之诗，宋之词，元之曲，皆所谓一代之文学，而后世莫能继焉者也。"指明了各个朝代文学的重心所在，也表明了王氏自己的一种文学发展史观。王氏自云，此说乃秉承清焦循之说而来。焦循《易馀籥录》卷一五云："夫一代有一代之所胜，舍其所胜以就其不胜，皆寄人篱下者耳。余尝欲自楚骚以下至明八股，撰为一集。汉则专取其赋，魏晋六朝至隋则专录其五言诗，唐则专录其律诗，宋专录其词，元专录其曲，明专录其八股，一代还其一代之所胜。"

然而，焦氏并非肇其端者，此说尚可寻祖溯源。如：

元罗宗信《〈中原音韵〉序》："世之共称唐诗、宋词、大元乐府，诚哉！"

明茅一相《题词评〈曲藻〉后》："夫一代之兴，必生妙才；一代之才，必有绝艺：春秋之辞命，战国之纵横，以至汉之文，晋之字，唐之诗，宋之词，元之曲，是皆独擅其美而不得相兼，垂之千古而不可泯灭者。"

明息机子《刻〈杂剧选〉序》："一代之兴，必有鸣乎其间者。汉以文，唐以诗，宋以理学，元以词曲，其鸣有大小，其发于灵窍一也。"

明王骥德《〈古杂剧〉序》:"后三百篇而有楚之骚也,后骚而有汉之五言也,后五言而有唐之律也,后律而有宋之词也,后词而有元之曲也。代擅其至也,亦代相降也,至曲而降斯极矣。"

明沈宠绥《弦索辨讹》:"三百篇后变而为诗,诗变而为词,词变而为曲。诗盛于唐,词盛于宋,曲盛于元之北。"①

清理此说的源流脉络,可以看出:他们都是从推尊"元曲"的立场而提出这一说法的。元人罗宗信固为张扬本朝的文学成就而发,茅一相等明人也大都是热衷并深谙戏曲的曲论家,而清人焦循,作为重要戏曲理论著作《花部农谭》、《剧说》、《曲考》(已佚)的作者,其说为《宋元戏曲史》作者王国维所认同,也就可以理解的了。在元曲以前,我国已有悠长丰富的文学发展的历史,足够后人从文体学角度着眼,把历朝历代最有代表性的文体联成一个有序的谱系。这既能把元曲置于主流文学之列,宗桃正宗,借以提升被人轻视的"元曲"的地位;同时,也对整个文学发展的历史有一个宏观的把握。特别是王国维,他更融贯西方的美学思想,使"一代有一代之文学"的说法更具有理论色彩。他还解释文体代变的原因说:"四言敝而有《楚辞》,《楚辞》敝而有五言,五言敝而有七言,古诗敝而有律绝,律绝敝而有词。盖文体通行既久,染指遂多,自成习套。豪杰之士,亦难于其中自出新意,故遁而作他体,以自解脱。一切文体所以始盛终衰者,皆由于此。故谓文学后不如前,余未敢信;但就一体论,则此说固无以易也。"②他认为每一种文体都不可避免地具有发生、发展、鼎盛直至衰亡的过程,无疑是富有历史辩证精神的。他的这一见解应该说是反映了文

---

① 见李调元《雨村曲话》卷上引,今本《弦索辨讹》无此条。
② 王国维:《人间词话》,第218页,人民文学出版社1982年版。

学发展的一些重要规律的。

（二）宋词的历史定位

在这一见解中，宋词被指认为宋代文学中最"盛"、最"胜"、最有代表性的文体，被安置在中国文学史上极其重要的地位，足以与楚骚、汉赋、六朝骈文、唐诗、元曲并驾齐驱。这种观点影响深远①，但似需进一步辨析。

"一代有一代之文学"或"一代有一代之所胜"的说法，其含义实是多重的：一是指"盛"，即繁荣发达的程度；二是指"佳"，即文学成就的高下；三是指"代表性"和"独创性"。这三者当然可能发生交叉，不易截然界划，但大致的区分是存在的。例如王国维在肯定焦循"一代有一代之所胜"为"具眼"后，接着说："余谓律诗与词，固莫盛于唐、宋，然此二者果为二代文学中最佳之作否，尚属疑问。"他认为宋词可算"盛"，但不一定是宋代文学中的"最佳之作"，即把"盛"与"佳"作了区别。王国维的这段"但书"，是针对焦循下述言论的："故论宋宜取其词，前则秦、柳、苏、晁，后则周、吴、姜、蒋，足与魏之曹、刘，唐之李、杜相辉映焉。其诗人之有西昆、江西诸派，不过唐人之绪馀，不足评其乖合矣。"②他崇尚宋词贬抑宋诗，但论宋诗不及梅、欧、苏、黄、陆、范、杨等大家，仅举西昆、江西相比，明属偏颇，难怪王国维要产生"疑问"了。

其实，单就"盛"而言，也有横向比较和纵向评量的不同。宋代文学的五大文体中，小说、戏曲尚处萌芽时期，固不足比，但是宋文、宋诗亦处于繁盛时期，并不比宋词稍逊；而从今存作品数量来看，还大大超过宋词。据《全宋词》的统计，今存词人1300多家，作品近2万首(孔凡礼《全宋词补辑》又新补词人100家，增收430多首)。而正在编纂中的

① 今天有的学者进一步认为，中唐以后的"时代精神已不在马上，而在闺房；不在世间，而在心境"。所以宋词成为"最为成功"的艺术部门，"时代心理终于找到了它的最合适的归宿"(李泽厚：《美的历程》，第193—194页)。
② 焦循：《易馀籥录》卷一五，《木犀轩丛书》本。

《全宋文》(四川大学编)共收作者逾万(其中百分之九十五为无集作者),收文约 10 万篇,达 5 000 万字,为《全唐文》的 5 倍。正在编纂中的《全宋诗》(北京大学编),"所收作者和诗篇,据不完全的初步统计,作者不下 9 000 人,为《全唐诗》的 4 倍,诗篇的数量当为更多(按,《全唐诗》所收诗人 2 200 馀家,诗 48 900 馀首)"①。估计《全宋文》和《全宋诗》两部总集编成后,实际数量还将超过这些预测②。

再从单个作家诗、词创作的数量来分析。据《全宋词》和《全宋词补辑》的统计,宋代词人中作品数量最多的前十名是:(一)辛弃疾,629 首;(二)苏轼,362 首;(三)刘辰翁,354 首;(四)吴文英,341 首;(五)赵长卿,339 首;(六)张炎,302 首;(七)贺铸,283 首;(八)刘克庄,269 首;(九)晏幾道,260 首;(十)吴潜,256 首③。而诗歌创作的数量则成倍地超过。如现存苏轼诗 2 700 多首,杨万里 4 000 多首,陆游近万首,不仅远比唐代李白、杜甫为多(李诗近千首,杜诗 1 400 多首),比之他们自己的词作,多寡相距亦甚远,说明作者们对诗歌创作的投入和专注远远超过了词的创作。至于文,因其内容庞杂,不宜作数量的比较,但日本学者吉川幸次郎说得好:"在中国人的意识里,做文章——即把想用语言表现出来的东西用文字写下来——是人间诸生活中最重要的事情。……文章作为人格的直接象征,在中国人的生活中,至少在已往的生活中,占有着极其重要的位置。"④这在宋代士人中也是如此,作文是比吟诗填词更重视的。

若从文学成就看,宋词与宋诗、宋文也颇难强分高下,硬作轩轾。

---

① 《全宋诗·编纂说明》,北京大学出版社 1991 年版。
② 《全宋诗》正编于 1999 年全部出齐,共 72 册,所收诗人 8 900 家,总字数近 4 千万,为《全唐诗》字数的 10 倍。——1999 年 11 月补注。
③ 见曹济平《〈全宋词〉计算机检索系统的功能》,《古典文学知识》1992 年第 1 期。
④ 《中国文章论》,王水照编选《日本学者中国文章学论著选》,第 259 页,上海古籍出版社 1992 年版。

如清李渔《闲情偶寄》卷一"词曲部·结构第一"中即言:"历朝文字之盛,其名各有所归,汉史、唐诗、宋文、元曲,此世人口头语也。《汉书》《史记》,千古不磨,尚矣,唐则诗人济济,宋则文士跄跄,宜其鼎足文坛,为三代后之'三代'也。"认为"宋文"为宋代文学中之杰出者,与两汉史传、唐代诗歌并为"后三代";他还指明此乃"世人口头语也",并非一己私见而是一般舆论。其实,从宋人开始,已把本朝文章比拟追攀"三代"了。北宋欧阳修《集古录跋尾》卷四《范文度模本兰亭序》①云:"圣宋兴,百馀年间,雄文硕学之士相继不绝,文章之盛,遂追三代之隆。"南宋王十朋《策问》云:"我国朝四叶文章最盛,议者皆归功于仁祖文德之治与大宗伯欧阳公救弊之力,沉浸至今,文益粹美,远出乎正(贞)元、元和之上,而进乎成周之郁郁矣。"②陆游《尤延之尚书哀辞》亦云:"吾宋之文抗汉唐而出其上兮,震耀无穷。"③事实上,无论从体裁的完备、流派的众多、艺术技巧的成熟等方面来衡量,宋代散文确处于我国古代散文发展的一个巅峰阶段,是不应该被轻忽的。至于对宋诗艺术质量的评判,见仁见智,褒贬反差悬殊,崇之者誉为"宋诗岂惟不愧于唐,盖过之矣"④,抑之者竟谓宋"一代无诗"⑤,形成聚讼纷纭的"唐宋诗之争"。然而,这一纷争的实质已不在于唐宋诗之孰优孰劣,而是两种不同艺术标准、文学价值观念之争。这一论争久而未决的事实本身,已说明宋诗完全有资格成为与唐诗抗衡的一个具有某种独立性的艺术系统。尽管它有各种各样的缺失并日益陷入无法克服的创作危机,但其变唐入宋、推陈出新的业

① 欧阳修:《欧阳文忠公集》卷一三七,《四部丛刊》本。
② 王十朋:《梅溪文集·前集》卷一四,《四部丛刊》本。
③ 陆游:《渭南文集》卷四一,《四部丛刊》本。
④ 都穆:《南濠诗话》引刘克庄语,《知不足斋丛书》本。
⑤ 王夫之:《姜斋诗话》卷下,《清诗话》本,第 15 页,上海古籍出版社 1978 年版。

绩仍足以在中国诗歌史上占据一个重要的地位。

　　词家千馀、词作二万的宋词是中国文学中一丛绚丽夺目的奇葩,将其当作宋代文学的代表,置于"一代有一代之文学"系列,只有在下述意义上是正确的：即从中国文学诸文体发展的角度来看,作为词体文学,宋代无疑已臻顶巅。元、明两代固无更多名家名作可以称述,清代的词学中兴,成就不应低估,但清词之于宋词,略与宋诗之于唐诗相埒,总落第二位。宋词以我国词体文学之冠的资格,凭借这一文体的全部创造性与开拓性,为宋代文学争得与前代并驾齐驱的历史地位。在这一意义上,它与楚骚、汉赋、六朝骈文、唐诗、元曲并列才是当之无愧的。若认为宋词的成就超过同时代的宋诗、宋文,则就不很确当。

二、雅、俗之辨

(一) 由雅文学向俗文学的倾斜

　　雅俗之辨是我国重要的一种文化价值标准,具有丰富的内涵和鲜明的民族特点。"雅"的最初含义是指一种鸟,"俗"则指风俗习惯。《说文解字·隹部》："雅,楚乌也,一名鸒,一名卑居,秦谓之雅。"《人部》："俗,习也。"雅、俗对举,最早用于音乐领域。"雅"原指周朝王畿地区的曲调,《毛诗序》云："雅者,正也。"雅即指"正声",与其时的俗乐郑声相对立,雅郑之分就是雅俗之别。而到魏晋南朝时代,雅俗对举却成为品评人物的整个人格乃至一切精神产品的尺度;到了宋代,"雅俗"作为评价人格及文学艺术方面的标准,更为突出和强调,从而成为成熟恒定的价值观念和审美观念。苏轼《於潜僧绿筠轩》云："可使食无肉,不可使居无竹。无肉令人瘦,无竹令人俗。人瘦尚可肥,士俗不可医。"①黄庭坚《书缯卷后》亦云："余尝为少年言：士大夫处

---

① 《苏轼诗集》卷九,第 448 页,中华书局 1982 年版。

世可以百为,唯不可俗,俗便不可医也。"①显与苏轼同一口吻。他们均从士大夫人格美的角度立论,是人们耳熟能详的名言。至于诗歌评论中的"元轻白俗"②等语,则表明在文学创作中同样反映出忌俗尚雅的时代精神指向。

我们说忌俗尚雅是宋代士人的精神指向,然而,雅俗之辨在不同领域、不同层面上又有复杂交叉的情形,雅俗这一对矛盾在宋人观念上又有互摄互融的一面,这都尚需深入论析。

从文体而言,中国文学中的诸种文学样式也存在雅俗的区别。一般说来,雅文学主要指流传于社会中上层的文人文学,如诗、词、文;俗文学则主要指流传于社会下层的通俗文学,如小说、戏曲。前者往往借助于书面记载的形式而流布,后者则更多地通过艺术行为方式而传播。而宋代文学正处于由"雅"向"俗"的倾斜、转变时期,在整个文体盛衰升降过程中,处于一个承前启后的阶段。闻一多《文学的历史动向》中说:

> 我们只觉得明清两代关于诗的那许多运动和争论,都是无味的挣扎。每一度挣扎的失败,无非重新证实一遍那挣扎的徒劳无益而已。本来从西周唱到北宋,足足二千年的工夫也够长的了,可能的调子都已唱完了。到此,中国文学史可能不必再写,假如不是两种外来的文艺形式——小说与戏剧,早在旁边静候着,准备届时上前来"接力"。是的,中国文学史的路线南宋起便转向了,从此以后是小说戏剧的时代。③

---

① 黄庭坚:《豫章黄先生文集》卷二九,《四部丛刊》本。
② 《祭柳子玉文》,《苏轼文集》卷六三,第 1938 页,中华书局 1986 年版。
③ 《闻一多全集》第 1 册,第 201 页,三联书店 1982 年版。

闻一多是具有非凡文学感受能力的诗人兼学者,他的宏观把握,往往精警而发人深思,虽然也常常不无小疵。比如这段论述中把"小说和戏剧"当作"两种外来的文艺形式",对元明清诗词文的成就又一笔抹杀,就可能引起异议;但他的"中国文学史的路线南宋起便转向了"的大判断,却颇具卓识。也就是说,小说和戏剧冲破了士人们忌俗尚雅的审美取向,从南宋勃然兴起,延至元明清时代,逐渐取代了传统诗词文的正统地位,以新的人物、新的文学世界和美学趣味,正式登上了中国文学的神圣殿堂的论断,还是很精辟的。我们应该充分评价元明清诗词文的成就,但其未能超宋越唐,则可断言。如果说,宋代的诗词文(特别是词文)是元明清作家们不断追怀仰慕的昨天,那么,元明清小说、戏曲的大发展就是宋代刚刚发展起来的小说、戏曲的灿烂明天了。宋代文学正体现出这种文化多元综合的特点。

(二)忌俗尚雅和以俗为雅、雅俗贯通

忌俗尚雅是宋代士人雅俗观念的核心,但它已不同于前辈士人那种远离现实生活的高蹈绝尘之心境。他们的审美追求不仅仅停留在精神性的理想人格的崇奉和内心世界的探索上,而同时进入世俗生活的体验和官能感受的追求,提高和丰富生活的质量和内容。也就是说,在"雅"、"俗"之间,并非只有非此即彼的单一选择,而是打通雅俗、圆融二谛,才是最终的审美目标。因而,从宋代五类文体而言,固然可以大致区分为雅、俗两类文学,并可看出由雅而俗的历史动向;然而在文人文学的诗词文三体中,却又各自呈现出"以俗为雅"、俗中求雅、亦俗亦雅乃至大俗大雅的倾向。

严羽《沧浪诗话·诗法》力主学诗必去五俗:"一曰俗体,二曰俗意,三曰俗句,四曰俗字,五曰俗韵。"这位以魏晋盛唐为师、极诋本朝诗歌的评论家,他的尚"雅"反"俗"与其他宋代诗人的着眼点是不同的。他所指摘的五俗,恰恰是宋诗中大量存在的创作现实。

从现象层来看,曾被前代审美理想视为粗俗而拒之门外的题材、物象、意象、句式、词语等纷纷闯入诗歌王国了。宋诗题材的日常生活化、语言的通俗化和近体诗中对格律声韵的变异(如以古入律),就是异常显著的现象。许多"古未有诗"的题材源源不断地出现在诗中,引起过巨大的震愕和不解,其实正体现出宋人审美情趣的深刻变化。仅举饮食文学为例,苏轼现存有关饮食的诗文达一百多篇。他总是情趣盎然地去写肉、鱼、蔬菜、汤羹等家常菜肴和饮酒、喝茶等生活细事,他爱好猪肉,也钟情鱼虾(鮰鱼、鳆鱼、鲫鱼、鲤鱼、通印子鱼、醉鱼、鳊鱼和蟹、蛤等),他写过东坡羹、菊羹、谷董羹、玉叶羹,而笔下的蔬菜更是品类繁多:有春菜(蔓菁、韭菜、荠菜、青蒿)、元修菜、笋、芹、芦菔、芥、菘等等。从司空见惯的俗物、俗事中发掘并获取雅韵,尽情地享受生活乐趣,最大限度地满足人类的生存需求,正是苏轼美食经验的最大特点。

汉语史的研究表明,中唐至两宋是汉语俗字滋生最为繁盛的时期。随着社会生活的发展和多姿多彩,表示新事物的名词,表示新活动的动词,描写新现象的形容词,以及谚语、成语、行业语等,纷纷涌入汉语词汇宝库。"寻常言语口头话,便是诗家绝妙词。"语言的这种发展和变化,自然增加了雅文学中的俗化现象。宋祁《九日食糕》中讥笑刘禹锡:"刘郎不敢题糕字,虚负诗中一世豪。"刘禹锡还是努力向民间文学学习,写过著名《竹枝词》、《杨柳枝词》等的诗人,犹不敢在律诗中使用俗字。宋人则完全冲破这个禁令。王琪说:"诗家不妨间用俗语,尤见功夫。……此点瓦砾为黄金手也。"①苏轼更认为:"街谈市语,皆可入诗,但要人熔化耳。"②别人评苏诗也云:"惟东坡全不拣择,入手便用。如街谈巷说,鄙俚之言,一经坡手,似神仙点瓦砾为黄金,自有妙处。"③苏诗中的俗字俚语确也层出不穷,他还特加

---

① 蔡絛:《西清诗话》引,旧抄本。
② 周紫芝:《竹坡诗话》引,《历代诗话》本,第354页,中华书局1981年版。
③ 朱弁:《风月堂诗话》卷上,《宝颜堂秘笈》本。

自注说明,显示其诗歌语言通俗化的自觉态度。如《和蒋夔寄茶》"厨中蒸粟堆饭瓮"①,《除夜大雪留潍州……》"助尔歌饭瓮"之"饭瓮"②,乃用山东民谣"霜淞打雾淞,贫儿备饭瓮"③;《次韵孙秘丞见赠》"不怕飞蚊如立豹"之"立豹",苏轼自注为"湖州多蚊蚋,豹脚尤毒"④,知豹脚乃蚊名;《东坡八首》之四"毛空暗春泽,针水闻好语"⑤,据苏轼自注为"水"指细雨,"针"指稻毫,皆为蜀语;《发广州》"三杯软饱后,一枕黑甜馀"之"软饱"、"黑甜",苏轼自注云"浙人谓饮酒为软饱","俗谓睡为黑甜"⑥。上述四例,用了今天山东、浙江、四川等地的俚语,足见地域之广。尤如《被酒独行,遍至子云、威、徽、先觉四黎之舍三首》之一云:"半醒半醉问诸黎,竹刺藤梢步步迷。但寻牛矢觅归路,家在牛栏西复西。"⑦"牛矢"一词,卑俗之极,但在这首绝句中,却奇妙地写出农村中一种朴实的生活经验,充分体现了作者身处逆境而淡泊平和的意趣。我们从"牛矢"中却闻到生活的芳香,真可谓化腐朽为神奇,与刘禹锡的不敢用"糕"字,其间的巨大审美距离,颇有象征意义。

超出现象层而进入意蕴层,更能看到宋代士人深刻的雅俗贯通互摄的思想,反映出华夏审美意识已发展到一个较为健全、成熟的阶段。黄庭坚一生向往像周敦颐那样的理想人格风范:"人品甚高,胸中洒落,如光风霁月,好读书,雅意林壑。"⑧但他同时强调,应在普通

---

① 《苏轼诗集》卷一三,第 654 页,中华书局 1982 年版。
② 《苏轼诗集》卷一五,第 714 页,中华书局 1982 年版。
③ 杨慎:《升庵诗话》卷一〇,《梅溪注东坡诗》条,《历代诗话续编》本,第 832 页,中华书局 1983 年版。
④ 《苏轼诗集》卷一九,第 968 页,中华书局 1982 年版。
⑤ 《苏轼诗集》卷二一,第 1081 页,中华书局 1982 年版。
⑥ 《苏轼诗集》卷三八,第 2067 页,中华书局 1982 年版。
⑦ 《苏轼诗集》卷四二,第 2322 页,中华书局 1982 年版。
⑧ 黄庭坚:《濂溪诗序》,《豫章黄先生文集》卷一,《四部丛刊》本。

的日常平凡生活中体现出"光风霁月"的精神境界,而不是追求外表的道貌岸然,峨冠博带。他在解答"不俗人"的标准时说,标准颇为"难言",但有一点是清楚的,那就是"视其平居无以异于俗人,临大节而不可夺",之所以"不可夺",乃是"胸中有道义,又广之以圣哲之学"①,即注重于内心"灵府"的实在涵养。这种以俗见雅乃至融贯泯同雅俗的思想,在宋人中是有代表性的,都受到佛教思想的普遍影响,尤与大乘中观学派的"真俗二谛说"颇有相通之处。此派学说由鸠摩罗什开始系统介绍进入我国,成为各派佛教立宗的重要根据。"俗谛"又称"世谛"、"世俗谛";"真谛"又称"胜义谛"、"第一义谛"。中观学派认为因缘所生诸法,自性皆空,世人不懂此理,误以为真实。这种世俗以为正确的道理,谓之"俗谛";佛教圣贤发现世俗认识之"颠倒",懂得缘起性空的道理,以此种道理为真实,称为"真谛"。此二谛虽有高下之分,但均是缺一不可的"真理"。龙树《中论》云:"第一义(谛)皆因言说(方得显示);言说是世俗(谛)。是故若不依世俗,第一义则不可说。"即强调"真谛"必依赖于"俗谛"而显示,要从"俗"中求"真"。隋僧吉藏《二谛义》卷上云:"真俗义,何者?俗非真则不俗,真非俗则不真。非真则不俗,俗不碍真;非俗则不真,真不碍俗。俗不碍真,俗以为真义;真不碍俗,真以为俗义也。"这就把真俗二谛彼此依存、互为前提条件的关系发挥得更为淋漓尽致。此派佛教学说旨在借助"二谛"来调和世间和出世间的对立,但也在断定世俗世界和世俗认识的虚幻性的同时,又从另一角度来肯定它们的真实性,为佛教之深入世俗生活提供理论根据。这种思想观念和思维方式深深地为宋代士人所习染。苏轼在两处评论陶渊明、柳宗元的诗歌时说:

---

① 黄庭坚:《书缯卷后》,《豫章黄先生文集》卷二九,《四部丛刊》本。

诗须要有为而作，当以故为新，以俗为雅。好新务奇，乃诗之病。柳子厚晚年诗，极似陶渊明，知诗病者也。①

所贵乎枯澹者，谓其外枯而中膏，似澹而实美，渊明、子厚之流是也。若中边皆枯澹，亦何足道！佛云："如人食蜜，中边皆甜。"人食五味，知其甘苦者皆是；能分别其中边者，百无一二也。②

其中所引"佛云"之语，出自佛教经典《四十二章经》第三十九章。此书相传为中国第一部汉译佛经，在宋代有真宗、守遂等注本，流传颇广。依照"中边"即"中观"的视点，则俗与雅、故与新、枯与膏、澹与美均为相即相彻的对立统一的概念，也就是说，这些对立概念之间并非只有一种非此即彼的选择，而完全可以并且应该统一为你中有我、我中有你的圆融境界。这些概念都是苏轼在评论同一对象陶、柳诗时使用的，其实都可以统摄在"以俗为雅"上。所谓"以故为新"就是"以俗为雅"的具体内容之一，"故"指陈言，前代的典故、辞语，相沿甚久，便成熟烂陈腐的俗套，也就是"俗"。姜夔《白石道人诗说》云："人之所易言，我寡言之；人之所难言，我易言之，自不俗。"其中指示了"以故为新"的一种门径，也透露出"以故为新"与"以俗为雅"的内在关联。而"枯澹"的艺术风格，正是"以俗为雅"的最高审美追求。僧肇《鸠摩罗什法师诔并序》形容法师的精神境界说："融冶常道，尽重玄之妙；闲雅悟俗，穷名教之美。"也正是冥同玄远与世俗的平淡自然之美。

苏轼提出诗歌"以俗为雅"的口号并不是孤立的，在他之前的梅尧臣和之后的黄庭坚，均有此说。《后山诗话》云："闽士有好诗者，不

---

① 《题柳子厚诗》，《东坡题跋》卷二，"当以故为新"前有"用事"二字。此据《稗海》本《东坡志林》卷九。

② 《评韩柳诗》，《苏轼文集》卷六七，第2109页，中华书局1986年版。

用陈语常谈,写投梅圣俞。答书曰:'子诗诚工,但未能以故为新,以俗为雅尔。'"梅尧臣是这样告诫别人的,也是这样从事写作的,只是他尚未掌握好由俗变雅的"度",以致"每每一本正经的用些笨重干燥不很像诗的词句来写琐碎丑恶不大入诗的事物",他追求的"平淡",也"'平'得常常没有劲,'淡'得往往没有味"①。而黄庭坚则在理论上或写作上成熟得多了。他在《再次韵(杨明叔)·引》中说:"庭坚老懒衰堕,多年不作诗,已忘其体律。因明叔有意于斯文,试举一纲而张万目。盖以俗为雅,以故为新。百战百胜,如孙吴之兵;棘端可以破镞,如甘蝇、飞卫之射,此诗人之奇也。"②这里把"以俗为雅,以故为新"提高为能"张万目"的诗歌创作之"纲",掌握这一纲领,就能百战百胜,势如破竹,获得创作的成功。他又说:"宁律不谐而不使句弱,用字不工不使语俗,此庾开府之所长也;然有意于为诗也。至于渊明,则所谓不烦绳削而自合者。……说者曰:若以法眼观,无俗不真;若以世眼观,无真不俗。渊明之诗,要当与一丘一壑者共之耳。"③"法眼"、"世眼",也即是"真谛"、"世谛",他从对佛家中观学派的体认和发挥中,深刻地把握陶诗"与一丘一壑者共之"的真不离俗、即真即俗的自然契合之境,正是这一点,才使陶翁高出庾信,而不是简单地追求"不使语俗"。他还反复强调,此种诗品之极诣,来源于人品,所谓"俗里光尘合,胸中泾渭分"④、"胸次九流清似镜,人间万事醉如泥"⑤,只要自身保持高雅襟怀,尽可和光同尘,并进而认为只有从卑俗低微的尘世生活中才能寻求真谛雅韵,"雅"与"俗"便在这样的思想基础上走向了融通一致。

① 钱锺书:《宋诗选注》,第 14 页,人民文学出版社 1982 年版。
② 黄庭坚:《山谷诗内集注》卷一二,《四部备要》本。
③ 黄庭坚:《题意可诗后》,《豫章黄先生文集》卷二六,《四部丛刊》本。
④ 黄庭坚:《次韵答王眘中》,《山谷诗内集注》卷七,《四部备要》本。
⑤ 黄庭坚:《戏效禅月作远公咏》,同上书,卷一七。

　　除诗歌外，宋代雅文学中的词和文，也有贯通雅俗的现象。词本来源起民间，通俗浅显，生动活泼，迨至文人创作，渐趋雅化。然而，两宋词史中，俗化一脉与复雅一脉始终并行不废，一起走完宋词发展的全程。而同一词人，既作俗词，又作雅词，也是屡见不鲜的，著名的如柳永、欧阳修、黄庭坚等，都是双峰对峙、兼擅雅俗的。至于宋代散文，原以"古文"为正宗，但在语言和体裁方面如语录体、笔记小品等，也有俗化倾向。依照后来文章家的传统见解，"古文"是不容许沾染语录白话等语言成分的，如清李绂《古文词禁八条》①之一，就是禁用"儒先语录"，方苞也主张"古文中忌语录中语"②。但程子认为："以书传道，与口相传，煞不相干。相见而言，因事发明，则并意思一时传了，书虽言多，其实不尽。"肯定了语录体达意传情之优长，为语录体的盛行护法。对词、文的雅俗问题，我们不再详述，本书有关论文还有所论及。总之，宋代雅文学中所表现出来的雅俗融贯的"民间关怀"，应是它的一大特色。

　　其至在诗词文的雅文学与小说戏曲的俗文学之间，也发生打破文体畛域进而贯通融汇的现象。如黄庭坚论诗云："作诗正如作杂剧，初时布置，临了须打诨，方是出场。"③参军戏中"参军"和"苍鹘"两个角色之间的"打诨"，往往正言若反，戏语显庄，饱含机趣。吕本中《童蒙训》称赞"东坡长句，波澜浩大，变化不测；如作杂剧，打猛诨入，却打猛诨出也。《三马赞》'振鬣长鸣，万马皆喑'，此记不传之妙"。叶梦得《石林诗话》卷上举例说："诗终篇有操纵，不可拘用一律。苏子瞻'林行婆家初闭户，翟夫子舍尚留关'，始读殆未测其意；盖下有'娟娟缺月黄昏后，袅袅新居紫翠间。系澧岂无罗带水，割愁还有剑铓山'四句，则入头不怕放行，宁伤于拙也！然'系澧''罗带'、

---

① 李绂：《穆堂别稿》卷四四，道光刊本。
② 方苞：《方望溪先生传》附《自记》，《隐拙轩文钞》卷四。
③ 王直方：《王直方诗话》引，《宋诗话辑佚》，第14页，中华书局1980年版。

'割愁''剑铓'之语,大是险诨,亦何可屡打?""林行婆"发端二句,缓缓道来,似乎离题万里,即是"打猛诨入";"娟娟"四句遥承,即"打猛诨出",犹如相声的捧哏之于逗哏,诗之于杂剧,脉理暗通①。清翁方纲《石洲诗话》卷三,也从杂剧打诨的角度,评赏苏轼《李思训画长江绝岛图》一诗结句"舟中贾客莫漫狂,小姑前年嫁彭郎"之妙。他说:"……至此首,则'舟中贾客'即上之'棹歌中流声抑扬'者也,'小姑'即上'与船低昂'之山也,不就俚语寻路打诨,何以出场乎?况又极现成,极自然,缭绕萦回,神光离合,假而疑真,所以复而愈妙也。"自宋至清的这些评论,尚不能证实苏轼等宋代诗人已自觉地向杂剧取径效法,但至少说明宋诗和戏剧并没有不可逾越的鸿沟,而具有相通或相似的艺术品位和风味。

就连传统积淀最深、正统观念最强的宋代古文,个别作品也从小说中接受了影响。关于范仲淹名作《岳阳楼记》用"传奇体"的材料,便饶有兴味。《后山诗话》云:"范文正为《岳阳楼记》,用对语说时景,世以为奇。尹师鲁读之曰:'《传奇》体尔!'《传奇》,唐裴铏所著小说也。"范氏此作中间"若夫淫雨霏霏"、"至若春和景明"两大段,均用四言排比句,辞采繁缛,颇近唐代传奇的语言风格,实与"古文"的一般崇尚简淡者异趣。尹洙《传奇》体"一语,是把作为专书的《传奇》扩大而泛指传奇小说文体,同时又仅指传奇的语言风格而言,不指其具有人物、故事、情节的小说体式,因而我以为是正确的。当然,"用对语说时景"尚可追溯到更早。如后汉张衡《归田赋》"于是仲春令月,时和气清,原隰郁茂,百卉滋荣,王雎鼓翼,鸧鹒哀鸣";梁江淹《丽色赋》"若夫红华舒春,黄鸟飞时","故气炎日永,离明火中","至乃西陆始秋,白道月弦","及沍阴涸时,冰泉凝节"等。但在唐传奇中,却成

<hr>

① 参见王季思:《打诨、参禅与江西诗派》,《玉轮轩古典文学论集》,第334页,中华书局1982年版。

为更为突出的语言特点。裴铏的小说集《传奇》中就比比皆是,如《封陟》中写美景:"书堂之畔,景象可窥,泉石清寒,桂兰雅淡","虚籁时吟,纤埃昼闻","薜蔓衣垣,苔茸毯砌";《文箫》中写天色骤变:"忽天地黯晦,风雷震怒,摆裂帐帷,倾覆香几"等等,颇与范氏之文相埒。唐传奇这一区别于韩柳"古文"的语言特点,殆与当时变文、俗曲等民间文学的影响有关。尹洙是范仲淹的好友,他又是崇尚"简而有法"的纯正古文家,他的"《传奇》体尔"的讥评,反映出他从语言审辨的直觉出发,觉察到《岳阳楼记》的语言风格,并非远沿汉魏晋之赋,而是近承唐传奇的作风,应是可信的。陈振孙《直斋书录解题》卷一一在《传奇》条下评尹洙之语云:"尹师鲁初见范文正《岳阳楼记》,曰:'《传奇》体尔!'然文体随时,要之理胜为贵,文正岂可与《传奇》同日语哉!盖一时戏笑之谈耳。"他认为范氏之作含有堂堂正正的义理,不能与传奇之以文为戏者同日而语,这是偷换了论题,但"文体随时"一句,模棱两可,似未完全截断范记与传奇的相涉之处。

还应说明,雅和俗的区别是相对的。小说、戏曲相对于诗、词、文而言,属于俗文学,但其内部也可有雅俗之分。宋代小说中的古体小说和近体小说,均以叙事为基本构成,但在语言上,一则文言,一则白话;在传播手段上,一则书面,一则依赖于说书等艺术行为,其间就有雅俗的不同。一般说来,一种文体的发展,总是经过口传文学到书面文学、或从民间文学到作家文学的嬗变过程,也就是由野而史、由俗而雅的过程,但也有逆向取野取俗的趋势。宋代的"说话"固然吸取文言小说的滋养,"夫小说者,虽为末学,尤务多闻。非庸常浅识之流,有博览该通之理。幼习《太平广记》,长攻历代史书。……《夷坚志》无有不览,《琇莹集》所载皆通"①,另一方面,其时的文言小说也

---

① 元罗烨:《醉翁谈录》之《舌耕叙引·小说开辟》,第 3 页,古典文学出版社 1957 年版。

或明或暗地接受白话小说的影响,例如为说话人所"无有不览"的洪迈《夷坚志》,其人物、故事之兼取市井,语言之并采俚俗,就是向"说话"所作的艺术倾斜。雅俗互摄互融的趋势,有利于文学对异质因子的吸收融合,促进宋代文学多元综合这一特征的形成。

三、尊 体 与 破 体

(一) 尊体与破体的对立相争

尊体与破体是文体发展过程中又一相反相成的趋向,它根源于每一文体本身所具有的既稳定保守、又变革开放的双重性。一种文学样式的体制规范首先由该文体的功能所决定,并在长期的文学实践过程中逐渐形成;它一旦形成以后,就成为一定的文化形态,具有稳固的自足性,不容随意破坏;但又由于文体并不是一种抽象的形式,而是表达特定内容的形式,随着内容的必然变化,文体也会随之发生这样那样的变化。尊体和破体的矛盾运动应是文学发展的一般法则。

文体研究是我国文学理论批评史的一个重要领域,已达到很高的水平。刘勰的《文心雕龙》就分类标准、源流演变、形制风格特点乃至选文示范等方面,建立了颇为严密的文体论体系,其中的一些基本观点对理解尊体和破体的性质、解决有关的学术纷争,甚有助益。

第一,文体是由所需表达的情理决定的。《熔裁》篇说:"是以草创鸿笔,先标三准:履端于始,则设情以位体……"他指出创作的三准则,其优先和首要之点在于根据情理来选择体裁,即体裁是由情理决定的。《定势》篇开端云:"夫情致异区,文变殊术,莫不因情立体,即体成势也。"创作手法的变化依存于情趣的各各不同,但是,依照情理来确定体制,就着体制的要求来形成某种文势,这是一定的规则。

第二，运用文体时应注意"昭体"与"晓变"的结合。《风骨》篇云："若夫熔铸经典之范，翔集子史之术，洞晓情变，曲昭文体，然后能孚甲新意，雕画奇辞。昭体，故意新而不乱；晓变，故辞奇而不黩。"在他看来，写作应在广泛熔铸、吸收经子史传的基础上，既深切通晓感情的变化，又详细了解文章的体制。只有"昭体"才能意义创新而不违规矩，只有"晓变"才能文辞新奇而不背准绳。《通变》篇更提出了"夫设文之体有常，变文之数无方"，确立了文体的有"常"有"变"、相反相成、缺一不可的重要观点；只有两者统一，才能"骋无穷之路，饮不竭之源"，保持创作的青春活力。在《论说》篇中，又提出"参体"的概念，用以指称各个文体间的打通现象，也是很有价值的。

第三，文体随时代的变化而变化。《通变》篇末云："文律运周，日新其业，变则可久，通则不乏。"变通才是保持文学不断发展和日趋丰富的根本动因，这自然也适用于文体的"望今制奇，参古定法"，即在继承前代的前提下，根据当前趋势进行创新和变异。

刘勰的这些基本观点，为后世文体学的发展奠定了良好的基础，以后的文评家大体都是发挥和完善他的论点。如宋以前的《文镜秘府论·论体》谓"词人之作也，先看文之大体"，即以辨体、尊体为创作要务；宋以后的陈绎曾《文筌·古文谱五》论"体制"要"先认本色，次知变化"；胡应麟《诗薮·内编》卷一谓"文章自有体裁，凡为某体，务须寻其本色，庶几当行"，强调的"本色"即是文体的质的规定性。

然而，在宋代，文体问题无论在创作中或在理论上都被提到一个显著的突出地位。一方面极力强调"尊体"，提倡严守各文体的体制、特性来写作；一方面又主张"破体"，大幅度地进行破体为文的种种尝试，乃至影响了宋代文学的整体面貌。两种倾向，互不相让，而又错综纠葛，显示出既激烈又复杂的势态。这类歧见，虽说史不乏例，然而于宋为烈，甚至发展成一桩桩的文学公案，这就有加以论析的必要了。

下面是一些随手拈来的尊体的言论：

> 王安石主张："荆公评文章，常先体制而后文之工拙。盖尝观苏子瞻《醉白堂记》，戏曰：'文词虽极工，然不是《醉白堂记》，乃是《韩白优劣论》耳。'"①
>
> 黄庭坚亦云："诗文各有体，韩以文为诗，杜以诗为文，故不工尔。"②
>
> 张戒认为："论诗文当以文体为先，警策为后。"③
>
> 倪思亦云："文章以体制为先，精工次之。失其体制，虽浮声切响，抽黄对白，极其精工，不可谓之文矣。"④
>
> 严羽则强调：写作"须是本色，须是当行"。⑤

从北宋以迄于南宋之末，尊体之声不绝于耳。但这绝不是一家独鸣，毋庸说正因为有相反声音存在，才刺激着尊体之说的反复强调。我们不妨举几场著名的双方对阵论战。

一是沈括和吕惠卿等人关于韩愈诗的争论：

> 沈括存中、吕惠卿吉甫、王存正仲、李常公择，治平中，同在

① 黄庭坚：《书王元之〈竹楼记〉后》引，《豫章黄先生文集》卷二六，《四部丛刊》本。
② 陈师道：《后山诗话》引，《历代诗话》本，第 303 页，中华书局 1981 年版。
③ 张戒：《岁寒堂诗话》卷上，《历代诗话续编》本，第 459 页，中华书局 1983 年版。
④ 倪思：《经钮堂杂志》，见吴讷《文章辨体序说》"诸儒总论作文法"引，第 14 页，人民文学出版社 1962 年版。
⑤ 严羽：《沧浪诗话·诗法》，《历代诗话》本，第 693 页，中华书局 1981 年版。

馆下谈诗。存中曰："韩退之诗,乃押韵之文耳,虽健美富赡,而终不近古。"吉甫曰："诗正当如是,我谓诗人以来,未有如退之也。"正仲是存中,公择是吉甫,四人者交相诘难,久而不决。公择忽正色而谓正仲曰："君子群而不党,君何党存中也?"正仲勃然曰："我所见如是耳,顾岂党耶? 以我偶同存中,遂谓之党,然则君非吉甫之党乎?"一坐皆大笑。余每评诗亦多与存中合。①

沈括、王存连同魏泰是尊体"党",吕惠卿、李常是破体"党",两厢交锋,始怒后笑,极富喜剧色彩。然而,关于前代韩诗功过的评价,正关涉到当时诗歌的发展走向,透过喜剧色彩,宋诗研究者是会看到严肃内容的,可惜"交相诘难"的具体内容已不得而知。然而,南宋的另一场性质相同的争论就更富论理因素。刘克庄乃属沈括一派,他较早提出"文人之诗"和"诗人之诗"两个概念。在《竹溪诗序》中,他说:"迨本朝,则文人多,诗人少。三百年间虽人各有集,集各有诗,诗各自为体,或尚理致,或负材力,或逞辨博,少者千篇,多至万首,要皆经义策论之有韵者尔,非诗也。自二三巨儒及十数大作家,俱未免此病。"②他主张诗歌应该具有与"文"不同的特性,严守诗、文壁垒,"经义策论之有韵者尔"正是沈括"押韵之文耳"的翻版。同时的刘辰翁就明确表示异议。他在《赵仲仁诗序》中写道:"后村谓文人之诗,与诗人之诗不同,味其言外,似多有所不满,而不知其所乏适在此也。""文人兼诗,诗不兼文也。……韩苏倾竭变化,如雷霆河汉,可惊可快,必无复可憾者,盖以其文人之诗也。诗犹文也,尽如口语,岂不更胜? 彼一偏一曲,自擅诗人诗,局局焉,靡靡焉,无所用其四体。"③他

---

① 魏泰:《东轩笔录》卷一二,第 141 页,中华书局 1983 年版。并见其《临汉隐居诗话》。惠洪《冷斋夜话》卷二亦有此记载。
② 刘克庄:《后村先生大全文集》卷九四,《四部丛刊》本。
③ 刘辰翁:《须溪集》卷六,《四部丛刊》本。

认为"文人之诗"有助于奔放奇崛风格的形成,"文人兼诗",文有与诗相通之处,实为"以文为诗"的合理性提供理论根据。

在词学领域,则有"苏门"关于苏轼"以诗为词"的争论。从现存材料来看,晁补之、张耒是最早概括出苏词的这个特点的。《王直方诗话》云:"东坡尝以所作小词示无咎、文潜曰:'何如少游?'二人皆对云:'少游诗似小词,先生小词似诗。'"①这里所说的"先生小词似诗",并非褒语。正如《吹剑续录》中"幕士"的"关西大汉执铁板"之喻,也含有戏谑婉讽的意味。因为当时的词,一般是供歌女在酒筵娱乐场合演唱的,常用琵琶等弦乐器伴奏②。更为直截尖锐的,是传为陈师道所作的《后山诗话》,云苏词"虽极天下之工,要非本色",批评堪称激烈大胆。当然也有个别为苏词辩护之词,如主张"本色论"的晁补之就说:"居士词横放杰出,自是曲子中缚不住者。"③但当时这种见解不占主导。半个世纪以后,南宋绍兴年间,王灼在《碧鸡漫志》卷二中才出而大声疾呼,对苏词革新作了最充分的肯定:"东坡先生以文章馀事作诗,溢而作词曲,高处出神入天,平处尚临镜笑春,不顾侪辈。或曰'长短句中诗也',为此论者,乃是遭柳永野狐涎之毒。""东坡先生非心醉于音律者,偶尔作歌,指出向上一路,新天下耳目,弄笔者始知自振。"明确尊苏词为典范,为词坛立帜。

理论上的争论似乎势均力敌,尊体说看来还略占上风;然而在两宋文坛上,"破体为文"的种种尝试,如以文为诗、以赋为诗、以古入

① 胡仔:《苕溪渔隐丛话·前集》卷四二,第284页引,人民文学出版社1962年版。
② 宋翔凤《乐府馀论》云:"北宋所作,多付筝琶,故啴缓繁促而易流。"《词话丛编》本,第2498页,中华书局1986年版。
③ 吴曾:《评本朝乐章》,《能改斋漫录》卷一六,第469页,上海古籍出版社1979年版。

律、以诗为词、以文为词、以赋为文、以文为赋、以文为四六等,令人目不暇接,其风气日益炽盛,越来越影响到宋代文学的面貌和发展趋向。这种风气有其必然性。最能说明此点的,是同一作家身上出现尊体和破体的自我矛盾现象。王安石是主张尊体的,他戏称苏轼的《醉白堂记》乃《韩白优劣论》,但他自己的《游褒禅山记》不也是通过记游而进行说理的一篇《治学论》吗? 他同样未能避免"今之记乃论也"①,即"以论为记"的时尚。李清照在苏轼革新词风之后作《词论》,标举词"别是一家",严别诗词之域,重申词体独具的特性,对于防止破体过"度"有一定的约束和警示作用;但她的词作也并未完全遵循传统婉约词风的樊篱。像《渔家傲》"天接云涛连晓雾"的壮怀奇思,笔力挺拔;《永遇乐》"落日熔金"的家国之思,今昔之慨,悲恨盘郁,力透纸背,均有几分阳刚之气。她一再强调合乐歌唱的词体特性,但其作品的歌唱效果也颇令人怀疑。如名作《声声慢》,夏承焘曾指出此词共 97 字,而舌声 15 字,齿声 42 字,共达 57 字,占全词字数的一半以上②(有人认为,"摘"、"著"两字属"知"母,亦为齿音,则舌、齿声共 59 字),如此密集的舌齿声字,不怕拗折歌女的嗓子吗? 开篇"寻寻觅觅,冷冷清清,凄凄惨惨戚戚"14 字中,除"觅觅"、"冷冷"外,全是齿声,在歌唱时也不免涩舌棘喉(吟诵则是另一效果),犹如"乞儿诗"、绕口令一般了。此词并无曾付管弦以歌唱的记载,按情理恐难获得理想的歌唱效果。

　　总之,破体为文不是个别作家一时的偶尔为之,而是大量的、普遍的现象。它睥睨尊体派的强大舆论压力,甚至违背作家本人的理论主张而勃兴。对其产生原因和是非功过,我们再从"以文为诗"、"以诗为词"、"以文为赋"和"以赋为文"诸端继作探讨。

---

① 陈师道:《后山诗话》,《历代诗话》本,第 309 页,中华书局 1981 年版。
② 参见夏承焘:《李清照词的艺术特色》,《文学评论》1961 年第 4 期。

（二）"以文为诗"、"以诗为词"、"以文为赋"和"以赋为文"

1. 以文为诗

所谓"以文为诗"，主要是指把散文的一些手法、章法、句法、字法引入诗中，也指吸取散文的无所不包的、犹如水银泻地般地贴近生活的精神和自然、灵动、亲切的笔意笔趣。前者属于诗歌的外在体貌层，我在《宋代诗歌的艺术特点和教训》①一文中已有所论列，兹不赘述；后者则属内在素质层了。宋代诗人趋于内省沉思，力求探索天道、人道与天人关系之道的奥秘，而与盛唐诗人的胸怀济世大志、英气勃勃、奋发向上迥异其趣，因而，他们把诗歌当作自己生活天地中一种时时"不可无诗"的精神必需品，没有诗，几乎取消了文化生活的一切。诗歌与文人的日常生活、生命体验、个性人格更紧密地融为一体。袁宏道《雪涛阁集序》评欧、苏诗云："有宋欧、苏辈出，大变晚习，于物无所不收，于法无所不有，于情无所不畅，于境无所不取，滔滔莽莽，有若江河。"②这种无所不在、无所不包的抒写要求，正是散文之擅长。散文精神之所以在宋诗里得到张扬，是与宋代诗人的诗歌观念密切相连的。胡适曾说过："我认定了中国诗史上的趋势，由唐诗变到宋诗，无甚玄妙，只是作诗更近于作文！更近于说话。……宋朝的大诗人的绝大贡献，只在打破了六朝以来的声律的束缚，努力造成一种近于说话的诗体。"③这种"近于说话的诗体"虽不能涵盖宋诗的全部，但却是其重要的特征。我们试读苏轼《出城送客，不及，步至溪上二首》：

> 送客客已去，寻花花未开。未能城里去，且复水边来。父老

---

① 王水照：《唐宋文学论集》，齐鲁书社 1984 年版。
② 袁宏道：《袁中郎全集》卷一，《有不为斋丛书》本。
③ 胡适：《逼上梁山——文学革命的开始》，《中国新文学大系·建设理论集》，第 8 页，良友图书印刷公司 1935 年版。

借问我,使君安在哉?今年好雨雪,会见麦千堆。

春来六十日,笑口几回开。会作堂堂去,何妨得得来。倦游行老矣,旧隐赋归哉。东望峨眉小,卢山翠作堆。①

两诗款款道来,明白如话,却是一片神行,全然不觉这是原本格律规范严格的五律,而且还是次韵之作。纪昀评云:"二诗皆老笔直写,无根柢人效之,便成浅率。"②再举另一首杨万里的五古《夏夜玩月》,也是"近于说话"的:

仰头月在天,照我影在地;我行影亦行,我止影亦止。不知我与影,为一定为二?月能写我影,自写却何似? ——偶然步溪旁,月却在溪里!上下两轮月,若个是真底?为复水是天?为复天是水?

同样写"步至溪上",笔致更见活泼多姿,转折愈转愈妙。宋诗世界中的情思,经过理性的过滤、梳理、掂量而显得明澈透亮,爽利的语脉洋溢着活力、机趣和智慧,诗歌所呈现的境界似乎与生活的自然形态并无二致,不矫饰,不做作,使诗歌与接受者的距离得以最大限度地缩短。宋诗的这些特色都与对散文精神的吸纳融化有关。

诗歌必须有诗的形象、诗的感情和诗的语言、韵律,即区别于一般应用文的特性,这是前提,但又应同时承认诗歌风格、写法、体裁的多样化。"以文为诗"只是宋诗的一个特点,它可以成为优点也可以成为缺点,关键在于遵循还是离开诗之所以为诗的特性。具体而言,是弄清"诗"与"文"在哪些方面相通,破体的限度又在何处。陈善《扪

---

① 《苏轼诗集》卷一三,第 618 页,中华书局 1982 年版。
② 纪昀:《纪批苏诗》卷一三,清道光本。

虱新话·上集》卷一指出"诗"与"文"自有"相生"的内在机制:"文中要自有诗,诗中要自有文,亦相生法也。文中有诗,则句语精确;诗中有文,则词调流畅。谢玄晖曰'好诗圆美流转如弹丸',此所谓诗中有文也。"说明"以文为诗"便于少受格律拘束,形成流畅圆转、挥洒自如的风格。元好问也认为诗文之间并没有不可逾越的鸿沟:"人心不同如面,其心之声发而为言,言中理谓之文,文而有节为之诗。然则诗者,文之变也,岂有定体哉? 故三百篇,什无定章,章无定句,句无定字,字无定音,大小长短,险易轻重,惟意所适。"①他总是强调诗、文虽文体有别,但在语言上并无本质的不同,都使用同一种的表达工具:"尝试妄论之:诗与文,特言语之别称耳;有所记述之谓文,吟咏情性之谓诗,其为言语则一也。"②方东树《昭昧詹言》卷八在评论杜诗时说:"洁净,远势,转折,换气,束落,参活语,不使滞笔重笔,一气浑转中留顿挫之势,下语必惊人,务去陈言,力开生面:此数语,通于古文作字。"则对相通点作了细致的分析。刘熙载《游艺约言》则说得简洁而一针见血:"文之理法通于诗,诗之情志通于文。作诗必诗,作文必文,非知诗文者也。"的确,写诗不能不是诗,但也不能死守诗的体制规范而不敢越雷池一步,死于"诗"下。诗可以吸收、整合文的"理法",大致说来,散文的叙述手法、谋篇布局的种种技巧、熔铸词语的经验,确能使诗歌丰富表现手段和艺术风格,但在运用散文式的句法和字法时却往往削弱诗歌语言的精练和韵律美,以致益小于害。如果破体过"度","老笔直写"就变成为"浅率","真味久愈在"的"食橄榄"(欧阳修语)有可能"味同嚼蜡"了。

然而,宋诗的"以文为诗"实在是中国诗歌发展史上一个必然经

---

① 元好问编:《中州集》卷二,第 77 页,评刘汲语,中华书局上海编辑所 1959 年版。

② 《杨叔能小亨集引》,《元好问全集》卷三六,下册第 37 页,山西人民出版社 1990 年版。

过的环节，具有历史的必然性。宋诗创作是在唐诗的巨大影响下进行的，唐诗的灿烂辉煌反而激活了宋人自成一家的创新意识。宋祁说："文章必自名一家，然后可以传不朽。"①苏轼说："凡造语，贵成就，成就则方能自名一家。"②对唐诗权威都表现出一种挑战姿态，表达出开宗立派的自觉要求，因而必然要从唐诗的阴影中走出来。黄庭坚屡屡言说"随人作计终后人"、"文章最忌随人后"，胡仔赞为"至论"③。直至南宋后期，戴复古《论诗十绝》之四④也说："意匠如神变化生，笔端有力任纵横，须教自我胸中出，切忌随人脚后行。"他的诗句不免是黄庭坚诗的"随人后"，但所表达的愿望确是两宋诗人的共同呼声。

"以文为诗"正是他们突破唐贤、自成宋调的一大法门。赵翼《瓯北诗话》卷五云："以文为诗，自昌黎始。至东坡益大放厥词，别开生面，成一代之大观。""以文为诗"还可以追溯得更远，杜诗中已颇显著；但杜、韩诗中，此境尚未尽情开拓，这就为后人留有馀地，留有继续发挥的空间。宋人循此入手，学唐以求变唐，是顺理成章之事。钱锺书先生即把它视作文学"革故鼎新"之"道"："文章之革故鼎新，道无它，曰以不文为文，以文为诗而已。向所谓不入文之事物，今则取为文料；向所谓不雅之字句，今则组织而斐然成章。谓为诗文境域之扩充，可也；谓为不入诗文名物之侵入，亦可也。"⑤在《管锥编》第 3 册第 890 页中，他又说："名家名篇，往往破体，而文体亦因以恢弘焉。"总之，承认文体而又变革文体，才能丰富和发展文体，这可以看作文

---

① 宋祁：《宋景文笔记》，《学津讨原》本。
② 李之仪：《姑溪居士全集·前集》卷四〇《跋吴师道诗》引，《四部丛刊》本。
③ 参见胡仔《苕溪渔隐丛话·前集》卷四九，第 333 页，人民文学出版社 1962 年版。
④ 戴复古：《石屏诗集》卷六，《四部丛刊续编》本。
⑤ 钱锺书：《谈艺录》，第 29—30 页，中华书局 1984 年版。

学演变的一条规律。

"以文为诗"不仅直接影响了宋诗的整体面貌,而且其影响还延伸到"五四"以后的新文学。胡适在上面引述的《逼上梁山》中提到,他在 1915 年 9 月寄友人的诗中说:"诗国革命何自始?要须作诗如作文。琢镂粉饰丧元气,貌似未必诗之纯……"他还说:"在这短诗里,我特别提出了'诗国革命'的问题,并且提出了一个'要须作诗如作文'的方案。从这个方案上,惹出了后来做白话诗的尝试。"若干年后,他对这个主张作了交底:

> 我那时(1915 年 9 月)的主张颇受了读宋诗的影响,所以说"要须作诗如作文",又反对"琢镂粉饰"的诗。

足见"五四"新诗是滥觞于"作诗如作文"的宋诗的,新诗、旧诗原来一脉相承。胡适在 1917 年《寄陈独秀》一文中说:"钱玄同先生论足下所分中国文学之时期,以为有宋之文学不独承前,尤在启后,此意适以为甚是。"这些新文学开创者对于"以文为诗"和宋代文学的评估,至今还发人深思,启发我们对破体为文应采取全面、辩证和历史的态度。

2. 以诗为词

学术界关于"以诗为词"的讨论已取得不少进展,但意见尚未一致。主要是两个问题:一是何谓"以诗为词"? 二是如何评价"以诗为词"?

我们认为,"以诗为词"按照最简单的解释,就是把诗的作法、风格引入词中。其前提当然是承认诗与词具有不同的体制特征,即诗之为诗、词之为词的质的规定性。但这不是一下就能辨明的。流行的关于诗、词区别的几条特征(包括王国维《人间词话》的"诗之境阔,词之言长"等),几乎都能找出反例。词体特质应是一个历时性的概念,其内涵随着时代的推移而不断有所变化和变异,因而不能用凝固停滞的观点来看待,只能从动态运动中作适当的概括。

词与诗的界限,在词的初生阶段(隋唐以来)其判别的标准倒是明确的,即词是配合音乐歌唱的歌词,而其时的诗大都是徒诗。在形式上,词多为长短句,而诗则以齐言为主。但这音律和句式两条标准已经有不少例外:诗歌也有部分可供歌唱的"声诗",齐言之词在初期也非罕见。解决这一区分困难就需要寻求更根本的标准,那就是词所配合的音乐系统是特定的燕乐,与唐声诗的音乐系统有别。然而这不同音乐系统的划分,由于资料的限制,在具体操作上也难截然分明,因而早期的有些作品,属诗属词,历有争论。

词体特性的真正确立则在文人词的成熟时期,以《花间集》、南唐词为标志。宋李之仪可说是较早试图探寻词体特性的人,他在《跋吴思道小词》中说:"长短句于遣词中最为难工,自有一种风格,稍不如格,便觉龃龉。"①这里的"风格"、"格",即指词体特性。他还明确说:"大抵以《花间集》中所载为宗。"即以花间词为依据来概括词体特质的内涵。从他批评柳永"韵终不胜",批评张先"才不足",而赞扬晏殊、欧阳修、宋祁词"语尽而意不尽,意尽而情不尽"来看,他是把深婉曲折、含情不尽、有"韵"有"才"等作为词区别于诗的"风格"的,这是基本正确的。后人的探讨更为精深,此类材料甚丰,不再细说。要言之,词之为体,题材上侧重男欢女爱、伤时惜别、人生迟暮;风格上崇尚细美幽约,"以清切婉丽为宗";基调上则多感伤哀怨、回肠荡气;境界上又表现出狭深的特点。这些都是与它合乐应歌、娱宾遣兴的基本功能息息相关的。

到了苏轼时代,词逐渐脱离音乐歌唱而变为"不歌而诵",这在词体发展上具有划时代的意义。歌唱的词是依附于音乐的文学,在歌

---

① 李之仪:《姑溪居士全集·前集》卷四〇,《四部丛刊》本。

唱时,音乐因素是第一位的,文学因素是第二位的。人们听歌,总是首先注重动听,其次才是文辞。吟诵的词,则是纯粹的文学,决定作品高下的,仅仅依据于文学本身的标准和功能。正如楚辞的"不歌而诵"造就了摘藻铺陈之体的"赋"一样,曲子词的"不歌而诵",自然也会产生不同于原生态词的种种特点。首先是韵律的作用发生了重大变化。原先配合音乐旋律节奏的韵律,乃是作用于听觉,而与视觉基本无关;变成书面文学以后,部分音乐功能的地位被文学的修辞功能所代替,推动着对词的内容和形式的纯文学的追求。其次,词脱离与女声歌唱的联系,造就了专属文人士子的接受圈,也必然要适应这一接受圈对思想感情、审美情趣和欣赏口味的要求,这又促成词的整体面貌的改变。苏轼对词的革新就是这样应运而生的。

苏轼对词的革新,主要集中在三个方面,即内容、题材的扩大,意境、风格的创新和形式、音律的突破,而其革新的方法就是"以诗为词"。词体改革不是苏轼个人随心所欲的行为,在他以前已有此端倪;但就当时而言,苏轼最具备充当文体改革家的个人条件。他最善于打通各种文体的壁垒,以此作为发展文体的方法:"东坡之文妙天下,然皆非本色,与其他文人之文、诗人之诗不同。文非欧曾之文,诗非山谷之诗,四六非荆公之四六,然皆自极其妙。"①苏轼以诗为词、以文为诗、以古诗为近体、以文为赋、以文为四六等等,"皆非本色"。破体为文,出位之思,在他已成习惯,他人实毋须大惊小怪了。

如何来评价"以诗为词"的功过是非呢?第一,这首先需从两种不同的词学观来考察。照我们看来,词体特性自然是词之所以为词的本质规定性;但这种本质属性并不是某些凝固因素的集合体,而是不断嬗变演化着的多种艺术因素的动态平衡体。在多种因素中起核心作用的,也不是一成不变的,即大致由音律方面逐渐向体性方面倾

---

① 曾季狸:《艇斋诗话》,《历代诗话续编》本,第 323 页,中华书局 1983 年版。

斜,于是词也从以娱乐功能为主而日益兼重审美功能和认识劝惩功能。只用政治的、道德的、伦理的眼光去衡量五彩缤纷的人性世界,贬抑传统词的婉变情思,这是思想的偏执;无视词体(特别是长调)原本就蕴含着反映重大社会生活的较大容量及抒发人的各种类型感情心绪的可能性(即便是早期文人词中,既多柔情的倾诉,也不乏豪情迸发之作),一味倡言"文体独立","尊重词体",而严拒"非词之物"的侵入",否定"以诗为词"的努力,恐是不妥的。第二,"以诗为词"在艺术上能否成功,关键仍在一个"度"字,即是否仍然保持词的婉曲多折的审美特性。苏辛一派,乃至姜张一派,其成功之作,大抵是词的适度范围内的诗化,但绝不是与诗同化或"合流"。对诗歌艺术因素的吸收、整合、变换等等,必须仍在以词体为本位的基础上,破体为文但不能摧毁其体,出位之思但不能完全脱离本位。正如梅兰芳的青衣融合了刀马旦、花旦的技法而仍为青衣,李多奎的老旦改用真嗓演唱而依旧是老旦一样。善乎清沈祥龙在《论词随笔》中所言:"词于古文、诗、赋,体制各异。然不明古文法度,体格不大;不具诗人旨趣,吐属不雅;不备赋家才华,文采不富。"他既开门见山地以"体制各异"为大前提,但又毫不含糊地主张"以诗为词"乃至"以古文为词"、"以赋为词",表现出吸纳万汇的"贵兼通"的艺术态度,信哉斯言!至于苏辛派末流的叫嚣粗率,既损害了词体特性,也并非诗体的固有良好风范。

3. 以文为赋和以赋为文

在宋代散文领域,也发生了文与赋之间互相对撞、彼此吸纳的现象。一方面是"以文为赋",改造赋体而重获艺术生命。我们知道,赋是一种介于诗、文之间的两栖性文学样式。它最初起源于形制短小的徒歌,中经骚赋,至汉代,辞赋的形式才正式定型。六朝以来又演为骈赋,唐代变为律赋,形制板滞,内容枯燥,创作已趋绝境。到了宋代,在散文繁荣发达的影响下,古文家们发展了辞赋中的散文化倾向

（如荀子《礼》、《智》等赋，楚辞《卜居》、《渔父》等篇，已肇其端，杜牧《阿房宫赋》更是文赋的先声），完成了文赋的创造，为赋的继续发展开辟了道路。文赋在内容上仍然保持铺叙、文采、抒情写景述志的特点，但在形体上多用散句，押韵也较随便，它吸取散文的笔势笔法，清新流畅，别开生面。欧阳修的《秋声赋》、苏轼的前后《赤壁赋》就是典范性的成功之作。

另一方面又有"以赋为文"的逆向"破体"。朱弁《曲洧旧闻》卷三云："《醉翁亭记》初成，天下莫不传诵。家至户到，当时为之纸贵。宋子京得其本，读之数过曰：'只目为《醉翁亭赋》，有何不可！'"《后山诗话》亦云："少游谓《醉翁亭记》亦用赋体。"宋祁、秦观二人先后从欧氏这篇名作中，觉察其参用了赋体"铺采摛文，体物写志"①之法，这是不错的。

赋是一种亦诗亦文的文体，本来就含有"文"的成分，所以对于赋与文的文体联姻，文评史上争论的材料就不像"以文为诗"、"以诗为词"那样众多。但明人孙鑛的一份"辩词"还是颇为精彩的。他说：

> 《醉翁亭记》、《赤壁赋》自是千古绝作，即废记、赋法何伤？且体从何起？长卿《子虚》，已乖屈、宋；苏、李五言，宁规四《诗》？《屈原传》不类序乎？《货殖传》不类志乎？《扬子云赞》非传乎？《昔昔盐》非排律乎？……故能废前法者乃为雄。②

这位万历状元的言辞犀利，而在传承和开拓之间容有所偏，但他列举种种破体为文的实例，颇为雄辩地证明此乃屡见不鲜的文学现象，也是文学创新、发展的一条正当途径。对于处在盛极求变的宋代诗词

① 刘勰：《文心雕龙·诠赋》，《四部丛刊》本。
② 孙鑛：《与余君房论文书》，《孙月峰先生全集》卷九，清刊本。

文正统文学而言,更是绝处求生之道。

　　总之,宋代作家一方面"尊体",要求遵守各类文体的审美特性、形制规范,维护其"本色"、"当行";同时又不断地进行"破体"的种种试验,这对于深入发掘各种文体的表现潜能,丰富艺术技巧,创造独具一格的文学面貌,都是有促进作用的。当然,也存在破体过"度"的负面影响,且在宋诗、宋词中,负面影响之严重亦不可低估。钱锺书先生说"文章之体可辨别而不堪执着"①,承认文体"艺术换位"的合理性、正当性和必然性,又审慎掌握其"临界点",这应是评价"破体为文"成败优劣的尺度。

(原载《中国文学研究》1996 年第 4 期)

---

① 　钱锺书:《管锥编》第 3 册,第 889 页,中华书局 1984 年版。

重提"内藤命题"

——宋代文学研究的整体性
建构的一种设想

　　日本京都学派的主要奠基人之一内藤湖南(1866—1934)提出了著名的宋代近世说,构想了以唐宋"转型论"为核心的完整的宋史观。根据他在大正九年(1920)于京都帝国大学的第二回讲义笔记修订而成的《中国近世史》,开宗明义就说:"中国的近世应该从什么时候算起,自来都是按朝代来划分时代,这种方法虽然方便,但从史学角度来看未必正确。从史学角度来看,所谓近世,不是单纯地指年数上与当代相近而言,而必须要具有形成近世的内容。"他正确指出历史分期中的"近世"不能照搬王朝序列,也不能单纯按照距离当前的较"近"的年数计算,而应抓住"近世的内容"。而所谓"近世的内容",就是其第一章"近世史的意义"所列出的八个子目:"贵族政治的衰微与君主独裁政治的代兴;君主地位的变化;君主权力的确立;人民地位的变化;官吏任用法的变化;朋党性质的变化;经济上的变化;文化性质的变化。"这八种变化覆盖了政治、经济、文化三大领域,是全社会结构性的整体变动(译自《内藤湖南全集》第十卷,亦可参见内藤湖南著、夏应元等译《中国史通论》上册第 315 页,社会科学文献出版社2004 年版,译文有小异)。

　　嗣后,他又发表了著名论文《概括的唐宋时代观》和《近代支那的文化生活》。这两篇论文,被宫崎市定断为构成内藤史学中"宋代近世说"的"基础"性作品。前文发表于《历史与地理》第九卷第五号（1922 年 5 月），对他的宋代观作了一次集中而概括的表述，指出唐宋之交在社会各方面都出现了划时代的变化：贵族势力入宋以后趋于没落，代之以君主独裁下的庶民实力的上升；经济上也是货币经济大为发展而取代实物交换；文化方面也从训诂之学而进入自由思考的时代。后文发表于《支那》（1928 年 10 月），着重论述宋代以后的文化逐渐摆脱中世旧习的生活样式，形成了独创的、平民化的新风气，达到极高的程度，因而直至清代末期中国文化维持着与欧美相比毫不逊色的水准（参见宫崎市定《自跋集——东洋史七十年》，"九、五代宋初"，岩波书店 1996 年版）。

内藤氏的这一重要观点，曾受到当时东京学派的质疑与驳难，但争论的结果，他们也不得不承认唐宋之间存在一个"大转折"，虽然依然否定宋代近世说。然而在日本史学界中，内藤氏的观点仍然保持着生命力，影响深巨。尤其是他的门生宫崎市定（1901—1995）的有力支持。宫崎氏原先对这一观点也抱有怀疑，经过认真地思考和研究，转而不遗馀力地宣传和证成师说，从多个学术专题上展开深入而具体的论证，成为乃师学说的"护法神"。他在 1965 年 10 月发表的《内藤湖南与支那学》一文（《中央公论》第 936 期，收入宫崎市定著《亚洲史研究》第 5 卷，同朋舍）指出"（内藤）湖南留给后代的最大的影响是关于中国史的时代区分论"，以往日本学者也有把宋代以后视为"新时代"的开始的，"但是湖南则完全着眼于中国社会的全部的各种现象，尤其是社会构成和文化由唐到宋之间发生了巨大变化的这一事实"，从而确认"宋代以后为近世"的这一判断。作为建树了杰出业绩的宋史研究专家，宫崎市定明确宣称："我的宋代史研究是以内藤湖南先生的宋代近世说为基础的。"他的研究正是以内藤氏的这一学说为"基础"而展开的。他首先注意经济、财政、科技等问题，认为"宋代近世说的依据在于经济的发展，特别是古代交换经济从迄于前代的中世性的停滞之中冒了出来,出现了令人瞩目的复活"。并进而指出,宋代已由"武力国家"转变为"财政国家",财力成为"国家的根干",甚至涌现出新型的"财政官僚"(均引自《自跋集——东洋史七十年》,《九、五代宋初》)。宫崎氏的宋史研究范围广泛,内涵丰富,举凡政治史(《北宋史概说》、《南宋政治史概说》)、制度史(《以胥吏的配备为中心——中国官吏生活的一个侧面》、《宋代州县制度的由来及其特色》、《宋代官制序说》)、教育史(《宋代的太学生活》)、思想史(《宋学的论理》)均有涉足,成绩斐然。至于他的《宋代的石炭与铁》、《支那的铁》两文,澄清了"认为中国人本来就缺乏科学才能,长期陷于落后的状态"这一"误解",肯定"宋代所达到的技术革新具有世界史上的重要性",突出了宋代在科技史上的重要地位。英国著名学者李约瑟在《中国科学技术史》中也说,宋代时期的"文化和科学却都达到了前所未有的高峰"(第1卷第1册第284页,科学出版社1975年版)。

内藤、宫崎等人的宋代近世说,以唐宋之际"转型论"为核心,又自然推导出"宋代文化顶峰论"和"自宋至清千年一脉论"。

内藤氏在逐一推阐唐宋之际的种种变革时,衷心肯定其历史首创性,其内在的思想基准是东亚文明本位论,即认为以中国文化为中心的东亚文化发展程度"非常高",比欧美文化高出一筹,而这个中国文化主要即是自宋至清的中国近世文化。宫崎市定的观点就更为鲜明,态度更为坚决了。他的《东洋的文艺复兴与西洋的文艺复兴》一文(原载于《史林》第25卷第4号,1940年10月;第26卷第1号,1941年2月。后收入《亚洲史研究》第2卷,《宫崎市定全集》第19卷),首次提出了"宋代文艺复兴说";而《宋元的文化世界第一》一文(原载于大阪市立美术馆编《宋元的美术》,1980年7月,收入《宫崎市定全集》第12卷),文章的题目已犹如黄钟之音、警世之帜。他写道:"宋元这个时代,在中国历史上是稀有的伟大的时代,是民族主义极度昂扬的时代。代之以军事上的萎靡不振,中国人民的意气全部倾注于经济、文化之上,并加以发扬,取得了出色的成果。"他对宋代文化的推重,从中国第一到"世界第一",真是无以复加了。

内藤氏的唐宋"转型论"确认宋代进入近世,君主独裁政治形成并趋于成熟,平民地位有所提高;还进一步确认,这一历史趋势的持续发展,必然走向清末以后"共和制"的道路。这就把宋代和当下(清末民初)连贯起来作历史考察。宫崎市定继续发挥这一"千年一脉论":"据湖南的观点,在宋代所形成的中国的新文化,一直存续到现代。换言之,宋代人的文化生活与清朝末年的文化生活几乎没有变化。由于宋代文化如此的发展,因而把宋代后的时期命名为近世。……认为宋代文化持续到现代中国,是他的时代区分论的一大特点。"这里既指明宋代社会与清末当下社会的内在延续性,也为"近世"说提供时间限定的根据(《内藤湖南与支那学》)。

内藤氏的宋代近世说,以唐宋转型或曰变革为核心内容,从横向上突出宋代文化或文明的高度成就,从纵向上追寻当下社会的历史渊源,体现了对历史首创性的尊重,对历史承续性的观察,体现了东方文化本位的思想立场,构成了完整的宋史观。

当我们把目光从东瀛转向本土的学术界,就会饶有兴趣地发现一种桴鼓相应、异口同声的景象。我国一大批硕儒耆宿相继发表众多论说,与内藤氏竟然惊人一致。考虑他们中有的与内藤其人其书容有学术因缘,而绝大多数学者却尚无法指证受其影响,这种一致性就更加使人惊异了。

首先是"转型论"。陈寅恪于 1954 年发表《论韩愈》一文,认为韩愈是"唐代文化学术史上承先启后转旧为新关捩点之人物",即"结束南北朝相承之旧局面","开启赵宋以降之新局面"。他虽未涉及"上古"、"中世"、"近世"之类西方现代史学的分期名词,但这个确认此时为新旧转型的大判断,是不容他人置疑的。吕思勉的《隋唐五代史》第二十一章有言:"吾当言有唐中叶,为风气转变之会","唐中叶后新开之文化,固与宋当划为一期者也"。柳诒徵《中国文化史》第十六章即题为"唐宋间社会之变迁",认为"自唐室中晚以降,为吾国中世纪变化最大之时期。前此犹多古风,后则别成一种社会"。"宋代近世说"在这两位史家笔下,已经呼之欲出。钱穆在《宋明理学概述》中(《钱宾四先生全集》第 9 册,台湾联经出版事业公司 1988 年版),把中国历史划分为"三大变",第二个变化"应该以唐末五代至宋为又一大变,唐末五代结束了中世,宋开创了近代"。胡适作为现代学术开风气的人物,就直截了当用崭新语言宣称:从"西元一千年(北宋初期)开始,一直到现在",是"现代阶段"或"中国文艺复兴阶段"或"中国的'革新世纪'"(《胡适口述自传》第 295 页,华文出版社 1989 年版)。这里的"现代阶段"实与内藤氏的"近代阶段"含义相通,"文艺复兴阶段"则与宫崎氏用语完全一致,至于"革新世纪"更是踵事增华,近乎标榜之语了。

视宋代文化为中国历史之最,这一观点在中国史学界也成常识。表述突出、颇显恢弘气度的是陈寅恪为邓广铭著作所作的序和邓氏的一篇史学论文。陈寅恪《邓广铭宋史职官志考证序》云:"华夏民族之文化,历数千载之演进,造极于赵宋之世。"而邓广铭在 1986 年写的《谈谈有关宋史研究的几个问题》中宣告:"宋代是我国封建社会发展的最高阶段,两宋期内的物质文明和精神文明所达到的高度,在中国整个封建社会历史时期之内,可以说是空前绝后的。"陈氏还只说赵宋文化是"空前";邓氏更加上"绝后",推崇可谓备至。比较而言,王国维显得颇为谨慎,他说:"天水一朝人智之活动与文化之多方面,前之汉唐,后之元明,皆所不逮也。"(《宋代之金石学》,《王国维遗书》第 5 册《静安文集续编》第 70 页,上海书店 1983 年版)他肯定两宋文明前超汉唐,后胜元明,清代略而不论,当有深意存焉。胡适于 1920 年与诸桥辙次的笔谈中,从中国思想史的角度提出:"宋代承唐代之后,其时印度思想已过'输入'之时期,而入于'自己创造'之时期",

"当此之时,儒学吸收佛道二教之贡献,以成中兴之业,故开一灿烂之时代"(见《东瀛遗墨》第 154 页,上海人民出版社 1999 年版)。

至于研究宋代和当下社会之间的联系,也是中国学者关注的重点。与内藤氏有过直接交往的严复,面对民国初年纷争频仍、国势不宁的局势,也从历史资源中探寻救治之道。他说:"若研究人心政俗之变,则赵宋一代历史,最宜究心。中国所以成为今日现象者,为善为恶,姑不具论,而为宋人之所造就,什八九可断言也。"(《致熊纯如函》,《学衡》杂志第 13 期,1923 年)钱穆在致一位历史学家的信函中也说:"治史不及宋,终是与下面少交涉也。"(《素书楼馀渖·致严耕望书》,1972 年,见其《全集》第 52 册)在他的《宋明理学概述》中,已有"我们若要明白近代的中国,先须明白宋"的提醒,都强调宋代研究对于当下现实有着特殊的意义与价值,应注重近千年来在社会、经济、文化形态上的种种联结点。

简略梳理中日学术史上"内藤命题"的相关材料,可以看到这个命题获得范围深广的回应,吸引众多一流学者直接或间接地参与,形成一场集体的对话,丰富了命题的内涵,使之成为一个蕴藏无数学术生长点、富有学术生命力的课题。这首先由于内藤氏"是立足于中国史的内部,从中引出对中国历史发展动向的认识",而不是单纯凭借"从外部引入的理论"来套中国史实;同时又能"把中国史全部过程,作整体性的观察",避免了"不能从整体上把握中国史的缺陷"(谷川道雄《致中国读者》,见内藤湖南著、夏应元等译《中国史通论》)。谷川氏的这一概括,准确地抓住了"内藤命题"所包含的学术方法论上的两大精神实质。

其次是命题的开放性。欧美史学界把内藤氏的宋代近世说称之为"内藤假说"(Naito Hypothesis),就是说其真理性尚待验证、补充,并非不可动摇的金科玉律,更不是可以照搬照套的"指导原则"。事实上,内藤氏提出此说以及中国学者的相关述说,大都是基于他们深厚中国史学功底的大判断、大概括,还未及作出细致的论证和具体的展开(宫崎氏是个例外)。而"上古、中世、近世"的这套西方史学分期方法如何与"历史决定论"或"历史目的论"划清界限;宋代文化顶峰论能否成立,是否应有限定;宋代和清末民初社会之间千年一脉的历史纽带,也需作出有理有据的揭示,这些都有待后人的继续探讨。

然而,我们重提"内藤命题",从某种意义上说,不仅仅为了求证"宋代近世说"的正确与否,其个别结论和具体分析能否成立,而主要着眼于学科建设的推进与发展。一门成熟的学科,既要有个案的细部描述与辨析,更需要整体性的宏观叙事,其中蕴含有一种贯穿融会的学理建构,即通常所说的对规律性的探索。由于对"以论带史"、"以论代史"学风的厌恶,"规律性"、"宏观研究"的名声不佳,甚至引起根本性的怀疑。但不能设想,单靠一个个具体的实证研究,就能提升一门学科的整体水平。纲举才能目张,"内藤命题"关心宋代社会的历史定位,关心其时代特质,关心社会各个领域的新质变化等,就为宋代研究提供了这样一个"纲"。对于我们宋代文学研究而言,也是这样一个"纲"。

(原载《文学遗产》2006 年第 2 期)

陈寅恪先生的宋代观

一

陈寅恪先生在 1935 年所作的《陈垣元西域人华化考序》中自称："寅恪不敢观三代两汉之书，而喜谈中古以降民族文化之史。"[①]作为一代史学宗师，他在魏晋南北朝史、隋唐史、元蒙史、明清之际史等方面，都留下许多经典性的论著，而唯独没有关于宋代的著作，甚至连一篇专题性的史论也未见。然而在对我国历朝历代的"民族文化"的总体评价上，他对宋代文明的评价之高，远远超过了任何别的朝代。这是一个值得人们深长思之的现象。从现在仅存的一些材料来看，他的有关宋代的论述虽较零散而观点却自成系统，用语大都简要而含意又极明确，而不少大判断、大概括，其中所包含的深邃的历史意蕴和沉重的现实思考，仍有待我们后人寻绎探求。

陈寅恪宋代观的一个最集中、最精粹的表述，无疑当推 1943 年所作的《邓广铭宋史职官志考证序》一文。他写道：

> 吾国近年之学术，如考古、历史、文艺及思想史等，以世局激

---

① 《陈垣元西域人华化考序》，《金明馆丛稿二编》，第 239 页，上海古籍出版社 1980 年版。

荡及外缘熏习之故,咸有显著之变迁。将来所止之境,今固未敢断论。惟可一言蔽之曰,宋代学术之复兴,或新宋学之建立是已。华夏民族之文化,历数千载之演进,造极于赵宋之世。后渐衰微,终必复振。①

这里明确提出:(一)赵宋文化乃是"华夏民族文化"发展的最高成果,处于无可置疑的顶峰地位;(二)赵宋文化又是今后我国文化发展的指南,我国民族文化的更新,必将走上"宋代学术之复兴,或新宋学之建立"的道路。前者是"继往",总结前代;后者是"开来",导示来者。这就把赵宋文化定位在我国民族文化发展史上的极其重要的坐标上,这也是陈氏宋代观的最显明的内涵和特征。直到晚年的1964年,他仍然坚持:"天水一朝之文化,竟为我民族遗留之瑰宝。孰谓空文于治道学术无裨益耶?"②对宋代文明的倾心宝爱之情溢于言表,对它的现实作用更予以高度的肯定。

陈寅恪曾申言自己不适合研究清史,尤其是晚清世局,因唯恐个人感情因素融贯其中,影响评论判断的客观性;他对宋代文化评价如此之高,却又未对宋代历史诸问题发表具体研究成果,其原因又是什么呢?遗憾的是未见他本人的说明。但有一点似可确认,即他对宋代文化的评价,是与他一生的文化理念、治学宗旨、人生操守密切相关的。宋代文化正是最充分地体现了他的"中体西用"、以中国文化为本位的文化理念、独立自由的治学宗旨以及崇尚志节的文人品格的一种文化类型。这三个标准是他衡量文化的切入口,也是他给予宋代文化极高评价的原因。

---

① 《邓广铭宋史职官志考证序》,《金明馆丛稿二编》,第245页。
② 《赠蒋秉南序》,《寒柳堂集》,第162页,上海古籍出版社1980年版。

二

陈寅恪自述其文化理念的几句话是世人所熟知的:"平生为不古不今之学,思想囿于咸丰、同治之世,议论近乎曾湘乡、张南皮之间。"①"不古不今之学"殆即"喜谈中古以降民族文化之史"的另一说法,而咸同之际、曾张之间的"思想"和"议论",主要即是在外族侵凌之局日渐严重的形势下,中国传统文化面临异质文化的激烈冲撞时如何自处、如何更新的问题,曾国藩、张之洞的"中体西用"思想于是应运而生。陈氏父祖均与张氏交往甚深,陈宝箴且被曾国藩待为上宾,称之为"海内奇士";陈寅恪论学又素重家族历史渊源,因此受其影响实属意中。但同是"中体西用"命题,三人之间差别很大,尤其是陈氏与曾张两人相较,更具有时代的超越性。

曾国藩作为"洋务运动"的核心人物,积极吸取泰西科技,兴办实业,对促进中国近代化有一定作用,但他的基本政治社会思想仍不出中国传统的儒教义理之范围,也未明确提出"中体西用"的概念。最早明确提出这个概念的,殆是 1896 年 4 月沈寿康在《万国公报》上发表的《匡时策》中说:"中西学问,本自互有得失,为华人计,宜以中学为体,西学为用。"同年,管理官书局大臣孙家鼐的《议复开办京师大学堂折》亦云:"自应以中学为主,西学为辅;中学为体,西学为用。"②尔后,张之洞于 1898 年发表了著名的《劝学篇》,其《设学》第三中也出现了"旧学为体,新学为用"的用语,但这主要是就开设学堂之课程而言的:"一曰新旧兼学,四书五经、中国史事、政书地图为旧学,西政、西艺、西史为新学。旧学为体,新学为用,

① 《冯友兰中国哲学史下册审查报告》,《金明馆丛稿二编》,第 252 页。
② 麦仲华辑《皇朝经世文新编》卷五上,第 18 页,上海大同译书局,清光绪本。

不使偏废。"①在中国古代哲学中，"体"、"用"是一组相对概念，含义颇广，可指同一事物的内部实体和外部之效能，也可指两种事物之间的"本末"、"主辅"的关系。另亦可指根本原则和其运用实施。张之洞等提出"中体西用"的文化观念，有着强烈的维护封建纲常伦理的要求，在这一前提下，才可采用西方近代的实用技术和自然科学，而在人文方面的吸收，最多仅止于政治法律、文化教育上的若干具体办法而已。可见其着眼点仅在于"利用"，尚无两者融汇贯通、别出系统之意。

陈寅恪虽然接过张之洞的话头"中西体用资循诱"，但在 20 世纪新的环境条件下，"内感民族文化之衰颓，外受世界思潮之激荡"②，他对此作了全新的发挥，形成了独特的"体用"说，而这一新说也正可视为对宋代文化深入研究后的理论概括。第一，他认为中国文化的再建设和不断更新，"必须一方面吸收输入外来之学说，一方面不忘本来民族之地位。此二种相反而适相成之态度，乃道教之真精神，新儒家之旧途径，而二千年吾民族与他民族思想接触史之所昭示者也"③。外输和持本的"相反相成"，就不是简单的相加"利用"，而是碰撞融汇的磨合过程。玄奘唯识学之所以在中土"卒归于消沉歇绝"，乃因不合我国国情、方圆凿枘之故。陈氏所谓的"新儒家"，即指宋代学术或宋学，"凡新儒家之学说，几无不有道教，或与道教有关之佛教为之先导"。例如，天台宗信徒梁敬之与李习之的关系，"实启新儒家开创之动机"；而北宋僧人智圆提倡《中庸》，自号中庸子，"似亦

---

① 梁启超在转述张之洞之语时，改为"中学为体，西学为用"："……而其流行语，则有所谓'中学为体，西学为用'者，张之洞最乐道之，而举国以为至言。"见《清代学术概论》，《饮冰室合集·饮冰室专集之三十四》，第 71 页，中华书局 1989 年版。
② 《陈垣元西域人华化考序》，《金明馆丛稿二编》，第 238 页。
③ 《冯友兰中国哲学史下册审查报告》，《金明馆丛稿二编》，第 252 页。

于宋代新儒家为先觉"。宋学或新儒学由于能尽情地吸收佛道两家的异质文化,又不忘本来民族之地位,在新的基础上进行再创造和再整合,由此逐渐形成并进而"能大成者"。对于宋人援佛道入儒的具体历程和方法,早在1919年陈氏已有成熟而详尽的描述。近年问世的《吴宓日记》于该年12月14日记陈氏谈话云:"宋儒若程若朱,皆深通佛教者。既喜其义理之高明详尽,足以救中国之缺失,而又忧其用夷变夏也。乃求得两全之法,避其名而居其实,取其珠而还其椟。采佛理之精粹,以之注解四书五经,名为阐明古学,实则吸收异教,声言尊孔辟佛,实则佛之义理,已浸渍濡染,与儒教之宗传,合而为一。"他还指出:"自得佛教之裨助,而中国之学问,立时增长元气,别开生面。"①真所谓海纳万川,兼包并容异质文化;壁立千仞,不忘本土优秀传统文化之根本。

第二,他认为"体"、"用"关系不是凝固不变的,而是变动不居的。外来文化的"用",在特定机缘下可以达到影响和制约本土文化之"体"的作用,也就是说,"用"在一定条件下可以转化为"体"。他以唐代为例,认为:"李唐一族之所以崛兴,盖取塞外野蛮精悍之血,注入中原文化颓废之躯,旧染既除,新机重启,扩大恢张,遂能别创空前之世局。"②合理地吸收消化外来因素,能够起到再创"空前之世局"的巨大作用。他甚至指出,传入的外来文化有时能产生在其原生地所不能产生的效用。于是,"中体西用"在陈氏的论证体系中逻辑地推导为"中西互为体用"。他在论及宋代新儒学时提出了"天竺为体,华夏为用"之说:"退之首先发见《小戴记》中《大学》一篇,阐明其说,抽象之心性与具体之政治社会组织可以融会无碍,即尽量谈心说性,兼能济世安民,虽相反而实相成,天竺为体,华夏为用,退之于此以奠定

---

① 《吴宓日记》第2册,第102—103页,三联书店1998年版。
② 《李唐氏族之推测后记》,《金明馆丛稿二编》,第303页。

后来宋代新儒学之基础,退之固是不世出之人杰,若不受新禅宗之影响,恐亦不克臻至。"①新儒学把佛学的心性之说作为根本的内在修养,进而能用之于中国的"济世安民","天竺为体,华夏为用",与"中学为体,西学为用"也构成了另一种"相反相成"的关系。在陈氏这里,"体"、"用"结合,已经远远超越了科技实用层面上的"利用",而是兼顾抽象哲理思想与具体政治社会组织等深层次上的沟通交融,中外互补,你中有我,我中有你,浑然一体,"别开生面",既不同于全盘西化论,也有力摒弃了固步自封的国粹主义态度。陈氏对外来文化吸纳的气度和开放的胸襟,曾、张等人是无法望其项背的。他所总结的这条"吾民族与他民族思想接触史"的成功经验,具有很强的生命力,不仅深刻地解释了宋代文化繁荣的原因,而且历久弥新,直到今天仍具有实际的指导意义。

陈寅恪一再重申,他的学术宗旨是奉行"独立之精神,自由之思想",此语屡见于《清华大学王观堂先生纪念碑铭》、《柳如是别传·缘起》等文。陆键东《陈寅恪的最后二十年》一书,即因写活了这十个大字而受到读书界的欢迎。"独立"是为求得学术自身的品格,不受非学术因素的干扰,唾弃"曲学阿世",非谓学术能超现实、超政治;"自由"是为求得研究者"人智活动"的活跃、主观能动性的充分发挥,不使学术沦为某种特定观念的附庸。陈寅恪对宋代文化的认同和亲近感,也与他的这一学术宗旨密切相关。1954年发表的《论韩愈》虽是一篇人物个案的研究,但由于他把韩愈定位在"唐代文化学术史上承先启后转旧为新关捩点之人物",即"结束南北朝相承之旧局面"、"开启赵宋以降之新局面",因而他所提出的著名韩愈建树"六门"论,应是研究他宋代观的直接材料。例如"奖掖后进,期望学说之流传"一

---

① 《论韩愈》,《金明馆丛稿初编》,第288页,上海古籍出版社1980年版。

节,指出韩愈之所以能超越时辈,在唐代文化运动中发挥最重要作用,原因之一乃是:"其生平奖掖后进,开启来学。""故'韩门'遂因此而建立,韩学亦更缘此而流传也。世传隋末王通讲学河汾,卒开唐代贞观之治,此固未必可信,然退之发起光大唐代古文运动,卒开后来赵宋新儒学新古文之文化运动,史证明确,则不容置疑者也。"①私家"讲学",师弟传授,宗门学派纷立,乃至书院林立等等,学术从单一的官方、豪族垄断进一步走向民间,促成了学术自身的独立发展。这由韩愈开其端,至宋代更云蒸霞蔚,汇为大观。离开这一点,宋代新儒学、新古文的兴盛繁荣是不可能的。

与一般流行观点不同,陈寅恪认为宋代是中国历朝中思想最自由的时期之一。他说:"六朝及天水一代思想最为自由,故文章亦臻于上乘。"他举南宋汪藻《代皇太后告天下手书》为证云:此文"其不可及之处,实在家国兴亡哀痛之情感,于一篇之中,能融化贯彻,而其所以能运用此情感,融化贯通无所阻滞者,又系乎思想之自由灵活。故此等之文,必思想自由灵活之人始得为之。"②陈寅恪于宋代经学,肯定其突破汉学"传不破经"的戒律,大胆地"以意说经",畅抒己意。他尤把宋代史学推为我国史学之翘楚:"中国史学莫盛于宋。"③"宋贤史学,今古罕匹。"④又说:"有清一代经学号称极盛,而史学则远不逮宋人",原因在于清人以传统治经的方法治史,往往"止于解释文句,而不能讨论问题"⑤。能结合两者,从历史材料的考辨分析中获得"史学之通识"⑥,这只能从以司马光为代表的赵宋史学中求之。

① 《金明馆丛稿初编》,第 296 页。
② 《论再生缘》,《寒柳堂集》,第 65 页。
③ 《陈垣明季滇黔佛教考序》,《金明馆丛稿二编》,第 240 页。
④ 《隋唐制度渊源略论稿》,第 134 页,三联书店 1956 年版。
⑤ 《陈垣元西域人华化考序》,《金明馆丛稿二编》,第 238—239 页。
⑥ 《冯友兰中国哲学史上册审查报告》,《金明馆丛稿二编》,第 248 页。

在陈寅恪看来，文学"上乘"，经学创新，史学优异等，都是创造主体的思想自由、潜能发挥的产物，文学、史学、经学之盛成为一代思想自由的确切表征。作为史学家的陈寅恪，对司马光史学尤为灵犀相通，论述充分。

　　陈寅恪特别推重温公史学的"问题意识"。因杨树达《论语疏证》用司马光等人治史之法来治经，他感到无上的兴奋，在序中盛赞道："今先生（杨树达）汇集古籍中事实语言之与《论语》有关者，并间下己意，考订是非，解释疑滞。此司马君实、李仁甫长编考异之法，乃自来诂释《论语》者所未有，诚可为治经者辟一新途径，树一新楷模也。"①这里所说的"司马君实、李仁甫长编考异之法"，亦即他在《陈述辽史补注序》所称赞的"赵宋史家著述"中常用的"内典合本子注"之法，主要有两条：一是"取事实以证之"，二是"采意旨相同之语以参之"，并断以己意。这样，"广搜群籍"以获取材料，而对材料的释证又采取上述那种严密而又富有辩证精神的方法，这才能达到"综合贯通，成一家有系统之论述"。最能体现陈氏这一学术祈向的，莫过于司马光的《资治通鉴》了。杨联陞发表的《陈寅恪先生隋唐史第一讲笔记》②，是一份陈氏大约于1935年在清华园的珍贵讲稿。课程是"隋唐史"，开宗明义先交代"应读及应参考之书"，分为三类：甲类为《通鉴·隋唐纪》和《通典》，并叮嘱"宜先读"；乙类才是正史《隋书》、两《唐书》；而《全唐文》等列为第三类。司马光《通鉴》赫然居于群籍之首，其地位竟超出官修的正史之上。陈氏批评《通鉴纪事本末》："只为索引性质，不能代替《通鉴》，疏漏之处颇多。"并引用晁说之《送王性之序》一文，反复申言"读正史之后方知《通鉴》之胜"，"读正史必参考《通鉴》"！还以肯定的口吻称引胡三省在《通鉴》卷二一二开元十

---

① 《杨树达论语疏证序》，《金明馆丛稿二编》，第232页。
② 杨联陞《陈寅恪先生隋唐史第一讲笔记》，台湾《传记文学》第16卷第3期，1970年3月。

二年下之注："温公作《通鉴》，不特纪治乱之迹而已。至于礼乐、历数、天文、地理，尤致其详。读《通鉴》者，如饮河之鼠各充其量而已。"后陈垣《通鉴胡注表微》于此条胡注亦阐述云："《通鉴》之博大，特于此著明之。清儒多谓身之（胡三省）长于考据，身之亦岂独长于考据已哉！今之表微，固将于考据之外求之也。"①二陈的见解是完全相通的。陈垣要从"考据之外"揭示胡三省的"生平抱负及治学精神"；而陈寅恪之推重《通鉴》，也不仅由于其"考订价值甚高"，更由于它已从单纯的史料考辨和整理，上升为"综合贯通"、"系统论述"的"一家"之学，而这乃是一部真正历史著作的根本特征。从通篇讲义看，这堂《隋唐史》课不啻是弘扬司马光史学的专题演讲。蒋天枢先生在《陈寅恪先生编年事辑》（增订本）第 188 页中，谈到他读此讲义后的感想："其中对温公《通鉴》推重备至，正是对天水一朝所遗留瑰宝之珍视。后来仿温公《涑水纪闻》而作《寒柳堂记梦未定稿》，殆犹此意欤？"其实陈寅恪的其他史学著作也是深得温公史学之精髓的。他在《唐代政治史述论稿》的《自序》中说："夫吾国旧史多属于政治史类，而《资治通鉴》一书，尤为空前杰作。今草兹稿，可谓不自量之至！然区区之意，仅欲令初学之读《通鉴》者得此参考，或可有所启发，原不敢谓有唐一代政治史之纲要，悉在此三篇中也。"以"空前杰作"称许《通鉴》，而把自己的著作看作是读《通鉴》时的"参考"，或有"启发"之效，自谦又复自信。总之，温公史学乃至宋代学术的全部创造性和开拓性，与独立自由的学术精神之间存在着明显的因果关系。

　　独立和自由是学术走向现代化的最重要的标志。陈寅恪的这一学术宗旨适应新时代对学术的要求，并非只是他个人的主张。他在论及大学职责时曾说："吾国大学之职责，在求本国学术之独立，此今

① 《通鉴胡注表微》，第 31 页，中华书局 1962 年版。

日之公论也。"①在北京大学百年校庆之际,我们也不禁缅怀八十年前蔡元培校长在《〈北京大学月刊〉发刊词》中所说的一段话:"大学者,'囊括大典,网罗众家'之学府也。……各国大学,哲学之唯心论与唯物论,文学、美术之理想派与写实派……常樊然并峙于其中,此思想自由之通则,而大学之所以为大也。"②陈氏的"学术之独立"与蔡氏的"思想自由之通则"可谓鼓桴相应,都不仅是一所大学的灵魂所在,也是学术现代化的首要条件。这是我国先进知识界的共识和"公论",而陈氏一生于此反复强调、身体力行,尤为人们所崇仰。他在宋代文化成果中也看出了这一"实系吾民族精神上生死一大事者"(同上),故而念兹在兹,推重不止。

表彰宋人志节,是陈寅恪宋代观的又一个重要内容。陈氏身处"神州沸腾,寰宇纷扰"之世局,一生遭遇坎坷,目盲足膑,造成了悲愁愤郁的性格。但他仍时刻心系民族兴亡、国运盛衰,尤注重于士人精神之振作,气节之秉持。学术必须独立,"士之读书治学,盖将以脱心志于俗谛之桎梏"③;但士子又必须具有以天下为己任的自觉担当之气概,完成一代知识界的历史重任。他的这种观点也规定了其观察宋代文化的一个视角。

宋代文化高度发达而国势积贫积弱,士大夫阶层在整体上充满着振兴国力的强烈要求和政治参与的积极性。范仲淹在振作士风上是一个突出的表率,造成了士人们"大厉名节,振作士气"的群体自觉④。欧阳修是继范仲淹之后宣扬志节的名臣学者。他在《朋党论》

① 《吾国学术之现状及清华之职责》,《金明馆丛稿二编》,第317页。
② 《蔡元培全集》第3卷,第211页,中华书局1984年版。
③ 《清华大学王观堂先生纪念碑铭》,《金明馆丛稿二编》,第218页。
④ 《朱子语类》卷一二九,第3086页,中华书局1986年版。

中论君子"所守者道义,所行者忠信,所惜者名节"①,名节乃"君子"的必要条件之一。《论包拯除三司使上书》中又说:"夫所谓名节之士者,知廉耻,修礼让,不利于苟得,不牵于苟随,而惟义之所处。白刃之威,有所不避;折枝之易,有所不为,而惟义之所守。其立于朝廷,进退举止,皆可以为天下法也。"②这些都是颇有影响的言论。他所撰的《新五代史》,为了指斥五代蕃将"异类合为父子"的反常之举,表达对"世运衰,人伦坏"的不满,特立"义儿传"。对此,陈寅恪在1957年发表的《论唐代之蕃将与府兵》一文中曾从史学立场予以批评:"所论者仅限于天性、人伦、情谊、礼法之范围,而未知五代义儿之制,如后唐义儿军之类,实源出于胡人部落之俗。盖与唐代之蕃将同一渊源者。"③他认为欧氏仅停留在"道德观点"立论,未能探求出具体事件的来龙去脉和历史底蕴,"不免未达一间",与正确答案尚有距离。但在整体文化史观上,他又赞同欧氏所为。作于1964年的《赠蒋秉南序》中说:"欧阳永叔少学韩昌黎之文,晚撰《五代史记》,作义儿冯道诸传,贬斥势利,尊崇气节,遂一匡五代之浇漓,返之淳正。故天水一朝之文化,竟为我民族遗留之瑰宝。"④又从道德角度肯定了欧氏,并把"尊崇气节"视为华夏民族所积累的一项精神"瑰宝"。他的批评和褒赞都是鞭辟入里、含意深远的。

对于另一位宋代名臣学者司马光,他尤致倾倒之情。不但对司马氏史学推崇备至,且对其立身行事也仰慕不已。他在《读吴其昌撰梁启超传后书》中说:

余少喜临川新法之新,而老同涑水迂叟之迂。盖验以人心

① 《欧阳文忠公文集》卷一七,《四部丛刊》本。
② 《欧阳文忠公文集》卷一一一,《四部丛刊》本。
③ 《金明馆丛稿初编》,第276页。
④ 《赠蒋秉南序》,《寒柳堂集》,第162页,上海古籍出版社1980年版。

之厚薄，民生之荣悴，则知五十年来，如车轮之逆转，似有合于所谓退化论之说者。是以论学论治，迥异时流，而迫于事势，嗫不得发。因读此传，略书数语，付稚女美延藏之。美延当知乃翁此时悲往事，思来者，其忧伤苦痛，不仅如陆务观所云，以元祐党家话贞元朝士之感已也。①

此文先述其祖陈宝箴、父陈三立在湖南"主变法"的"思想源流"（与康有为的思想不同），因而他亦受祖、父熏陶，接受变法思想，此即"余少喜临川（王安石）新法之新"之谓；而晚年历经世变，又认同于司马光之"迂"。此一"迂"字，从政治思想派别的角度，殆指变法派中之稳健派而言，其《王观堂先生挽词》中有云："当日英贤谁北斗，南皮太保方迂叟。"张之洞亦号迂叟，盖在改良派心目中不免被视为迂阔保守，因而自比司马光；而在陈氏看来，张氏则是当时政坛之英杰。而从政治气节的角度，"迂"则是指士大夫的关怀时局、勇于任事的历史责任感和坚韧不拔、不改初衷的政治品格。所谓"以元祐党家话贞元朝士"，《挽词》亦有句云："元祐党家惭陆子。"蒋天枢先生据陈氏自述而笺注云："《渭南集》书启有'以元祐之党家，话贞元之朝士'，又云：'哀元祐之党家，今其馀几；数绍兴之朝士，久矣无多。'"陆游之祖陆佃，原是王安石门人，后又为司马光之党，名列元祐党人碑，故陆游自称"元祐党家"。"贞元朝士"，见《容斋四笔》卷一四"贞元朝士"条：刘禹锡有《听旧宫人穆氏唱歌》诗云"休唱贞元供奉曲，当时朝士已无多"，因"刘在贞元任郎官、御史，后二纪方再入朝，故有是语"。后宋人汪藻作《宣州谢上表》有句云："新建武之官仪，不图重见；数贞元之朝士，今已无多。"即用此典。洪迈本人也"尝四用之"②。因此"贞元

① 《寒柳堂集》，第150页。
② 《容斋随笔》，第779页，上海古籍出版社1978年版。

朝士"云云原是刘禹锡对当日同具变法改革倾向之人士的怀念,经过宋代汪藻、洪迈、陆游等的反复引用,此词已被赋予了"志士仁人"之类的特定内涵。而在陈寅恪及其父辈的诗笔下,更成为献身革新弊政、壮志未酬而又志节自守的悲剧性政治人格的象征。如陈三立《集利涉桥水亭二首》其一:"贞元朝士还相见,为汝闻歌泣数行。"①《吴颖涵老人属题独坐图》:"儿时亦托升平世,应话贞元泪眼枯。"②沈曾植《失题》:"高斋下直初阳满,默记贞元本事诗。"③均其例。陈寅恪在《丁酉上巳前二日广州京剧团及票友来校清唱即赋三绝句》其三中,也有"贞元朝士曾陪座,一梦华胥四十秋"之句,上句"贞元朝士"云云,指他曾在四十馀年前陪同前辈老人观看谭鑫培演出之事;至于他另一首《〈广雅堂诗集〉有咏海王村句云:'曾闻醉汉称祥瑞,何况千秋翰墨林。'昨闻客言:琉璃厂书肆之业旧书者,悉改业新书矣》:"迁叟当年感慨深,贞元醉汉托微吟。"④则借此典而别抒怀抱了。要之,"司马迁叟"、"元祐党家"、"贞元朝士"一再在陈寅恪的著作中出现,伴随着他俯仰古今、刻骨铭心的深沉感喟,其意义最终指向于士子立身之大节。砥砺名节,不止是士大夫个人的操守问题,而往往与时局、学术相关联,他对清末士大夫清流、浊流之分野的重视,也透露出其中的消息。换言之,中国传统文化的起衰继绝、重铸辉煌,独立自由的学术精神的坚持,士子名节的崇奉,实乃三位一体,密不可分的。

三

陈寅恪对宋代文化的推崇并非一时的偶然兴发。早在 1919 年

① 《散原精舍诗》卷上,第 10 页,清宣统元年石印本。
② 《散原精舍诗续集》卷上,第 49 页,商务印书馆版。
③ 陈衍《近代诗钞》第 12 册《沈曾植》,第 17 页,商务印书馆 1923 年版。
④ 两诗见《寒柳堂集·寅恪先生诗存》,第 55 页、第 31—32 页。

留学美国哈佛时,他就驳斥过认为宋代是"衰世"的看法。他说:"宋、元之学问、文艺均大盛,而以朱子集其大成。朱子之在中国,犹西洋中世之 Thomas Aquinas,其功至不可没。而今人以宋、元为衰世,学术文章,卑劣不足道者,则实大误也。"①这或许是他宋代观的最早材料。嗣后,随着世事沧桑、社会观念的变更,他的宋代观日益丰富和发展,但这个"学问、文艺均大盛"的基本估价没有改变。同时,他的宋代观的丰富发展又是与整个学术背景、思想潮流息息相关,他的极富个性特色的史学研究并不仅仅是他个人的,而总是或此或彼地反映着学术研究的信息和动向。

陈寅恪曾明确提及,他的宋代观乃是"此为世人所共知"的②。在这"世人"中,首先而且最为重要的一人应是与他"风义平生师友间"的王国维。王氏在《宋代之金石学》中列举了宋代在文化创造上的种种骄人的业绩,然后写道:"故天水一朝人智之活动与文化之多方面,前之汉唐,后之元明,皆所不逮也。"③陈、王同是当年清华研究院的导师,两人相知契深,世所共知。我们今天很难探明他们当年在清华工字厅"回思寒夜话明昌"的内容,但在话及"清朝旧事"之馀,论到宋代文化当是应有之义,否则两人推崇宋代文化的语气不会如此一致:王氏的"前之汉唐,后之元明,皆所不逮",与陈氏的"造极于赵宋之世",都是同一的"集大成"、"顶峰"的含义。其实他们这种推崇有着更深广的学术背景。清代的整个学术史,由清初的兼采汉宋,至乾隆以后的独尊汉学,降至嘉道以还,则"不特知汉宋之别,且皆知今古文之分"④。在清代的汉学宋学之争中,王国维、陈寅恪独立学林,巍然一家,不为某宗某派所羁束,而是寻求汉学宋学在中外文化撞击

---

① 《吴宓日记》第 2 册,第 102—103 页,三联书店 1998 年版。
② 《邓广铭宋史职官志考证序》,《金明馆丛稿二编》,第 245 页。
③ 《王国维遗书》第 5 册《静安文集续编》,第 70 页,上海书店 1983 年版。
④ 参见皮锡瑞《经学历史》,第 341 页,中华书局 1959 年版。

背景下的新结合。陈三立《抱冰宫保七十赐寿诗》中，颂赞张之洞"其学浑无涯，百家撷精英。夙综汉宋说，抉剔益证明"①。"夙综汉宋"，既是对张的褒扬，实亦表明他自己的学术追求。在汉学整体上占优势的清代（著名的《四库全书总目提要》即崇汉黜宋），"综合汉宋"这一说法的学术实质，就不能不是对汉学末流的矫正，而与主宋一派有着某种学术渊源。与陈三立声气相通的沈曾植，亦曾受聘于张之洞，主讲武昌两湖书院史席；而陈寅恪又推许他为"近世通儒"②，沈氏之学世人均评为"综贯汉宋"，殆即"通"之一端。另外沈曾植、陈寅恪在元蒙史、西北舆地史等领域中皆有同好，陈氏且采纳并发挥沈氏以"科举"、"门第"划分唐代"牛李"两党的观点。至于王国维，则奉沈氏为师。从以上诸人的学术因缘，不难了解他们之所以具有共同学术旨趣的原因。如果从诗学领域来看，情形更为明显。沈曾植在诗学上创"三关"之说（元嘉、元和、元祐），标举学人之诗；陈三立乃著名的宋诗派"同光体"的领袖；陈寅恪本人的诗歌创作"出入唐宋，寄托遥深，尤其于宋诗致力甚久。家学固如是也。尝教人读宋诗以药庸俗之弊，其旨可见"③。由此可见陈氏的宋代观的形成，糅和着家学渊源和当时的学术环境这两层因素。

　　从国际汉学背景上看，陈寅恪的宋代观与日本"支那学"创始人之一内藤虎次郎（1866—1934）的观点有关。内藤氏早在1922

---

① 《散原精舍诗》卷下，第19页。
② 《唐代政治史述论稿》，第86页，三联书局1956年版。
③ 蒋天枢先生语，见《陈寅恪先生编年事辑》（增订本），第189页，上海古籍出版社1997年版。"尝教人读宋诗以药庸俗之弊"，参看《吴宓与陈寅恪》（清华大学出版社1992年版）第71页记吴宓于1928年6月作《落花诗》八首送陈氏指正。陈氏认为："略有数字微不雅"，"大约作诗能免滑字最难。若欲矫此病，宋人诗不可不留意。因宋人学唐，与吾人学昔人诗，均同一经验。故有可取法之处。"他把宋诗可药庸滑问题，又与宋人学唐而化唐的"经验"联系起来考察，尤可注意。

年发表的《概括的唐宋时代观》中指出："唐和宋在文化的性质上有显著差异：唐代是中世的结束，而宋代则是近世的开始。""中世和近世的文化状态，究竟有什么不同？从政治上来说，在于贵族政治的式微和君主独裁的出现。""总而言之，中国中世和近世的大转变出现在唐宋之际，是读史者应该特别注意的地方。"①陈氏和内藤氏一样，都是把"文化性质"、"文化状态"作为判断历史发展特征和阶段性的准则，而且内藤氏着眼于"从政治上来说"，也相当于陈氏常用的"依托"说，即文化必须"依托"于制度而存在。陈氏虽未采用"中世"、"近世"之说，但认为唐宋两代文化状态有巨大差异，则是一致的。他在论及日本所受中国文化影响时说过："考吾国社会风习……唐宋两代实有不同。""其（日本）所受影响最深者，多为华夏唐代文化。故其社会风俗与中国今日社会风气经受宋以后文化之影响者，自有差别。"②更指明当代中国与宋代在"社会风俗"上有着更广泛、更深层次的联结。

至于陈氏是否读过内藤氏此文，现已无资料查证，但他看过内藤氏的《蒙古开国之传说》则是可以断言的，因陈氏的《彰所知论与蒙古源流》（1931 年 4 月）一文中曾引用过。《蒙古开国之传说》原载于 1913 年《艺文》第 4 年第 12 号，但陈氏所见者为 1929 年日本弘文堂出版的内藤氏史论集《读史丛录》；《概括的唐宋时代观》是内藤氏的一篇影响极其广泛的著名论文，初刊于 1922 年《历史与地理》第 9 卷第 5 号，后收入内藤氏的另一史论集《东洋文化史研究》，亦弘文堂所刊（1936 年）。此集在新版《内藤湖南全集》（东京筑摩书房，1970—1976 年）编入第 8 卷，《读史丛录》则编入第 7 卷，是前后相衔的。种种迹象表明陈寅恪极有可能看过《概括的唐宋时代观》一文。其实陈

---

① 刘俊文主编《日本学者研究中国史论著选译》第 1 卷，第 10 页，中华书局 1992 年版。

② 《元白诗笺证稿》第二章《琵琶行》，第 52 页，中华书局 1959 年版。

寅恪对内藤氏的了解并不仅止于一两篇论文,他在《王观堂先生挽词》中称:"东国儒英谁地主,藤田狩野内藤虎。"蒋天枢先生据陈氏自述笺注云:此三位"东国儒英",藤田丰八列首,乃因王国维曾向其受学日文,"至于内藤虎列第三,则以虎字为韵脚之故,其实此三人中内藤虎之学最优也"①。可见他对内藤氏学术研究的整体成就评价甚高。更要指出的是,这种评价并不是对日本的中国史研究状况未曾深入了解的率意之语。陈寅恪对东邻的史学界、特别是以中国史为主要研究对象的"东洋史"学界知之甚稔,曾批评道:"东京帝大一派,西学略佳,中文太差;西京一派,看中国史料能力较佳。"②这一批评被日本学者称为"符合实情"③。不过他又认为"东洲邻国以三十年来学术锐进之故,其关于吾国历史之著作,非复国人所能追步"④。那么,陈氏对其中"最优"的"内藤虎之学"有所吸收也是顺理成章之事。由此来看,内藤氏的宋代观对陈氏恐不无影响。

如果陈寅恪计划写作的《中国通史》能够成稿的话,宋代部分必定是最见精彩的篇章。但历史没有"如果",我们只能用爬梳、钩稽的办法,在他已有著述中寻绎其宋代观的大致轮廓。即使如此,我们也可初步感受到他对宋代文化本身的深刻洞察力,而他在思考历史时,总是凝聚着他对民族前途、文化发展和知识分子使命的热切关注。尤其是在新一轮的中外文化激烈撞击的背景下,中国传统文化的更新重建之路,更是他思考的出发点和归结点。他对宋代学术和宋学前途的充满信心的预测,能否实现,还有待于历史的证明,但他关于

---

① 《寒柳堂集·寅恪先生诗存》,第 9 页。
② 杨联陞《陈寅恪先生隋唐史第一讲笔记》。
③ 池田温《陈寅恪先生和日本》,《纪念陈寅恪教授国际学术讨论会文集》,第 126 页,中山大学出版社 1989 年版。
④ 《吾国学术之现状及清华之职责》,《金明馆丛稿二编》,第 317 页。

宋代的一系列思想,蕴含着一位杰出史学家深邃的历史智慧,因而仍保持其现实的意义。当前国内外兴起的关于"儒学与现代世界"的讨论,也可视为对他宋代观的某种回应。

(原载《宋代文学研究丛刊》第 4 期,台湾丽文
文化事业公司,1998 年 12 月)

宋代文学研究的思考

——北宋名臣文集五种出版感言

　　尽管没有事先的刻意筹划,四位北宋名臣文集的新整理本共五种,近年来陆续问世。它们是:(一) 余靖(1000—1064)《武溪集校笺》(天津古籍出版社,2000 年 3 月),(二) 张方平(1007—1091)《张方平集》(中州古籍出版社,2000 年 10 月),(三) 韩琦(1008—1075)《安阳集编年笺注》(巴蜀书社,2000 年 10 月),(四) 蔡襄(1012—1067)《蔡襄集》(上海古籍出版社,1996 年 8 月)、《蔡襄全集》(福建人民出版社,1999 年 7 月)。不约而同地出版宋人文集,表现了人们对社会与学术的双重关怀:既说明它们与当今社会仍有割不断的精神联系,也反映了发展宋代文史之学的需要。他们四人虽都以功业为己任,"不以文章名世"(《四库全书总目》卷一五二《安阳集提要》),但对宋代文学研究而言,这次集中出版却在研究观念与视角上,提供了一些值得思考的东西。

一

　　四人中最年长的是余靖,他生于公元 1000 年,离今正好一千年。他们主要活动在北宋最盛的仁宗朝,大都与"庆历之治"密切相关。因而他们的主要身份是官僚。蔡襄最高官职为端明殿学士尚书礼部侍郎知杭州,余靖官至尚书左丞知广州、工部尚书,张方平一度出任参知政事,韩琦更是一代名相。而翻阅他们的文集,都是数十卷的皇皇巨著,内容淹博,格局宏大,充分体现出宋代士人集官僚、学者、文士三者于一身的复合型特点。文集中的作品,都为他们亲手所写,他人代笔之作概不阑入(如苏轼的《代张方平谏用兵书》、《代张安道进功德疏文》,均不入张方平的原集《乐全集》),因而颇能真实地测试出这些部长级以上官员的综合文化素质以及他们健全完整的知识结构。宋人自己早就意识到士人才能和知识的分类。宋神宗欲重用王安石,唐介出面反对,神宗为其回护道:"文学不可任耶? 吏事不可任耶? 经术不可任耶?"(《宋史》卷三一六《唐介传》)苏轼称赞他的同年友、状元章衡,也突出他"文章之美,经术之富,政事之敏"三项(《送章子平诗叙》)。时代精英的理想标准是政治家、思想家和文学家的统一,这已成为宋代士论的共识和追求的目标。即以卷帙最少的余靖《武溪集校笺》20 卷为例(另辑佚 2 卷),共收诗文 551 篇。作为名臣,有奏议 68 篇、制诰 101 篇、判词 53 篇、表状 56 篇等;作为诗人,有古今体诗 140 首;不少书简、记、序、墓志、杂文,则表现出他作为古文家的业绩;作为学者,其中 31 篇"寺记"反映了他的佛学思想,尤堪注目;《契丹官仪》是他出使辽国的现场记录,保存了第一手历史资料。据有关书目,他尚有《三史刊误》40 卷,《(新建县)西山记》、《新建图经》等史学、地志著作,参加编纂的著作更多。欧阳修《余襄公神道碑》说他:"自少博学强记,至于历代史记、杂家小说、阴阳律历,外暨浮屠、老子之书,无所不通。"所评确非虚言,而且可以移评其他一大批宋代士人。

韩琦被宋神宗赐予"两朝顾命定策元勋之碑";似算不得著名诗人,但收入《安阳集》中诗歌达 20 卷,计 691 首(另"补编"辑有 6 首);其 30 卷文(另"补编"文 8 卷)中,构成颇为复杂:有表现"儒学之臣"的奏状、表状、书启、书状、制词、册文等,也有显示其文章才华的记、序、杂文、墓志之类。这位在北宋政治舞台上勋业煊赫、军国大事的决策者,对自己的文章亦颇为自豪:"尝自谓:琦在政府,欧阳永叔在翰林,天下文章莫大乎是。"(《四库全书简明目录》卷一五)隐然与欧阳修并领天下文章。他还有一个好习惯,常将己作寄赠友人,以收切磋琢磨、彰显揄扬之效。如欧阳修《与韩忠献王书》(《欧阳文忠公集》卷一四四):"昨日辱以《相台园池记》(《相州新修园池记》)为贶,俾得拭目辞翰之雄,粲然如见众制高下映发之丽,而乐然如与都人士女游嬉于其间也,荣幸荣幸。"又:"近范纯仁寺丞见过,得睹所制《奏议集序》(《文正范公奏议集序》),岂胜荣幸。"又:"伏蒙宠示《阅古堂碑》三本,岂胜荣幸。"又:"昨承宠示《归荣》(《荣归堂》诗)第五篇刻石,俾遂拭目,岂胜荣幸。唐世勋德巨公为不少,而雄文逸翰,兼美独擅,孰能臻于斯也。"范仲淹也写过类似信函。《与韩魏公书》(《范文正集·尺牍卷中》)云:"颁示《北岳碑》(《定州重修北岳庙记》),真雄文健笔,高古相称,为不朽矣。钦服钦服!"又:"蒙赐教并示中山诗作,有以见大君子存诚风教,未尝空言,惟感服钦慕,老而不知其止。谨观《阅古堂》诗并记(《阅古堂八咏》),仰叹无已!"欧、范等人对韩琦诗文的评赏,不免带有应酬之际的夸饰成分,至今文学史中韩琦不占一席之地,并非无因;但也从侧面反映出韩琦诗文在当时的一般评价,特别是本人创作时的严肃认真、求精求好的态度,以及那一份获取社会好评的期待,都是研究当时文学背景的绝好材料。

还可说及,像韩琦的诗,在今人看来,可能不算上乘(但亦与今天的"老干部体"有别);而在当时,却是进入诗坛主流的,这只要看他的唱和对象,如欧阳修、石曼卿、富弼、杜衍、梅挚、赵概、王珪、滕达道等一大批名流就可以证明。要深入研究宋诗,实不能无视这些拥有极大影响力和传播控制权的诗人们的状况。否则,不少复杂的问题就不能得到切实的说明。

宋代士人文集的构成,其文体之众,作品之丰,卷帙之大,比之唐集,均有明显的发展。李白、杜甫集固然仅偏重于诗歌一体,即便是韩、柳、元、白集，也稍逊一筹。这反映出宋代知识精英的文化素养和知识结构的一般水平，应视作时代文明的总体性特征，其深厚的文化底蕴不能不使后人产生敬畏之情。这一特征对于理解宋代诗歌特色与文章风貌是至关重要的。他们的文集众体皆备，不拘一格，但仍是一个整体，建立在作者同一的胸襟、理想、器识和文化修养的根基之上，有着同一的人文情怀和写作心理，又是运用同一的语言工具。其官僚、学者、文士的社会角色，毕竟不是划界分疆，毫不关联，在同一作者身上不能不是相通相融的。从复合型人才的角度，研究宋诗作为"学人之诗"的特点，宋文中文学与非文学交混一体的现象，或许能对宋诗、宋文的理解和认识更富有历史感，能否作为一个继续开拓的课题？

二

韩琦、余靖、蔡襄都是"庆历新政"的重要人物，张方平也以经世济时为怀，然而都对诗文创作倾注了毕生精力，只是其文学方面的兴趣被对政治的热情关注所掩盖而已。其实，对他们而言，咏诗作文是一种更日常、更有兴味的生存方式，这与四人仕途中的一个共同经历有关，即他们都是经由进士而馆阁而知制诰、翰林学士直至宰执等权力中心的道路。四个台阶，步步擢升，是宋代士人入仕的最佳路线。陈寅恪先生指出，唐代"自德宗以后，其宰相大抵皆由当日文章之士由翰林学士升任者也"（《唐代政治史述论稿》）。此在宋代更发展为近乎制度性的了。据研究，两宋时由翰林学士位至宰执者，约占总数的49%（杨果《翰林学士与宋代政治初探》，《宋史研究论文集》，河北教育出版社1989年版）。韩琦就是一个典型，张方平亦至副相（参知政事）。而北宋其他的大文学家如欧阳修、王安石、苏轼、苏辙兄弟等也是如此，我以为这也应进入文学研究的话题。

　　北宋前期，以昭文馆、史馆、集贤院为"三馆"，加上秘阁，总名崇文院，亦称"馆阁"。馆阁之臣通常须经考试而后任命，所试科目亦为诗赋策论，这对文官队伍的文化素质起了保证作用。馆阁是庋藏国家图书的渊薮，为这些馆阁之臣浏览攻读提供了优越条件；他们从事的"修撰"、"校理"、"检讨"、"编修"之类的本职工作，无疑会提高其文史水平；文酒诗会的频繁交际活动，更直接激活他们的文学创作。

　　至于翰林学士院，其成员本来就是"极天下文章之选"（綦崇礼《北海集》附录上《给事中可除翰林院学士制》），掌管起草朝廷各类诏书，且位居清要，近侍皇帝，实乃皇帝的私人秘书与智囊，是中枢政要的后备人才。馆阁、学士院与宋代文学发展的关系，现尚无研究专著，其实也是值得开掘的，至少能从一个方面展现宋代文人生活的具体历史环境。我们熟知钱惟演在天圣间任职洛阳时，曾举行过一次别开生面的"作文比赛"，请其幕下的欧阳修、尹洙（一说还有谢绛）同作一篇《临辕驿记》，欧凡千馀言，尹则五百字而成，欧"服其简古"，"自此始为古文"（《邵氏闻见录》卷八），这在宋代散文史上并非无足轻重；但我们大都忽略钱惟演此举的目的。他后来告诉他们说"君辈台阁禁从之选也，当用意史学，以所闻见拟之"，把文章写作能力的锻炼，文风的矫正导示，与未来"台阁禁从"、"词学之臣"的人才培养联系起来。果然，欧阳修到了位高声隆，回忆自己六年的翰苑生活时，还念念不忘钱惟演"翰林学士，非文章不可"的教诲（欧阳修《内制集序》）。

　　韩琦四人文集中的大量内制、外制等各类功令文书，均为官样文章，并非文学作品；但是，也不是没有文学因素，其对精致文辞的讲究，用典运事的巧妙，布局谋篇的匠心，典雅风格的追崇，比起奏议、策论来，更显示出从应用性向文学性的侧重。毫无疑问，这些制诰作品，都是他们的精心之作，在他们的心目中，是比抒写性灵的诗文更为紧要的，其中的一些所谓"大手笔"，对于当时文风的好尚趋向，还发生一定的导向作用。

比如张方平所作的诰词，就称誉朝野，曾编为专集《玉堂集》20卷，惜已散佚。今《张方平集》中仅辑得数篇。王巩《〈张方平〉行状》中评其"文既尔雅，济之雄赡，号令风采，焕然一新，庶几西汉之遗韵矣，至今天下推服。……自是两禁辞命有训诰之美，由公倡之"。他的诰词，神宗"置之卧内，时省阅之"，范仲淹主持"庆历新政"时，发布文告，必"伺公〈张方平〉入直"，由他起草，就因他"教化深"而又"妙于文辞"。王安石任知制诰时，曾翻检旧时诰词文献，独独赏识他的《除李昭亮殿前副都指挥使武宁军节度使制》中"世载其德，有狐、赵之旧勋；文定厥祥，乃姜、任之高姓"一联，认为"着题而语妙"（《续明道杂志》）。因李昭亮系外戚、重臣，建有功勋，故以狐偃、赵衰为喻（晋文公之舅狐偃、婿赵衰，辅其称霸天下），用古一如己出，而无牵缀之痕。后李昭亮拜同中书门下平章事、判大名府，仁宗以涂金纹罗书曰："李昭亮亲贤勋旧。"即从此《制》上联"勋旧"、下联"高姓"之义中化出。这一背景不仅使我们理解张方平反对"日近诰命，或有浅鄙，传为口实"之风（见《请慎用两制资序事》），也理解他激烈反对"太学体"的用心。他指名道姓地斥责石介，认为"以怪诞诋讪为高，以流荡猥烦为赡"的"太学新体"，是由石介的"益加崇长"而流行"成风"的（见《贡院请诫励天下举人文章》）。众所周知，"太学体"最后由欧阳修的排摈而衰落，并非张方平之功。虽然两人先后都利用了"知贡举"的行政权力（一在庆历六年，一在嘉祐二年），但效果不同。原因之一是张方平的出发点是维护骈体文的"旧格"，反对"古文"这一"变体"，仅着眼于文体问题；而欧阳修主要从文风上予以改革，提倡平易自然、流畅婉转的"古文"风格，以后成为宋人的群体风格。然而，张方平的反对"浅鄙"诰词，和他反对"怪诞"、"流荡"的太学体古文之间，实存在着内在的深刻一致性，这点似为研究者们所忽视。他有次与宋神宗讨论"文章"："上好文章，从容问及古今制诰优劣。公曰：'王言以简重为体。西汉制诰典雅深厚,辞约而意尽。故前史以为汉之文章与三代同风,以其与训诰近也。臣才学空疏,愧无以发明圣意,亦庶几取其尔雅而已。'"(王巩《行状》)原来他是赏爱于"与训诰近"的骈偶文体和"尔雅"的文风的,在宋代文章史上自成一系。

要之,馆阁、翰林学士院与宋代散文之间的关系,至今还是若明若暗的,有待深入的揭示。

三

从这四位名臣占籍的地理分布而言,也颇有象征意义。韩琦、张方平是中原人,来自传统的文化先进地区;余靖为粤人,而蔡襄乃闽产,则是宋代新兴的经济、人口、文化异军突起的发达地区。四人中南人占有一半,从一个特例标志着宋代整个社会重心南移的趋向。

据传,宋太祖曾刻石禁戒"后世子孙无用南人作相"(见《邵氏闻见录》卷一)。江西人王钦若本来已为真宗物色欲拜为相,却被河北大名人王旦所阻,直至王旦死后,王钦若才如愿以偿,成为第一位南人宰相。以后南人为相的比例逐朝增长:仁宗朝占五分之二,神宗朝占五分之四,说明南方士人在宋朝整个政治结构中地位的加重。陆游早就看出这一转变。他在《选用西北士大夫札子》(《渭南文集》卷三)中说:"伏闻天圣(宋仁宗年号)以前,选用人才,多取北人,寇准持之尤力,故南方士大夫沉抑者多。仁宗皇帝照知其弊,公听并观,兼收博采,无南北之异。于是范仲淹起于吴,欧阳修起于楚,蔡襄起于闽,杜衍起于会稽,余靖起于岭南,皆为一时名臣,号称圣宋得人之盛。及绍圣、崇宁间(宋哲宗、徽宗年号),取南人更多。"

出现这一转变的直接原因是南方士人在科举中日益占据全国领先的位置。科举取士是宋代文官政府的基础,在北宋百馀年间录取的六万多人中,南人占了绝对的多数,为各级政府机构提供了源源不断的官员后备人选。我曾研究过嘉祐二年贡举的情况。此年共录各科388人，今可考知其姓名和乡贯者204人，其中以福建的进士为最（64人），其次是浙江（39人）、江西（38人）等地。最近欣闻傅璇琮、龚延明先生的《宋登科记考》即将完稿，搜讨更广，考证更精，考出此榜进士262人，以地域分布看，亦以福建、浙江、江西为次，结论是一致的。有趣的是围绕进士录取的一些争论。欧阳修抱怨说："今东南州军进士取解者（地方级考试，合格者始能"解"送中央礼部），二三千人处只解二三十人，是百人取一人。"因考生多，取解者少，仅占百分之一；而"西北州军"却因考生少，取解者竟至十人取一，比例失衡，提出应按成绩高下的统一标准取解（《论逐路取人札子》）。而司马光则坚持各州军仍按固定的相同数额进行录取，则表现出这位北方人（山西）的偏袒立场。他后来与宋神宗论及用人时，竟说："闽人狡险，楚人轻易，今二相（指陈升之、曾公亮）皆闽人，二参政（指王安石、唐介）楚人……天下风俗何以得更淳厚？"（《奏札并举苏轼等录》，见《增广司马温公全集》卷二）张方平则显得开放一些。在这部《张方平集》新排印本中，有《川岭举人便宜》一文（第115页），颇堪重视。他首先提出，宋朝以前，"闽岭黔峡，士人殊鲜"，闽粤和川黔是两个士人稀少地区，但降及仁宗时，"风教遐被，海宇大同，曳博带于文身，诵圣言于鴃舌"，文教儒术已广被于"百越文身之地"、"南蛮鴃舌之人"了。因而他继而提出应在广州、益州设立"分考场"，以免远地考生"崎岖之劳"："岭南诸郡送广州，两川诸郡送益州，委二府如礼部式考试。"张方平虽占籍应天府宋城县（今商丘），但自幼居扬州，十三岁始返原籍，又在范仲淹主持的应天府书院中受业，因而不免影响其北人士子的立场。

南方举子的崛起，当然不是偶然的，而是植根于南方经济高涨和文化普及的基础之上的。研究宋代人口分布的成果表明：中国人口的南北比重，长期以北方居先；到了宋代才开始根本性转折，南方人口占全国人口一半以上，而且一直保持、延续到明、清时代。人口增长的适度压力，有利于经济的发展；人多地狭的生存环境，又促使人口脱离土地而向读书求仕、从事工商或遁身僧道等方面分流。南宋人曾丰《送缪帐干解任诣铨改秩序》（《缘督集》卷一七）说："居今之人，自农转而为士、为道、为释、为技艺者，在在有之，而唯闽为多。闽地褊不足以衣食之也，于是散而之四方。"蔡襄为他同乡廖某的《兴化军仙游县登第记》所作序中称："闽粤自唐欧阳詹始举进士"，但后继沉寂；及至宋朝，"四方学士缅然而起"。仅以他家乡仙游县为例，"乡闾右学，后生不儒衣冠，不得与良子弟齿"。由于乡风向慕习学，刻苦攻读，"其失中而莫售者鲜矣"，中举率甚高。甚至"每朝廷取士，率登第言之，举天下郡县，无有绝过吾郡县者。甚乎，其盛也哉！"仙游变成了全国最著名的"进士县"了。（直至当今全国统一高考中，福建仍居高考率之首。）这也是蔡襄科举入仕的乡邦文化背景。

至于说到余靖，他于天圣二年宋郊榜中进士，一同被录取者有他的老师王式和另一位老师兼舅父黄仲通及同乡梅鼎臣；天圣五年，王式之子王陶和同乡梅佐又复中举，两榜连中六人，传为美谈。余靖为王式所写的《故大理寺丞知梅州王君墓碣铭》中云："曲江自文献公后，士大夫鲜复以科第取显爵于朝，岂南方以此选诱人为卑耶？"但至宋仁宗时，在王式的带动下，竟出现"曲江联翩六人中第"的盛况，韶州（曲江）位居由内地通往岭南的交通要冲，商贾阜通，人物富庶，地域文化渐次发达繁荣，两广地区的人口增长率在北宋时位居全国第二（仅次于湖南），难怪后来刘克庄有"番禺文物于今盛，闽浙彬彬未足夸。丞相宅曾住南郭，鼎魁坊只在东家"的"广州颂"了（《广州劝驾一首》，《后村集》卷一二）。

研究南北学风、文风的差异与相互影响，并不是新问题。学术界早就注意到《诗经》和《楚辞》代表先秦时南北诗风的对峙。褚季野和孙安国关于"北人学问渊综广博"、"南人学问清通简要"的讨论，支道林关于"北人看书,如显处视月,南人学问,如牖中窥日"的比拟(见《世说新语·文学篇》),也涉及这个课题。即在宋代文学研究中,南方士人的学术和文学如何推向并影响中原传统文化先进地区,我们也有一些初步成果。比如唐圭璋先生的《两宋词人占籍考》,按省统计,词人之众也以浙江、江西、福建三地占先,不仅表示三地词风的繁盛,亦显示出词体本质上的南国风味之由。继续探究宋代文学与南北地域文化的关系,努力使之具体化、精细化,这也是我粗读这些北宋名臣文集时联想所及的问题,写出以向同道求教。

(原载《文汇读书周报》2001 年 6 月 30 日)

宋代文学研究的前沿问题

——以文学与科举、党争、地域、家族、传播等学科交叉型专题为中心

近十多年来,中国的宋代文学研究取得了颇为突出的成绩,在视野的拓展、方法的探索、材料的挖掘、队伍的建设诸多方面都取得一定的进展。就当前中国古代断代文学研究来看,宋代文学研究应是其中最为活跃、最见成果的领域之一,展示出持续发展的乐观前景。学科交叉型专题研究的蓬勃兴起,就是引人注目的倾向。其中宋代文学与科举、党争、地域、家族、传播这五者之间关系的研究,均有多部研究专著问世,备受重视,并引起讨论,可喻为"五朵金花"(20 世纪 50 年代中国历史学界争论的五个问题,当时被戏称为"五朵金花")。这一研究方法打破了以往从文学到文学的单向研究的格局,发现不少曾被遮蔽或忽视的面相,提出值得深入探讨的新命题、新问题,便于从更广阔的大文化的全新视角上加深对宋代文学内涵的深入认识,有助于优化宋代文学研究的学理性建构,无疑是一大进步。

如科举对文学的作用,促进抑或促退,在 20 世纪 70 年代讨论唐诗繁荣原因时曾有过讨论,迄无定论。而在新出有关宋代科举的论著中,提出"两个层级"的分析方法,即"科举考试"与"科举制度"——前者对文学的作用多为负面,应试之诗文,往往阻遏创作活力;后者在读书习业、投文干谒、漫游邀誉乃至送行赠别、及第、落第等方面,则促成了诗文创作的发达。这种分析为这一聚讼纷纭的老问题,提

供一个解决思路。考试科目中的各类文体的专题研究（如策论），也获得更充实的成果，甚至调整了传统的文学观念。两宋党争绵延不绝，对文人的文学创作影响深巨，尤对文风、士风的导向复杂纠葛，不少学者致力于此，作了深刻的揭示和论析。陈寅恪先生曾鲜明地提出过"地域—家族"的研究理念，用以具体考察唐代制度、政治与史学，这一观点成为他史学思想的核心之一。近来欧美学者也在这个专题上多有建树，关注于"地域性"对中国社会性质的影响，尤其着重从"家族"的角度来研究"政治精英的转变"，都直接启示了宋代文学研究者的学术视角。目前，宋代文学家族的研究方兴未艾，比如晁氏家族、吕氏家族和临川王氏家族，皆有专著出版，其中晁氏家族的研究尤较充分。从传播学的角度来考察宋代文学更是一大热点，武汉大学已俨然形成一个研究群体；关于宋词传播的方式、媒介、途径等方面，皆有新的开拓，如对男声演唱、单篇传播中的艺术媒介传播、词话和词籍序跋的传播功能、私人藏书和图书市场乃至驿递制度与传播的关系，均在文献搜集、实证研究和理论阐释上，取得很好的成绩。

学科交叉型专题研究的实践，丰富了已有的宋代文学研究成果，发现了更真实、更细致的文学图景，也有利于探讨宋代文学的一些发展规律，但似乎还需要关注以下三个问题，以求更好地达到通过学科交融来推进学术创新的目的。

一是坚持以文学为本位的原则。这里所谓的"学科交叉型专题"研究，乃指从家族、地域等学科背景上来研究宋代文学，它归根结底仍然属于文学研究，而不是建立一门独立的"文学家族学"或"文学地理学"等新学科，也不兼具什么文学学分支和家族学分支（或地理学分支）的双重性质。拓展文学研究的外延不能导致削弱、偏离乃至湮没文学本身的地步。诚如一位西方学者所提醒，要警惕"文学研究者变成了业余的社会政治家、半吊子社会学家、不胜任的人类学家、平庸的哲学家以及武断的文化史家"（哈罗德·布鲁姆《西方正典》），忘记了作为一位文学史研究者的职责。

从 20 世纪 90 年代以来，由于受到西方社会学研究的影响，我国宋代社会史的研究逐渐兴起，研究一个家族、一个地区的论文纷纷面世，这给宋代文学研究者不少启示和促进，随即也出现不少文学与家族、文学与地理方面的研究成果。其目的是简单而明确的：即为了改变研究视角，吸取和借鉴相关学科的学术成果和方法，开拓宋代文学研究的领域和视野。也就是说，进行交叉型专题研究是出于文学研究的需要，并不是追求不同学科之间的整合。比如金克木先生1986 年发布的《文艺的地域学研究设想》一文，常被主张建立"文学地理学"的学者引以为据。其实，该文旨在提倡于习见的"历史的线性探索、作家作品点的研究"之外，应"扩大到地域方面"，其本意乃在强调时空合一的多"维"研究方法，纠正流行的、单一的纵向研究的局限，并没有要建立"文学地理学"独立学科的意思。但后来在刊物上出现了建立"文学家族学"、"文学地理学"的呼吁（还未见公开提出建立"文学科举学"、"文学党争学"之类的口号），这就引发出一些值得深入思考的新问题。

一般说来，一门学科的成立至少应该满足三个条件：一是它有自己独特的研究对象，其研究范围的内涵和外延具有排他性；二是它要建构起学科的学术体系，有一套完整的学科范畴、术语、概念，乃至独特的研究方法和手段，具有系统性；三是应有一定的学术成果和研究队伍作为基础支撑。从这些要求来看，目前的学术准备、积累和需要，似乎还不到去建立"文学家族学"、"文学地理学"的时机。如果一旦真能建立起这两门独立学科，我当然也乐观其成。

宋代文学中的交叉型专题研究，当务之急还是回到最初的目标为宜，即从学科交叉处去努力发现一片新的风景——但必须是文学风景。

两宋涌现出众多的文化家族，其中具有鲜活的文学因素，具体描绘出建基在血缘关系之上,而又在家学、家风影响之下的文学创作和文学活动,呈现出真实的文学图景,应是研究这个课题的直接目的与方向。试以宋代词科设置、家族教育和骈文发展的关系作些说明。

宋代科举的科目设置历经变革,或重诗赋,或重策论,曾一度轻视对词章之才的选拔,朝廷文书质量大幅度下降。于是在宋哲宗绍圣元年始立"宏词科"(后又改称"词学兼茂"、"博学宏词"),直至南宋末年,共录取 107 人,标准甚严而颇称得人。在这一百来人中,父子三人相继中试者有三人:陈宗台、陈贵谦、陈贵谊;兄弟三人相踵者有三洪:洪遵、洪造(后改名适)、洪迈;兄弟二人荣登者更多,计六组:二吴(吴兹、吴开)、二滕(滕康、滕庚)、二李(李正民、李长民)、二袁(袁植、袁正功)、二莫(莫沖、莫济)、二王(王应麟、王应凤)。这一现象说明词科考试比起其他科目来,需要更广博的知识储备与严格的文辞训练,引导士子家庭作出针对性的应试反应,形成家学中某种专科化倾向,揭示出科举考试对形成家族文学特点的作用。这一现象还说明,南宋骈文的兴盛和繁荣与家族文学互为因果的关系,词科的制度设置,激发起士人社会和士人家族对四六文的重视和普遍肄习,在此基础上,三洪、二王以及周必大、孙觌、倪思、吕祖谦、真德秀等,均由词科出身而被称为四六名家,使南宋骈体文的成就足以与同时段的古文并肩。

二是真正打通文学学科和其他学科的交集点,善于借鉴其他学科的丰富成果,转换视角,开辟宋代文学研究的新境界。目前的有关论著,往往采取上下编的体例,先行论述其他学科的情况(如宋代科举的起源、制度、运作过程),然后转入论述它和文学的关系及其影响,两者颇有割裂之感,俗称"两张皮"。交叉型专题研究的难点和关捩点,在于真正揭示出两类事物之因果关系的真实面貌,这不是靠简单的现象类比、排列就可以奏效的,期待于学术同道长期艰苦的共同努力。这也是实现"以文学为本位"原则的具体化。

　　作家的文学创作和文学活动总是在一定的时空条件下展开和完成的,以往的文学研究偏重于"时间"的维度,从某种意义上看,我们的文学研究整体的视角、方法、问题意识、学科方向无不处在文学史书写的笼罩之下。出于改变原有视角的迫切需要,文学与地理关系研究的提出立刻得到广泛的响应,在宋代文学研究中也是如此。深入发掘地域中的文学因素,无疑是值得期待的研究领域,可以大大拓展文学阐释的广阔空间。比如研究历史上作家的地理分布就是题中应有之义,前辈学者唐圭璋就有《两宋词人占籍考》等文。不少学者指出,不能仅止于作家的籍贯分布,而应关注籍贯地理以外作家的活动地理、作品描写地理、传播地理等方面,要特别注意"地理"之于"文学"的"价值内化"作用。也就是说,有两种地理,一是作为空间形态的实体地理,一是由文学家主体的审美观照后所积淀、升华的精神性"地理"。这一见解深化了"文"与"地"关系的认识。例如欧阳修占籍江西庐陵,自然产生了"江西情结",但他生于四川,长于随州,以后宦游各地,最后退居颍昌,一生中仅因葬母回江西一次,因而"庐陵"对他的影响不算深刻。倒是他的初仕地洛阳,对他一生的思想与文学创作起了一锤定音的作用。他在洛阳参与以钱惟演为盟主的幕僚文人集团,从梅尧臣学诗歌,从尹洙学古文,对洛阳一批文友的悼念文字,是他"六一风神"散文主体风格的最初体现。洛阳之于欧阳修,已不是一个实体意义上的地理名词,而是他的一个永不消退的记忆场景,是他人生感悟的一种象征和符号。他不断地追怀洛阳亡友,持续地吟咏洛阳牡丹和绿竹,他可能再次回到洛阳,但永远回不到他心目中那个精神性的洛阳。对于具体作家的文学创作而言,上述有关籍贯的四个层次,其作用是不等量的,对于我们文学研究者而言,宜把注意力放在这类文学与地理的实质性的关捩点上。

　　研究这个课题的学者,习惯于强调作家的故乡情结,甚至以此为基础概括出"某地域文学"或"某地域文学区",我认为也值得斟酌。

毫无疑问,中国古代文学具有显著的地域特征,在作家的地域分布和作品的地域流动上,有自己的特点和规律。但是,中国长期是一个统一的国家,遵奉的思想原则又基本一致,尤为重要的是使用统一的汉语言文字这一文学表达工具,因而能否从地域特征的基础上发展出真正独立意义上的"某地域文学"或"某地域文学区",实在是"大体似有,定体则无",处于疑似之间。不能把"地域文学区"与"地域文化区"这两个概念等同起来,后者植根于地域特有的历史传统、地理风貌、自然环境,以及地区的风俗习惯,尤其是方言的不同,作为"某地域文化区"是可以成立的,当然也要充分估计在历史演进过程中各地域文化相互融合的一面。试看《诗经》与《楚辞》,原是中原文化和荆楚文化的两种代表,但在秦统一以后的发展中,日益为各地区作家所共同接受和学习,《楚辞》没有发展出独立的地域性荆楚文学,《诗经》更没有这种可能,它已上升为全民族文学共同遵奉的"经"了。充其量只能形成一定时期某地域的"文学中心"或"文学交往圈",达不到"某地域文学"所应具备的独立性与完整性。

要之,文学是文化的一部分,地域对文学的影响,实际上主要是通过地域文化的中介而发生作用的。地域对文化的影响力与地域对文学的影响力,两者是不能等量齐观的。还应看到,某一地区的文学能否持续地保存和发展自己的特点,也需视实际情况而定。从中国古代文学发展而言,随着时间的推移,各地文学的地域特点存在着日渐趋同的倾向。程千帆先生在评析刘师培名文《南北文学不同论》时指出:"刘君(师培)此论,重在阐明南北之始即有异,而未暇陈说其终则渐同。古则异多同少,异中见同;今则同多异少,同中见异。"(《文论十笺》)这是很敏锐的观察。近来出版的地区文学史,如《江西文学史》、《福建文学史》等,数量众多,实际上只是该地区对本籍作家和客籍作家们创作的历史评述,尚未概括或提炼出该地区文学的显明的地域特色,似不能当作已然建立"文学地理学"的具体成果。

　　过分强调作家们的籍贯地理,有时还会遮蔽他们思想与创作的一些重要、真实的原貌。研究表明,北宋作家和南宋作家对于"故乡情结"有着明显的区别,北宋作家们固然不乏桑梓之恋,但他们随遇而安,四海为家,其最后的退居之地和卒葬之地往往不选择在故乡;而南宋作家们的家乡观念却要强烈得多,他们大都安土重迁,固守出生之地。受到"蜀人不乐仕宦"的传统影响,苏轼原也怀抱浓厚的西蜀乡土之恋,但在随后经历的三起三落、大起大落的人生波折中,他反而高唱"日啖荔枝三百颗,不辞长作岭南人"、"海南万里是吾乡"的诗句,甚至说:"我本海南民,寄生西蜀州。"他的终焉之地在常州,墓葬在河南郏县,他的弟弟苏辙晚年退居颍昌,亦卒葬于郏县,与兄同地。苏轼还有卒葬于海南的打算,"死则葬于海外",甚至说:"生不挈棺,死不扶柩,此亦东坡之家风也。"(《与王敏仲书》)此外,如范仲淹葬于洛阳,不归苏州祖籍,欧阳修本意要埋于江西泷冈,最后还是在新郑安葬。其例甚多,使王士禛感叹宋世士大夫最讲礼法,但大都"仕宦卒葬,终身不归其乡",实乃"不可解"之事(《香祖笔记》)。欲深入解答王士禛的疑问,便要涉及宋代的政治、社会背景,士人们的政治生态、现实诉求,好在现存可资佐证的文学作品是大量的,又有两宋士人不同的思想和创作选择可供参酌,是能够得出较为完满的答案的。王士禛的疑问无意中揭示出文学与地理关系的一个具体交集点,循此进行研究,可求"以文学为本位"的原则不致落空。

　　三是对文学研究中社会学化的倾向(如计量统计法)有所警觉,不能完全脱离文学研究一套行之有效的方法,要注意从方法论上落实"以文学为本位"这一原则。层出不穷的图表统计,目眩神迷的数字泛滥,貌似科学的剖析毫末,有时并不能真正说明问题,反而是增添困惑。

　　武汉大学编纂的《宋词排行榜》、《唐诗排行榜》问世后,引起热烈的争论。编者把苏轼《念奴娇·赤壁怀古》和崔颢《黄鹤楼》分别列居宋词和唐诗的榜首,因而引发读者"炒作湖北"之质疑。编者们任职于武汉大学,苏词、崔诗均写于鄂地,但笔者认为这纯属巧合,实乃是编者依据自己所定标准所计量的统计结果,也无"炒作"的必要,他们真诚追求学术真理的尝试,是无可置疑的。透过激烈争辩之声,学者们自能发现一些未曾发现过的学术内涵:排行榜只是测定相关作品在历史行程中的关注度和影响力的大小,而不是评价入榜作品的艺术价值和思想意义的高低。它的意义在于一定程度上直观地揭示出历代的诗歌审美标准在不断改变,诗歌的潜在含义在不断地被发现,因而不失为一种研究手段。

然而,进一步推究这种研究手段,应该承认乃是部分地反映出文学学科传统研究方法与社会学计量统计方法的不同。以《宋词排行榜》为例,它在方法上明显借用计量统计法,一切用数据来判断,最终排出 100 首最具影响力的宋词的名次。据编者介绍,其数据主要来源于五个途径:一是选取宋、元、明、清以来的宋词选本 107 种,用以统计每首词作的入选次数;二是互联网搜索引擎谷歌和百度所链接的关于宋词的网页数目;三是吴熊和《唐宋词汇评·两宋卷》中关于宋词的评点资料;四是 20 世纪有关宋词赏析和研究的单篇论文;五是依据《全宋词》《全金元词》等历代词总集来统计历代词人追和宋人词作的篇数。整体设计还是颇费心思的。但结论是否科学、是否可以据信,却受到两方面的制约:一是现存文献的分布不均衡性。就以上述五个途径的材料而言,本身就是无法穷尽的,而能够搜集到的材料又具有不可避免的不平衡性,或较完备,或缺漏较多。如历代宋词选本这一项,在《宋词排行榜》的"五个途径",即指标中,权重占 50%,起着最重要的作用。但在选用的 107 种选本中,情况又千差万别:从时代来看,各代有各代的不同侧重;从选本性质上看,又有专家选本与普及性选本乃至两者结合的选本的差别。它们的思想倾向、主题诉求、艺术风格、审美爱好各不相同,要获得一个合理客观的平衡几乎是不可能的。二是对材料的采择选取很难避免主观性。比如对苏轼的《念奴娇·赤壁怀古》，在一般选本中受到青睐，自可理解，但像清末民初朱孝臧的《宋词三百首》，这首词在初编中虽被选入，但在"重编稿本"中却被删除，故现在通行本无此词。朱氏乃清末词坛四大家之一，他的这部词选以"浑成"为宗旨，并为所谓"重拙大"一派立帜树范。他对于苏轼《念奴娇·赤壁怀古》先取后删的态度，对于评估此词的"关注度和影响力的大小"具有特别的分量，显然不能跟其他一般选本等量齐观。新世纪以来，用"宋词三百首"为名的选本就有 180 馀部，其中大多即是选用朱孝臧所编的《宋词三百首》中的词作，可见其"关注度和影响力"至今不衰，但它与其他选本一样，也只有一票的权利。但这一富于学术价值的信息，在《宋词排行榜》中却无法得到反映。编者在《前言》中也举过朱氏此例，一时亦难有应对之策。

　　要之，由于现存文献分布的不均衡性，加上对材料选取的主观性，西方社会学所常用的计量统计方法的可信度是要打折扣的，未必优于从文献记载中直接分析所得的结论。诚如王兆鹏教授后来所说，在研究文学的传播与接受问题时，"应该注意两个结合、两个并重：实证研究与理论阐释相结合，传播、接受研究与创作、文本研究相结合；界内研究与跨界研究并重，基础理论研究与实务应用研究并重"（《中国社会科学报》2014 年 9 月 24 日），这在方法论方面提出了十分重要而切实的原则。

（原载《第八届宋代文学国际研讨会论文集》，
中山大学出版社 2015 年 9 月）

宋代诗歌的艺术特点和教训

宋代诗歌具有自己的艺术特点,这是人们公认的。但这些特点包括哪些内容,历来说法不一;至于如何评价这些特点,更是毁誉参半,褒贬各异。从南宋开始,直至晚清,一直存在着对宋诗截然相反的两种评价。尊宋派认为:"宋人之诗,变化于唐,而出其所自得,皮毛落尽,精神独存"①;"宋诗岂惟不愧于唐,盖过之矣"②。贬宋派(往往是尊唐派)却斥之为"死声活气"③,"粘皮带骨"④,有的甚至认为宋"一代无诗"⑤,"宋绝无诗"⑥,或者说宋代的近体诗只有一首可取⑦。今天看来,两派的评论中固然各有一些有益的艺术见解,但都失之偏颇,特别是都没有明确而自觉地把诗歌艺术的特性和规律作为评论的主要标准和出发点,因此未能对宋诗作出恰当的评价。这是我国诗歌批评史上一件聚讼纷纭的历史"公案"。

《毛主席给陈毅同志谈诗的一封信》中说:"诗要用形象思维","宋人多数不懂诗是要用形象思维的,一反唐人规律,所以味同嚼蜡。"这段话指出了包括诗歌在内的文艺创作规律,阐明了文艺区别

---

① 吴之振《宋诗钞·序》。
② 都穆《南濠诗话》引刘克庄语。
③ 吴萃《视听钞》引叶梦得语。
④ 李东阳《怀麓堂诗话》。
⑤ 王夫之《姜斋诗话》卷二。
⑥ 叶盛《水东日记》卷二六"录诸子论诗序文"条引刘崧语。
⑦ 同上书卷一〇"苏秉衡论诗"条引苏平语。

于其他意识形态的一个特性，对研究宋诗的艺术特点和教训具有启示作用。

一

诗歌，和其他文艺形式一样，是以形象地反映生活作为自己的主要特性的。作为一代诗歌，宋诗继唐诗之后，还是开创了新的境界，涌现了一批优秀作家和作品，对我国诗歌传统的丰富和发展，作出了重要的贡献。但它的整个成就，它的主要艺术倾向，又无疑不及唐诗。唐诗确是我国古典诗歌发展的高峰，鲁迅先生甚至感慨地说："我以为一切好诗，到唐已被做完。"①宋诗的艺术成就之所以逊于唐诗，其中的一个原因，就在于它的不少作者违背了形象思维的创作规律。本文着重对这一方面作些分析说明，以便引出必要的艺术教训。至于宋诗的成就方面，拟另作文探讨。

在评论宋诗的人们中，南宋的刘克庄较早地提出"文人之诗"和"诗人之诗"的不同概念。他说："迨本朝，则文人多，诗人少。三百年间虽人各有集，集各有诗，诗各自为体，或尚理致，或负材力，或逞辨博，少者千篇，多至万首，要皆经义策之有韵者尔，非诗也。自二三巨儒及十数大作家，俱未免此病。"②这里意味着他从诗歌应该具有与"文"不同的特性出发来评论宋诗。但是，对于这个特性的具体内容，他没有说明；而他对于宋诗缺点的指斥，也不及严羽说得概括。严羽在《沧浪诗话·诗辨》中说："近代诸公乃作奇特解会，遂以文字为诗，以才学为诗，以议论为诗。夫岂不工，终非古人之诗也。"严羽"以禅喻诗"的文学观，把盛唐奉为诗歌创作的不二法门，这仍未把形

---

① 《鲁迅书信集》下卷，第 699 页。
② 《竹溪诗序》，《后村先生大全集》卷九四。

象思维的创作规律视为准绳；但他作为宋诗（主要是江西诗派）的反对者，确实一针见血地击中了对方的弊病，像他后来自负的那样：他的《诗辨》，"乃断千百年公案"，其中对宋诗的指摘，"真取心肝刽子手"①。这里，我们就从散文化、议论化和"以才学为诗"这三方面来说明宋诗的特点及其艺术教训。

散文化是宋诗的一个特点。唐代杜甫开始具有"以文为诗"的倾向，到了白居易、韩愈手中，更有所发展。尤其对韩愈的"以文为诗"，北宋中期就发生过不同意见的争论：沈括斥之为"押韵之文耳，虽健美富赡，而格不近诗"；吕惠卿却认为"诗正当如是，我谓诗人以来，未有如退之者"②。在南宋末年，如前所述，刘克庄较明确地标举出"诗人之诗"，以贬抑"文人之诗"；但当时的刘辰翁就不同意，认为"文人之诗"有助于奔放奇崛风格的形成。他说："后村谓文人之诗，与诗人之诗不同，味其言外，似多有所不满，而不知其所乏适在此也。""文人兼诗，诗不兼文也。……韩苏倾竭变化，如雷霆河汉，可惊可快，必无复可憾者，盖以其文人之诗也。诗犹文也，尽如口语，岂不更胜？彼一偏一曲，自擅诗人诗，局局焉，靡靡焉，无所用其四体。"③这个问题后世一直争论不休。

我们认为，分歧的关键在于对诗歌特性的不同态度和不同理解。什么是"以文为诗"？主要指把散文的一些手法、章法、句法、字法引入诗中。诗必须有诗的形象、诗的感情、诗的语言，即区别于一般应用文的特性，这是前提；但又必须承认诗歌风格、体裁的多样化。"以文为诗"只是一个特点，它可以成为优点，也可以成为缺点，关键在于是遵循还是违背诗歌形象化的规律。杜甫的"以文为诗"，完全服从于作为"诗史"的要求。杜诗反映历史事件的广阔性、包括细节在内

① 《答出继叔临安吴景仙书》，《沧浪诗话校释》附录。
② 《临汉隐居诗话》，亦见惠洪《冷斋夜话》卷二。
③ 《赵仲仁诗序》，《须溪集》卷六。

的真实性,必然要打破诗歌的传统写法,从散文中吸取一些有益的表现手段。这就在《自京赴奉先县咏怀五百字》、《北征》等五七古长篇中,造成笔势奔腾、挥洒自如、夹叙夹议、亦情亦理的艺术风格,开创了唐代古风的新面貌。杜甫在这方面的艺术实践基本上是成功的。至于韩愈,情形就比较复杂。他的有些诗,如《山石》、《谒衡岳庙遂宿岳寺题门楼》、《八月十五日夜酬张功曹》等,其散文化倾向对于韩诗宏伟奇崛风格的形成是有帮助的;而另一类诗,如《嗟哉董生行》等,却非文非诗,怪诞奇险,成为棘喉涩舌的恶札。即如著名的《南山》诗,为了极写山形石态,一口气用了五十一个"或"字排比句,比之杜甫《北征》中"或红如丹砂,或黑如点漆"两句来(这类排比句最早见于《诗经·小雅·北山》),就显得逞才使气,堆砌做作,破坏了诗歌形象的美感。总之,对"以文为诗"要进行具体分析,不能笼统地说"完全不知诗"。宋诗的散文化是在杜、韩的基础上直接发展起来的,同样包含着成功和失败,但它比韩诗走得更远,失败的教训更值得重视了。

散文的直叙和铺陈排比的手法,类似传统所说"赋"的手法。这在宋诗中是十分常见的。如苏轼的《游金山寺》、《巫山》、《百步洪》等,或直叙游历,或铺写景物,用的是"赋"。这些诗虽有一些交代性的概念化语言,如《游金山寺》的"山僧苦留看落日"、"是时江月初生魄",《巫山》中写与野老的对话等,但它的整个记叙大都伴随着许多具体的、感性的描绘,运用了包括比兴在内的多种形象化手法,如用"微风万顷靴文细,断霞半空鱼尾赤"来描写水波和晚霞,尤其是《百步洪》中描述水势时的铺陈排比,更结合着神采飞动的博喻手法:"有如兔走鹰隼落,骏马下注千丈坡,断弦离柱箭脱手,飞电过隙珠翻荷。"这里对传统"比"法的新创造是和铺陈手法的运用有内在联系的。然而,不少宋诗,即使是一些颇为重要的作品,却把叙述变成事件的简单交代。梅尧臣有首《书窜》五古,长达五百多言,记叙宋仁宗时御史唐介与宰相文彦博斗争的事迹,表现了作者较为可取的政治思想。但作为艺术来说,并不成功。长诗开头说:"皇祐辛卯冬,十月十九日,御史唐子方,危言初造膝。"似仿杜甫《北征》开篇。这类诗既以叙事为主,也就不能完全排除这些比较抽象的平铺直叙,这是可以理解的,但全诗缺乏形象,缺乏诗味,与《北征》相比就显出艺术上的高下了。如写唐介弹劾奏章的内容,共四十四句,只是他的弹章的分行押韵的复制品而已。这首颇为重要的诗作尚且如此,其他宋诗更等而下之了。

许多宋代诗人在谋篇布局上常从散文的章法中取得借鉴。范温《潜溪诗眼》曾记录黄庭坚对他的告诫:"文章必谨布置,每见后学,多告以《原道》命意曲折。"范温根据这个告诫,具体分析了杜甫的《奉赠韦左丞丈二十二韵》,认为"布置最得正体,如官府甲第厅堂房屋,各有定处,不可乱也"①。例如苏舜钦的《吴越大旱》,首写吴越大旱的天灾,次写西夏侵扰给吴越带来的人祸,最后一段议论,表达作者的愿望。长诗结构严整而又有起伏呼应,条分缕析而不呆板干瘪。上述梅尧臣《书窜》诗,铺写事件的全过程,在艺术结构上还是颇见匠心的,把叙事、议论、抒情等各种因素作了较为恰当的安排。苏轼、黄庭坚的古风,也注意"长篇须曲折三致意,乃可成章"②,而在短篇近体诗中,却追求一气流走的效果,苏的《和子由渑池怀旧》、黄的《次韵奉酬刘景文河上见寄》等就是例证。但是,宋代诗人又把散文的章法程式化,特别在一些长诗中,总是三段论式的固定框框,缺少变化。

如果说,散文化的叙述手法和结构手段还能给宋诗带来一些有益的因素,那么,散文化的句法和字法却往往削弱诗歌语言的精炼和形象性。人们对于"以文为诗"的诟病主要由于这一点。五言诗的句

---

① 《苕溪渔隐丛话·前集》卷一〇引。
② 《苕溪渔隐丛话·前集》卷四七引黄庭坚语。

式，一般是上二下三，三个节拍；七言诗的句式，一般是上四下三，四个节拍。这样读来顺口，听来顺耳。宋代诗人标新立异，故意造成上一下四、上三下二或上三下四、上二下五、上一下六的怪样子。如黄庭坚《题竹石牧牛》："石吾甚爱之"，上一下四；"牛砺角尚可"，上三下二。《省中烹茶怀子瞻用前韵》："阁门井不落第二"，上三下四；"置身九州之上腴"，上二下五。《赠张仲谋》："为太夫人千万寿"，上一下六。这类例子在宋诗中屡见。宋诗的铺叙手法带来了大量的散文式排比句。韩愈用过"或"字排比句，宋诗中层出不穷。邵雍《观棋大吟》连用"或苗民逆命"八句，又用"或盟于召陵"八句；王安石《游土山示蔡天启秘校》用"或昏眠委翳"四句，《用前韵赠叶致远》更连用"或撞关以攻"十二句；陆游《剧暑》也用"或谓当读书"五句。在用字方面，又喜用语助词，如王安石的"男儿独患无名尔，将相谁云有种哉"（《李璋下第》），苏轼"无媒自进谁识之，有才不用今老矣"（《送任伋通判黄州兼寄其兄孜》），黄庭坚"白而长身虽不见，好古发愤尚类也"（《次韵孔著作早行》）。有的宋诗，还用语助词构成对仗，对之嗜痂若癖了。邵雍"明夷用晦止于是，无妄生灾终奈何"（《戊申自贻》），黄庭坚"日边置论诚深矣，圣处时中乃得之"（《戏以前韵寄王定国二首》其二），"日者顷三接，天乎莫两楹"（《司马文正公挽词四首》其一），诗歌语言中充满了之、乎、者、也、哉、耳之类的语助词，确实不足为训。

总的看来，散文化导致宋诗近于赋而远于比、兴，对诗歌形象或意境的创造，害多益少。

二

议论化是宋诗的又一特点。议论化是散文化的一种表现，但在宋诗中大为发展，出现不少新变化。这也是尊宋派和反宋派争论的一个问题。

批评宋诗的人说:"宋人多好以诗议论,夫以诗议论,即奚不为文而为诗哉?"①主张"理语不必入诗中"②,指斥宋诗"言理而不言情,终宋之世无诗"③。也就是说,诗不能议论,议论只能用"文"。显然,对宋诗的正确批评却包含在片面化的议论之中。

回护宋诗的人反驳说:"人谓诗主性情,不主议论,似也而亦不尽然。试思二《雅》中何处无议论? 杜老古诗中,《奉先咏怀》、《北征》、《八哀》诸作,近体中《蜀相》、《咏怀》、《诸葛》诸作,纯乎议论。但议论须带情韵以行,勿近伧父面目耳。"④这一反驳是有一定见地的。但是,第一,诗中能否容许议论的问题,不仅涉及情和理的问题,而且涉及形象思维和逻辑思维的问题;第二,对宋诗议论化的危害估计不足。

我们也以杜甫《北征》为例。《北征》并不是全篇"纯乎议论",议论主要是最后两段,表达作者对时局的估计、复国策略的建议和对唐王朝中兴的期望。但它不同于一般的抽象议论,而是结合着形象化的描写和贯注着强烈的爱国感情。例如主张不用回纥援兵的那段议论。从史实来看,回纥入援,已在杜甫离凤翔(当时唐肃宗临时驻地)一个月以后,杜甫只能根据传闻在家得知,并未目睹。他凭着对时局的长期深入的观察,认为依赖回纥兵力平定安史叛乱,会带来新的矛盾和祸患,提出了"此辈少为贵"的警告。他的这个预见后来得到了证实。然而,在诗中,他是借助想象,通过一些感性具体的描写来表达这个主张的。他想象回纥西来犹如"阴风"吹入;他点出回纥骑兵骁勇强悍,"所用皆鹰腾,破敌过箭疾",暗示将来唐王朝不能约束;而如今朝廷上君臣对此事各不相谋:肃宗满心高兴、欢迎,群臣明知有患却噤若寒蝉。这些都是

① 屠隆《文论》,《由拳集》卷二三。
② 潘德舆《养一斋诗话》卷一。
③ 沈雄《古今词话·词品》卷上引陈大樽(子龙)语。
④ **沈德潜《说诗晬语》卷下。**

出于想象和推测。如果我们比较一下刘昫等人所写的《旧唐书·回纥传论》:"肃宗诱回纥以复京畿……戡难中兴之功,大即大矣!然生灵之膏血已干,不能供其求取;朝廷之法令并弛,无以抑其凭陵。"刘"论"杜"诗",同一主旨,但前者是根据已经发生的历史事实,运用概念、推理、论证而作出判断,后者却借助具体、感性、形象的材料,想象历史事件应该怎样,推测它将会怎样发展。这就是历史家和艺术家的区别,也是"文"和"诗"的区别之一。所以,诗是容许结合形象、融注感情的议论的,但抽象化的过多议论总是造成诗的形象性和韵律美的损害,并且容易造成诗歌语言的松散。

宋代诗歌的议论化,就不少作品而言,正是存在着以逻辑思维代替形象思维、以理代情的缺点。宋诗篇什中不仅普遍地增加议论成分,而且有不少"纯乎议论"的长篇短制,专论社会问题、政治措施或其他问题。王安石的名作《兼并》、《省兵》等,前者论土地兼并之弊,后者论裁减军队方略,虽然从中表现了作者较为进步的政治社会思想,但作为诗歌来说,形象苍白,寡情乏味。这类作品似乎在宋人诗集中都得必备一格。如欧阳修《奉答子华学士安抚江南见寄之作》、《送张洞推官赴永兴经略司》,苏舜钦《感兴》等,一般说来,都缺乏诗歌所特有的艺术魅力和反复吟咏寻味的效果。

宋代诗人常常把诗歌当作讨论问题以至反复论难的工具,更使诗歌徒具分行押韵的形式。杜甫的《戏为六绝句》开创了论诗的新体裁,以其议论精当和声情并茂见称于世。到了宋代就成为抽象的诗论了。韩驹《赠赵伯鱼》中说:"学诗当如初学禅,未悟且遍参诸方。一朝悟罢正法眼,信手拈出皆成章。"同时的吴可、龚相、赵蕃都有三首《学诗》诗,而且开头一句都是"学诗浑似学参禅"。如吴可诗云:"学诗浑似学参禅,竹榻蒲团不计年。直待自家都了得,等闲拈出便超然。"龚相诗云:"学诗浑似学参禅,悟了方知岁是年。点铁成金犹是妄,高山流水自依然。"赵蕃诗云:"学诗浑似学参禅,识取初年与暮年。巧匠曷能雕朽木,燎原宁复死灰然。"以禅喻诗，讲求顿悟、自然，作为一种诗论，应该研究；作为诗，却像吴可自己所说，"头上安头不足传"了。道学家邵雍的诗歌主张也常用诗来表达。他的《论诗吟》说："何故谓之诗？诗者言其志。既用言成章，遂道心中事。"《谈诗吟》说："诗者人之志，非诗志莫传。人和心尽见，天与意相连。"《诗画吟》说："诗者人之志，言者心之声。志因言以发，声因律而成。"翻来覆去，无非是演绎《毛诗序》中"诗者，志之所之也"一段儒家诗教，只能算是歌诀而算不得诗。宋诗的议论化甚至影响到一些本来以描摹形象为主的写景诗或咏物诗。如咏梅之作，开始盛于南朝梁陈之际，而在宋人集子中更是比比皆是，陆游一人就写过一百多首，其中七律就有三十多首。南朝苏子卿《梅花落》说"只言花是雪，不悟有香来"，是从梅和雪的相互关系上来写梅的名句；后来的诗人一直在这点上延伸、发挥，并且存在不同程度的议论倾向。王安石《梅花》诗说"墙角数枝梅，凌寒独自开。遥知不是雪，为有暗香来"，似乎在与苏诗论辩。陆游《梅花绝句》"闻道梅花坼晓风，雪堆遍满四山中"，仍是以雪喻梅；范成大《北城为雪所厄》却一反传统的比况："雪花只欲欺红紫，不道梅花也怕寒。"楼钥《谢潘端叔惠红梅》，所咏是红梅，偏从梅不似雪来写："只说梅花似雪飞，朱颜谁信暗香随。不须添上徐熙画，付与西湖别赋诗。"黄庭坚《压沙寺梨花》所咏不是梅，却仍用以雪喻梅的手法："压沙寺后千株雪，长乐坊前十里香。寄语春风莫吹尽，夜深留与雪争光。"这些小诗都显出宋诗工巧尖新、构思刻露的特点，这是与一定的议论化有关的。朱熹《清江道中见梅》中直呼"平章却要诗"，卢梅坡果然来"平章"一番，他的《雪梅》诗说："梅雪争春未肯降，骚人阁笔费评章。梅须逊雪三分白，雪却输梅一段香。"竟用诗来总结这个争论了①。

---

① 宋赵令畤《侯鲭录》卷八记："詹玠，南方人，有咏梅诗云：'只有雪争白，更无花似香。'"明瞿佑《寄梅记》记南宋人朱端朝《浣溪沙》词亦有"梅比雪花输一白，雪如梅蕊少些香"句，可参看。

127

　　哲理诗,作为一种较为普遍的文学现象,开始于宋代。这也是宋诗议论化的表现和结果。哲理诗,不同于六朝的玄言诗或唐代寒山、拾得的禅诗,它是哲理和形象的结合,理和情的统一。我们熟知的苏轼《题西林壁》说:"横看成岭侧成峰,远近高低各不同。不识庐山真面目,只缘身在此山中。"王安石《登飞来峰》也说:"飞来峰上千寻塔,闻说鸡鸣见日升。不畏浮云遮望眼,自缘身在最高层。"这些诗的形象虽然说不上丰满,但其中所蕴含的生活哲理却新颖、隽永,引导人们去思索。唐代韦应物的《听嘉陵江水声寄深上人》:"水性自云静,石中本无声;如何两相激,雷转空山惊?"可能是偶然吟咏,而苏轼的《琴诗》:"若言琴上有琴声,放在匣中何不鸣?若言声在指头上,何不于君指上听?"却是时代诗风影响下的作品。据苏轼《与彦正判官书》中自称这是"一偈",与一般诗歌不同:不是以对客观事物诗意感受的深刻见长,而是以观察和思考的敏锐取胜。杨万里说:"莫言下岭便无难,赚得行人错喜欢;正入万山圈子里,一山放出一山拦。"(《过松源晨炊漆公店》)从司空见惯的景物中阐发事物难易的哲理。朱熹说:"半亩方塘一鉴开,天光云影共徘徊。问渠那得清如许,为有源头活水来。"(《观书有感》)把不断地吸取书本知识比作"源头活水来"。朱熹的这个感受,有夸大"道"的作用和轻视生活实践的意味,但这个比喻却有更深广的意义。所谓"形象大于思维"正是这类哲理诗的特点。

　　从诗歌多样化的原则出发,哲理诗也是诗歌百花园中的一个品种。最近有的同志在讨论形象思维时对它一笔抹煞,似未允当。然而宋诗中确又发展着以诗说"道"、以诗说"禅"的倾向。一类是道学诗。道学家们不仅写《咏太极图》之类的短章,而且往往长篇大论。邵雍《伊川击壤集》第一首《观棋大吟》,竟至一千八百言,大讲从远古到宋的历代争战,不外讲些"算馀知造化,着外见几微"的玄理。他的一百三十五首《首尾吟》,每首都用"尧夫非是爱吟诗"作为首句和结句,出现二百七十次,全诗语言无味,面目可憎。诗人们写的这类诗,也无非"是语录讲义之押韵者耳"①。另一类是禅诗。僧徒们写的禅诗,固不足论,即如一些大诗人也不免此病。王安石追和寒山、拾得的禅诗,就有二十首之多②。他的《示无著上人》:"一切法无差,水牛生象牙。莫将无量义,欲觅妙莲华。"《即事二首》:"云从无心来,还向无心去。无心无处寻,莫觅无心处。"虽然也以物说禅,但物只是禅理的没有形象力的躯壳。这两类诗应该和哲理诗区别对待。

附带指出,禅家讲究说禅的"机锋",常用曲譬隐喻的手法来说明难以说明的禅理。如黄庭坚用"春草肥牛脱鼻绳,菰蒲野鸭还飞去"(《奉答茂衡惠纸长句》)的景物形象(本身又是佛典),来比拟禅家不可言说的超然、自由、妙悟的精神境界,有时能给宋代的一些哲理诗带来议论警策而又有一定形象性的特点。如苏轼的《琴诗》,旧注引《楞严经》中以琴为喻云:"虽有妙音,若无妙指,终不能发,汝与众生亦复如是",《琴诗》可能受了这一佛理说教的影响。这也是应该提及的。

宋诗议论化是一时的风尚,为诗人们所偏爱。黄庭坚的"桃李春风一杯酒,江湖夜雨十年灯"(《寄黄几复》),不失为富有形象和情韵的名联,但他自己却以为"砌合",反而喜爱议论化的《题竹石牧牛》:"石吾甚爱之,勿使牛砺角;牛砺角尚可,牛斗残我竹。"③可以窥见议论诗在他们心目中的地位。其流弊正如袁宏道所论:宋诗"其弊至以文为诗,流而为理学,流而为歌诀,流而为偈诵,诗之弊,又有不可胜言者矣!"④南朝梁钟嵘的《诗品》批评当时的玄言诗风说"理过其

① 刘克庄《题跋·恕斋诗稿》,《后村先生大全集》卷一一一。
② 《拟寒山拾得二十首》,《临川文集》卷三。《王文公文集》卷三仅十九首,少收第二十首("利瞋汝刀山,浊爱汝灰河")。
③ 《苕溪渔隐丛话·前集》卷四七引《吕氏童蒙训》。
④ 《雪涛阁集序》,《袁中郎全集》卷一。

辞，淡乎寡味"，可以移作不少宋诗的评语。

三

宋诗的特点还表现在大量用典和对前人诗句的模拟方面，形成"以才学为诗"的倾向。这两点都是对待传统的态度问题。宋代诗和文的一个不同点是文易而诗艰。王世贞《艺苑卮言》卷四说："读子瞻文，见才矣，然似不读书者；读子瞻诗，见学矣，然似绝无才者。"苏轼诗文的这个区别，正表现出宋诗炫博逞学的特点。赵翼说苏轼"胸中书卷繁富，又足以供其左旋右抽，无不如志"①，表示推重；王若虚说黄庭坚"铺张学问以为富，点化陈腐以为新；而浑然天成，如肺肝中流出者，不足也"②，这是不满之词。一褒一贬，从正反两个角度说出了宋诗的特点："除却书本子，则更无诗。"③强幼安《唐子西文录》中就鼓吹"凡作诗，平居须收拾诗材以备用"，并举例说，"诗疏不可不阅"，因为"诗材最多"，实际上把作诗和抄书混同起来；黄庭坚更明白声言："诗词高胜，要从学问中来。"④

毛泽东同志《在延安文艺座谈会上的讲话》中说，人民生活是"一切文学艺术的取之不尽、用之不竭的唯一源泉"，"过去的文艺作品不是源而是流"，"继承和借鉴决不可以变成替代自己的创造"。毛泽东同志又强调诗歌创作"要用形象思维方法"，其精神实质也正是强调生活对文艺创作的决定作用。"以才学为诗"的倾向，就是以流代源，忽视或否定从生活中汲取诗意、捕捉形象，违背了形象思维的规律。

用典原是我国古代诗歌常用的表现手段。诗是精炼的语言艺

① 《瓯北诗话》卷五。
② 《滹南诗话》卷中，《滹南遗老集》卷三九。
③ 王夫之《姜斋诗话》卷二。
④ 《苕溪渔隐丛话·前集》卷四七引。

术,可以利用典故本身所包含的较多的内容,增加诗歌形象或意境的内涵和深度,给读者以联想、思索的馀地,达到以少许胜多许的艺术目的。传统的比、兴手法是借助另一形象来比拟、烘托、渲染所要描写的对象,所以,用典也是比、兴的一种发展。我国古代诗歌,包括一部分宋诗在内,都有一些成功的例子。

但是,用典必须活用创新,决不能堆砌排比,而这在宋诗中是不少见的。宋初西昆体作家写的几首《泪》诗,俨然是泪典的辑录,完全看不出作家所要抒写的思想感情。大诗人苏轼责备孟郊的诗"无材料",他自己用典重叠,连篇累牍。一首《贺陈述古弟章生子》七律,用了贾逵、徐卿生子的典故,又用了汤饼客、弄"獐"书以及王浑、桓温等有关诞生的故事;另一首内容庸俗的《张子野年八十五尚闻买妾述古今作诗》,所引"九尺鬓眉苍"、"莺莺"、"燕燕"、"柱下相君"、"安昌客"等,用了张镐、张生、张祜、张苍、张禹等几个张姓的典故,来与诗题张子野的姓凑合。苏诗几乎用遍了《庄子》中的寓言和警语,黄庭坚却把《左传》、《汉书》、《世说新语》等书当作写诗的秘宝。大量用典只能造成诗意艰涩,形象无力。有的用典使诗句难以索解,有的用典使诗意前后矛盾。如黄庭坚的《寄黄几复》第三联云:"持家但有四立壁,治病不蕲三折肱。"上句典出《汉书·司马相如传》"家徒四壁立",改"四壁立"为"四立壁","立"字由动词变为形容词,意即"立着的壁","立壁"一词已较生硬;下句典出《左传·定公十三年》"三折肱知为良医",意思与俗语"久病成良医"相类,黄诗的含义却不很显豁。旧注说"言其谙练世故,不待困而后知也",近人注为"不迎合世俗以求名之意",似乎都未能把全诗解通。这是黄庭坚为了拼凑对仗,硬把两个包含数量词的典故排比起来,因而造成词意晦涩。苏轼《雪后书北台壁二首》其二中的两句:"冻合玉楼寒起粟,光摇银海眩生花。"旧注慑于苏轼"用事博",说这里用道教典故,"玉楼"指肩,"银海"指目,有人同意,有人反对,这类疑案的产生也是苏轼好用典故造成的。

用典不仅要求活用创新,而且必须成为自己所创造的诗歌形象或意境的有机组成部分。王安石反对"编事",主张"借事以相发明"①,苏轼、黄庭坚提出"以故为新"②,似也强调创新,实际上只是游离于整个诗歌形象的花样翻新而已。黄庭坚使用典故,常常故意引伸、扩展典故的字面意义以求新异。如《戏呈孔毅父》:"管城子无食肉相,孔方兄有绝交书。""管城子"代称"笔",用韩愈《毛颖传》语;"孔方兄"代称"钱",典出鲁褒《钱神论》。从"管城子"是官引伸出无拜相之望,从"孔方兄"是人引伸出有绝交书信,诗意只是慨叹徒有文才不能大用而又贫穷无钱罢了。这类诗句在黄集里屡见,《演雅》一首几乎通篇如此,如"络纬何尝省机织,布谷未应勤种播","提壶犹能劝沽酒,黄口只知贪饭颗。伯劳饶舌世不问,鹦鹉才言便关锁"等。黄庭坚对此颇为自负。一次,他外甥洪朋谈他所激赏的黄诗,举的例子有"蜜房各自开牖户,蚁穴或梦封侯王"③等,黄庭坚听后大加首肯,就是这类用典翻新的手法。这种手法对构成形象并无多大帮助,有时反而造成诗意的牴牾。如黄庭坚写"渔父"的一首词中说:"新妇矶头眉黛愁,女儿浦口眼波秋。""新妇矶"、"女儿浦",是用顾况《渔父词》"新妇矶边月明,女儿浦口潮平"的词句,黄庭坚却从这两个地名的字面上引伸出"眉黛"、"眼波",忘记了他自己写的是高人雅士式的"渔父",而不是风流浪子。离开形象创造的"翻新",往往会闹出笑话。

剿窃、模仿前人诗句,是宋诗流行更广、危害更大的风气,并在理论上加以明目张胆地鼓吹。最典型的言论是黄庭坚那一套"无一字

① 《苕溪渔隐丛话·后集》卷二五引《蔡宽夫诗话》记王安石语。
② 见苏轼《题柳子厚诗》和黄庭坚《再次韵杨明叔诗小序》。
③ 《苕溪渔隐丛话·前集》卷四七引《王直方诗话》。诗句见黄庭坚《题落星寺四首》其一,上句《苕溪渔隐丛话》原作"蜂房各自开户牖",是此诗第三首的句子。

无来处"、"夺胎换骨"、"点铁成金"的观点。他说,"老杜作诗,退之作文,无一字无来处"①,借助前贤作招牌;"夺胎换骨"是具体手段,"点铁成金"是他所标榜的效果的美化,骨子里是一个"偷"字。王若虚说,黄庭坚这一套诗法"特剽窃之黠者耳"②;冯班也说,"宋人谬说,只是向古人集中作贼耳"③。

我们就来看看他们是如何"作贼"的:

一是偷句。王安石《段氏园亭》中说:"漫漫芙蕖难觅路,翛翛杨柳独知门。"实是从唐刘威《游东湖黄处士园林》的"遥知杨柳是门处,似隔芙蓉无路通""夺胎"而来。乐府《门有车马客》古题和陶潜《饮酒》"心远地自偏",黄庭坚凑成"非无车马客,心远境亦静"(《次韵张询斋中晚春》)。南宋胡仔读王安石《临川集》,发现"雨来未见花间蕊,雨后全无叶底花,蜂蝶纷纷过墙去,却疑春色在邻家"一诗,原来是唐王驾《晴景》的改作,变动仅七字④;唐贾至《春思二首》其一的"草色青青柳色黄,桃花历乱李花香。春风不为吹愁去,春日偏能惹恨长"一诗,黄庭坚只改五字,变成了自己的《题小景扇》。宋代诗人不仅偷前人诗句,而且偷同时代人诗句。喜欢模拟别人的王安石,他的诗句也常被别人模拟,真是"效颦更效效颦人"了。他的《促织》诗"只向贫家促机杼,几家能有一绚丝",黄庭坚改为"莫作秋虫促机杼,贫家能有几绚丝"(《戏以前韵寄王定国二首》其二),就是一例。有时前人的一联诗句,会遭到宋人的一再模仿或许多诗人的群起模仿。陆游《小筑》"生来不啜猩猩酒,老去那营燕燕巢",《自嘲》"清心不醉猩猩酒,省事那营燕燕巢",《感事》"已醉猩猩犹爱屐,入秋燕燕尚争巢",原来是白居易《感兴二首》其二的"樽前诱得猩猩血,幕上偷安燕

① 《答洪驹父书》,《豫章黄先生文集》卷一九。
② 《滹南诗话》卷下,《滹南遗老集》卷四〇。
③ 《钝吟杂录》卷四《读古浅说》。
④ 《苕溪渔隐丛话·后集》卷二五。

燕窠"的沿袭。杜荀鹤的两句诗"日月浮生外,乾坤大醉间"(《送九华道士游茅山》),为不少宋代诗人所摹拟:范成大《元日》云"酒缸幸有乾坤大,丹鼎何忧日月迟";陆游《书房杂书》云"世外乾坤大,林间日月迟";《幽居述事》云"壶中自喜乾坤别,局上元知日月迟"。这种情况甚至发生在同时代诗人之间。黄庭坚《次韵宋楙宗三月十四日到西池,都人盛观翰林公出邀》中说:"人同化鹤三千岁,海上看羊十九年。"把苏耽和苏武的两个姓苏的典故组织连缀,以切指苏轼。陆游就接二连三地袭用黄诗:《寓蓬莱馆》的"海上羝应乳,辽东鹤已回",《独登东岩》的"牧羝未乳身先老,化鹤重归语更悲",只是"化鹤"改用丁令威的典故而已;他的《书斋壁》也说"牧羝虽乳敢言归",意思递进一层,但仍同一来源。钱锺书先生《宋诗选注》中曾指出徐俯的一联对仗"一百五日寒食雨,二十四番花信风",在陆游《春日绝句》、楼钥《山行》、敖陶孙《清明日湖上晚步》、钱厚《寄钟子充》等诗中改头换面地出现,就是宋人诗句被许多宋人争相模仿的有力例证。

二是偷句式。杜甫《闻官军收河南河北》中说:"即从巴峡穿巫峡,便下襄阳向洛阳。"《曲江对酒》中说:"桃花细逐杨花落,黄鸟时兼白鸟飞。"这种句式为宋代诗人广泛仿效。如梅尧臣《春日拜垄经田家》:"南岭禽过北岭叫,高田水入低田流。"至于黄庭坚的《自巴陵……至黄龙……呈道纯》"野水自添田水满,晴鸠却唤雨鸠归",既袭杜诗句式,又偷梅尧臣诗意。黄庭坚的《送王郎》开首云:"酌君以蒲城桑落之酒,泛君以湘累秋菊之英,赠君以黔川点漆之墨,送君以阳关堕泪之声。酒浇胸次之磊块,菊制短世之颓龄,墨以传万古文章之印,歌以写一家兄弟之情。"这似脱胎于欧阳修《奉送原甫侍读出守永兴》:"酌君以荆州鱼枕之蕉,赠君以宣城鼠须之管。酒如长虹饮沧海,笔若骏马驰平坂。……鱼枕蕉,一举十分当覆盏;鼠须管,为物虽微情不浅。"其实,两诗都是鲍照《拟行路难》其一开首写四种解忧之物的摹本:"奉君金卮之美酒,瑇瑁玉匣之雕琴,七彩芙蓉之羽帐,九华蒲萄之锦衾。"

三是偷构思、偷意境。韦应物《游开元精舍》的名句："绿阴生昼静,孤花表春馀。"王安石《示无外》说："邻鸡生午寂,幽草弄秋妍。"虽然"绿阴"换成"邻鸡","花"换成"草","春"换成"秋",整个意境是雷同的;而且韦诗写残剩的孤花代表着晚春,王诗单纯写秋草弄妍,更无馀蕴了。杨蟠《陪润州裴如晦学士游金山回作》云："天末楼台横北固,夜深灯火见扬州。"王安石对这位同时代人的诗句扩展为两联:"天末海门横北固,烟中沙岸似西兴。已无船舫犹闻笛,远有楼台只见灯。"(《次韵平甫金山会宿寄亲友》)构思全出一辙。又如通宵持烛赏花的意境,早在唐诗中出现,如白居易《惜牡丹花二首》:"明朝风起应吹尽,夜惜衰红把火看。"在宋诗中也反复套用。苏轼《海棠》:"只恐夜深花睡去,故烧高烛照红妆。"陆游《花时遍游诸家园》其六:"应须直到三更看,画烛如椽为发辉。"其八:"常恐夜寒花索寞,锦茵银烛按凉州。"也是咏的海棠。至于他的《看梅归马上戏作》其四:"不如折向金壶贮,画烛银灯看到明。"不过用梅花来替代海棠而已。

当然,跟前人诗句相同,有的是出于偶合,有的是艺术上允许的"引用",有的同中有异,诗歌意境仍有所发展,这些自应另作别论;但不少宋诗的倾向,无疑是承袭多于创造,出现了一些假古董和仿制品。陆机《文赋》说:"谢朝华于已披,启夕秀于未振。"诗贵独创,诗歌意境必须不断创新。对前人作品亦步亦趋、句拟字摹是艺术的致命伤。这是宋诗留下的又一艺术教训。

四

宋诗特点的形成不是偶然的,有着多方面社会的、思想的、文学的原因。下面只就道学的影响和宋诗派别流变的作用谈一些意见。

道学,或称理学,是为了适应宋朝高度发展的专制主义中央集权而产生的儒家新学派,它把封建统治归结为永恒不变的"理",鼓吹"正心诚意"之类的"心性"说教,成为宋及宋以后我国封建社会的统治思想。道学在宋代统治阶级的直接扶植下,是当时整个思想文化领域的精神支柱。周敦颐、二程和朱熹就被奉为思想偶像,到了南宋末年,更是"非《四书》、《东西铭》、《太极图》、《通书》、《语录》不复道矣"①。道学家的文学观是取消主义的文学观,是形象思维的死敌。周敦颐首先提出"文以载道"说②;以后二程指斥文学"害道",是"玩物丧志",是"俳优"③,说杜甫的名句"穿花蛱蝶深深见,点水蜻蜓款款飞"是"闲言语,道出做甚"④,甚至说韩愈由"学文而及道"是"倒学"⑤;朱熹更进一步反对"文以贯道"说:"这文皆是从道中流出,岂有文反能贯道之理? 文是文,道是道。……若以文贯道,却是把本为末,以末为本,可乎?"⑥在他看来,有道就是有文,文绝不许独立存在。诗歌的艺术创造,形象思维的规律,在道学家的文学观中是没有任何地位的。在这种轻视、蔑视以至仇视文学的观点影响下,宋代不少有相当艺术感受能力的名作家,也大都持有忽视文学特性的看法。欧阳修说:"大抵道胜者,文不难而自至也。"⑦"勤一世以尽心于文字间者,皆可悲也。"⑧尽管他所说的"道"和道学家的"道",内涵不同,但对艺术的轻视,却有相通的地方。王安石较为重视文学的艺术方面,但也强调"以适用为本,以刻镂绘画为之容"⑨,文学仍只是"道"

① 周密《癸辛杂识》后集"太学文变"条。
② 《周子通书》第二八《文辞》。
③ 《二程遗书》卷一八。
④ 《二程遗书》卷一八。
⑤ 《二程遗书》卷一八。
⑥ 《朱子语类》卷一三九。
⑦ 《答吴充秀才书》,《欧阳文忠公文集》卷四七。
⑧ 《送徐无党南归序》,同上书卷四三。
⑨ 《上人书》,《临川先生文集》卷七七。

的附庸。我们前面所谈的宋诗的三个特点,其共同实质就是忽视或否定形象思维,这就难怪体现这些特点的江西诗派既能吸引一些道学家如吕本中、曾几等的参加,又能得到道学家的赞扬。陆象山极口称誉黄庭坚诗"包含欲无外,搜抉欲无秘。体制通古今,思致极幽眇",把他比之为"优钵昙华,时一现耳"①。至于道学的兴起(包括禅宗在宋代的盛行)对宋诗议论化倾向的形成,更有直接作用。并非诗人的道学家认真地把诗作为宣扬道学的工具,并非道学家的诗人也认真地在诗中高谈"性理"或大写语录讲义式的说教诗,当作题中应有之义或自己诗集中的应有之体,都是明证。

宋诗特点的形成还可以从它的发展道路中去找原因。有宋三百年间,宋诗派别此起彼落,互相争胜,大致可分三个消长段落:

宋初诗风,主要学习白居易。王禹偁是其中佼佼者,末流趋于平淡干枯。杨亿、钱惟演等人的西昆体原是为了纠正这股诗风之偏,但他们寻找的门径是向李商隐"挦撦",仍在古人诗中讨生活,诗风浓艳艰涩。这是宋诗流变的第一阶段。

庆历以后,梅尧臣、欧阳修、苏轼、王安石等作家首先起来反对西昆体,除王安石外,他们大都以平易流畅的风格来取代西昆体的华丽、艰奥;而黄庭坚及其江西诗派却以奇崛险怪的面目来跟西昆体抗衡。苏轼的艺术创造力自然为黄所不及,但江西诗派却支配着苏轼以后的整个宋代诗坛。欧、苏、王等人在学杜、韩的散文化、议论化,大量用典,化用前人诗句等方面,已有食古不化的毛病,黄庭坚和江西诗派更加理论化、绝对化、公式化。所以,黄庭坚用以反对西昆体的武器,仍然是西昆体的拟古主义。王夫之说:"人讥西昆体为獭祭鱼,苏子瞻、黄鲁直亦獭耳。"②方回《瀛奎律髓》

① 罗大经《鹤林玉露》卷一五"江西诗文"条。
② 《姜斋诗话》卷二。

卷二一对黄庭坚《咏雪奉呈广平公》的批语中说:"山谷之奇,有西昆之变。"朱弁也说黄庭坚"独用昆体功夫,而造老杜浑成之地,今之诗人少有及者,此禅家所谓更高一着也"①。实际上都道中了黄庭坚和西昆体同病同源,黄用的仍是"西昆功夫",只是改换门庭,从宗法李商隐变为杜甫而已。正因为如此,黄庭坚和借重典故造成富于暗示性诗风的李商隐,也就有不少共同点:许颢《彦周诗话》说熟读李、黄两家诗,可去"浅易鄙陋之气"②;方回也说黄诗本于杜甫,而"骨法"有李商隐的特点③;张戒在论及诗有邪思时,也把李、黄并提,指为"邪思之尤者",说黄"韵度矜持,冶容太甚"④;直至清代杨维屏的一首七古诗题,就叫《读山谷古风与玉溪生异貌同妍,因书所见》。这些评论,都透露出江西、西昆两派抱柱守株、拾人牙慧的拟古主义的一面。

南宋诗坛为江西诗派所笼罩。这既表现在许多诗人尊奉它的"戒律",不敢逾限;也表现在许多有成就的诗人,如陆游、杨万里、范成大等都是从学江西派为起点,走上诗人的道路。后来虽说与之决裂,但"残馀未免从人乞"(陆游《九月一日夜读诗稿走笔作歌》)的旧病时时复发。公开起来反江西派的,是所谓"永嘉四灵"和江湖派,企图以清疏流利的诗风来纠正江西派诘屈聱牙之偏,抬出晚唐贾岛、姚合相号召。所以,他们用以反对江西派的武器,又是江西派的拟古主义。正因为如此,这两派并非冤家对头,而是难兄难弟。方回劝人们从学姚合进而学贾岛,从贾岛进而至杜甫——这位江西诗派的"诗祖"⑤。正是在"学古"这一共同点上,两派沟通、融合了。宋代诗人

---

① 《风月堂诗话》卷下。
② 《诗人玉屑》卷五引。
③ 《跋许万松诗》,《桐江集》卷四。
④ 《岁寒堂诗话》卷上。
⑤ 《瀛奎律髓》卷二三姚合《题李频新居》的批语。

的创作态度不谓不严肃认真，但他们有时脱离生活，不从生活中汲取创作的素材、诗情和意境，终于陷入艺术绝境。

西昆、江西、江湖这三个流派，像它们的名称一字相同、一字相异那样：有异有同，异的是形骸，同的是实质。它们之间的论争，只是用一种新的拟古主义反对旧的拟古主义。唐时的一部类书《初学记》，在西昆体作家的眼里，"非止'初学'，可为'终身记'"①。江西诗派作者更自己动手辑录典故、成句作为写诗的依靠。宋无名氏《南窗纪谈》说黄庭坚"始专集取古人才语以叙事"，黄庭坚《答曹荀龙书》中说"要读左氏、前汉"，"其佳句善字，皆当经心，略知某处可用，则下笔时源源而来矣"。黄庭坚的这类"摘记"的手迹在清代还保存，翁方纲为它写的跋语说，所录"皆汉晋间事"，并说："尝于《永乐大典》中见山谷所为《建章录》者，散见数十条，正与此册相类。然后知古人一字一句，皆有来处。"②江湖派的最大诗人刘克庄，也"仿《初学记》，骈俪为书，左旋右抽，用之不尽"，"终身不敢离尺寸"③。他们之间的作诗态度，真是何其相似乃尔！这就决定了宋诗从总的来说，经历着拟古主义不断更替、变换的过程，影响了诗歌的面貌，阻碍了诗歌的健康发展。这与唐诗整个发展的推陈出新的过程，恰成鲜明的对比。这个对比，是对传统明源辨流，是创造性的借鉴还是因袭搬用的区别，是遵循形象思维还是忽视或否定这一艺术规律的区别。从这个区别中也可以看出形成宋诗特点的原因。

（原载《文艺论丛》第五辑，上海文艺出版社 1978 年 11 月）

［附记］本文写于 1978 年 6 月，因认同"宋人多数不懂诗是要用

① 司马光《温公续诗话》引刘筠语。
② 《跋山谷手录杂事墨迹》，《复初斋文集》卷二九。
③ 刘辰翁《赵仲仁诗序》，《须溪集》卷六。

形象思维"的观点,文中在把握宋诗总体评价及对宋诗缺点原因的探讨上,均有片面性。我在后来的论文中有所改变。但此文对宋诗缺点本身的分析,仍有某些参考价值。近来有学者在回顾本世纪宋诗研究时尚提及本文(见《文学遗产》1998 年第 5 期),故予录存,以作反思之资料。1999 年 11 月补记。

谈谈宋词和柳永词的
批判地继承问题

一

　　1960 年 7 月 17 日《文学遗产》第 322 期发表的《必须用批判的态度对柳永的词重新估价》一文，批评了在柳永研究中的一些错误观点，指出必须用批判的态度重新估价柳永作品的思想内容和他在词史上的地位，这无疑是正确的。文章还有一些很好的意见。但是，在谈到关于宋词主流、柳永对于功名利禄的态度以及他与妓女的关系等问题时，有些意见还不能令人完全同意。这牵涉到关于历史唯物主义原则的一些理解问题。现在把我自己粗浅的看法提出来与作者商榷。

　　我们的学术研究当然应该吸取前人的成果，但又必须批判地对待一切旧的封建的和资产阶级的观点，勇于打破种种传统的偏见。宋词诚然是我国文学史上一种重要的文学现象，其中的优秀部分有其很高的思想和艺术成就；但是，八九百年来它一直受到传统的评论者们的过分推崇。他们一评论宋词的价值，就自然地与唐诗、元曲并列起来。这种"并列"，固然指明了各个朝代文学样式繁荣发达的侧重点，但又往往模糊了唐诗、宋词、元曲内部所存在的两种不同倾向的文学的界限，同时在总的估价上抬高了宋词在文学史上的地位。

直到解放以来,在有关宋词的研究中,也大都缺乏对宋词的思想内容作具体的、全面的分析,更缺乏对宋词中不良的思想倾向作必要的批判,而不适当地加以赞扬和歌颂。

《必须用批判的态度对柳永的词重新估价》的作者在批评了"柳词是宋词主流"的错误意见以后写道:

> 作为宋词"主流"的决不仅仅是"慢词"这一形式,而首先应该是反映了宋代社会的阶级矛盾、民族矛盾和宋代人民的生活、人民对统治阶级以及外族侵略者斗争的内容。

接着又写道:

> 事实上真正使宋词成为人民文学宝贵的一部分的,最主要的还应该说是许多爱国爱民的词人,写出了大量的反映当时人民的生活和愿望,反映阶级矛盾和民族矛盾的词作,才给宋词在文学史上发出了光辉,奠定了在文学史上的地位。(着重号引者所加)

按照这种评价,宋词便具有很高的人民性,是宋代社会历史全面而忠实的反映,是当时人民的代言者。这种评价是符合宋词实际情况的吗?

现存宋词不能说不是"大量的"。据《全宋词》所辑,词人达千家以上,词作二万首,几乎是《全唐诗》的一半。但是,它们的思想面貌究竟是怎样呢? 我们试就宋词的主要流派、重要作家的作品,作一个大致的考察。

我们知道,北宋初期词坛直接沿袭晚唐五代婉约柔弱的词风,充满了男欢女爱的描写,又带着一点点无病呻吟的闲愁。被传统词论家所津津乐道的"婉约"词风就是典型的代表。这种词风和他们官僚地主阶级的地位是有深刻联系的。词在他们手中成为娱宾遣兴的工具,成为表现他们个人享乐生活的奢侈品。像晏殊身居相位,他的词就是"未尝一日不燕饮","每有嘉客必留","亦必以歌乐相佐,谈笑杂出"①生活的产物。就是像欧阳修这样的人物,政治上还有一些开明的主张,又是北宋诗文革新运动的领袖,写过像《食糟民》等在一定程度上反映人民疾苦的诗篇;但是,作为一个大官僚,他不可能不按照他的阶级地位来生活,词就反映了他这方面的生活和思想感情。他作词的方法和目的,就是"因翻旧阕之辞,写以新声之调,敢陈薄伎,聊佐清欢"②而已。稍后的晏几道也在他的《小山词自跋》中写道:"叔原往者浮沉酒中,病世之歌词,不足以析酲解愠,试续南部诸贤馀绪,作五七字语,期以自娱。不独叙其所怀,兼写一时杯酒间闻见,所同游者意中事。"所有这些,完全可以说明词已经成为王公贵族、文人学士者流在狎妓酗饮、谑浪游戏时"佐清欢"的消遣品。应该指出,这一传统的词风或多或少地影响了整个宋代词坛。特别在北宋,黄庭坚、秦观、贺铸等都走这条"花间"、"尊前"的老路,社会性、现实性是相当薄弱的。这一词派是很难列入"人民文学宝贵的一部分"的。宋初与晏欧同时而风格有所不同的词人就是柳永。他在词的题材内容上有一定的开拓,形式上也开始大量运用慢词,艺术技巧上也有某些成就,但从思想内容来看,诚如该文所说,他"没有写出人民眼中的祖国河山、城市、社会,也没有写出人民的生活"。北宋中期的杰出词人苏轼,已经代表了北宋词的最高成就,他在词史发展上的功绩是人所尽知的。作为诗人,他替吴中田妇唱过"眼枯泪尽雨不尽,忍见黄穗卧青泥"的哀歌,慨叹过"而今风景那堪画,县吏催钱夜打门"的惨状,

---

① 叶梦得:《避暑录话》卷上。
② 欧阳修:《采桑子·咏西湖·小引》。

然而在《东坡乐府》词集中,我们很难找到词人对于"当时人民的生活和愿望"的反映,或对于"宋代社会的阶级矛盾、民族矛盾"的描绘,而只是封建知识分子的个人政治苦闷、人生理想的抒发,对词的传统境界有很大的提高,但其消极颓废思想,则是应剔除的。他的另一些词作也并没有真正"一洗绮罗香泽之态,摆脱绸缪宛转之度"①,也有像"彩索身轻长趁燕,红窗睡重不闻莺"之类"风流韵事"的描写,离开社会现实生活是相当远的。在他之后的周邦彦等人,其主要倾向是追求格律音调,讲究雕琢用典,缺乏较为深广的社会内容。纵观北宋词坛,虽也有个别作家作品如范仲淹的《渔家傲》(塞下秋来风景异)、王安石的《桂枝香》(登临送目)较有社会内容,但是总的倾向是不符合像该文所作的估价的。

南宋词大致可以归纳成两大流派:辛派和姜派。辛弃疾及辛派词人的作品达到了宋词最高的思想成就,唱出了在民族危难中爱国主义的高昂歌声。他们的词,确实表达了人民抗战的决心和对统治集团丧权辱国的愤怒,抒发了自己收复中原的雄心壮志及壮志未酬时的感慨。这应该是我国文学史中极其珍贵的一部分。但是应该指出,他们的爱国主义是和忠君等封建正统观念掺杂在一起的,有着一定的局限。说他们反映了"民族矛盾"则可,说他们也反映了"阶级矛盾"则显然不符合事实。连他们的代表词人辛弃疾也不例外。辛弃疾的世界观并没有也不可能根本突破封建统治阶级的局限,因而在他个人壮志未酬时便只好退遁山林,情调低沉、感伤,日与鸥鹭为友了。现存的六百多阕辛词中,绝大部分是后期消极退隐之作,这时他对于民族危亡问题很少反映了,对他周围农村中的阶级矛盾也视而不见,把农村描写成平静安谧的世外桃源。该文作者对于这种明显的阶级局限是缺乏应有的估计的。而姜派词人,包括姜夔、史达祖、吴文英、王沂孙、张炎等,继承了周

---

① 胡寅:《向子諲酒边词序》。

邦彦重音律、尚雅丽、好用典的词风,思想内容并无什么突破,显然不能算是"人民文学宝贵的一部分"。

由此可见,宋词虽然部分地(主要在民族斗争中)完成了反映时代的任务,但比起宋代实际存在的、特别尖锐的阶级矛盾、民族矛盾的情况来,是有很大局限的。特别是对于"人民的生活和愿望"的反映,对于"宋代社会的阶级矛盾"的揭露,对于"人民对统治阶级"斗争的描写,是非常不够的,不仅不能与唐诗、元曲的思想成就相比,就是比之同时代的诗歌也是逊色不少的;即使出现了辛派爱国词人,人数还不是"许多",词作也算不上"大量"。产生这种情况的主要原因,一是词人们的阶级地位和他们的世界观,一是"诗庄词媚"(李东琪语,见王又华《古今词论》引)的传统观念。明末陈子龙在论及宋诗"言理而不言情"时指出:"然宋人欢愉愁怨之致,动于中而不能抑者,类发于诗馀,故其所造独工。"(沈雄《古今词话·词品》卷上引)清查礼《铜鼓书堂词话》也说:"情有文不能达、诗不能道者,而独于长短句中可以委宛形容之。"词正是在当时被视为"小道"、"艳科"的情况下,成为封建文人抒写自己深微复杂的内心世界的称"心"如"意"的形式。在男欢女爱、离情别绪、闲情逸致、羁旅愁叹之中,留下了心灵跃动的轨迹。宋词作为封建知识分子内心活动的一面镜子,折射出特定的时代情绪和阶级心理特征。这是宋词(特别是北宋词)内容上的主要意义之一。但也造成词人们不去或很少去反映广阔的社会现实生活的缺点。该文作者对宋词的评价之所以与实际情况不相符合,一方面是对宋词缺乏具体的分析,另一方面也恐怕受了对宋词的传统推崇的影响。

二

对文学遗产采取革命的批判态度,还必须和对具体问题的具体分析结合起来,从全面的历史观点加以细致的、认真的研究,而不是片面地一概肯定或否定。只有具体的历史的分析,才能更好地进行批判。我觉得《必须用批判的态度对柳永的词重新估价》的作者在估价宋词时显得有些偏高,而在讨论柳永对于功名利禄的态度时,又显得有些简单化。该文一方面详细论证了柳永对功名利禄没有任何否定,另一方面却又认为讨论"是否追逐功名利禄是没有多大意义的","做官并不应该就一概否定"。这不仅有些自相矛盾,而且也不大符合柳词的实际情况。

封建科举制度是为封建统治服务的。地主阶级及其知识分子把科举作为进身之阶,而最高统治者又利用科举来吸引与拉拢他们,以加强统治势力。所以,科举制度是使封建政权和地主阶级紧密联系的有力桥梁之一。这在宋代,表现得尤为突出。宋王朝建立了高度集权的中央专制政权以后,十分重视吸引广大地主阶级知识分子参加到这个政权中来。一方面广开科举之路,除定期的"贡举"和不定期的"制举"外,还创设"特奏名"恩例,使落第者还有大量录取的机会。唐时一般取士每年不过三四十人,而在柳永生活的太宗、真宗、仁宗时代,取士数以百计,动辄上千①。另一方面,对官吏们实行空前的优惠政策:在职时有高俸厚禄(从俸钱、绫绢、禄粟直至茶酒盐炭等家用杂物,"唯恐其不足"),退职后还有恩礼,死后又有种种别出心裁的荫补②。其目的无非是以"名"、"利"为钓饵,加强对封建知识分子的笼络和控制。但是,能够爬到上层统治集团中去的知识分子毕竟是少数,于是,一部分科场失意、宦途潦倒的知识分子往往发出怀才不遇的不满,对于自己坎坷命运感到悲哀,从而对功名富贵采取一定的否定态度。这在当时的历史条件下,并不是一点也没有意义

---

① 参见《文献通考》卷二九《选举二·唐登科记总目》和同书卷三二《选举五·宋登科记总目》。
② 参见赵翼《廿二史札记》之《宋制禄之厚》和《宋恩荫之滥》。

的。政治的领域是十分广阔的。阶级压迫和阶级斗争当然是政治最
中心、最重大的内容,但如果反映了统治阶级内部的一些黑暗,对某
一具体的封建制度表示了一些不满,这也还是有一定作用的。在特
定的历史时期,作用也可能更大一些。

柳永的词没有"反映当时人民的生活和愿望",但他却成为这
些怀才不遇、命运坎坷的封建文人的代言者,反映了他们的"生活
和愿望"。今存《乐章集》约二百阕,有十几阕是柳永对最高统治者
歌功颂德、阿谀逢迎之作,应属封建糟粕,集中反映了柳永及其所
代表的封建士大夫的落后意识。但是,柳词的主要思想倾向还必
须从大量的描写羁旅行役、离愁别绪的作品中去考察。那么,只要
采取实事求是的态度,还是应该承认他对功名利禄是有否定一面
的。如《鹤冲天》(黄金榜上)、《看花回》(屈指劳生百岁期)、《尾犯》
(晴烟幕幕)、《定风波》(伫立长堤)、《归朝欢》(别岸扁舟三两只)
等。在这些词中,作者不止一次地感叹"游宦成羁旅"(《安公子》)
的悲哀,从而认为"蝇头利禄,蜗角功名,毕竟成何事"(《凤归云》),
对于"名牵利役"(《红窗睡》)的处境是有所不满的,于是喊出象"图
利禄,殆非长策"(《尾犯》)之类的呼声。他不仅自己有满腹牢骚,
而且对于"人人奔名竞利"(《定风波》)的局面也颇有非议。如在
《归朝欢》中,他这样写到在一次旅途中看到许多追逐功名的知识
分子:"往来人,只轮只桨,尽是利名客!"这对正在热衷于功名的封
建知识分子来说,是泼了点冷水,说了些扫兴话,在当时不无一定
的意义。即使如该文作者所谈到的《鹤冲天》,虽然仍有对功名的
"殷切之情",情调也是无可奈何的,感伤的,但像"才子词人,自是
白衣卿相","忍把浮名,换了浅斟低唱"等,确有一种"锱铢名宦"
(《凤归云》)、把"浮名"贬得比"浅斟低唱"还没有价值的泄愤之慨。
这种泄愤之语,在柳词中还是不少见的。如《长寿乐》中说:"情渐
美,算好把夕雨朝云相继,便是仙禁春深,御炉烟袅,临轩亲试对。"

把皇帝召见试对这样在封建社会里十分隆重严肃的事,也看得和青楼买笑差不多。相传宋仁宗因为这首《鹤冲天》而不录取柳永,叫他"何要浮名? 且填词去",而柳永却又自称"奉旨填词柳三变"。他在这些地方是表现了一点"狂情怪胆"的反抗性的。又如《雨霖铃》、《八声甘州》等词,也很难同意像该文作者所说,只是"一个游荡成性士大夫眼中的妓女生活"(按:《八声甘州》恐是思乡寄内之作,非写"妓女生活"),"只是对游荡玩乐生活表示留恋不已罢了"。这两首词是柳永的代表作,通过情景交融的渲染,确把一个封建知识分子的飘泊无定的"宦游滋味"淋漓尽致地表达无遗。毫无疑问,作品显然带有严重的悲观和低沉的情调,但作者把这种个人离愁别恨归咎于什么呢? 他在设问句"叹年来踪迹,何事苦淹留"中,做了曲折委婉的回答,道出了对于功名利禄的不满和厌倦。由此可见,否认柳永有否定功名利禄的一面,是不符合事实的。这不仅妨碍对柳词作出比较正确的历史评价,也妨碍对柳词局限性进行真正深入的批判。柳永一方面几次三番地要求仕进,一方面又对功名抱有某种冷淡和不满,实际上都是他那同一阶级意识的不同表现。他的否定功名,只不过是他个人爬不上去时的愤慨和牢骚,对封建统治秩序并没有什么本质的认识,归根结蒂没有离开他的阶级立场。同时,他的否定功名常常通过对妓情的庸俗追求来表现,又与"对酒当歌"、及时行乐的腐朽人生哲学相联系,词中又充满百无聊赖、感伤颓废的情调,这在今天更有一定的危害作用。

　　柳词思想内容的这种复杂性,是一个客观的存在。我们只能从这里出发,进行认真而严肃的分析和批判,才能还柳词以本来的面目,更重要的是能更深入地挖掘柳词的阶级本质,认识他对功名某种否定的出发点、是通过什么方式又是在怎样的限度内来否定的,等等,才不致使有的人片面夸大这一面的意义,但如果简单地抹杀这一方面,显然也是不够实事求是的。

三

任何事物都是按照否定之否定的辩证规律不断向前发展的,文学艺术的发展也是如此。我们要建立无产阶级的新文艺,就必须用革命的批判精神否定旧的文艺。但是这绝不等于对文学遗产采取简单的否定,而应该是辩证的否定。恩格斯在《反杜林论》中说:"在辩证法中,否定不是简单地说'不是'。"它是包含某种肯定的否定,是否定和肯定的统一。因为所谓遗产,就是意味着有一定价值的东西,而文学史上有一定价值的作家,往往表现出矛盾的两重性,同时又表现出矛盾的不同发展过程。因此,从全面的发展观点来考察作家,是十分重要的。

柳永的一生,从做举子的青年时代直到以后的游宦时期,差不多都在秦楼楚馆中讨生活,与歌妓们打交道。他的词作绝大部分是妓情词或与妓情有关的词。这在当时,已引起过不同身份的人们的不同反响。在上层社会中,像宋仁宗、晏殊、苏轼等帝王重臣乃至李清照的《词论》,都加以贬抑和卑视,而在下层社会里,却是"天下咏之"(《后山诗话》)、"传播四方"(《能改斋漫录》)、"凡有井水处即能歌柳词"(《避暑录话》),其社会影响是颇为巨大的。当然,这里必须进行具体分析,不能因前者就替柳词戴上"反封建"的桂冠,也不能因后者就直接得出具有"人民性"的结论,但这种现象,至少已透露出柳词的复杂性来。

《必须用批判的态度对柳永的词重新估价》一文认为这部分柳词表现了他"对放浪形骸生活的追逐",指出应以阶级观点来谈"真挚的爱情",而"柳永和妓女'遭受压抑的身世'有着不同的阶级内容",等等,这些论点是正确的。然而,如果把柳永庸俗色情的一面作为他与妓女关系的全部评价,就不免失之片面;如果由于遭遇的阶级内容不同,而忽略柳永在屡遭科举打击、饱经人生风霜以后有可能体会妓女们受凌辱受践踏的处境,有感于"同是天涯沦落人"的命运而对她们表示了一定的同情,流露了一定的真情实意,并替她们唱出了对于幸福生活的合理要求,那又稍嫌机械了。今存柳词,从内容看来,大部分是晚期游宦时所作,其妓情词由于凝结了他大半生的精神苦闷,比之前期词的思想内容,是有所发展的。像"万里丹霄,何妨携手同归去? 永弃却、烟花伴侣! 免教人见妾,朝云暮雨"(《迷仙引》),唱出了她们想跳出火坑的迫切呼声,在《集贤宾》中,也要求"和鸣偕老,免教敛翠啼红"的永久不变的情爱,过"待作真个宅院,方信有初终"的正常夫妻生活。这些地方,还是反映了妓女形象的某些真实面貌。柳永的大量怀妓之作,或写临歧凝咽的深曲情思,或写于飞比翼的信誓旦旦,或写偶在客地接到她们的"小诗书简"而"宝若珠玑"欢喜若狂,或写和衣而睡、寸心万绪而感慨于空有相怜之意等等,的确希冀在她们中间找到知己,得到慰藉。这些词,较少淫靡佻薄色彩,写得缠绵悱恻,态度也比较严肃。相传柳永死后还是由"群妓合金葬之"的(见《方舆胜览》),该文作者以为不可靠,但从其他"吊柳会"(见《独醒杂志》)等遗闻佚事,乃至宋元话本《众名姬春风吊柳七》等看来,恐怕还是有一些事实的影子。我们应该把柳永这部分词中的色情猥亵的封建糟粕和多少具有一些思想内容的东西认真地区别开来,然后加以适当的评价。自然,把后一方面夸大成什么了不起的"真挚的爱情"或"反封建意义",也是不恰当的。我们知道,娼妓制度是阶级社会中罪恶的产物,也是阶级之间压迫和剥削关系的极端畸形的表现。柳永尽管有一些可以适当肯定的因素,但毕竟没有看到这种压迫和被压迫、玩弄和被玩弄的丑恶本质,从而真正揭示她们受侮辱受损害的悲惨生活和她们争取自由的不屈斗争;另一方面,他自己也未能完全脱离这种玩弄的客观地位,"莫道千金酬一笑,便明珠万斛须邀"(《合欢带》),更道出了赤裸裸的金钱交易关系。这是应该指出的。

　　我国古典作家，一般都是封建地主阶级知识分子，他们保持着地主阶级的世界观，是为封建统治服务的。认识这点，对我们运用阶级分析方法来评价古代作家，无疑具有重要意义；但是，我们还应看到这个阶层内部的不同分化：有的上升了，直接成了封建统治的工具或爪牙；有的下降了，或因政治的迫害，或因与人民的进一步接触，使其世界观发生了某些本质的变化，于是成了伟大的或优秀的作家；也有的始终徘徊在上下之间，对现实有所不满和牢骚，但又溺于庸俗，存在着无穷的幻想。柳永大致就是这样的作家。他在功名利禄意识的束缚中而对功名利禄作了一定程度的否定，在对"放浪形骸生活的追逐"中又对妓女们抱着一定程度的同情。这种两重性不仅存在于他的全部作品中，也常常在一首词中纠杂地存在。而且还因其前后生活、思想的发展而有某种消长的变化，这些都是需要仔细分析的。只有这样，才能真正贯彻革命的批判精神。

　　以上意见，是否有当，请作者和同志们指正！

　　　　　　　　（原载《光明日报·文学遗产》1961 年 1 月 8 日）

重新认识王安石,再析变法利弊与"荆公新学"

——《王安石全集》前言

宋代在中国历史上是个具有转型意义的朝代,在社会、政治、经济、文化诸方面都呈现出不同于此前统一王朝的种种特征。北宋知识精英的社会身份,大都是集官僚、学者、文士三者于一身的复合型人才,这与宋朝偏重文治的政治取向息息相关。宋太祖时还致力于征伐、平定各个地方政权,太宗时开始确立文治的方向,真宗承袭继踵,但未成熟。至第四代仁宗时,才彬彬大盛,崇儒尊道,对传统文化吸收、整合,呈现恢宏的气象。仅以宋古文六家而言,欧阳修生于1007年,苏辙年最少,死于1112年,前后贯串一个世纪,也可以说,11世纪的北宋,是一个精英人才井喷式涌现的时期。欧阳修、司马光、王安石、苏轼就是最突出的代表,他们都是杰出的政治家、思想家和文学家,是比较严格意义上的"百科全书式"的人物。

出现这一现象不是偶然的,也不是孤立的,除了个人的秉赋、勤奋以外,实是适应了当时社会政治的需求。宋神宗欲重用王安石,唐介出面反对,神宗为其回护道:"文学不可任耶?吏事不可任耶?经术不可任耶?"(《宋史》卷三一六《唐介传》)俨然规定了这三条任人标准。宋代又是一个成熟的科举社会,历年所取进士成了官僚队伍的主要来源,由此形成文官政府。科举诸科最重进士科,而进士考试的科目可概括为三类:一类为诗、赋,一类为论、时务策,一类为贴经及墨义(或经义)。这与宋神宗的三项任人标准一一对应,若合符节。北宋举士 69 次,其中以嘉祐二年(1057)最为"得士",录取进士 388名,其中以文学见优者有苏轼、苏辙、曾巩,宋古文六家中,一举而占其半;又有号称"关中三杰"的程颢、张载、朱光庭,同时中式,其首倡的"洛学"、"关学"均为北宋显学;政坛人物则有吕惠卿、曾布、王韶、吕大钧等,为王安石新党和元祐旧党的重要人物(吕惠卿等三人为新党,吕大钧为"元祐更化"主要人物吕大防之弟)。他们虽各有偏至,实均兼综文学、思想、政治之域。苏轼曾称赞他的同年友、状元章衡,也突出他"文章之美,经术之富,政事之敏"三项(《送章子平诗叙》)。时代精英的理想标准是政治家、思想家和文学家的统一,这已成为宋代士论的共识和士人的终身追求。

因此,为这批精英人物编纂"全集",就不能只局限于传统目录学中的"集部",而应囊括经、史、子、集四部,才能贴切反映他们全面的精神遗产和文化创造。这对王安石而言尤显重要。王安石自称"某自百家诸子之书,至于《难经》、《素问》、《本草》、诸小说,无所不读"(《答曾子固书》),以博学多才、器局宏大而闻名于世。但由于他遭遇不公,著作严重散佚,仅传的《临川先生文集》(或《王文公文集》),与他的实绩相距甚大。《四库全书》收录欧阳修著作十三种,司马光十五种,苏轼八种,而王安石仅《周礼新义》、《临川集》(另有著录的《王荆公诗注》,已可包括在《临川集》中)、《唐百家诗选》三种,远不能反映王安石著作的全貌。

这套新编的《王安石全集》采取经、史、子、集的传统书目分类方法,收入王氏著作共十三种,包括经部六种(《易解》、《周礼新义》、《尚书新义》、《诗经新义》、《礼记发明》、《字说》),史部一种(《熙宁日录》)、子部两种(《老子注》、《楞严经解》),集部两种(《临川先生文集》及文集补遗、《唐百家诗选》),王氏现存著作汇于一书,真正做到了"全集"之"全";在辑佚方面用功尤深,融合两岸学术力量,汲取前贤已有成果,对目前尚少注意的《易解》、《礼记发明》、《老子注》、《楞严经解》等,倾力而为,尽可能完善地恢复王氏著作的原貌;对于一直有成本流传的诗文集部分和《唐百家诗选》也进行了详校、广辑与汇批。同时,考虑到王安石之子王雱与其父在思想与创作上的一脉相承,故又收入王雱的现存著述(《老子训传》、《南华真经新传》、《元泽佚文》)作为全集的"外编"。我们相信,在王安石集的编纂史上,这部新编的《全集》算得上一个创举,便于展示王氏精神创造的整体风貌,为认识和评价王安石这位"百科全书式"人物,提供了真实可信的基础文献。当然,我们也期待它在使用过程中不断得到补益和完善。

二

王安石是广涉四部、具有恢宏格局的文化巨子,但又是生前和死后聚讼纷纭、毁誉参半的争议性人物。其变法活动是争论的焦点。检阅一部王安石研究史,无论政治评价、思想考量、文学论析均为变法问题所左右,而意图前置的泛政治化成为王安石研究史上的一个突出倾向。这影响了研究的科学性和客观性,不仅不能正确认识王安石的政治思想和政治实践,也不能正确认识"荆公新学"和他的诗词文创作在文学史上的地位。

如果说,王安石当年和司马光、苏轼等人的矛盾还属于政见不同之争,彼此不失道德人格上的互相尊敬;至北宋末南渡后,王安石即被定性为北宋灭亡的祸首。洛党杨时在靖康国难当头之际,首倡"今日之祸,实安石有以启之"的说法,嗣后口诛笔伐,一片骂声。诚如鲁迅所说,此一论调已成为"北宋末士论之常套"(《中国小说史略》)。

尤为怪异的,曾被陆九渊评为"洁白之操,寒于冰霜"的王安石,沈与求却在绍兴年间上奏朝廷,认为"丧乱之际,甘心从伪,无仗节死义之风,实安石倡之",要求治罪,其证据竟只是王安石曾说过扬雄和冯道的好话,这连陈振孙在《直斋书录解题》中也以为"此论前未之及也"。在这样的社会舆论笼罩下,要实事求是地研究王安石,是不可能的。

直到清中期以降,才出现过平反辩诬的呼声,褒贬立场虽异,但思想方法仍未完全脱离意图前置的泛政治化倾向。蔡上翔的《王荆公年谱考略》和梁启超的《王荆公》是两部代表性的翻案之作。蔡《谱》材料翔实,考证缜密,然而过度强烈的辩诬目的夹杂着乡邦之谊的情绪化色彩,使不少论断失之偏颇;梁氏之"传"从大处着墨,影响深远,但显有借古喻今、为戊戌变法申雪张目的印痕,也损害了其学术内容。

新中国成立以来,王安石被置放于崇高的地位,列宁说的"王安石是中国 11 世纪时的改革家",一时成为研究的基础和社会的共识。其实,列宁这句话是他的《修改工人政党的土地纲领》中的一个注解,内容是肯定王安石主张"土地国有化";但我们知道,中国自古就有"普天之下,莫非王土"的观念,王安石的"方田均税法",只是划分户等、均定税役的一项新政,并不涉及土地所有制的国有或私有问题。但列宁的这条注解,却使王安石研究避免了"左"倾思潮"大批判"之风的干扰,从而使研究论著和文本资料的出版颇为丰富,不像苏轼研究一度成了禁区。到了"文革"大搞"评法批儒"时期,王安石被派定为大法家,一束束耀眼的光环阻挡了人们对他的认识,正如苏轼被强扣上一顶顶"投机派"、"保守派"、"两面派"帽子而被弄得面目全非一样,或荣或辱,都偏离了学术研究的正途。

从学术研究的自身立场而言,无论是对王安石的肆意攻击,或是无限拔高,都是不正常的,都无法科学地认识和评价这位历史人物的实际面目和历史地位,也无法揭示他于当下社会的意义和价值。新时期以来,学术研究迎来"春天",对王氏的肯定评价仍是主流,也有不同的声音,但均属于正常的学术探讨,有助于认识的深入和发展。

公元 960 年,后周归德军节度使、检校太尉、殿前都点检赵匡胤,发动陈桥兵变,"黄袍加身",建立宋王朝,继后梁、后唐、后晋、后汉、后周以后,演出了又一场武臣夺权的新剧。如何力免沦为承袭五代的第六代,成为宋朝君臣理国治政的关心焦点,不久发生的"杯酒释兵权"事件就是重要的标志。开国君主们殚精竭虑设计的种种"祖宗家法",目的即为维护和巩固赵宋政权,防止篡权政变,其核心即在建立高度的中央集权制度,把军权、政权、财权最大限度地集中到皇帝手中。朱熹说过:"本朝鉴五代藩镇之弊,遂尽夺藩镇之权,兵也收了,财也收了,赏罚刑政一切收了。"(《朱子语类》卷一二八)这对巩固宋朝的统一,安定社会秩序,发展经济和抵御少数民族统治者的侵扰,起过一定的积极作用,北宋未发生过一次政变、兵变,也未发生过动摇其政权根基的民变,出现了"百年无事"的表面承平局面。但同时存在着消极因素,而且越到后来越严重。在军权集中方面,北宋王朝为了防范武人跋扈擅权,把军队交由文臣统率,又立"更戍法",士兵经常轮换驻防,终年来往道路,致使"兵不识将,将不识兵"。这就造成军队训练不良,战斗力薄弱;兵种复杂,禁兵、厢兵、乡兵、藩兵重叠设置,造成严重的"冗兵"之弊。在政权集中方面,北宋王朝在制度上削弱相权,相位常年缺额,厉行权力制衡,鼓励"异论相搅";规定地方长官由中央官吏兼摄,加强对地方的各种监视;但又优待官吏,所谓"恩逮于百官者唯恐其不足,财取于万民者不留其有馀"(赵翼《廿二史札记》卷二五《宋制禄之厚》),使得官僚机构庞大臃肿,腐败无能;"任子"封荫,差遣、寄禄官重叠,造成严重的"冗官"之弊。在财权集中方面,规定地方财赋绝大多数上交中央,又刺激了上层统治集团的穷奢极欲,挥霍享乐。到宋仁宗时,国库空虚,"惟存空簿"。再加上每年向辽、西夏输纳大量"岁币"(银、绢),"冗费"之弊日趋严重,酿成了"积贫积弱"的危机。因而,改革弊政的呼声日益高涨,包括后来反对王安石变法的士子,都加入这一行列。改革的迫切性和必要性是不言而喻的。

熙宁二年(1069),王安石在宋神宗的重用下,以参知政事而位居权力中枢,登上了全国性变法运动的大舞台,可谓应运而生。他是位有志于改革的政治家,在多年地方官任上已试行过若干改革措施,在此基础上,逐渐形成了一整套变法理论和具体方案。

针对"积贫积弱"的危机,王安石以"理财"和"整军"为两大目标,提出了颇具系统性的"新法"设计。属于理财的有青苗法、免役法、均输法、市易法、方田均税法、农田水利法等;属于整军的有减兵并营、将兵法、保马法、保甲法等。此外,他又改革科举制度,以便为推行新法提拔人才。

"理财"和"整军"针对"积贫"和"积弱"两大弊病,而成为王安石变法重要的两翼,其重点是理财。王安石经济思想要点则是:"因天下之力以生天下之财,取天下之财以供天下之费。"(《上仁宗皇帝言事书》)也就是调动人们的劳动创造力,向自然界开发资源,创造财富,以满足人们的需求。他理财的总目标是"善理财者,民不加赋而国用饶",是开源和节流的结合。司马光却认为:"天地所生,财货百物,止有此数,不在民间则在公家。"(司马光《迩英奏对》,见《传家集》卷四二)把天下财富看作停滞不变的常数,否认人们不断创造的能力,这不合常识。改革在某种意义上,是财富再分配,如青苗法把原属高利贷者的四分利息转归"公家","民间"的借贷农民减负舒困,单从政策设计本意而言,是合情合理的。从变法理论和具体方案的层面来看,王安石不愧为治国经邦的实干家,既有敏锐的经济头脑,又有周密的通盘擘画。然而,问题在于实践,如何使"良法美意"收到变成富国惠民的预期成效,王安石面临三大困境:

　　一是声势强大的反对派。比之"庆历新政"，王安石在全国范围内掀起一场更有力度和深度的改革运动，首先激起一批元老重臣的反对，变法开始后，韩琦、欧阳修、富弼等纷纷上奏指斥，随后形成以司马光为首的反对派。面对这一严峻形势，王安石没有及时调整自己的策略，力争化解矛盾，变消极负面因素为正面支持力量。这种转化工作虽不一定有望成功，但存在很大的可能性：一是他们之间纯属政见不同的君子之争，忠君体国，不谋私利。且反对派中不少是庆历、嘉祐时期主张或参与改革的中坚人物，并非顽固颟顸之徒；二是王氏与他们均有私交，有的相知甚深，欧阳修甚至把王安石视作文坛盟主的接班人，期许很高；三是旧党中也有主张新旧两党应该调和这种的思潮，司马光指令苏轼起草的《王安石赠太傅制》称颂王氏"罔罗六艺之遗文，断以己意；糠粃百家之陈迹，作新斯人"，乃至"建中靖国"年号的拟定，即是显证。然而，王安石却显出"道不同不相为谋"的姿态，司马光于熙宁三年连续给他三通信函，细说新法推行过程中的流弊，娓娓剖析，长达三千馀言，而王氏的《答司马谏议书》仅以不足三百字回复，话锋犀利，不容置喙，对这位比他年长的老友，确属"卤莽"了，尽管这是一篇古今传诵的名文。富弼、韩琦、文彦博、司马光先后被罢免，苏辙退出"三司条例制置司"，忌讳苏轼被神宗重用，倾力排挤，都见出他急于求成，以致容人胸襟之狭隘，无法与反对派沟通与合作，直接造成他无人可用、无机构可倚的难题。

　　执行机构的仓促建置和办事官吏们良少莠多，是王安石面临的另一困境。以理财为重点的变法，本应由三司即户部司、度支司、盐铁司等机构来负责推行。但宋朝的三司脱离相权而独立，直接向皇帝负责。于是，王氏创立"制置三司条例司"，名义上仅是制定条例，实际上是主持新法的新的权力机构。草创伊始，百废待兴，行政运作不容许有走上正轨的准备期，熙宁二年二月成立，四月即派遣刘彝、谢卿材等八人巡行全国，考察农田水利、赋役，企求事繁而速成，于是大批新锐之士纷纷加入执行新法的队伍；不得不依靠原有的地方行政管理机器，又未经整顿和训练，官吏差役上下其手，因缘为奸，弊端丛生。陆佃从越州归，面告王氏："法（新政）非不善，但推行不能如初意，还为扰民。"如青苗法，地方州县以多散为功，有钱者不愿借而"抑配"强借，无钱者患其无力偿还而拒贷；偶获贷款，又在城中挥霍一空，难怪苏轼要写诗加以讥讽："杖藜裹饭去匆匆，过眼青钱转手空。赢得儿童语音好，一年强半在城中。"（《山村》）此类推行中产生的流弊是实际存在的。

三是推行进度缓急的把握。苏轼曾为试馆职而草拟过一道策题，云："欲师仁祖（仁宗）之忠厚，而患百官有司不举其职，或至于媮；欲法神考（神宗）之厉精，而恐监司守令不识其意，流入于刻。"不仅精确地概括出仁宗朝因循苟且、得过且过和神宗朝励精图治、大刀阔斧两种政风的差别，而且隐含着施政进程必须掌握缓急有度的节奏，既不敷衍推诿，又不急躁冒进，这种政治艺术有时起到了决定成败的关键作用。王安石明白，当时积弊深重，不下猛药已无法疗救；他更清楚，他推行新法的权力仅仅来自宋神宗对他的信任，而这种信任具有不确定性，宋神宗可以随时收回权力，事实上他在熙宁七年第一次罢相已暴露出君臣之间的疏远。这都是王安石采取激进方式的深层次原因。至于他个人性格上的急躁执拗，只是次要的因素。熙宁二年他刚受命任参知政事，就在七、九、十一月，下令推行均输、青苗、农田水利三法，每法之颁行仅隔两个月，这些新法均涉及全国范围内的经济民生，实非长时间的镇密试点、逐步推广不可，如此密集推行新政，超出了全社会的承受能力，更无论具体执行机构和办事官吏能否跟进，种种乱象的产生遂势不可免。

王安石变法长达十六年（王氏亲自主持者近七年，其他时间由神宗独自主持），其效果如何，迄无定论。大致说来，国家财政有所增加，社会生产力有所提高，西北边防形势有所起色（王韶收复河、岷、拓境二千馀里),积贫积弱的局势有所扭转。至于章惇、蔡京等人在崇宁直至靖康长达二十多年所推行的"新法",实已变质,演成残民以逞的工具,排斥异己、倾轧报复的招牌,倒行逆施,国势日危,蔡京等人才是真正的亡国祸首。这与王安石无关,应作历史的划分。

元祐元年,当新法逐一废罢的消息传到病居金陵的王安石耳中,他还"夷然不以为意",及至听说免役法也被取消,他"愕然失声曰:'亦罢至此乎?'良久曰:'此法终不可罢。安石与先帝议之二年乃行,无不曲尽。'"(朱熹《三朝名臣言行录》卷六之二《丞相荆国王文公》)他满怀悲愤,赍志而殁,我们对他的报国雄心、理国智慧、奋斗精神,尤对他悲剧性的一生,油然产生敬意。

三

与对王安石变法评价的不公密切相关、甚或互为表里,王安石的学术思想也备受贬抑,充满曲解与误解,歪曲了他作为杰出思想家的历史真相。近年来,它自然地成为学术界拨乱反正的讨论议题,逐渐形成了共识。

邓广铭先生在《王安石在北宋儒家学派中的地位》一文中,明确指出:"从其对儒家学说的贡献及其对北宋后期的影响来说,王安石应为北宋儒家学者中高踞首位的人物。"赋予他以崇高的历史地位。具有很大学术话语权的《宋元学案》却以程朱理学作为整个宋代学术思想的主轴线,不仅把"荆公新学"列于全书之末(卷九八),表露出将其边缘化之旨趣,又以"荆公新学略"题名,不得与其他诸子之"学案"同列,就隐含有视之为异端邪说之意了。这是思想家王安石评价史中的重要一笔,尖锐地提出两个问题:"荆公新学"在当时居于主流还是边缘?它代表宋学发展的正途还是邪路?王安石"荆公新学"有个开创、发展与终结的过程。宋仁宗庆历初,他中举后出任淮南判官,广交同好,切磋经学,并于庆历二年至四年(1042—1044)撰成《淮南杂说》十卷。此书今佚,但"当时《淮南杂说》行于时,天下推尊之,以比《孟子》"(《元城语录》卷上)。蔡卞也记述:"初著《杂说》数万言,世谓其言与孟轲相上下,于是天下之士始原道德之意,窥性命之端。"(《郡斋读书志》卷一二引)标志着"新学"之滥觞,起点甚高。我们知道,王安石庆历二年(1042)中进士,早于程颢、张载、苏轼等人十五年,王安石正式登上学术史坛坫之时,二程洛学、张载关学、苏轼蜀学均未成型,声名不彰,即使被《宋元学案》列为首位的胡瑗,在宋学中地位突出,但其重要性及社会影响力远不及后起之秀王安石,因此,王安石应属于开创宋学方向的先驱人物之一。及至宋神宗熙宁六年(1073),王安石奉旨设立经义局,主持《三经新义》的修撰;熙宁八年(1075)书成奏上,颁行全国,作为衡文取士的标准,一跃而为官方哲学,其他宋学诸子均瞠乎其后,已不可同日而语了。晚年退居金陵,王安石仍孜孜于《字说》的著述,试图从文字的"字画奇耦横直"中,去推究"深造天地阴阳造化之理","与《易》相表里"(蔡卞语,见《郡斋读书志》所引)。他在《熙宁字说序》中说,治经必须先从治文字入手:"故其教学必自此始。能知此者,则于道德之意已十九矣。"《字说》虽也不免存在穿凿附会之处,为人们所诟病,但王安石继续完善"新学"之志,可谓至老不辍。

元祐更化时期,"新学"一度受压,到北宋哲宗、徽宗时期,在特定的政治局势影响下,又掀起力度更强、广度更大的崇王高潮。诚如陈瓘《四明尊尧集》所言:"臣闻先王所谓道德者,性命之理而已矣。此王安石之精义也,有《三经》焉,有《字说》焉,有《日录》焉,皆性命之理也……故自(蔡)卞等用事以来,其所谓'国是'者,皆出于性命之理,不可得而动摇也。"陈渊在《十二月上殿札子》中更概括说:"自王氏之学达于天下,其徒尊之与孔子等","行之以六十馀年"。可以说,在北宋中后期的六十多年间,王氏新学高踞于社会政治意识形态的顶层,居于无可抗衡的中心地位。即使南宋以后,程朱理学盛行,也无法摆脱王氏新学无所不在的持续的影响力,进入所谓"后王安石时代",其发挥的正面或对立面作用,适足展示出宋学的多元性、丰富性和复杂性。

王氏新学的影响力不仅时间延续长久,辐射区域广大,不像其他诸子往往冠以地域限制之语,而它是笼罩政坛、学林全局的"新学"。还有一个现象也值得注意,即作为学派群体的规模与格局。据《荆公新学研究》一书的精密考证,新学门人人数众多,堪与"欧门"、"苏门"相匹,甚或过之。王安石在庆历时即有孙适、马仲舒、胡舜元等人向他问学,英宗治平年间及晚年隐退金陵时,均聚徒授学,门户隆盛。班班可考列入"王门"者有王无咎、陆佃、沈凭、龚原、郏侨、张仪、吴点、杨训、杨骥、丘秀才、王伯起、晏防、王沈之、王迥、华峙、郭逢原、沈铢、汪澥、张文刚、方惟深、李定、董必、杨畏、成倬、周种、鲍慎由、侯叔献、蔡渊、蔡肇、薛昂、叶涛、韩宗厚、许允成、陈祥道、郑侠、蔡卞、吕希哲、钱景谌、吴恝、吴颐、陈度、王雱、刘发、徐君平等,他们有数十种著作问世,亦可一一考知,只是由于"变法"遭遇不公的原因,淹没在茫茫典籍大海之中,连同这个学派的人物也大都沉晦不闻,似乎在历史上不曾存在过。陈寅恪先生《论韩愈》中肯定韩愈"奠定后来宋代新儒学之基础",乃是"开启宋代新儒学家治经之途径者",其重要贡献之一就是"奖掖后进,开启来学",形成"韩门",而"'韩门'遂因此而建立,韩学亦更缘此而流传也",揭示出学术群体与学术流传的因果关系。"王门"在当时人多势众,既是王氏新学极强社会影响力与号召力的结果,也是其社会地位和历史定位的可靠标志。

王氏新学能够居于社会意识形态的中心,乃是因为它得风气之先,较早体现出"宋学"即宋代新儒学的特质和特征,引导了宋学发展和演进的方向。陈寅恪先生《论韩愈》明确指出,韩愈之所以能开辟宋代新儒学家治经之途径,在于他坚决摈斥"南北朝以来正义义疏繁琐之章句学",而从《礼记》的《大学》篇中,"阐明其说,抽象之心性与具体之政治社会组织可以融会无碍，即尽量谈心说性，兼能济世安民，虽相反而实相成"。邓广铭先生在《略谈宋学》中，把"宋学"定义为"萌兴于唐代后期而大盛于北宋建国以后的那个新儒家学派"，"理学是从宋学中衍生出来的一个支派"，不能把"理学等同于宋学"；又概括"宋学"的特点有二：一是"都力求突破前代儒家们寻章摘句的学风，向义理的纵深处进行探索"，二是"都怀有经世致用的要求"，这与陈寅恪先生的论述是一脉相承的。王安石虽在理论上曾"非韩"，但在学术祈向上却承响接流，完全一致：他也坚持以义理之学、道德性命之学取代繁琐的章句之学，以经世致用取代空谈蹈虚，更以"内圣外王"等形式取得两者的"相反相成"，获得彼此推进，取得平衡和统一。

早在通判淮南时，王安石在《送孙正之序》中说："时然而然，众人也；己然而然，君子也。己然而然，非私己也，圣人之道在焉尔。"显示出独拔流俗、立志高远的"有道君子"的学术姿态。他以"圣人之道"的捍卫者、阐释者、践行者自任，自信具备睥睨破碎琐屑、斤斤于名物训诂之辨的天然正当性，超迈于芸芸俗儒之上，担当起引领思想潮流的"大任"。他当时撰写的最早新学著作《淮南杂说》今已失传，但从熙宁四年御史中丞杨绘的奏驳中，即可见出其不同流俗的见解。杨绘上疏题名《论王安石之文有异志》(《宋诸臣奏议》)引述《淮南杂说》"有伊尹之志而放君可也，有周公之功而代兄可也，有周之后妃之贤而求贤审官可也"等语，继承前贤孟子之旨趣，进一步阐发对绝对君权的非议，被指为"异志"不轨，确非饾饤堆垛的"汉学"之徒所可望其项背。这种独立思考、放胆议政的精神贯穿于他的整个建构"新学"的学术活动之中。

王氏新学具有鲜明的政治目的性。熙宁二年王安石对神宗说："经术正所以经世务，但后世所谓儒者，大抵皆庸人，故世俗皆以为经术不可施于世务尔。"(《宋史》王安石本传)在他看来"经术"与"治世"是密不可分的互为推毂、互为表里的关系。经世济时的原则、方法均已蕴含在传统经典之中,儒家经典中存在着无限的新的意义世界,后人的责任在于阐明、诠释,加以实践推行,《三经新义》即着眼于"新义"的呈现。王安石以极大的精力从事《周礼》、《诗经》、《尚书》这三部经典的训解,《诗义》由其子王雱"训其辞",他自己"训其义",《书义》由他父子合力撰写,惟有《周礼义》由他独力完成,见出他对此书的特殊关注。《周礼》或名《周官》,是关于周朝官制、礼制的典籍,王安石关注于此书,正是由于它与当时推行的新法理论和实践关系最为紧密,青苗法、方田均税法等都能从中找出历史的依据,《三经新义》实际上是王安石变法的有机组成的一环,经术与治世合二为一。

王安石学以致用的原则自然是正当合理的,一种学术自身发展的升降盛衰也取决于它是否适应社会需要与政治诉求。但是政治和学术的关系错综复杂,学术发展又要求独立自主,要求个性化、自由度和多元性,这一学术的自身规律也必须得到充分的尊重。王安石为达到"一道德、同风俗"的政治目的,把学术部分地变成了实现政治目的的工具,这又造成颇为严重的负面效果。苏轼在《王安石赠太傅制》中说:"罔罗六艺之遗文,断以己意;糠粃百家之陈迹,作新斯人。"尽管是为朝廷代言,但评价尚称平允。而在多封给友人的信函中,苏轼又予以严厉批评:"文字之衰,未有如今日者也,其源实出于王氏。王氏之文,未必不善也,而患在于好使人同己。自孔子不能使人同,颜渊之仁、子路之勇,不能以相移,而王氏欲以其学同天下。地之美者,同于生物,不同于所生。惟荒瘠斥卤之地,弥望皆黄茅白苇,此则王氏之同也。"(《答张文潜县丞书》)苏轼的这个批评比起他代表官方所作的"盖棺定论"来,包含更深的意义与教训。

四

王安石是位具有强烈个性的文学家,兼擅散文、诗、词,在中国文学史上占据重要的一席。他的文学创作历来受到的评价,褒多贬少,相对于政治、学术评价,较为公允,这也表明政治与文学能保持一定疏离的空间,但王安石的文学创作其实仍然显示出鲜明的政治目的性。

陈善《扪虱新话》卷五云:"唐文章三变,本朝文章亦三变矣。荆公以经术,东坡以议论,程氏以性理,三者要各立门户,不相蹈袭。"这里的"文章"泛指学术文化而言。但在当时的散文理论中,确有政治家、古文家和道学家三派,王安石就是政治家文论的代表。

王安石的文论,以重道崇经、济世致用为核心,强调"文"与"道"、"经"、"政"的一致性。庆历六年(1046),他在汴京为献文而作的四封书简,即《与祖择之书》、《上张太博书二首》、《上人书》,是他文学思想最早的集中体现。他开宗明义地说"尝谓文者,礼教治政云尔"(《上人书》),"治教政令,圣人之所谓文也"(《与祖择之书》),把"文"直接归结为"礼教治政"、"治教政令"的载体。他进一步阐述"治教政令"的来源说:"圣人之于道也,盖心得之。作而为治教政令也,则有本末先后,权时制义,而一之于极。其书之策也,则道其然而已。"指出"治教政令"来源于"道",来源于圣人对道的深有心得。他还说过:"若欲以明道,则离圣人之任,皆不足以有明也"(《答吴孝宗书》);"夫圣人之术,修其身,治天下国家,在于安危治乱,不在章句名教焉而已"(《答姚辟书》)等等。在他的心目中,"文"与"道"、"经"、"术"、"治政"之类是完全融合为一的,并把这看成"圣人作文之本意"。但是,王安石重内容、轻形式的观点还没有导致对辞章技巧的完全否定。在《上人书》中也接着补充道:"且所谓文者,务为有补于世而已矣;所谓辞者,犹器之有刻镂绘画也……要之以适用为本,以刻镂绘画为之容而已。不适用,非所以为器也;不为之容,其亦若是乎? 否也。然容亦未可已也,勿先之,其可也。"这里对辞章技巧等艺术形式作了明确的肯定,即"未可已也",是不能或缺的;但比之内容毕竟又是第二位的,未能认识到它具有独立的审美价值。

王安石的这些观点在我国散文理论史中并非罕见，其本身说不上具有特殊的文学理论价值，对内容和形式关系的理解也有片面性、机械性。但是，它却是当时社会政治改革思潮的产物，有着相应的时代背景。这些观点与其说是散文理论，毋宁说是政治改革的主张。一是为了反对"时文"，即当时科场流行的空洞无物的诗赋贴经墨义；二是为了反对西昆体追求华靡的诗文。作为"唐宋古文八大家"之一的王安石，他的写作实践更不是按照这些理论观点而亦步亦趋地进行的，其作品不是刻板的官方文件、政策图解、高头讲章、道德说教，他所创作的在中国散文史上一大批名篇佳作，完全是按照美的法则，遵循散文艺术规律而写成的。它们所呈现的广阔多彩的社会现实生活，所表现的散文风格和高超技巧，以及对辞章之美的倾心追求，确乎说明王安石已达到了散文大师的艺术水平。

王安石的各体散文都取得很高的成就，尤以论说、书序、记、墓铭、祭文为突出，并形成拗折刚劲、简古瘦硬的个人风格。

他的论说文以结构严谨、论辩犀利著称，而特别注重文章的气势和情辞相得，因而具有一种文学色彩。如《上仁宗皇帝万言书》，被梁启超称为"秦汉后第一大文"。此文以人才问题为中心，而又广泛涉及当时的各类弊政，头绪纷繁而又题旨集中，段段自为一意而又互相勾联，呈现出网状结构的形态，在奏书中独创一格。《本朝百年无事札子》堪称正题反作的妙文，"无事"是为了突出和反衬"有事"。他的多篇有关变法的奏书，都充分展示出一位杰出改革家的恢弘气度和缜密思索，文中自有"人"在。他的史论善作翻案文章，如《爰说》、《伯夷》、《孔子世家议》、《读孟尝君传》等。《读孟尝君传》全文仅四句九十个字，首句提出论题，语势缓和；二、三两句为驳论，辞气凌厉，顿作巨澜；结句似老吏断狱，牢确不移。起得缓，接得陡，结得疾，真乃短论杰构。

他的书序也大多属于议论文。欧阳修长于诗文集序，曾巩工于目录序，王安石的三篇经义序，即《周礼义序》、《诗义序》、《书义序》却以独特的风貌成为书序中的卓然名篇。方苞指出："三经义序，指意虽未能尽应于义理，而辞气芳洁，风味邈然，于欧、曾、苏氏诸家外，别开户牖。"（《唐宋文举要》引）所谓"辞气芳洁，风味邈然"，主要指其共同的语言特色，即大量引用经典之语，经过作者的镕裁组织，别有一番典雅隽美的语言风味。

王安石主张为文"常先体制"，他曾讥讽苏轼《醉白堂记》乃是《韩白优劣论》，有违"记"体规范。但他笔下的记体文章，却常突破常规，变化多端，尤其是普遍地加重了议论成分。名作《游褒禅山记》、《芝阁记》、《度支副使厅壁题名记》，或记游洞，或记灵芝，或记任官姓名，却都是特殊的说理文。前篇通过一次游洞经历，表达反对浅尝辄止、半途而废，提倡深入探索、百折不回之意。他提出必须具有志、力、物即理想、能力和客观物质条件的三者融合，才能做到这一点。文章采用逻辑推理和论证或对照反衬等手法，加强说服力。《芝阁记》的议论不以逻辑严密见长，而是融注着俯仰唱叹的人生感慨，因物喻人，由小及大，作者从灵芝的际遇中看到士子的荣辱乃至自己的进退升沉，笔端含情，寄兴遥深。"厅壁题名记"原是刻写在官府墙壁上记述历任官吏姓名、吏迹的官样文字，但王氏此篇却从"众"、"财"、"法"、"吏"四者关系出发，提出理财才能"不失其民"，而理财的两个重要条件就是法善和吏良，这是王安石变法思想的核心。不死粘题目，而能开掘深广，正是他杂记义的共同特点。在人事杂记中，他的《伤仲永》也是脍炙人口的名篇。

《临川集》所收王安石的墓志、神道碑、行状等传记文达十四卷，一百二十多篇，量多质高，历来为人们所称道。他对这类文字自觉提出要求：一是传"善"，二是传"信"，三是传"要"，说明态度之严肃认真。他的碑志文堪与欧阳修并肩，而又各有特色。华希闵《书唐宋八家文后·临川集》云:"金陵焦弱侯(焦竑)亟称之。志铭自庐陵外,不得不推介甫。庐陵迤逦而行,介甫突兀而起;庐陵于闲冷中点染,介甫于整齐处错综;庐陵为相知者倍着精神,介甫不问何人皆有生趣。虚实互用,变化多姿,观止矣。"所言颇为中肯。

与欧阳修一样,王安石也善于撰写祭文。祭文通常用四言韵语,王安石的《祭范颍州文》、《祭丁元珍学士文》即是。也有全用不押韵的散体句子构成,如韩愈《祭十二郎文》,却较罕见。宋人喜用长短参差的句式,但又多排偶成分,更用长距离的押韵,形成祭文中的一种新风气。王安石《祭欧阳文忠公文》就是代表作,其中赞颂欧氏的气节刚毅和出处不苟,以"离"、"非"、"衰"和"危"、"时"、"湄"押韵,驰骋笔墨,组织藻绘,抒情随叙事、议论喷薄而出,与他的一般议论文是两副面目。

宋代散文家的写作大都趋向平易婉转的风格,王安石却取径韩愈奇崛雄健一路。早在庆历年间,欧阳修在看了王安石文章后,托曾巩传话给他:"孟、韩文虽高,不必似之也,取其自然耳。"(曾巩《与王介甫第一书》)说明他早年是学韩的,这也奠定他一生以拗折刚劲、简古瘦硬为特点的散文风格。刘熙载指出:"王介甫文,取法孟、韩","介甫文得于昌黎,在陈言务去。其讥韩有'力去陈言夸末俗'之句,实乃心向往之。"(《艺概·文概》)姚范《援鹑堂笔记》卷四四云:"王荆公坚瘦,又昌黎一节之奇。"都揭示他理论上非韩、写作上学韩的矛盾,这应是事实;然而他却因此而在"宋古文六家"中独树一帜,为宋代散文增添异彩。

王安石现存诗歌一千六百多首,在北宋诗人中位居前几名;尤在艺术创造方面有着多方面的成就,成为一大名家。严羽《沧浪诗话·诗体》中,列举北宋诗体五种,即有"王荆公体",与"东坡体"、"山谷体"、"后山体"、"邵康节体"并称,标志着他的诗歌已经形成个人的独特风貌,并对宋诗发展和演变产生直接的影响。

以熙宁九年(1076)他罢相退居金陵为界,他的诗歌可分为前后两期。前期作品以社会诗、咏史诗为主,呈现出一位政治改革家的思想、胸怀与抱负,既是他"有补于世"、"适用为本"的文学思想的体现,也是他政治活动的延伸。如《河北民》、《感事》、《兼并》、《省兵》等,用笔直露,咏史诗如《商鞅》、《贾生》、《明妃曲》二首等,则反映他对历史人物迥乎流俗的见解,也曲折地表达他内心理想和感情波澜,因而引起当时和后世人们的注目,反响巨大而深远。而在艺术上,则表现出熔铸字句,妙选句眼,镶嵌典故,工于对仗,尤其善于化用前贤时辈的诗句,一并纳入他创造形象、营造意境之中,其想落天外、苦心经营的功夫令人叹为观止。这些与当时正在成形的宋诗特征是一致的,惠洪《冷斋夜话》一再指明:"造语之工,至于荆公、东坡、山谷,尽古今之变。"又说:"用事琢句,妙在言其用,不言其名耳。此法惟荆公、东坡、山谷三老知之。"而从年岁论,王安石又年长于苏轼、黄庭坚、陈师道等人,他是起到导夫先路的作用的。后期作品在题材取向上有巨大变化,写景和日常生活感受之作,大量奔赴他的笔下,社会政治时事问题逐渐退出诗人的视野,诗歌艺术上除继续沿承前期作派外,体裁上则以绝句为主,既新奇工巧又含蓄深婉,表现为从"宋调"到部分回归"唐音"的倾向。黄庭坚说:"荆公暮年作小诗,雅丽精绝,脱去流俗,每讽咏之,便觉沆瀣生牙颊间",当指这一倾向而言。钱锺书先生在《谈艺录》、《宋诗选注》中对王诗颇多评论,在不同语境中有褒有贬,贬多于褒;在近年问世的手稿集《中文笔记》第2册中却有大段评述,尚未见称引,特予表出。他说:"荆公兼擅各体,而五七古、七绝尤为粹美。其古诗凝而不生涩,有力,于欧逸,于梅劲,而能适未醋放耳。其以文为诗,直起直落,北宋无第二人。惟说理语、参禅语太多而不佳。五律雅有唐音,往往有似摩诘(如《半山春晚即事》、《定林》、《即事》、《自白土村入北寺》)……拗相公恬淡如是,亦一奇也。七律对仗精切,一代无两,笔气矫挺。惜太半为词头所坏,纯粹者少。七绝则几乎篇篇可传矣。大体论之,荆公诗劲挺,是其所长,稍欠顿宕开阖,故笔阵轻疾稍单。要之是大作手,不下东坡,袁随园、潘养一辈正未知也。"此从体裁着眼分评王诗,与上述从年序论析,适可互补。

王安石今存词二十九首,数量虽少,而当时词名甚藉。王灼《碧鸡漫志》即云:"王荆公长短句不多,合绳墨处,自雍容奇特。"清人刘熙载《艺概·词曲概》认为其识力、境界,当能"一洗五代旧习"。如《桂枝香》(登临送目,正故国晚秋,天气初肃)一阕,在倚红偎翠、浅斟低唱的词风弥漫词坛时,能首倡豪放一路,确乎难能可贵。

(原载《王安石全集》,复旦大学出版社 2016 年 9 月出版)

记蓬左文库所藏《王荆文公诗李壁注》(朝鲜活字本)①

南宋李壁笺注的《王荆文公诗》和施元之、顾禧、施宿合编的《注东坡先生诗》是公认的两部重要宋代诗歌笺注本,前人所谓"李氏之注王诗犹施氏之注苏诗"(清张宗松语,见《重刊王荆公诗笺注略例》),却遭到了同样的厄运:前者被南宋末刘辰翁所删节,后者被清人邵长蘅等人所删改,而其原本或沉晦难觅,或残缺不全,引起不少版本学者的扼腕叹息。1984 年秋,我在日本名古屋市蓬左文库得见这部朝鲜活字本《王荆文公诗李壁注》②,即与通行本对勘,发现注文多出一倍左右,且附有"补注"和"庚寅增注",保存了宋刻李注本的原貌,对研究王安石诗歌及宋代文学和历史具有重要的参考价值。至于施顾注苏诗,今存四部残本,在日本和我国台湾学者近年来努力的基础上,再加上我在日本搜集到的一些新资料,也可基本复原了。长期缺憾,得以弥补,怃喜何似!

---

① 此文为《王荆文公诗李壁注》(据朝鲜活字本影印)之《前言》,由上海古籍出版社 1993 年 12 月出版;曾先刊载于《文献》1992 年第 1 期。

② 此书名历来著录有小异。宋刊本大都作《王荆文公诗注》,如《郡斋读书志·附志》作《王荆公诗注》、《藏园群书经眼录》作《王荆文公诗注》、严元照《书宋版王荆文公诗注残卷后(庚午)》等。元刊本作《王荆文公诗笺注》。张元济影印本作《王荆文公诗李雁湖笺注》。蓬左本扉页无正式书名,今拟名《王荆文公诗李壁注》,取其简明醒豁。

一、李壁注本的评介

李壁(1157—1222),字季章,号雁湖,又号石林,谥文懿,眉州丹棱人(今四川丹棱)。《宋史》卷三九八有传。宁宗时官至参知政事,后又兼知枢密院事。开禧三年(1207)至嘉定二年(1209),他谪居抚州期间,"嗜公(王安石)之诗,遇与意会,往往随笔疏于其下,涉日既久,命史纂辑,固已粲然盈编"(魏了翁本书序),遂完成此书。

李壁是南宋著名史学家李焘的第六子。《宋史》本传说他"嗜学如饥渴,群经百氏搜抉靡遗,于典章制度尤综练"。与父焘、弟𡐛著名于世,蜀人比之"三苏"。生平著述甚丰,达八百馀卷。他又沉浸王诗,用力颇勤。刘克庄《后村诗话·续集》卷四评云:"雁湖注半山诗甚精确,其绝句有绝似半山者,已采入《诗选》矣(指《中兴绝句续选》)。"真德秀也说他的诗作,"知诗者谓不减文公"(《故资政殿学士李公神道碑》,《真西山文集》卷四一)。都可说明他对王安石诗歌艺术的认真研习和倾倒。

李壁的学力和所用的工力,使本书见称艺林,颇得好评。《四库全书总目提要》卷一五三评云:"大致掇撷搜采,俱有根据,非穿凿附会者比。"张宗松《重刊王荆公诗笺注序》云:他以此书与通行《临川集》对勘,发现"篇目既多寡不同,题字亦增损互异,乃叹是书之善,不独援据该洽,可号王氏功臣也"。大致说来,本书有以下几个优点:一是注释详备。从典故、词语出处、所涉人物、作诗背景乃至诗句含意等五个方面详加笺注和探索。这点已为学界所共许,连专门替李注"勘误补正"的沈钦韩也叹其"赡博"。二是重视实物资料。李壁不仅网罗异本,详勘诗句文字的异同,而且重视当时尚存的墨本、石刻。尤为可贵的是,他所见的墨本、石刻,常有序跋,为理解王诗提供了切实可靠的依据。如卷三《白鹤吟示觉海元公》诗,李壁亲于临川得此诗石刻本,有跋于后,谓诗中以白鹤、红鹤、长松,分喻觉海、行详、普觉三僧,而王士禛《池北偶谈》卷一四"王介甫诗"条,却以白鹤喻争新法者,红鹤喻吕惠卿之流,对照之下,其附会穿凿,至为显然。三是辑佚补遗。本书所收王诗比通行《临川先生文集》多出72首,这已为许多学者所指明,具体篇名见张宗松《重刊王荆公诗笺注略例》。其实,在注文中还有一些王安石亡佚的诗文。如卷三九《初去临川》题下注引王安石《再宿金峰》诗,卷四六《书陈祁兄弟屋壁》注引王安石《与陈君柬》文(此文蔡上翔《王荆公年谱考略》卷四误为张宗松"补注"所引,张实未作"补注"),皆为本集失收。李注常引王安石同时人或后人诗以注王诗,其中也不乏宋人佚诗。翁方纲《借抄宋本李雁湖注王荆文公诗足本,喜而有赋六首》之四"自注"已指出:"雁湖注中附诗,厉樊谢《宋诗纪事》颇有失者。"

　　但由于王安石诗歌取资宏富,交游广泛,足迹又遍布半个中国,李壁漏注误注之处亦复不少。不少学者对本书都有纠谬订补之作。称赞李注"甚精确"的刘克庄也指出其引用出处不当(见《后村诗话·前集》卷二)。以后重要者有清姚范《援鹑堂笔记》卷五〇"王荆公诗集"条纠补约百条,沈钦韩《王荆公诗集李壁注勘误补正》四卷,大都允当;今人钱锺书先生《谈艺录》(增订本)纠补约40条,精当尤超迈前人,都有助阅读李注。此外,在诗目编次上,李注本也有一些失误之处。如"北风吹人不可出"一诗,既见卷四古诗类《对棋与道源至草堂寺》,又见卷四八绝句《对棋呈道原》;卷四一《长干释普济坐化》与卷五〇《哭慈照大师》实为一诗等。

　　总的说来,李壁注本尽管有些未尽如人意之处,但仍然是迄今最为详备、最有价值的王诗注本。

二、李壁注本的版本系统

李壁笺注王诗五十卷,《宋史》本传和《宋史·艺文志》皆失载,宋时刻本亦稀。今宋刻本已不可见①,但从其他一些材料仍可探知宋本的历次刊行情况和它的内容特点。

南宋赵希弁《郡斋读书志·附志》、陈振孙《直斋书录解题》卷二〇始著录本书。陈振孙云:

> 注荆公集五十卷,参政眉山李壁季章撰,谪居临川时所为也。助之者曾极景建,魏鹤山为作序。

魏了翁序作于嘉定七年(1214),谓是李壁门人李西美"必欲以是书板行"而请他作序的。这当是本书的最初刊本。

清严元照于嘉庆十五年所写《书宋版王荆文公诗注残卷后(庚午)》(《悔庵学文》卷八)中,说他曾得到宋刻残本,原为明宗室朱钟铉"晋府"所藏,其书"并有嘉定甲申中和节胡衍跋,知是抚州刻本。第一卷后有庚寅补(应作"增")注数页,卷内修版,版心亦有'庚寅换'三字。"嘉定甲申为十七年(1224),庚寅为绍定三年(1230)。这说明在嘉定七年之后,又有嘉定十七年的胡衍跋本和绍定三年的庚寅增注本。以上三种是今天所知的本书宋刻本。

及至元大德五年(1301),此书经刘辰翁评点,又删略李注,由刘的门人王常予以刊行。书有宋詹大和所编《王荆文公年谱》,目录后

---

① 近见昌彼得《连城宝笈蚀无嫌——谈宋版李壁注王荆公诗》一文(载《故宫文物月刊》1993年11月),知台湾"故宫博物院"于1992年获得一部宋版李壁注王荆公诗残本共十七卷、目录三卷,洵为重要信息,特加补注。1997年8月8日。

有王常刊记。今北京图书馆藏有一部。刘辰翁之子刘将孙于大德五年作序云：

> 李笺比注家异者，间及诗意；不能尽脱窠臼者，尚袭常眩博。每句字附会，肤引常言常语，亦跋涉经史，先君子须溪先生于诗喜荆公，尝评点李注本，删其繁，以付门生儿子。

这里透露出一个重要事实，刘辰翁已将李注作了删节；其删节的原意似为便于"门生儿子"的诵读，非是公开版行，不料后世此删节本却广为流传，原本几成绝迹了。

随后，在大德十年（1306）又有毋逢辰序刊本。今存毋逢辰作于该年的序云："方今诗道大昌，而建安两书坊竟缺是集（指李壁注本），予偶由临川得善本，锓梓于考亭。"

以上两种是元本系统。以后明清两代诸刻，皆出于此，特别是张宗松的"清绮斋本"和张元济的影印本最为流行。张宗松据华山马氏元刻本，删去刘氏评点，于乾隆六年（1741）重刊于世，即所谓"清绮斋本"（后又有补刻本），四库所收即此本。他的六世孙、现代版本学家张元济先生得季振宜旧本，于1922年以所谓"影印元大德本"问世。但张宗松因未见刘将孙序，他以为删去刘氏评点，即已恢复李注原貌，径以"宋李雁湖先生原本"标首，实际上已是删节本。季振宜旧本（今存台湾）实非元大德原本，与今存北京图书馆的元大德本行款格式不同（前者11行，行21字；后者10行，行19字，且间架宏宽，参看《中国版刻图录》图版三〇九、三一〇），故《中国版刻图录》的编者说："近年张氏涉园印本，所据实明初刻本，即据此本（指北京图书馆所藏元大德本）重刊。"张元济先生却把季氏旧本（明初刻本）当作元大德本，并以"据元本重印"标首，一般图书目录亦以此著录，也是不确的。

宋刻和元刻两个系统有很大的不同。第一，宋刻本保存李注原貌,并有"补注"、"庚寅增注",元刻本对李注大加删节,且无"补注"、"庚寅增注"。严元照曾得三部残宋本(各为七卷),以其中十一卷与张宗松所刻马氏本对勘,结果是:"马所阙者,不特庚寅之补注与胡衍之跋也。书中注语大篇长段悉被删落。五十卷《哭张唐公》诗,马本失之。四十五卷《八公山》诗注引宋子京《抵(应作"诋")仙赋》、四十七《黄花》诗注引刘贡父《芍药谱序》、四十八《题玉光亭》诗引郑辂记尼真如事,皆录其全篇,累累千百言者,马本各存一二语耳。其他注语繁重删去一二百字者往往有之,计此十一卷以之补马阙者,无虑万馀字,宋元刻之相悬乃如此。"(《书宋版王荆文公诗注残卷后(庚午)》)可见刘辰翁删削之甚。鲍廷博知不足斋也藏有宋刻残本。据吴骞《拜经楼诗话》卷二云:"宋李雁湖笺注王半山诗集;海盐张氏所雕者,乃元刘辰翁节本,失雁湖本来面目。曾见知不足斋所藏宋刻半部,笺注并全,每卷后又有庚寅补注,不知出自谁手?"此本后张燕昌亦曾寓目,知仅存十七卷,并云:"每卷有庚寅增注,又注中每有较近日刻本多出数条者。"(见翁方纲《跋李雁湖注王半山诗二首》其二,《复初斋文集》卷一八)后缪荃孙得见此本,详论它与元本之异,"方知宋元刻之不同:凡解诗意者均在,引书注释者或留或不留,如整篇文字即均无有,并有元有而宋无者,是元本另一本,非从宋本删节矣"(《注王荆文公诗残宋本跋》,《艺风堂文漫存·乙丁稿》卷四)。从上窥见删节的大概是:删节的文字颇多;解释诗意的保留,殆即刘将孙序所谓"意与事确者";引书注释者或留或不留,"不留"即指所谓"句字附会"、"常言常语"者;尤于整篇引文大都删削。第二,宋刻本多有挤版挖补者,元刻本则版式整齐划一。傅增湘《藏园群书经眼录》卷一三著录宋刊残本十七卷云:"注语间其刊补挤写者,每卷后有庚寅增注及抽换之叶,即曾极景建所补也。"第三,宋刻本有魏了翁序(另有胡衍跋),元刻本则有刘将孙序、毋逢辰序、詹大和《年谱》(另有王常刊记)。

　　宋元刻本的这种相异之处,为研究和弄清蓬左文库所藏的朝鲜活字本的性质和特点,指明了可靠的途径。

三、蓬左文库所藏的朝鲜活字本的性质和特点

　　日本所藏朝鲜活字本也有两个版本系统:一是元刻本系统,今尊经阁文库等所藏,杨守敬所得者亦是(见《日本访书志》卷一四);二是宋元两本的合编重刻,既保留宋本的原貌,又加入元本的内容。据我所知,只有蓬左文库藏有一部,似是人间孤本了。

　　此本系"骏河御让本",有"御本"图印。江户时代德川幕府第一代将军德川家康在骏府(今静冈市)设有藏书库,称为骏河文库。他于元和二年(1616)去世时,遗命将藏书分让给在尾张等地的三个儿子,尾张的德川义直得到 170 部,建立尾张文库。今蓬左文库就是尾张文库的后身。这些图书即称为"骏河御让本",属于蓬左文库的贵重书。

　　此书凡 50 卷,目录上、中、下三卷。有刘辰翁评点,刘将孙、毋逢辰两序,又有詹大和《王荆文公年谱》,此为元刻本所有(仅无王常刊记);又有李注全文、"补注"、"庚寅增注"、魏了翁序(仅无胡衍跋),此为宋刻本所有。故知此本是宋元两本的合刊。今就李注、"补注"、"庚寅增注"的情况作一些说明。

　　李注。与元刻本相较,此本多出注文一倍左右。例如开卷两诗《元丰行示德逢》、《后元丰行》,元本共有李注 22 条,此本却有 50 条,多出 28 条。卷一《招约之职方并示正甫书记》,元本仅 24 条,此本 66 条,一首诗就被删去 42 条之多。这跟严元照以十一卷残宋本与元本对勘的印象是一致的。统观所删的注文,一类是有关词语的出处,有的确近乎"袭常眩博"、"常言常语",删不足惜;也有的是不宜删却的。

即以开卷的两首诗为例,如"龟兆"引《周礼》语,"秀发"引《诗·生民》语,"龙骨"引苏轼《龙骨车》诗,"酒斗许"引杜诗、曹植诗,都不为无助;他如解释王安石"夜半载雨输亭皋,早禾秀发埋牛尻"句,引杜甫《雨》诗:"敢辞茅苇漏,已喜黍豆高。"写喜雨心情颇相类,率然削砍,颇嫌唐突。卷二《题晏使君望云亭》"望云才喜雨一犁",原注引"《孟子》:'若大旱之望云霓。'锄之所及,膏润止数寸,故云才喜。又东坡词:'江上一犁春雨。'"同卷《四皓》诗,原注引李白、苏轼、苏辙咏四皓诗加以比较,颇有启发,亦被刊落,如此等等,不一而足。个别卷所删注文较少,但亦有重要内容被删者。如卷二一《众人》诗,原注引曾子固《南轩记》,说明不以他人之毁誉为怀,以示王、曾见解一致,应属佳注,却被删去。有的注文因删节而造成疏漏,复遭后人诟病。如卷一六《次韵酬微之赠池纸并诗》"窃学又耻从师宜"句,李注引《卫恒传》,元刻本作"……而师宜官为最,每书,辄削而焚其柎。遂以书名。此言窃学,谓窃也"。句颇费解。姚范《援鹑堂笔记》卷五〇指摘说:"当具梁鹄事,而注无之。"实则此书在"辄削而焚其柎"下,作:"梁鹄乃益为版,饮之酒,候其醉而窃其柎,遂以书名。"叙述清楚、完整。姚范所摘之病乃刘辰翁删削不当所致。另一类是"大篇长段"。前述严元照曾举三例,第二例《黄花》诗注,除删刘贡父《芍药花谱序》外,还删去孔常甫叙维扬芍药长文,第一例宋祁《诋仙赋》确被删,但第三例《题玉光亭》引郑辂记尼真如事,马氏元刻本未删。此外被删的"大篇长段"还不少。如卷二《闻望之解舟》诗,删去李壁对屈原自投汨罗事的辩正诗文各一首,就是著例。以上两类情况都跟清人所记残本的情况相符。

另外,有关诗意的阐发也有被删者,缪荃孙所言"凡解诗意者均在",并不全都如此。如卷一两首题画诗《纯甫出僧惠崇画要予作诗》和《题徐熙花》,前首"流莺探枝婉欲语,蜜蜂掇蕊随翅股"句下原注"甚言其似也";后首"借问此木何时果"句下原注:"言花态如生,不知其为画也。"《奉酬约之见招》"伐翳取遥岑"句下原注:"比少陵'开林出远山'语益工矣。"均被删,颇可惜。

顺便说明,沈钦韩因未见宋本,故其所补者,往往有此本李注原有的。如卷二《游土山示蔡天启秘校》"跛足仅相蹑"句,此本李注原引"《后汉·李南传》:马跛足是以不得速。注,跛,屈损也"。被删。沈氏不知,为之补注云:"《玉篇》:跛,马跌足也。"但检《玉篇》卷七"足部",原文为:"跛,于阮切,生曲脚。"与李注同,无跌足之解,沈氏反致舛误。又如卷三《再用前韵寄蔡天启》"始见类欺魄",李注原引"《列子音义》曰:字书作欺顈,大面丑也",被删。沈氏补注引《列子·仲尼篇》、《集韵》,内容相同。同诗"谁珍坛山刻",李注引欧阳修《集古录》,原有"坛山在县南十三里"八字被删,沈氏引《一统志》"坛山在正定府赞皇县北十里"补之。检《集古录跋尾》卷一"周穆王刻石"条,李注引文不误。卷五《酬王浚贤良松泉二诗》"苍官受命与舜同",李注原引《庄子·德充符》,沈氏亦引此。卷一一《山田久欲拆》释"鸿蒙",李注原指出"见《庄子》",沈氏不过引出《庄子》原文而已。对沈氏的"勘误补正",学术界历来多予推崇,以上的例证适足再次说明刘辰翁删节的不当。

补注。除卷一九、卷二〇、卷三七等外,全书各卷都有补注,但刊刻的格式十分紊乱。有的在卷末,有的在卷内;有的在诗末,也有在诗句之下或题下加补注的;有的用阴文"补注"两字标明,有的仅标出词条之目;更有前一首诗的补注,刻在后一首诗题下空白处的,等等。跟清人所见宋残本"多有挤版挖补者"完全一致,这为其他古籍所罕见,反证此朝鲜活字本非常忠实地保存了宋刻本的原式。李璧此书成书的方式是:由他"随笔疏于其下,涉日既久,命史纂辑"的,即他先在王安石诗集上随时加上注疏,后由书吏整理而成。姚范在《援鹑堂笔记》中屡次从内容上判断"盖书草创而未经修饰校订","以是知季章于此尚有未及修改"云云,似是符合实况的。如是,则补注的作者仍是李壁本人。这些补注或是书吏整理遗漏的,或是他后来修订的。从补注的内容上似也透露此中消息。如卷四《独归》释"陂农","补注"云:"诸本皆作'疲农',余于临川见公真迹,乃知是'陂'字。""余于临川见公真迹"之类的语句,在李注正文中指不胜屈,此条补注当出李壁之手。

庚寅增注。此本每卷之后皆有"庚寅增注"(除卷一九、卷二〇、卷三二、卷四〇外)。庚寅为绍定三年(1230),而李壁死于嘉定十五年(1222),故知非李壁所为。翁方纲、傅增湘认为是曾极(景建),吴骞疑是"或其(李壁)门人如魏鹤山序中所谓李四(当作西)美之流为之,则未可知耳"(《拜经楼诗话》卷二)。李西美之说原系吴骞推测之词,暂置不论;曾极之说大概是根据陈振孙所谓"助之者曾极景建"一语。曾极与李壁确有交往,《后村诗话·续集》卷四即记有李壁《酬景建》诗。考李壁原注也有数处提到曾极为他提供材料,如卷三二《次韵酬宋玘六首》题下注引"曾景建言,宋玘是……",卷四七《送陈景初》注引"曾极载其叔祖裘父所记云……",都是例证。这大概是陈振孙所说"助之"的一种表现。但"庚寅增注"却非曾极所作。"庚寅增注"中有引用曾极之语者,如卷四三《重阳余婆冈市》"鲁叟"条,"增注"云"鲁叟,字,后见曾景建言此人姓鲁名赵宗"云云,是为"增注"非曾极之作的明证,此其一;史载曾极因江湖诗案谪道州即卒。考诗案起于理宗宝庆二年(1226),在绍定三年前有四年之久,曾极当时谪道州"即"卒,因此他很可能死于绍定三年之前,此其二;又,缪荃孙《注王荆文公诗残宋本跋》云"卷后补注有与庚寅补(当作增)注犯复者",所言甚是。如卷二《寄蔡氏女子》释"横逗"条引张衡《思玄赋》、郭璞注,卷五《酬王浚贤良松泉二诗》释"白皂"条引韩愈与崔群书,卷六《桃源行》释"战尘"条引杜甫、吴融、张衡三诗,卷八《李氏沅江书堂》对"无以私智为公卿"句的评论等,都两者犯复,则"增注"作者似未见过"补注",不可能是像曾极这样与李壁及本书关系甚密之人,此其三。

"庚寅增注"的内容大都为词语出处,也有补充李壁原注的,如卷一《元丰行示德逢》释"屋敖",原注云:"屋敖,恐谓屋之仓敖。汉有敖仓,乃即敖山为名,后人因以名仓屋尔。""庚寅增注"云:"《郦食其传》:据敖仓之粟。敖本地名,在荥阳,秦置仓贮,后人因通谓仓为敖。"又如卷二二《赠上元宰梁之仪承议》"能诗如紫芝"句,原注仅"元紫芝也"四字,致使姚范质疑云:"按,元鲁山不闻有诗。"(《援鹑堂笔记》卷五〇)"庚寅增注"却补出元德秀曾作《于芳于》之歌等。还有评析诗义的,如卷一《己未耿天隲著作自乌江来……》"而我方渺然,长波一归艇"句,"庚寅增注"云:"公诗妙处如此等句,皆前人所未道,十字通义格。"又如卷六对《叹息行》一诗的有无讥讽,"增注"作了长篇考论等。此外,"庚寅增注"亦间有引同时人诗以注王诗者。如卷四八《钓者》诗注云:"亡友谭季壬之大父勉翁亦有诗:'渔翁何事亦从戎,变化神奇抵掌中。莫道直钩无所取,渭州一钓得三公。'"据陆游《青阳夫人墓志铭》(《渭南文集》卷三三),谭望字勉翁,此当为谭望佚诗;谭季壬,字德称,为蜀中名士,陆游文中说"予与季壬,实兄弟如也",可见交谊之深。谭季壬大约死于庆元元年(1195)以前,因该年陆游所作《正月十一日夜梦与亡友谭德称相遇于成都小东门外,既觉慨然有作》(《剑南诗稿》卷三一),已称他为"亡友"了。庆元元年离绍定庚寅已30多年,"庚寅增注"的作者回忆30多年前的老友,说明他当时年事颇高了。

总之,此朝鲜活字本最为可贵之处,在于保存了被刘辰翁删节的李注一倍左右,保存了"补注"和"庚寅增注",得见已佚宋本的原貌,提供了大量有用的研究资料。但此本亦恐非李注足本。如宋王应麟《困学纪闻》卷一八曾举《明妃曲》、《日出堂上饮》、《君难托》三诗李注对王诗的批评,其第二例云:"《日出堂上饮》之诗,'为客当酌酒,何预主人谋',则引郑氏《考槃》之误以寓其贬。"即不见此本。个别卷李注与元刻本全同,有的卷无"补注"、"庚寅增注",说明此本似有残缺。但它是李壁注本中迄今最佳的版本,他本无夺其席,则又是无疑的。

此本字大悦目,楮墨精良,基本完好,个别地方有缺字,即卷一九《始皇驰道》缺"得期修"三字,卷一九《华亭谷》缺"无"一字,卷一九《太白岩》缺"白"一字,卷二一《灵峙》缺"万"一字。卷五○《哭慈照大师》注文引《传灯录》亦有缺字多处,查《景德传灯录》卷二四,此段引文应为:"漳州报劬院玄应定慧禅师……仍示一偈曰:'今年六十六,世寿有延促。无生火炽然,有为薪不续。出谷与归源,一时俱备足'。"又,卷一三末缺两页,卷三三中亦缺两页,可据张元济先生影印本抄补。但卷一三末尾的"补注"、"庚寅增注"缺页,已无法补全。

本书得以影印出版,首先要感谢东京大学原主任教授伊藤漱平先生,承他亲自专程陪我从东京去名古屋市蓬左文库查访此书,又为我办理复印事宜。蓬左文库正式同意此书在中国出版,盛情可感。后又承京都大学研究生高津孝先生寄赠大作《关于蓬左文库本〈王荆文公诗笺注〉》(《东方学》第 69 辑,1985 年 1 月出版),本文也吸收了他的一些研究成果。他实是最早发现此本者。上海古籍出版社积极支持影印出版,又蒙顾廷龙先生为本书题签,在此一并表示衷心的谢忱。

1986 年 6 月

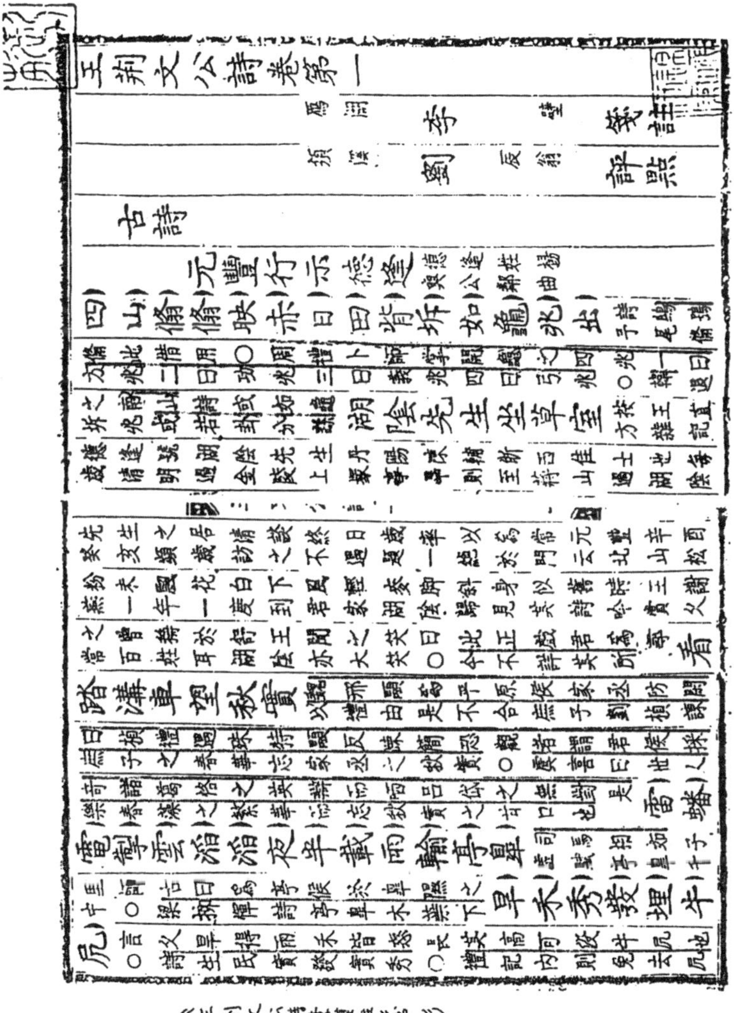

《王荆文公诗李壁注》书影

《记蓬左文库所藏〈王荆文公诗李壁注〉》补记

　　《王荆文公诗李壁注》于 1993 年由上海古籍出版社影印问世,我曾作《记蓬左文库所藏〈王荆文公诗李壁注〉》一文作为前言。此书出版以来,颇受国内学术界关注,已成为研究王安石诗歌的基本文献,对其成书过程、内容价值、笺注特点、版本源流诸方面,也出现了不少有分量的研究成果,加深了对此书的认识。我也继续留心于此,对相关问题作了调查和思考。今谨作补记,略述于下。

一、宋刊残本的追索

　　已知此书在宋代有过三次刊刻,今均已佚。据清人记载,尚存少许残本,其中尤以傅增湘、刘承幹等人曾寓目的宋刻十七卷残本,最为重要。我在当年(1986)到处查访,却茫然无踪。在研读汪东整理的《王荆文公诗笺注》(中华书局上海编辑所,1958 年版)时,发现其中有六卷的卷尾,刊有补注和增注,这引起我的注意。补注和增注是此书宋刊本特有的版式标志,汪东本是以清张宗松清绮斋本为底本的,而清绮斋本又是依据元刊大德本而翻刻的,汪东本又明云"宋刻残本今未见"(见该书《出版说明》),因何有此六卷之补注和增注? 而一般通行的清绮斋本是无此内容的。此或可成为寻访宋刻残本的一丝线索。我于 1986 年 7 月往访此书责任编辑胡道静先生,询问究竟。由于历时已久,胡先生也不能确切说明,推测是从傅增湘所刊《蜀贤丛书》中之宋刻残本迻录而来,因傅氏《藏园群书经眼录》卷一三著录此书,谓:"此书宋椠孤本,今藏南浔刘氏嘉业堂,缪艺风(荃孙)曾假影摹,余即以之覆刻,为《蜀贤丛书》之一。"我即转而寻访《蜀贤丛书》,一时却无收获。

其实,汪东本所据之清绮斋本,乃是乾隆四十一年补刻本,而非初刻本。张宗松于乾隆六年(1741)刻印《王荆公诗笺注》,即清绮斋本,原缺魏了翁序;后族人张燕昌在乾隆四十年(1775)于鲍廷博知不足斋得观宋刊残本十七卷(卷一～三、一五～一八、二三～二九、四五～四七)"每卷尾有庚寅增注",且有魏序,录以赠予张宗松之弟张载华,张载华即于次年(乾隆四十一年)嘱侄张廷一补刻于清绮斋本。此一清绮斋补刻本,国内较为少见,日本京都大学图书馆藏有一部。此补刻本之可注意者,不仅存有魏序,而且有六卷之尾刊有"补注"或"增注"(卷二七、二八、三五、四六之卷尾,各有补注和庚寅增注,卷三六、四七之卷尾,仅有补注)。

汪东本这六卷"补注"或"增注",不仅与清绮斋乾隆四十一年补刻本内容完全相同,且连缺字、错字都一致,如汪东本卷三五之补注,引李义山诗"斜倚绿窗□□□",汪东校云"义山诗未见有此句,无从臆补",清绮斋补刻本此处亦是三个墨丁(朝鲜活字本第一五九六页此处作"斜倚绿纱窗夜坐",不缺)。又如汪东本卷四六之补注,引王安石"与陈君一柬":"安石顿首,还敝庐,幸数对按。""对按"不词,清绮斋补刻本亦错作"按"。(朝鲜活字本第二〇三一页作"对接",是,均见出朝鲜活字本之优长处。)凡此皆可说明,汪东本此六卷之补注、增注均来源于清绮斋补刻本,他确实未曾见过"宋刻残本"。

1992年2月,台湾学者昌彼得于《故宫文物月刊》(第9卷第11期)发表《连城宝笈蚀无嫌——谈宋版李壁注王荆公诗》一文,首次披露"故宫博物院"于1991年10月获赠一部宋版李壁注王荆公诗残本十七卷、目录三卷,宋刻残本终于重现于学界。南京大学巩本栋教授于 2007 年访台时,目验此书,撰著《论〈王荆文公诗李壁注〉——从宋本到朝鲜活字本》一文(见《宋集传播考论》,中华书局,2008 年),对此书编撰、刊刻、流传等情况作了细致考辨,特别是用宋残本与朝鲜活字本进行对勘,发现前者有而后者无的情形颇为不少,推断朝鲜活字本中的宋刊部分当为另一宋刊本。巩本栋又提出"庚寅增注"的作者仍应为李壁,也值得重视。我原来依据李壁死于"庚寅"前八年,因而他不可能再作"庚寅增注",自是合乎逻辑的推论;但忽略了此注的产生过程,即先有李壁"随笔疏于其下",再"命史纂辑"的两道工序。"庚寅增注"虽不可能由李壁亲作,但不妨碍他的助手们根据他积累的遗稿资料,代其整理"纂辑",当然也不排除助手们自己劳作的羼入。如此,本注、补注、庚寅增注皆属李壁之著作权,全书署以"眉山李壁注"也可谓实至名归。庚寅增注中有三处引及"余使燕"时之事(卷二九《将次相州》、卷四四《斜径》、卷四五《涿州》),正与李壁以贺金主生辰使出使北国事吻合,当为李壁手笔之确证。

二、"朝鲜活字本"诸问题

至于"朝鲜活字本"本身,尚待解决的问题仍然不少。一是它所据底本之来源。朝鲜活字本是由宋刻本和元刻本合编而成的,此合编之举,是中国元明人所为抑或出于朝鲜朝士人之手? 如是中土原刻,又是何时传入朝鲜的? 此一问题,目前限于材料,尚未找到确切答案,只能待诸来日。二是它刊印的时间。经韩国学者研究,此书所用活字乃是"甲寅字"体,即 1434 年所铸造的铜活字字体系统。韩国是世界上最早发明金属活字的国家。据《朝鲜王朝实录》之《太宗实录》,其铜活字的历史始于太宗三年(1403,即明成祖永乐元年),称癸未字。而甲寅字于世宗十六年(1434,即明宣德九年)改铸,历时两个月而成二十馀万个字。字体乃仿明永乐十八年内府所刻之《孝顺事实》，具有赵子昂笔意，俗称"卫夫人字"，以其精美尊为"韩国万世之宝"，被誉为朝鲜铜活字之花。甲寅字以后被一再仿制。日本蓬左文库所藏之李壁注本是用哪一次"甲寅字"来印刷的呢？承韩国庆星大学金致雨教授见告，从板式、鱼尾和个别字体来判断，大概刊印于中宗初（1506）至宣祖六年（1573）或宣祖十二年（1580）之间。三是韩国现今庋藏本书情况。蓬左文库所藏本书，中缺四页能否补全？经查韩国各著名图书馆书目，以及我两次访韩的寻找，仅首尔大学奎章阁和延世大学图书馆藏有少许甲寅字本残卷，已不见完帙踪影。韩国另存有李壁注本，用"甲辰字"（1484）印刷，那是以刘辰翁删节本为底本的，属元刻本系统，与"甲寅字"本不同。

三、再说书名缘由

据《名古屋市蓬左文库汉籍分类目录》（昭和五十年出版），本书著录为："王荆文公诗五十卷年谱一卷目录三卷，宋王安石撰 李壁笺注 刘辰翁评点，朝鲜古活字印板九行本，有御本印记，骏河御让本。"我请顾廷龙先生题签时，暂拟书名为"《王荆文公诗注》（据朝鲜古活字本影印）"，并附寄有关版本资料，请顾先生酌定。不久，他寄回题签，径作《王荆文公诗李壁注》（据朝鲜活字本影印）"，加了"李壁"二字，删去"古"字。此朝鲜本刊印于我国明代，称不得"古"；突出注者姓名则为了强调此书的主要贡献所在，也能与其他王诗注本在书名上区别开来，正如张元济影元本题作《王荆文公诗李雁湖笺注》，书名也是张氏自拟的。承蒙有的学者好意，代拟本书书名为《王荆文公诗雁湖李壁笺注须溪刘辰翁评点》，自与此书内容名实相符，严丝合缝，但此代拟之书名适合现在通行的元刊系统即各类刘辰翁评点本，反而不能达到命名的目的，不如顾先生拟定的"简明醒豁"，也避免了同名化的含混：物固有名，一物一名，不得不殊。

此外，本书除我已指出的存在错字、缺页外，尚有错简多处，有的仅是前后颠倒，在影印时随手置换，有的却非单纯由装订错乱引起，不易改换，如卷二三《将次洺州憩漳上》至《和栖霞寂照庵僧云渺平甫同作》诸诗，其页码顺次应为一〇八三、一〇八六、一〇八七、一〇八四、一〇八五、一〇八八，也顺便说明。

2010 年 7 月 15 日

（原载《王荆文公诗笺注》前言补记，
上海古籍出版社，2010 年 12 月）

论北宋使辽诗的两个问题

公元 10 世纪后半叶至 12 世纪前期,宋、辽是活跃在华夏历史舞台上的两个大国。在它们共同生存的一百六十馀年中,势均力敌,难以兼吞对方,于是经过一番力争、谈判、破裂、动戎、妥协之后,终于在宋真宗景德元年(辽圣宗统和二十二年,即公元 1004 年)两国签订澶渊之盟,约为兄弟之邦。这个盟约虽经波折,但终究维持了一百一十八年的和平。在此期间,两国互派使者,庆吊相通,已成常例。岁有正旦使、生辰使;遇国丧和新主登位则有告哀使、遣留使、告即位使、回谢使等,对方也回遣祭奠使、吊慰使、贺登位使、贺册礼使等;临时有事须通报对方,另遣国信使,俗称"泛使"、"横使"。另外,还有陪同接待对方使者的专门人员:接伴使、送伴使。在众多的交聘往来之中就产生了许多交聘诗。

宋辽交聘诗,限于文献,关于辽的方面存录不多,不易评述;北宋方面,倒有几个能诗有文名的使臣,如欧阳修、王安石、苏辙、宋庠、韩琦、苏颂、王珪、余靖等,创作了为数不少的使辽诗。这些诗反映了北宋士人大关于宋辽关系的种种心态。对于北宋士大夫来说,辽的存在和它对宋的威胁是无法回避的现实,必将会在他们的心灵上留下投影。而这些使辽诗正是探索他们内心世界的一个窗口,从而使我们更加全面地了解北宋士大夫的精神面貌。这是本文的一个主要议题。同时,使辽诗和盛唐边塞诗一样都是中原对外关系下的产物,属于同一类别。缘何边塞诗能自成一体,光照诗坛,而使辽诗却相形失色,不为人重视? 探讨其成因和由此考察使辽诗的某些特征,是本文又一关注的问题。

一

宋辽通好,其间并非毫无衅隙;但弭兵消戎,使辽宋数千里边境地带获得和平的生活环境,边民是最直接的受益者。景德元年十二月签订澶渊之盟,二年正月宋真宗即下诏"放河北诸州强壮归农,令有司市耕牛给之"①(所谓"强壮"是一种"寇至悉集守城,寇退营农"的编籍民兵),还下令"省河北戎兵十之五,缘边三之一","取淮、楚间踏犁式颁之河朔"②。壮丁的解甲归田,政府的资助生产,再加上实行"通互市、葺城池、招流亡、广储蓄"等恢复民生民业的措施,战争的疮痍得到一定的整治,"由是河北民得安业"③。对此,北宋的使臣们是欣喜地注意到了,在其诗中一再提及"民获耕桑利,时无斥堠劳"(苏颂《和国信张宗益少卿过潭州朝拜信武殿》)的安居乐业景象。比如,元祐四年(1089)使北的苏辙看到宋境雄州一带由旧时"古战场"变作"千里方塘"(《赠知雄州王崇拯二首》),两度使辽的苏颂描绘了辽界边域"青山如壁地如画,千里耕桑一望宽"(《初过白沟北望燕山》。笔者按:白沟为宋辽界河)的田园风光。可以说,和谈给宋辽两地的边民带来和平安宁的生活。"今日圣朝恢远略,偃兵为义一隅安"(同上),苏颂虽是从歌颂宋皇帝的角度出发,但肯定了"偃兵"有着积极意义:"一隅安"。

但是,宋辽和平,却不平等。澶渊盟约规定宋朝每年向辽输帛二十万匹、银十万两。庆历二年,又追加了帛十万匹、银十万两。这种

① 《宋史·真宗纪》。
② 《宋史·真宗纪》。
③ 《宋史纪事本末》"契丹盟好"条。

赎买"和平"方式弊端百出。首先,它给宋地人民尤其边郡百姓带来额外的负担。本来这笔费用是由榷场交易的税收来支付,所谓"取之于虏则复以予虏"①,但实际上"岁币"和每年送辽的"正旦"、"生辰"厚礼的总支出超出榷场税收,其中超出之数,自然由国人承担②。王安石《河北民》一诗直言不讳地道出"河北民"的艰辛:"河北民,生近二边长苦辛,家家养子学耕织,输与官家事夷狄。""事夷狄"的负担被转嫁在"河北民"的身上。当时在宋辽界河南岸归信、容城两县还出现了向辽、宋两面纳赋的宋地民户,称为"两输户"、"两属户"③。这一现实在欧阳修《边户》诗中亦有反映:"自从澶州盟,南北结欢娱。虽云免战斗,两地供赋租。"边民们直接或间接承担着宋辽两地租赋。换言之,和平给宋地边户既带来安宁,也造成负担,这和平也就显得格外沉重。在这种情形下,使臣们对着境内外"千里耕桑"之景,歌唱着"玉帛系心真上策"(苏颂《广平宴会》)、"恩泽遍华戎"、"朝廷涵养恩多少,岁岁轺车万里通"(苏颂《奚山道中》)这类诗句时,不免显得有点虚夸不实,颇有说大话之嫌。

当时有些人对"和"与"战"作了这样的比较:和平固然付出了代价,但战争的费用和造成的损失会更大,如苏颂诗所云"金缯比千橹,未损一牛毛",宁和勿战,为赎买和平的方式予以回护。但正如北宋一些有识之士所尖锐指出的那样,这是一种"厚夷狄而弊中国"④的做法,其严重后果是深可忧虑的,决非是什么"上策"。而且,赎买和平不但危害着国计民生,更在很大程度上损害了民族自尊心。这种输币实质上是一种变相的纳贡,造成了宋与辽的不平等关系,从而给

① 《三朝北盟会编·政宣》上帙卷八。
② 参见王煦华、金永高《宋辽和战关系中的几个问题》,《辽宋史论文集》,辽宁人民出版社1985年版。
③ 《宋会要辑稿·兵》二八。
④ 《东轩笔录》卷九。

有自尊、忧患意识的宋人以强烈刺激。庆历二年宋辽为关南地进行
交涉的宋方代表富弼,使还回朝后,宋仁宗"嘉其有劳",宾客"誉其奉
使之功",他却感到羞愧。因为这次交涉的结果是宋以"增币"为条件
使辽放弃"索地"的无理要求,是一种妥协软弱的表现,所以,富弼认
为"忍耻增币,非吾意也"①,他对外交的结果有一种深深的屈辱感。
同样,在不少使辽诗中,使臣们直捷地表示"和戎"只是权宜之计,隐
约地透出他们对"和戎"之举的不满。苏辙《虏帐》诗便云:"祥符圣人
会天意,至今燕赵常耕农。尔曹饮食自谓得,岂识图霸先和戎。"这是
结尾四句,殊堪玩味。基调当然是不满暂时的和平,希望有复兴称霸
的一天。但又把这不得已而为之的"和戎"说成是宋真宗能知会"天
意"的结果,这种不满现状又为现状开脱的掩饰做法,实际上反映了
在宋辽长期对峙已成定局的形势下,诗人那种不满"和戎"隐忍屈辱
以及寄希望于将来的复杂心理。在看待边境和平景象问题上,已大
体显现出诗人对有代价的和平的重重矛盾心情。而在燕云诸州问题
上,这种矛盾心理被推向极点。

　　燕云诸州,早已归入中原王朝的版图,五代时,石敬瑭拱手献给
契丹,换回一个儿皇帝的头衔。在有夷夏之别观念的古代,以天朝正
朔自视的宋朝在燕云诸州的归属问题上,朝野上下有着一致看法:
"幽蓟八州,陷北虏几二百年,其间,英主贤臣欲图收复,功垂成而辄
废者三矣,此豪杰之士每每深嗟而痛惜。"②宋太祖曾于乾德三年
(965)设置"封桩库",打算蓄满四五百万后,向契丹赎回幽蓟之地。
宋太宗在太平兴国四年(979)、雍熙三年(986)两次征辽,目的就是攻
取燕云。一般士人和当地的百姓更是把燕云看作是失落的国土,对
数次收复的失败,扼腕叹惜:"河朔之人,逮今为憾。"③

―――――――――

① 《曲洧旧闻》卷二。
② 《渑水燕谈录》卷九。
③ 《渑水燕谈录》卷九。

　　燕云诸州是使臣们使辽的必经之地，使辽诗中也表达了对失落故土的关切、焦虑、痛苦、决心收复等等情怀。苏辙《燕山》诗开首便云："燕山长如蛇，千里限夷汉。"辽的南疆从白沟以北到燕山以南为汉族、奚族集居地，过燕山以北为契丹族集居地。但燕山原来并不是辽境内汉族与契丹族的分界，而直接是以汉族为主的中原王朝与北方少数民族部落的分界。这两句诗既是实指辽地现状，也可看作是追念昔日的荣耀，隐有以燕山为国界的期望。接着作者别有深意地列举召公、望诸君乐毅、燕太子丹等燕产古人，把他们作为燕地是华夏之域的凭证。由此作者痛斥了石敬瑭的为患无穷："割弃何人斯，腥臊久不浣。"对于燕云的失落痛心疾首："哀哉汉唐馀，左衽今已半。"最后表达了要收复的决心："会当挽天河，洗此生齿万。"使辽诗人们还着重描写了幽蓟之地汉民的屈辱和思归之状："汉奚单弱契丹横，目视汉使心凄然"（苏辙《出山》）；"尚有燕人数行泪，回身却望塞南流"（王安石《入塞》）。这既是沦亡汉民之痛，更是诗人们痛其所痛。由这些诗中可以看出收复燕地是他们的一大心事。

　　但收复谈何容易。宋太祖的赎买燕地计划因当时形势而搁浅，宋太宗用武力夺取的方式又告失败，宋真宗更把燕云诸州的收复推给后人，"数十岁后，当有能捍御之者"①，而签订了澶渊盟约。澶渊之盟以后，契丹于庆历二年（1042）、熙宁七年（1074）两次向宋索要边地，而两次都以契丹获利而了结：一是追加岁币，所谓"屈己增币"②；一是割让河东七百里地。现有边界尚不能保其无损，遑论扩边、收复故地了。当时息事宁人、懦弱妥协，已成积势，欧阳修"将吏戒生事，庙堂为远图"（《边户》）的诗句，能形象概括宋对辽关系的基本情况。"戒生事"成了处理边境关系的主要准则。宋不敢修葺边镇的城墙，

---

① 《续资治通鉴长编》卷五八。
② 参见《契丹国志》卷八。

不敢增征民兵,唯恐授柄于辽,使辽有挑衅的口实。"为远图"是推诿责任、自我安慰的借口。事实上,"远图"由此成了空中楼阁,渺无实现的希望。极有政治抱负的王安石也把对辽的妥协说成是宋朝能"以大事小":"戈甲久已销,澶人益憔悴。能将大事小,自合文王意。"(《澶州》)从这种自欺欺人的强为说辞中,正反映了宋人未尝忘怀于燕地失落之耻而又无力收复、自找借口的无奈之状。

在这种有心无力的矛盾状态下,诗人们感慨边事时,自然就产生出一种隐痛感。王安石《出塞》诗云:"涿州沙上饮盘桓,看舞春风小契丹。寒雨巧催燕泪落,濛濛吹湿汉衣冠。"作者看着春日里的"小契丹"——燕地,真是别有一番滋味;寒雨濛濛,泪湿衣冠,照映出迷离凄凉的心境,也正传递出这种隐痛感。

隐痛感是北宋士大夫对燕云、对宋辽关系的种种心理反映中最为突出的一种。使辽诗人们对于宋辽关系的不平等处境深感屈辱,盼望故地复归,甚至还有具体的策略,如苏辙《燕山》诗云:"攻坚甚攻玉,乘瑕易冰泮。中原但常治,敌势要自变。"但在等待敌势自变的过程中,空泛的盼望背后是深深的绝望,待机而动的策略往往沦为消极观望的借口。心有所图而不可得,只能以忍了之,于是隐忍无奈之感在不少使辽诗中宛转而现。因此,可以说隐痛感是把握使辽诗人心态的一个关键。

使辽诗中还体现了诗人们自大的文化优越意识。对于使辽诗人来说,有屈辱,需排释;有隐痛,需缓解,而把解决方式只寄托于未来,恐怕是远水解不了近渴。于是再把目光投向现实,即找到宋朝文明发展领先于辽国的优势条件。当时的辽国由游牧社会向封建社会过渡,正处于一个封建化进一步完善的阶段。这个封建化过程,主要也是个汉化过程。辽国统治者在建立典章制度、发展社会经济、完善统治方式等方面都吸收中原的经验,开科取士,推崇儒教,重视史学,鼓励契丹贵族子弟学习汉籍等等,无一不是接受汉文化的表现。辽人还相当喜爱汉人文学,唐宋诗在辽地广为流传。辽圣宗曾亲自"以契丹大字译白居易《讽谏集》，召诸臣读之"①，苏轼《眉山集》在本国刻印不久，就在辽市上露面。辽朝在政治、经济、历史、文学、伦理观念上的种种汉化倾向，促使北宋士大夫滋生出一种现实的文化优越感，使汉人本有的优越意识更加强烈。而使臣们更比一般士大夫能亲自领略这种辽朝的汉化状况，欧阳修因其隆盛的文名受到辽主的优厚礼遇；苏辙出使，常有辽人问起"大苏学士"（苏轼）近况。诸如此类，无一不是汉文化流播、渗透的实绩，助长了使臣们的文化优越意识。他们也利用这种膨胀的优越意识来弥补因军事上的懦弱、外交上的妥协而造成的失意感。

使辽诗中描写了不少辽人对宋的欣羡、倚重之情。苏颂《和过打造部落》："汉节经过人竞看，忻忻如有慕华心。"②苏辙《神水馆寄子瞻兄四绝》："虏廷一意向中原，言语绸缪礼亦虔。"《渡桑乾》："胡人送客不忍去，久安和好依中原。"这种站在本朝立场上主观色彩极浓的描写，很难说不是一种自大意识的表现。苏颂的使辽诗还认为在隆冬的辽境偶遇暖日是宋皇帝的恩惠："上心固已推恩信，天意从兹变燠旸。"（《中京纪事》）"穷冬荒景逢温煦，自是皇家覆育仁。"（《离广平》）这里既是使臣们有歌颂君主的义务所致，也未尝不是在自大的文化意识怂恿下所说的夸饰之词。

北宋使臣们一方面借用辽人之口对本朝作了自我赞赏，另一方面又对辽地的穷陋予以鄙薄嗤笑。苏辙《木叶山》一诗说："乾坤信广大，一气均美恶。胡为独穷陋？意似鄙夷落。民生亦复尔，垢污不知怍。君看齐鲁间，桑柘皆沃若。……餘粱及狗彘，衣被遍城郭。"在作者眼里，辽地的荒凉是天意，是上天对其鄙弃的结果；辽地百姓蓬头垢面，不知愧怍，他们的生活水准竟不及齐鲁的"狗彘"。辽国地处寒

---

① 《辽史·圣宗纪》一。
② "忻忻"句，四库本《苏魏公文集》作"可能知得使臣心"，此据中华书局1988年点校本。

带,生活环境确为艰苦,民俗也与中原大相径庭,初来乍到者可能会不习惯,但何至于如此鄙薄? 如果不带偏见的话,辽地生活是"酪浆膻肉夸希品,貂锦羊裘擅物华。种类益繁人自足,天教安逸在幽遐"(苏颂《契丹帐》),自成特色,自有乐趣。苏辙对于北地艰苦生活环境的曲解和对当地民俗的鄙视,都隐隐地受着汉文化优越意识的指使。

总之,使辽诗中有着使臣们不满宋辽现状,屈从这一现状,又为它开脱的诸种心态,从而使他们诗中弥漫着一种隐痛情绪;在缓解隐痛过程中,又培养出汉文化自大意识。这些心理反应,既折射出现实的尴尬屈辱之状,又反映出北宋士大夫的社会责任感与因循守旧相交织的矛盾性格。

二

北宋使辽诗与盛唐边塞诗一样,都描绘了塞上风光、边民生活,反映了中原与边地关系,但两者的命运却迥然不同。应该说,使辽诗也算是应运而生的新题材,是诗史上具有新内容的诗体,它与盛唐边塞诗属同一类别,但并不完全承袭,它们有着各自的内容范畴。与边塞诗相比,使辽诗有着自己的特点。

读北宋使辽诗与读唐代边塞诗,两者感受的不同,是显而易见的。高适《塞上》一诗描写的是唐与契丹的边境战事:

> 东出卢龙塞,浩然客思孤。亭堠列万里,汉兵犹备胡。边尘满北溟,虏骑正南驱。转斗岂长策,和亲非远图。惟昔李将军,按节临此都,总戎扫大漠,一战擒单于。常怀感激心,愿效纵横谟。倚剑欲谁语,关河空郁纡?

描写了一幅边氛紧张的临战图景。诗人虽有客思孤怀,但注意力的中心还是被战前形势所吸引,这里有对时局的看法,有从战愿望,以及担心坐失立功良机的郁闷之情。这些都体现了盛唐边塞诗人张扬的个性、昂扬进取的精神,诗中也透出一种紧张感、一种力度。苏颂《奚山路》则描写了辽地酒旗村肆、人车络绎的和平之景:

> 行尽奚山路更赊,路旁时见百馀家。风烟不改卢龙俗,尘土犹兼瀚海沙。朱板刻旗村肆食,青毡通幰贵人车。皇恩百岁如荒憬,物俗依稀欲慕华。

苏颂所经之地,在唐时属卢龙节度使兼押契丹使的管辖。"风烟不改卢龙俗",是指该地仍保留唐时的中原风俗,这暗示该地曾旧属中原。而现在"依稀欲慕华",点出此地已非中原所有。作者所有的感慨都浑然融入对当地风俗的描绘中,没有激动,仿佛已完全接受这个既成事实。

如果说苏颂关于宋辽关系的态度似乎比较平静、满足,他的整组使辽诗的格调也相当平和、舒缓,不便作为唐代边塞诗的对照面;那么,不妨看看主张在边事问题上有所作为的王安石的使辽诗。《白沟行》云:

> 白沟河边蕃塞地,送迎蕃使年年事。蕃使常来射狐兔,汉兵不道传烽燧。万里锄耰接塞垣,幽燕桑叶暗川原。棘门灞上徒儿戏,李牧廉颇莫更论。

此诗作于嘉祐年间伴送辽使时。李壁注称此诗"已微见经理之音",意思是王安石有收复燕云诸州的抱负。但王安石表达得相当克制,他不满对方的挑衅和我方的息事宁人,更忧虑战备的松懈、守无良将,而运笔含蓄,不露锋芒。

这种差别的形成,时代精神的不同不能不说是一个原因。盛唐国力强盛,社会为士子提供众多自由发展的机遇,人人思立功名,精神状态是昂扬而自由的。地位低微的边塞诗人,前程迷离不定,但锐气奋发,一发而为诗,则成慷慨之音,凛然而有生气。宋代国力孱弱,对辽、西夏有使其臣服之心而无其力,苟安思想已成主流。朝廷重文轻武,厚养大臣,使他们生活优裕,心智成熟而膂力胆气骤退。这种内省性影响及使辽诗人(北宋使辽正使大多为文官)的诗体风格,使之趋向平稳,少有进取精神。

这种时代精神导致了北宋使辽诗在内容上多旅思客怀之作。唐边塞诗中不是没有写旅怀的,前举高适一诗也写到这种情怀。但是边塞诗人的思乡念亲之情的对立面是建功立业之心。这一矛盾来自诗人内心,矛盾的存在和解决可以取决于诗人自己的选择。事实上,唐代诗人强烈的建功立业之心对他们的旅怀有所冲淡和节制。而北宋使臣们的入辽是受朝廷派遣,旅思与使命之间的矛盾是外加的,诗人们出使并不是自主意愿,因而怀乡思亲,成了使辽诗的一大内容,甚至主宰某些诗人,几乎成为其诗的唯一主题。比如欧阳修在至和二年(1055)为贺登宝位使出使辽国期间,写下了近十首诗,几乎每一首都写及思归之情。"犹去西楼二千里,行人到此莫思家"(《奉使契丹初至雄州》),"劝君还家须饮酒,记取思归未得时"(《奉使道中作三首》),"马蹄终日践冰霜,未到思回空断肠"(同上),写在辽时的思亲之苦;"远客还家红袖迎,乐载人马归有程"(《马啮雪》),"禁城春色暖融怡,花倚春风待客归"(《奉使道中作三首》),预测还家之乐。于是他总结道:"男儿虽有四方志,无事何须勤远征",一味地让自己沉浸于思亲盼归的情绪中,而没有唐人"莫愁前路无知己,天下谁人不识君"的豁达。当然,欧阳修也有他所赞赏的豁达,他能理解"脱弃妻子藏岩幽"的为隐居而远离亲人之举,但对因出使而暂别家人却不以为然。这其间的取舍态度也恰恰反映了宋人的生活态度和价值取向,是他们精神世界的一个特点。

使辽诗中有不少边地风光的描绘。边地的异域情调必然给初来者以深刻印象,故使辽诗人和边塞诗人一样描写了北地风光及民俗,但使辽诗较倾向于平实的描叙,边塞诗多夸张的联想,显示出两者的异趣。另外,使辽诗还有一个特点,即写北地风光时,喜欢联想南方或故乡的景色。如苏辙《绝句》:"乱山环合疑无路,小径萦回长傍溪。仿佛梦中寻蜀道,兴州东谷凤州西。"由燕地乱山想起故乡蜀道。又如苏颂《奚山道中》:"拥传经过白霫东,依稀村落见南风。"《同事阁使见问奚国山水何如江乡以诗答之》:"奚疆山水比东吴,物色虽同土俗殊。万壑千岩南地有,扁舟短棹此间无。"比较了奚地山水村落与吴地的异同。这种联想与北宋使臣们强烈的思归之心是相一致的,无论北南风光的同或不同,这种比较本身就揭示了他们对万里之外的家园亲人深深的眷念。而这种联想和比较在边塞诗中则不多见。

使辽诗已有了区别于边塞诗的内容,传递出北宋时代的氛围,反映了士大夫的某些心态,但终究未能成为一个独立的题材流派而为世人所注目。

某一种题材流派产生影响,一是看作者和作品数量的众多,二是出现该题材的代表作。使辽诗具备了第一点,而在第二点上有所不足。不错,使辽诗人中有北宋著名的诗人欧阳修、王安石、苏辙,而且,苏辙还写有《奉使契丹二十八首》组诗。另外,苏颂两次使辽,写有前使辽诗三十首,后使辽诗二十八首。可见,这二苏还是比较重视使辽诗的创作的。但是,他们的诗或间有佳句,而在整体成就上并不突出,没有像高适、岑参、王昌龄等那样屡有佳篇,让读者领略到别的题材流派所无法替代的独特的审美感受。诗的题材要成为文学史上的专类,归根到底,需产生有影响的佳作,作为该派的旗帜,唤起读者的重视,从而才能在诗史上占一席之地。使辽诗在这一点上的不足,使它长期不被作为一个题材类型受到关注。

至于使辽诗中缺少有影响的作品这一问题,我们也得参照唐边塞诗的创作情况来考察使辽诗的创作情况,或许能触及实质。

使辽诗人的出使是受命而行,是被动的。当时许多士大夫都对使辽不感兴趣。司马光、王安石都曾拒绝过出使,这从中可以看出一般士大夫对使辽的态度。另一方面,写作使辽诗在不少人手里是旅途愁苦烦闷中排遣寂寞的方式。如王安石《伴送北朝人使诗序》中说:"某被敕送北客至塞上,语言之不通,而与之并辔十有八日,亦默无所用吾意,时窃咏歌以娱愁思。"出使已是勉强,写作又是消遣,恐怕不是创作的良好时机。当然这只是一个或然性因素。更重要的是,使辽诗人的使臣身份决定了他们创作的不自由性,存在许多禁区,从而影响他们对内容的开掘和对情怀的随意抒写。

使辽诗人代表皇帝、朝廷出使北朝辽国,身份当然庄重,不能有越礼背规之处,这就有了一个自我约束。苏颂《契丹纪事》"夷俗华风事事违,矫情随物动非宜",即写及使臣循礼矫情的苦处。唐代边塞诗人大都以个人身份加入幕府,较少自我约束,又随军转战,生活丰富多彩。宋代使臣们进入辽境后,即由对方派出的兼具接待和监督职能的伴使陪同,按固定路线赴辽都。偶然路遇北宋的其他使节,也因使臣相遇不得私自相见交谈的规定,而失去倾盖交语以慰别情的机会。这种种行动不自由,影响了他们了解辽地的深度和广度。除此以外,使臣们还要注意其言论,防范来自宋辽两方的监视。一要防止辽借自己的诗文来收集有关情报。苏辙使辽回国后,曾为宋人文集大量流入辽地深感不安,担心那些论及"朝廷得失、军国利害"的文章会泄漏机密,建议朝廷采取相关措施①。无独有偶,辽方也禁止民间开板印行书籍,防备被宋收集而去。诗虽然不同于那些专门论述时政的疏表札子,但在宋辽彼此防备的气氛中,使臣们写诗触及宋辽

---

① 苏辙:《北使还论北边事札子》。

关系时,自然有所顾忌。二要防止国内谏官的挑剔。王拱辰出使期间,于辽主宴会上,"痛饮深夜,席上联句,语同俳优",回国后遭御史赵抃弹劾,认为"失礼违命,损体生事",结果被罚款黜降①。余靖在辽主邀请下写了首"北语诗",遭御史王平、刘元瑜等弹劾,降为地方官②。这种种顾忌,促使使臣们产生一种防范心理,使他们的创作受到牵制。

在一般的文学创作中,本来就存有一种筛选意识,作者多少会根据政治的、社会的、宗教的、伦理的、道德的种种潜在或明文规定的禁忌,有意或无意地判断什么该写、什么不该写;在使辽诗的创作中,由于诗人处于一种内外控制较严、气氛拘紧的情况下,筛选意识无形中得到加强,影响了其诗面貌的多样和诗思的深入,妨碍了众多优秀作品的产生。

(原载《山西师大学报(社会科学版)》第 19 卷第 2 期,1992 年 4 月)

---

① 《续资治通鉴长编》卷一七九。
② 刘攽:《中山诗话》。

南宋文学的时代特点与历史定位

南宋文学史是一个特定时段(1127—1279)的文学史,更是在文学现象、文学形态、文学性质上具有鲜明时代特点和重要历史地位的一部断代文学史。南宋文学一方面是北宋文学的继承与延伸,文统与政统、道统均先后一脉相承;另一方面在天翻地覆时局变动、经济长足增长、社会思潮更迭变化的历史条件下,又产生了一系列新质的变化。北、南两宋文学既脉息相联,而又各具一定的自足性,由此深入研究和探求,当能更准确、更详尽地描述出中国文学由"雅"向"俗"的转变过程,把握中国社会所谓"唐宋转型"的具体走势。

一、南宋文学的繁荣与整体成就可与北宋比肩

我国典籍素以经、史、子、集四部分类,文学作品散见各部,但主要以集部为载体。从最重要的目录著作《四库全书总目》来看,共收宋人别集382家、396种(存目除外),北宋115家、122种,南宋267家、274种[1],南宋别集的著录数量为北宋的两倍多。这充分说明南宋士人的文学创作仍然充满活力。如果考虑到南宋国土和人口仅为

---

[1] 据笕文生、野村鲇子:《四库提要南宋五十家研究》前言,日本汲古书院2006年版。

北宋的约五分之三,南宋立国又比北宋短十五年左右(北宋从 960 年至 1127 年,为 167 年;南宋从 1127 年至 1279 年,为 153 年),则更能见出南宋文学创作的繁荣盛况。固然由于时间的自然淘汰和战乱的祸患,北宋文集多有遗逸;但南宋文集同样难以避免宋元之交时因兵连祸结、灾难频仍而大量亡佚的命运。

四库馆臣在著录杨时《龟山集》时,特加一案语云:"时(杨时)卒于高宗建炎四年,其入南宋日浅,故旧皆系之北宋末。然南宋一代之儒风,与一代之朝论,实皆传时(杨时)之绪馀,故今编录南宋诸集,冠以宗泽,著其说不用而偏安之局遂成;次之以时(杨时),著其说一行而讲学之风遂炽。观于二集以考验当年之时势,可以见世变之大凡矣。"①解释了何以用宗泽《宗忠简集》和杨时《龟山集》作为"南宋诸集"之首的理由,乃是因其开启南宋偏安之政局、新立儒学"道南学派"一脉之故,着眼于南宋政治、学术方面之新动向,而非斤斤拘泥于他们进入南宋后享年之长短,这是颇具史识的。对厘定南北宋之交的作家何人需入南宋文学史,也具有方法论上的启示意义。准此原则,我们从《全宋诗》、《全宋词》、《全宋文》三大宋代总集中,可以发现,南宋人的诗、词、文均占巨大的份额,超出北宋许多。如唐圭璋《全宋词》共收词人 1 494 家,词 21 055 首,其中南宋词约为北宋的三倍。(据南京师范大学《全宋词》检索系统之统计,含孔凡礼《全宋词补辑》。)

现存南宋文学的作家、作品,不仅数量巨大,明显地超迈北宋,而且在内蕴特质、艺术表现上也有自己的特点,不是北宋文学的"附庸"。北宋诗坛"苏(轼)黄(庭坚)"称雄,词则"苏柳(永)"、"苏秦(观)"、"苏周(邦彦)"均为大家,与之相较,南宋陆游、杨万里诗,辛弃疾、姜夔、吴文英词亦堪称伯仲,"苏陆"、"苏辛"、"周姜"并称,不绝于

---

① 见《四库全书总目》卷一五六,下册,第 1344 页,中华书局 1965 年版。

史,差可匹敌。以下分述诗坛、词坛情况。

南宋诗歌的发展自具纲目和构架。《钱锺书手稿集》业已出版的《容安馆札记》三卷中,据邓子勉学弟的初步统计,共论及两宋诗文集360种左右,其中北宋70家,南宋近300家。在这近300家中,钱锺书先生只选取九位诗人作为南宋诗歌发展史上的代表性作家:南渡初为陈与义、吕本中、曾幾;中兴时期为陆游、杨万里、范成大;后期为刘克庄、戴复古、方岳。这见于他的两则笔记中。卷二第443则论范成大时云:"南宋中叶之范、陆、杨三家,较之南渡初之陈、吕、曾三家,才情富艳,后来居上,而风格高骞则不如也。"①卷一第252则论方岳时云:"盖放翁、诚斋、石湖既殁,大雅不作,易为雄伯,馀子纷纷,要无以易后村、石屏、巨山者矣。三人中后村才最大,学最博,石屏腹笥虽俭,而富于性灵,能白战;巨山寄景言情,心眼犹人。"②南渡初的三家,钱先生在《宋诗选注》中已论定陈与义"在北宋南宋之交,也许要算他是最杰出的诗人";方回《瀛奎律髓》卷一六陈与义《道中寒食》诗批语亦云"宋以后山谷一也,后山二也,简斋为三,吕居仁为四,曾茶山为五"③,同样瞩目于陈、吕、曾三家,意见是一致的。"尤、杨、范、陆"虽素有"中兴四大家"之称,钱先生删落尤袤,却也是完全符合实际的。刘克庄是"江湖派里最大的诗人"(《宋诗选注》小传);戴复古"富于性灵,颇能白战";突出方岳,则是钱先生的独特见解,他认为方岳"为江湖体诗人后劲"④,而有的学者因为方岳诗集未入《江湖集》而不视他为江湖体诗人。尽管钱先生同时对方岳诗歌的弱点作过严厉批评,但赞其"寄景言情,心眼犹人","巧不伤格,调峭折而句脆利,

---

① 《钱锺书手稿集·容安馆札记》卷二,第1005页,商务印书馆2003年版。
② 《钱锺书手稿集·容安馆札记》卷一,第410页,商务印书馆2003年版。
③ 方回选评、李庆甲集评校点:《瀛奎律髓汇评》卷一六,第591页,上海古籍出版社2005年版。
④ 《钱锺书手稿集·容安馆札记》卷一,第410页,商务印书馆2003年版。

亦自俊爽可喜"①。

这三组九位作家,不仅艺术成就较高,洵称大家或名家,而且具有代表性,在南宋诗歌体派的嬗变过程中,他们各自处于关键性的历史地位。陈、吕、曾处于江西诗派大行其时而又弊端丛生、着力矫正之际;陆、杨、范则能出入江西而又力求另辟蹊径,完成了诗歌史所赋予的创新使命;刘、戴、方从江西派走到江湖体,又有调和融合、"不江西、不江湖"的倾向。抓住这三组九位作家,不仅能够从宏观上把握南宋诗歌的大走向,而且也表明南宋诗歌在各个小时段中均有自己的创造和艺术新境,没有出现过断层和空白(南宋末还出现过遗民诗人群)。因此,南宋诗歌的总体成就和它具有的阐释空间与研究价值,比之北宋,也是并不逊色的。

在我国学术史上,并未出现"南、北诗歌优劣论"的争议,但在词史上,却发生过此类公案。仅举清末民初之例。光绪、宣统年间,词坛上兴起推重南宋之风,吴文英词尤被激赏。王国维在1908年刊发的《人间词话》开端即云:"词以境界为最上,有境界则自成高格,自有名句。五代、北宋之词所以独绝者在此。"②只是论定北宋词"有境界",尚未论及南宋词;而在《人间词话删稿》中,就明斥南宋词为"羔雁之具"了:五代、北宋,"词则为其极盛时代","至南宋以后,词亦替矣。此亦文学升降之一关键也"③。他从艺术求真的角度指控南宋词是酬世应世的伪文学,并进而说它已入词的衰世。次年,南社在苏州虎丘举行成立大会,柳亚子豪爽地声言:"人家崇拜南宋的词,尤其是崇拜吴梦窗,我实在不服气。我说,讲到南宋的词家,除了李清照是女子外,论男性只有辛幼安是可儿,梦窗七宝楼台,拆下来不成片

---

① 《钱锺书手稿集·容安馆札记》卷一,第410页,商务印书馆2003年版。
② 唐圭璋:《词话丛编》第5册,第4239页,中华书局1990年版。
③ 同上书,第4256页。

断,何足道哉!"①同是南社成员的黄人,则在《中国文学史》中以史家的立场对北、南宋词作了斩钉截铁的褒贬:"晏、欧、秦、贺,吹万不同,而同出天籁。张、柳新声,苏、黄别调,虽炫奇服,未去本色。南渡而下,体制日巧,藻饰日新,钩心斗角,穷极意匠,然而情为法掩,义受词驱,盖文胜而质渐漓矣。"②比之柳亚子,算是学术批评,而贬抑南宋词的观点是一致的。

柳亚子意见的对立面是可以论定的,那就是以王鹏运、朱祖谋、况周颐为代表的"金陵—临桂词派"③。如况周颐《蕙风词话》卷一云:"作词有三要:重、拙、大。南渡诸贤不可及处在是。"④极力为南宋词立帜。柳亚子的意见当时就遭到南社内部庞树柏等人的反对,因庞树柏曾从朱祖谋学词,取径南宋,朱祖谋且为其删定词集,这透露出南社内部不同词学旨趣的人事背景。柳亚子的贬南宋词,不排除其中隐含有不满清朝遗民的政治情结。王国维所论的指向性若明若暗,不能确定;但他遵循的是文学自身的艺术考量,则是可以断言的。

文学史上诸多优劣论的争议,如李杜、如韩柳,往往没有最后的定论,无法取得人们的共识,原因之一在于比较双方常常各有短长,各具特点,处于势均力敌、大致相近的水平线上。与其强分高下、率意轩轻,不如平心静气地探究双方各自的具体特点。就北、南宋词之争而言,一些调和折衷的见解,反而能给人们更多的启发。如朱彝尊《词综·发凡》云:"世人言词,必称北宋。然词至南宋始极其工,至宋季而始极其变。"从发展的眼光拈出"工"、"变"两字,颇能中其肯綮。今人饶宗颐云:"夫五代、北宋词,多本自然,时有真趣;南宋词则间出

① 参《南社纪略》,第15—16页,台北文海出版社1976年版。
② 黄人:《中国文学史》第2册,第43页,上海国学扶轮社。
③ 参看拙文《况周颐与王国维:不同的审美范式》,《文学遗产》2008年第2期。
④ 况周颐:《蕙风词话》卷一,《词话丛编》第5册,第4406页。

镂刻,具见精思。"而"先真朴而后趋工巧","乃文学演化必然之势,毋庸强为轩轾"①,与朱氏"工变"之论精神完全一致。即使是对南宋持批评倾向的评论,由于着眼于具体分析比较,也能搔到痒处,抓住要害。如吴世昌《罗音室词存跋》云"言情为汴梁所尚,述志以南宋为善",则从词所表达的内容上来分疏两宋,颇为确当。周济《介存斋论词杂著》:"北宋词多就景叙情,故珠圆玉润,四照玲珑。至稼轩、白石一变,而为即事叙景,使深者反浅,曲者反直。"②"就景叙情"与"即事叙景"的区分,也是对一部分北、南词的精辟概括。田同之《西圃词说》引宋征璧论词之语,列叙南宋诸家的各自特色,如"刘改之之能使气,曾纯甫之能书怀,吴梦窗之能叠字,姜白石之能琢句,蒋竹山之能作态,史邦卿之能刷色,黄花庵之能选格,亦其选也"。接云:"词至南宋而繁,亦至南宋而敝,作者纷如,难以概述矣。"③持论客观公允。田同之还说:"南宋诸名家,倍极变化。盖文章气运,不能不变者,时为之也。于是竹垞遂有词至南宋始工之说。惟渔洋先生云:'南北宋止可论正变,未可分工拙。'诚哉斯言,虽千古莫易矣。"④南宋词是北宋的延续与发展,它们之间是时运使然的"正变"关系,"未可分工拙",此虽不能遽断为"千古莫易",但相信是符合历史发展实际的。

其实,从两宋词对后世"影响因子"的角度,也可证明南宋词不让北宋。据有的学者运用定量分析的方法,依照存词数量、历代品评、选本入选数量等六个指标,确定宋代词人中有一定成就和影响的约在300家左右,其中堪称"大家"和"名家"者排名前30位中,南宋就有辛弃疾、姜夔、吴文英、李清照、张炎、陆游、王沂孙、周密、史达祖、刘克庄、张孝祥、高观国、朱敦儒、蒋捷、刘过、张元幹、叶梦得等17

① 饶宗颐:《澄心论萃》,第215页,上海文艺出版社1996年版。
② 唐圭璋:《词话丛编》第2册,第1634页,中华书局1990年版。
③ 同上书,第1458页。
④ 唐圭璋:《词话丛编》第2册,第1454页,中华书局1990年版。

人,超过北宋苏轼、周邦彦等 13 人。这也能从某一视角说明南宋词坛比之北宋旗鼓相当抑或稍胜之①。至于南宋文学流派之活跃、文学社团活动之频繁、文学生态结构之均衡、文学批评理论之兴盛,都有不容忽视的上佳呈现。要之,南宋文学是一份厚重的文学遗产,目前存在的"重北宋、轻南宋"的研究现状与之是不相称的。

宋代士人思想创造的自由度和精神的自主性问题,长期为人们所误解。一般多认为宋人受理学牢笼,精神自抑,行为拘谨,情感苍白,实有以偏概全之弊。王国维在《宋代之金石学》一文中指出:"天水一朝人智之活动与文化之多方面,前之汉唐,后之元明,皆所不逮也。"②把宋代士人的精神创造能力提到一个近似顶峰的高度。在另一篇论及中外文化思想交流的《论近年之学术界》中,他又以"能动时代"和"受动时代"为标准,把中国思想哲学史厘定为四个时期:春秋战国百家争鸣,"于道德、政治、文学上灿然放万丈之光焰,此为中国思想之能动时代",自汉至宋为"受动时代",宋代则"由受动之时代出而稍带能动之性质",宋以后至清又跌入"受动时代","思想之停滞,略同于两汉"③。陈寅恪推崇宋代文化创造为华夏民族文化之"造极"的论述,已是耳熟能详的著名见解。他在《论再生缘》中也提出:"六朝及天水一代思想最为自由,故文章亦臻于上乘。"④余英时更直截了当地断言:"宋代是士阶层在中国史上最能自由发挥其文化和政治功能的时代,这一论断建立在大量史实的基础之上,是很难动摇的。"⑤

① 王兆鹏、刘尊明:《历史的选择——宋代词人历史地位的定量分析》,《文学遗产》1995 年第 4 期。作者又在 30 家后补充能并列者 3 人,南宋词人又有朱淑真入围。
② 《王国维遗书》第 5 册《静安文集续编》,第 70 页,上海书店 1983 年版。
③ 同上书,第 94 页。
④ 陈寅恪:《寒柳堂集》,第 65 页,上海古籍出版社 1980 年版。
⑤ 余英时:《朱熹的历史世界》上册,第 378 页,三联书店 2004 年版。

这些论断是针对整个宋代的概评，自然包涵南宋，或者毋宁说乃是主要针对南宋所作的判断。余英时把朱熹时代称作"后王安石时代"，但他研究的对象毕竟是南宋的朱熹以及南宋的"士大夫政治文化"；陈寅恪讲"天水一朝思想最为自由"，因而文学"上乘"，所举实例是南宋汪藻的《代皇太后告天下手书》；王国维是在评述"宋代之金石学"时而作上述论断的，而讨论"金石学"，南宋毫无疑义自属重镇。他们都认定南宋士人享有思想文化创造的高度自主和自由，是对他们生存的生态环境的确切观察。南宋自然仍有党争的倾轧、舆论的钳制、文字狱的兴作，甚至科举制度对诗歌创作的贬抑，但从全局上、从总体上衡量，仍不失为一个自由创作的历史时期，这也是南宋文学能保持繁盛和不容低估的创作实绩的根本性原因。

二、南宋作家的阶层分化与文学新变

宋代文学的创作主体是宋代士人，他们不仅是传统雅文学（诗、词、文）的主要作者，也是新兴俗文学（戏曲、白话小说）的重要参与者。从政治权力的分享、经济收入的分配、社会地位的高低以及生存方式、行为方式和思维方式的差异来看，南宋士人的阶层分化趋势日益明显。宋代是一个比较成熟的科举社会，日趋完备的科举制度与宋代士人的命运关系极为密切。以是否科举入仕作为标准，可以将宋代士人大致分为仕进士大夫和科举失利或不事科举的士人两大阶层，或可概括为科举体制内士人和科举体制外士人两类。北宋的士大夫精英大都是集官僚、文人、学者三位于一身的复合型人才，南宋士人中的一部分，也基本上继承这一特征，但能在这三方面均能达到极高地位如欧阳修、苏轼者，已不多见，贤如朱熹，主要身份乃是学者，政治上和文学上的建树尚逊一筹。而到南宋中后期，士人阶层的分化加剧，大量游士、幕士、塾师、儒商、术士、相士、隐士所组成的江湖士人群体纷纷涌现,构成举足轻重的社会力量。笔者三十多年前曾向钱锺书先生请教及此,他回信说:"江湖诗人之称,流行在《江湖诗集》之前,犹明末之职业山人。"明末山人,尤在江南一带,多如牛毛,袁宏道叹为"山人如蚊"[①]。他们大都处于奔走漂泊、卖文为生的生存状态。钱先生这句话,敏锐地揭示出一个新型社会群体的产生及其历史承续与演化,职业性的"假山人"实乃"真江湖",前后一脉相承。近年西方汉学家所讨论的中国"前近代知识分子共同体"命题,除了主要包括科举入仕的精英群体外,也应把这部分士人群体安置于适当的位置。这一阶层的士人,因政治权力的缩小、社会地位的下降,精英意识的淡薄,也导致了他们在文学取向上的巨大差异。

南宋士人社会角色的转型与分化,造成了整个文化的下移趋势。波及文坛,即其主要力量转入了民间写作,"布衣终身"者纷纷登上文学舞台,这在南宋中后期表现得尤为突出。可能是历史的巧合,南宋最著名的文学家大多在宋宁宗开禧年间(1205—1207)前后去世,如陆游(1125—1210)、范成大(1126—1193)、杨万里(1127—1206)、辛弃疾(1140—1207)。此外,陈亮卒于1194年、朱熹卒于1200年、洪迈卒于1202年、周必大卒于1204年、刘过卒于1206年、姜夔约卒于1209年。自此以后七十多年(几占南宋时期的一半)成为一个中小作家腾喧齐鸣而文学大家缺席的时代。文学成就的高度渐次低落,但其密度和广度却大幅度上升。

宋代士人群体内部的层级分化,依违于科举体制而派生的两类文士,他们的自我角色认定是不同的。一般说来,属于体制内的入仕作家,具有较强的社会承担精神与精英意识,在外来军事打击下所催

---

① 袁宏道:《与王以明》,《袁中郎全集》卷二〇,《四库全书存目丛书》影明崇祯二年刻本。

生的国难意识,使他们深感民族存亡的沉重与沉痛,和战之争和党派之争交相纠葛,成为南宋政治关注焦点;表现在文学领域,抗金、抗元是最为集中的主题,慷慨昂扬、悲愤勃郁的基调贯穿于南宋诗坛词坛。这既为汉唐文学所未有,也为北宋文学所罕见。陆游的诗、辛弃疾的词,双峰并峙,是南宋文学最高艺术成就的代表,也是爱国主义的精神瑰宝。

属于体制外的不入仕作家,固然不乏表现时代重大主题的作品,宋元之交时期的遗民诗人就是如此。然而相对而言,他们大多与现实政治保持一定的疏离,秉持一种相对纯粹的文学观念,注重个人精神世界的经营,追求情感交流的新自由。他们已不太顾及文学"经国大业,不朽盛事"的儒家教化功能,纯为个人思想感情的抒写需要而写作,甚或变作干谒的手段、谋生的工具。江西诗派的中后期作家、"四灵"和江湖诗人群等,均属"民间写作"的范畴。元人黄潜曾感叹说:"呜呼!四民失其业久矣,而莫士为甚。"①他对宋元以来士人中放弃科举本"业"之风的惊呼,表明了他对士人阶层急剧分化形势的不解与惊诧。其实,这是无法逆转的。

上述层级划分自然是相对的,并非泾渭分明。尤对士人个体而言,情况千变万化,一生中难免升沉顺逆,不可能也不必要对每位作家的社会身份作出逐一的鉴别和归类;而且在多数情况下,不入仕作家群也离不开入仕官僚的揄扬和支持,宣扬"四灵"的叶适,江湖派最大诗人刘克庄,均为上层官吏。作为大量江湖谒客的幕主,亦非主管官员不办。然而这一社会群体虽无法严格界定,却是有固定所指的实际存在,对其加以深入研究,对于把握与认识长达南宋文学史近二分之一时间里诗坛、词坛的下移趋势,实具有重要意义。

---

① 黄潜:《送叶审言诗后序》,《文献集》卷五,文渊阁《四库全书》本。

促成文化下移趋势的原因颇为复杂,其中南宋时期印刷产业的蓬勃发展就很值得注意。我国文学作品的物质载体,经历过竹帛、纸写、印刷等几个阶段(今天又进入电子网络时代),每个阶段的转换都引起文学的新变。大致在东汉中后期,纸开始普遍使用,纸写逐渐代替简册,新型的传媒方式带来了人际交流的便捷和自由,增强了文学的情感化①。雕版印刷术起于隋唐之际,至北宋以前尚不太发达,且所印大都为日历、佛经、字书,至宋慢慢地形成规模化产业,官刻、私刻(家刻)、坊刻及书院刻、寺观刻等,构成颇为完备的商品构架和体系,图书市场开始孕育成型。到了南宋,又有长足的发展:民间坊刻如雨后春笋,遍地开花;私刻(家刻)之风气更为炽盛,且偏重于集部的印制,改变了北宋官刻中重经崇史的倾向;官刻中也出现中央国子监等渐衰而地方官刻繁兴之局;特别是杭州、福建、四川三大刻书中心的确立,散布于南方15路的各具特色的刻书业②,共同引领南宋刻书业走向初步成熟和辉煌。

欣欣向荣的南宋刻书业,极大地促进了作品与读者之间的互动、作家与作家之间的交流,扩大了传播的覆盖面,提高了流通速度,推动了南宋文学的发展。尤为重要的,不少书商直接参与了文学运作,使刻书事业变成了实实在在的文学活动。临安"陈宅书籍铺"坊主陈起、陈续芸父子,广交当时"江湖之士以诗驰誉者"(《直斋书录解题》卷一五),亲自组织约稿,黾勉从事,编刻《江湖集》约六七十种,前后长达五六十年之久③。他集组稿、编辑、刻印、出售于一身,本人又是

---

① 参看查屏球:《纸简替代与汉魏晋初文学新变》,《中国社会科学》2005 年第 5 期。
② 张秀民:《宋孝宗时代刻书述略》,《张秀民印刷史论文集》,印刷工业出版社 1988 年版。
③ 参看朱迎平:《宋代刻书产业与文学》,第 210 页,上海古籍出版社 2008 年版。

诗人,曾遭遇"江湖诗案",与江湖诗人声息相通,同命共运。叶适编选《四灵诗选》,为永嘉地区四位诗人徐照、徐玑、赵师秀、翁卷宣扬鼓吹,陈起予以"刊遗天下"①,以广流布。这群"江湖之士以诗驰誉者"并世而居,但互不相交或交往不密,依靠陈起有组织的刻印诗集而汇聚成一个特殊的集合体。他们原只是一个社会群体,并非严格意义上的"诗派"。一般研究者认为他们组成了"江湖诗派",且谓其命名之由在于陈起刻印《江湖集》。然而,实际情况恰恰相反:由于社会上先已分散存在一群"以诗驰誉"的"江湖之士",陈起遂顺理成章地把他们的诗集统一名之为《江湖集》;但如果没有陈起这一顺应潮流的创新举措,这群"江湖之士"还是一盘散沙,无法成为影响社会、影响诗坛的重要力量。因此,从"四灵"到"江湖",就形成了一个庞大的前所未见的"以诗驰誉者"的社会群体,陈起的书坊变成了这批民间诗人们凝聚的纽带和交流的平台。

在南宋,文学作品的商品化程度越来越高,融入宋代整个商品经济体系之中;它与文学日益紧密的联系和结合,深刻影响到文学的演变和发展,这是南宋社会转型、经济转轨、文学转变的一个标志。这是历史性的进步。

三、重心转移:由北而南和由雅而俗

从我国文化、文学发展的全局来考察,南宋处于其重心转移的关捩点:就地域空间而言,学术与文学的重心完成了从北方到南方的转移;就文学样式而言,重心由雅而趋于俗。

研究人口分布的成果表明,我国人口的南北比重,长期以北方居

---

① 许棐:《跋四灵诗选》,《江湖小集》卷七六《融春小编》,文渊阁《四库全书》本。

先;到了宋代才开始根本性的转折,南方人口占全国人口一半以上,而且一直保持、延续到明清时代①。这一现象在南宋尤为突出。靖康之变促成了我国历史上第三次大规模人口南迁活动,比之前两次(东晋,安史之乱至五代)规模更大、影响更深,大批士大夫与数以万计的流民、难民一起举家举族仓皇南渡,也把学术文化传至南国,杨时"道南学派"是著例,吕本中、吕祖谦家族传承中原文明更具典型性,且在文学领域更有明显而深刻的表现。在南渡的文化家族中,要数吕、韩两族对文坛影响最为直接、深巨。不妨先从韩元吉谈起。作为南渡最早一批作家之一,韩元吉于建炎元年(1127)举族南迁,几经流徙,定居于信州。他的诗文,朱熹说"做著尽和平,有中原之旧,无南方喁唶之音"②,意即保持中原承平时期的厚重与深永,一扫南方文风中繁碎、纤细、柔弱的一面。且据朱熹亲自接触,"向见韩无咎说他晚年做底文字,与他二十岁以前做底文字不甚相远,此是他自验得如此"③。后来四库馆臣也认同这一评价:"统观全集,诗体文格,均有欧、苏之遗,不在南宋诸人下。"④辛弃疾《太常引·寿韩南涧》中推尊他"今代又尊韩,道吏部,文章泰山",又以韩愈相比。他与当时名家均有广泛交游:"又与朱子最善,尝举以自代,其状今载集中。故其学问渊源,颇为醇正。其他以诗文倡和者,如叶梦得、张浚、曾几、曾丰、陈岩肖、龚颐正、章甫、陈亮、陆游、赵蕃诸人,皆当代胜流,故文章矩矱,亦具有师承。"⑤韩元吉官至吏

---

① 参看吴松弟:《中国人口史》第三卷,第 625—626 页,复旦大学出版社 2000 年版。

② 《朱子语类·论文》,《历代文话》第 1 册,第 222 页,复旦大学出版社 2007 年版。

③ 同上书,第 206 页。

④ 《四库全书总目》卷一六〇《南涧甲乙稿提要》,第 1383 页,中华书局 1965 年版。

⑤ 《四库全书总目》卷一六〇《南涧甲乙稿提要》,第 1383 页,中华书局 1965 年版。

部尚书,《宋史》无传,遭遇冷落,朱熹却敏锐地揭出他作品中的北方文学因子,以及对南宋作家的影响力。

  韩元吉的另一值得注意之处是,他对学术文化采取兼收并蓄的态度,这与同他交往甚密的吕本中、吕祖谦一族有着相同的取向。吕本中出身望族,其家学特点即是"不名一师"(全祖望《荥阳学案序录》),以兼取众长为宗。他不仅在学术思想上"躬受中原文献之传,载而之南"(吕祖谦《祭林宗丞文》),主张"诸子百家长处,皆为吾用"①,而且在诗学思想上,也倡导"活法"、"悟入",反对一般江西诗人只认老杜、黄庭坚之门,而主张"遍考精取,悉为吾用"②。吕祖谦是韩元吉女婿、吕本中侄孙,《宋史·吕祖谦传》云:"祖谦之学本之家庭,有中原文献之传。长从林之奇、汪应辰、胡宪游,既又友张栻、朱熹,讲索益精。"也同样呈现出贯通各派、融合南北的特点。刘时举《续宋编年资治通鉴》卷一〇又说他"学本于累世家庭之所传,博诣四方师友之所讲",以北方中原"家学"为本,济之以南方地区"师友"之学,概括出他"南学北学、道术未裂"的融贯特点。这既反映在朱熹、陆九渊著名的"鹅湖书院"之争中他的折衷调和立场上,也反映在他的文学思想和写作实践中。关注南北文风之异的朱熹,也同样关注南方地域文化对南渡作者的反作用。他说:"某尝谓气类近,风土远。气类才绝,便从风土去。且如北人居婺州,后来皆做出婺州文章,间有婺州乡谈在里面者,如吕子约辈是也。"③吕子约,即吕祖俭,为吕祖谦弟。作为"北人居婺州"一员的吕祖谦,也不可避免地受到当地文风的影响。

  吕祖谦还特别讲到吕氏家族与"江西贤士大夫"长期形成的交好

---

① 吕本中:《童蒙训》卷上,第1页,商务印书馆1937年版。
② 胡仔:《苕溪渔隐丛话前集》卷四九引,第332页,人民文学出版社1962年版。
③ 《朱子语类》卷一四〇,文渊阁《四库全书》本。

传统。在《题伯祖紫微翁与曾信道手简后》中记载了其父吕大器的一段教诲：吕氏家族从北宋吕夷简和晏殊相交起，即与"江西诸贤特厚"，历数欧阳修、王安石、曾巩、刘敞、刘攽、"三孔"、曾肇、黄庭坚等人与历代吕氏传人之间的友谊。因而，南渡以来，吕本中在临川地区"乃收聚故人子曾信道辈，与吾兄弟共学，亲指挥，孳孳不怠，既又作诗勉之，今集中寄临川聚学诸生数诗是也"，并说："吾家与江西贤士大夫之疏密，亦门户兴替之一验也。"①吕祖谦也沿承吕本中的办学精神，"四方学子云合而影从，虽儒宗文师磊落相望，亦莫不折官位抑辈行，愿就弟子列"②。这不仅促成"婺学"的隆兴，其影响也自然延伸到诗文创作方面。吕本中早年架构"江西诗社宗派图"，倾力于对江西诗派的理论总结与创作推阐，应受到其家族这种特殊的"江西情结"的驱动；南渡后他继续关注此派的发展，纠正江西后学的局限与流弊。

除移民作家外，南宋诗文作家的占籍地域，多集中在浙江、江西、福建、两湖地区，他们既浸馈于中原文化的营养，保存北宋欧、苏、王、黄诸大家之文学创造精神与特点，又与南方的地域文化、风土习俗、自然山川相交融，形成有南国韵味的文学风貌。此均得益于南北文学交流之功。在词坛上，南北融贯推毂之势更显强烈。词素有南方文学之称，其"微词宛转"的特性与南国氛围天然合拍。唐圭璋《两宋词人占籍考》，综观从北宋到南宋的词人籍贯，按省统计，词人之众也以浙、赣、闽三地占先，从词家多为南产而言，也显示出词体本质上属于南方文学的特点。然而，北来移民词人的大量南下，为词坛带来慷慨激昂、大声镗鎝之音，抒写家国之恨、亡国之悲、抗敌之志，极大地提高了词的审美境界，促成了词的重大转型，进入了我国词史发展的

---

① 《东莱集》卷七，文渊阁《四库全书》本。
② 王柏：《鲁斋集》卷一二《跋丽泽诸友帖》，《续金华丛书》本。

一个新阶段。南宋建立之初,活跃于词坛者几乎都为南渡词人。如叶梦得、朱敦儒、李纲、李清照等,张元幹虽占籍福建长乐,却也是滚滚南渡人流中的一员。嗣后,南宋的最大词人辛弃疾,也是北来的"归正人"。没有北方词风的相摩相融,南宋词的进一步境界开拓与内蕴深化是不可能的。

在散文方面,近人王葆心在《古文辞通义》中,曾从作家地域分布的角度,综合考察我国历代文派的发展趋势,也指出宋代以后,"吾华文家大统之归全在南方"。他认为北宋之初,文坛主流是北方派(柳开、穆修),欧阳修出,"自后江西有古文家乡之目",及至宋古文六大家雄踞坛站,"南声最宏在是时矣"。南宋之文,受地理环境所制,南派自然成为主导:"南渡之后,为永嘉、永康之学派者,文仍宗欧,或宗苏门后学。""是时南方之文最盛行两派:一江左派,为水心(叶适);一江右派,为刘须溪(刘辰翁)。黄梨洲谓'宗叶者以秀劲为揣摹,宗刘者以清梗为句读',此又南派之因时为高下者也。"他的结论是:"推宋以后文事观之,吾华文家大统之归全在南方。""宋后文运在南方。"①他的考察,除了个别例证尚可商榷外,其全局判断是可信的。

南宋戏剧和白话小说的繁盛,也与宋室南迁有关。大批西北艺人渡江而南,"京师旧人"遍布勾栏瓦舍,临安尤甚:"如执政府墙下空地,诸色路歧人,在此作场,犹为骈阗。"②"路歧人"原是对开封一带艺人的称呼,现在尚可考出有姓有名的汴京艺人在临安献艺者多人。南宋最具戏剧完整形态的是"南戏",形成于南北宋之交的温州,已由叙述体发展成代言体,后又传至杭州获得发展的良好土壤,其曲体、曲制的最终定型,也与对北方杂剧及各种歌舞说唱技艺的吸收融合息息相关。

---

① 王水照编:《历代文话》第 8 册,第 7778—7780 页,复旦大学出版社 2007年版。
② 耐得翁:《都城纪胜》"市井"条,文渊阁《四库全书》本。

南宋处于从中原文化向江南文化转移的重大时期,使南北文学交流进入更高更深的层次。伴随着中国经济重心的南移,也出现了文化重心南移的现象,江南也从"江南之江南"的地域性概念,而成为"全国之江南"的政治经济文化性的概念,以后元、明、清均以北京为首都,也都无法改变江南在全国举足轻重的地位。因而南宋文学中这一重心南移现象,具有预示中国政治、经济、文化总体走向的意义。

诗、词、文、小说、戏曲是我国文学的主要样式。诗歌从"风"、"骚"传统算起,经唐代极盛而创"唐音",降及北宋形成"宋调",已有数千年的历史;文(主要是"古文")由先秦两汉以著述体裁为主的诸子散文和历史散文,发展到"唐宋八大家"为代表的以篇什体裁为主的新散文传统,到北宋亦似能事近毕,南宋文人大都取径欧、苏,在创立新的散文范式上已少发展空间;词则发轫于隋唐,至北宋而大放异彩,尚留下开辟拓新的馀地。在这些传统士人大显身手的领域之旁,新兴的流传于市井里巷的白话小说和戏曲悄然勃兴,正显出强大的艺术生命力。

梁启超十分关注俗文学在中国文学史上的关键地位,他说:"文学之进化有一大关键,即由古语之文学,变为俗语之文学是也。""自宋以后,实为祖国文学之大进化。何以故? 俗语文学大发达故。"①胡适在 1917 年《寄陈独秀》中,说:"钱玄同先生论足下(指陈独秀)所分中国文学之时期,以为有宋之文学不独承前,尤在启后,此意适以为甚是。"②他之所以认同宋代文学为"承前启后"的转折时期,也是着眼于"白话文学"在宋代的勃兴。闻一多对中国文学的历史动向也有过深刻的宏观考察,他在《文学的历史动向》中说:

---

① 梁启超:《小说丛话》,《〈饮冰室合集〉集外文》(上),第 148—149 页,北京大学出版社 2005 年版。
② 胡适:《寄陈独秀》,民国丛书本《胡适文存》卷一,第 41 页,上海书店 1989 年版。

我们只觉得明清两代关于诗的那许多运动和争论,都是无味的挣扎。每一度挣扎的失败,无非重新证实一遍那挣扎的徒劳无益而已。本来从西周唱到北宋,足足二千年的工夫也够长的了,可能的调子都已唱完了。到此,中国文学史可能不必再写,假如不是两种外来的文艺形式——小说与戏剧,早在旁边静候着,准备届时上前来"接力"。是的,中国文学史的路线南宋起便转向了,从此以后是小说戏剧的时代。①

迄今为止,还很少见有研究者把南宋文学作为一个独立对象进行宏观判断,闻一多可谓第一人。他的"中国文学史的路线南宋起便转向了"的论断,从一个特定视角,抓住了文学演变的关键。勾栏瓦舍中的说唱曲艺表演,通过艺术行为方式而深入于民间大众,表现出新的人物、新的文学世界和美学趣味;传统的诗、词、文以书面记载的形态而主要流行于社会中上层,一般表现为忌俗尚雅的审美追求。从《都城纪胜》《梦粱录》《武林旧事》等记载来看,南宋的说话讲史和演戏活动十分兴盛,尽管现存确切可考定为南宋白话小说的,为数甚少,戏曲作品留存至今完整的仅《张协状元》一种(或谓北宋或元代作品),但其时品类繁多,从业人员也已形成规模,已正式登上中国文学的神圣殿堂,这是毋庸置疑的。闻一多上述论断有两点或可商榷:一是把"小说与戏剧"视作"两种外来的文艺形式"似与它们的发生史不符;二是对明清诗歌(实际上也包括散文和词)的成就,贬抑过甚。钱锺书先生在论及宋代白话小说时说过:"这个在宋代最后起的、最不齿于士大夫的文学样式正是一个最有发展前途的样式,它有元、明、清的小说作为它的美好的将来,不像宋诗、宋文、宋词都只成为

---

① 闻一多:《文学的历史动向》,《闻一多全集》第 1 册,第 201 页,三联书店 1982 年版。

元、明、清诗、词、文的美好的过去了。"①这里将诗、词、文和小说、戏曲分别作为"雅"文学和"俗"文学的代表,又对他们与元、明、清两类文学的"承先和启后"的关系,都作了颇为准确、客观的说明。中国文学的雅俗之变,也就是所谓"大传统"与"小传统"之变,精英文化与大众文化之变,南宋时期是一个历史的重要转折点。

(原载《文学遗产》2010 年第 1 期)

---

① 《宋代文学的承先和启后》,文学研究所编:《中国文学史》第 2 册,第 549 页,人民文学出版社 1962 年版。

鹅湖书院前的沉思

　　几年前,我去江西铅山参观鹅湖书院。站在书院大门前,放眼四围,只见一片阡陌纵横的农田,相传有仙鹅憩息过的"鹅湖"早已荡然无存,所谓"长松夹道摇苍烟,十里绝如灵隐前"(喻良能《鹅湖寺诗》),这寺前十里长松也一无踪影,但辛弃疾吟咏鹅湖风光的《鹧鸪天》词句"春入平原荠菜花,新耕雨后落群鸦",犹能依稀仿佛。然而,吸引我专程来访的并不是自然景色,而是历史情怀、文化意蕴——800多年前,一场著名的哲学讨论会在这里举行。

　　宋孝宗淳熙二年(1175)五月,婺学代表人物吕祖谦,从福建建阳亲自陪同闽学大师朱熹及其门生共八人,浩浩荡荡来到鹅湖,与抚州心学领袖陆九渊、陆九龄及其弟子多人会合。吕祖谦的直接目的是企图通过当面论辩,促成朱、陆达于"会归于一"。朱熹论学标举"道问学",主张格物致知,读书穷理;陆氏兄弟崇奉"尊德性",认为理在吾心,吾心即理,主张发明本心,反身自求。他在会上向朱熹诵读了自己的一首诗,其中有名的两句是"易简工夫终久大,支离事业竟浮沉",挑明了两家学说的矛盾所在,以及势不两立、无法调和的阵势。会议开了十天,逞辩好胜的朱夫子终于不能使陆氏兄弟就范,使之归入朱子学派的麾下;陆氏兄弟执著于自家学理,顺带把对手调侃讥讽一番,结果自然不欢而散。

　　这次会议并没有获得预期的效果,却产生了原未预期的历史影响,一项积极成果就是创造了后来鹅湖书院的全部辉煌。朱陆会后,

221

此地成为浙、赣、闽士子朝拜的理学圣地,声名鹊起。宋理宗淳祐十年(1250),江东提刑蔡抗视察信州,专程踏勘"鹅湖之会"的旧址鹅湖寺,并在寺侧建立书院,由理宗赐名"文宗书院",并在院内设置"四贤堂",祭祀朱、吕、二陆。唇枪舌剑的朱、陆双方,想不到在75年后同居一堂,安享供奉,若再要争辩,也是有口难言了。造成这一历史喜剧的缘由,自然是理宗的崇尚"理学",庆元时的"伪学"一连翻身又加拔高,抬到官方统治哲学的高度,朱、陆两氏开始鸿运高照,身价日隆。以后明、清两代,对书院更作大规模修葺,建有泮池、仪门、玉带桥、洗笔池、书院正殿、两庑碑亭、御书楼、文昌阁、藏经楼、明辨堂等,建筑面积达6 000多平方米,左右两廊的读书房即达96间之多,一跃而为江南四大书院之一。

然而,这次朱陆之会的历史"轰动效应"却掩盖了另一次南宋"鹅湖之会"的光辉。

这另一次鹅湖之会的主角是辛弃疾、陈亮,还有一位爽约未到的朱熹。由于当时辛、陈之间互相酬唱的五首《贺新郎》幸被保存下来,这次会见在中国词史上也算一桩盛事,但比之朱、陆之会,不仅文献资料缺乏,许多关键性情节模糊莫明,颇启疑窦,而其历史反响更显得冷落寂寞多了。今存直接记载这次会见经过的一段文字,就是辛弃疾的《贺新郎》词序:

> 陈同甫自东阳来过余,留十日,与之同游鹅湖,且会朱晦庵于紫溪,不至,飘然东归。既别之明日,余意中殊恋恋,复欲追路,至鹭鸶林,则雪深泥滑不得前矣。独饮方村,怅然久之,颇恨挽留之不遂也。夜半投宿吴氏泉湖四望楼,闻邻笛悲甚,为赋《乳燕飞》以见意。

细读这段声情并茂、回肠荡气的短文,却有不少疑点:陈亮此冬远道来访,目的何在? 朱熹因何违约未到紫溪? 十日之游,为时已不算少,陈亮"飘然东归"后,有病之身的辛弃疾(辛有"我病君来高歌饮"句)因何在次日急忙去追陈回来? 辛氏为何"殊恋恋",进而"怅然久之",又进而至于"悲甚"? "为赋《乳燕飞》以见意",此"意"究竟何所指? 种种迹象表明,这次会见具有更重大的背景和原委,不能仅仅局限在"词坛唱酬"之内,而是一次有可能影响南宋王朝历史进程的会见,其现实重要性是超过朱陆之会的。辛弃疾后来在《祭陈同父文》中特意点明"与同父憩鹅湖之清阴,酌瓢泉而共饮,长歌相答,极论世事",已透露出这次会见讨论抗金复国大计的政治性质。

辛陈之会的具体时间,史无明文。一般认为在淳熙十五年,也有学者主张在十四年,总之是在"太上皇"赵构驾崩后、时局一度转机之时。一生志在恢复、时时极想采取行动的陈亮自然格外活跃起来:他又是去金陵、京口等处实地考察军事地形,又是向孝宗上书献策。他说:"今者高宗皇帝既已祔庙,天下之英雄豪杰皆仰首以观瞻陛下之举动。"他提出"有非常之人,然后可以建非常之功",具体而言,应移都建业,而以荆襄为战略要地,"精择一人之沉鸷有谋、开豁无他者,委以荆襄之任",这是武将方面的"非常之人";同时应坚持"本朝以儒立国","东西驰骋以定祸乱不必专在武臣",这就是需要文臣方面的"非常之人"了。朱熹以其学术声望自是儒臣翘楚,而在岳飞、韩世忠、张浚等名将之后,满朝武臣中"沉鸷有谋、开豁无他"、能领兵打仗的"帅材",也就非辛弃疾莫属了。辛氏后有《论荆襄上流为东南重地》的登对札子,与陈亮可谓"英雄所见略同"。在《龙川集》中,仅有三篇画赞,即是赞辛、赞朱、赞自己:

赞辛氏:"眼光有棱,足以照映一世之豪;背胛有负,足以荷戴四国之重。"

赞朱氏:"体备阳刚之纯,气含喜怒之正。"

赞自己:"人中之龙,文中之虎!"

在陈亮看来:孝宗独立主政,摆脱掉畏金如虎的赵构,实是千载难逢的大好时机。事实上也确是如此。南宋的九位皇帝,大都是庸碌无能之辈,只有孝宗还有些才略识见。而辛、朱、陈的联盟又无疑是当时在野主战派的最佳组合,如能争取孝宗的全力支持,他们是有条件采取行动的,能为孱弱的国势、危殆的政局带来些亮色。陈亮在当时给辛弃疾的信中,毫不掩饰地说:

> 四海所系望者,东序惟元晦,西序惟公与子师耳。又觉戛戛然若不相入!甚思无个伯恭在中间捆就也。

"子师"即韩彦古,时任兵部侍郎,为名将韩世忠之子;"东序"、"西序",即指文武两班朝列;"戛戛然不相入"云云,说明朱辛之间存有矛盾,希望有第二个吕祖谦出来居间斡旋调停,以期共襄救国大业。这里,第二次"鹅湖之会"不是呼之欲出吗?"吕祖谦第二"的角色岂不就由陈亮自己担当吗?

陈亮兴冲冲地从东阳赶到江西,与辛弃疾一拍即合。辛氏本来选择上饶为暂时退栖之地,就是为了能随时出山。他们憩鹅湖,酌瓢泉,等了又等,未见住在福建崇安的朱熹到来;赶到紫溪,这闽赣官道上的有名古镇,南望闽赣交界的分水岭,始终不见朱熹如约越岭驾临,满贮的期望和谋划一下子化为泡影,这对两位亢奋型的铮铮铁汉是个多么大的打击:这正是深入理解五首《贺新郎》词及其词序的一把钥匙。

辛陈多姿多态的爱国词,其内容却相对稳定而集中,不外是声讨金兵,斥责主和,同情罹难民众,表达恢复决心诸端,但这五首《贺新郎》却有别于此,突出的是知音难遇的主旨:辛氏问:"问谁使,君来愁绝?"陈氏答:"只使君从来与我,话头多合。""百世寻人犹接踵,叹只今两地三人月。"除了你、我和月亮,别无知己!"硬语盘空谁来听?记当时只有西窗月。"话外有音,月亮之外,理该有别的相谈手! 而"我最怜君中宵舞,道'男儿到死心如铁'",不就是陈亮当时的"硬语"的实录吗?"斩新换出旗麾别,把当时一桩大义,折开收合",这不啻是陈亮政治谋划的具体方案,盼望由辛帅重整旗鼓,再建伟业,然而,"这话把、只成痴绝!"

陈亮最后一首《贺新郎》发端说:"话杀浑闲说。"这句宋时口语,译成今天大白话,正是"说了也白说"。我隐隐觉得,其中对友人的怨怅似多于对社会时局的愤懑。这也难怪,这几年陈朱之间过从密切,会晤频繁,颇称情投意合。仅从淳熙十年起,每年九月朱熹生日,陈亮必备寿礼、寿辞派专使送至福建,"薄致祝赞之诚",岁以为常。他此次精心策划三方会晤,却因朱熹爽约而流产,自然引起他超乎寻常的惆怅和失望,无法尽言的内心隐痛。辛氏说他"飘然东归","重约轻别",这"飘"字,这"轻"字,细细品味,却有多少沉重啊!

今存朱熹、陈亮间书翰往来甚多,却无一字直接提及朱熹此次爽约之由,这正好反证出爽约必有隐情,不便也不愿明言。问题当然出在朱辛之间的"戛戛然不相入"。但就辛氏一方而言,他其时不乏对朱熹的尊敬。早在淳熙八年辛氏所写的《祭吕东莱先生文》中说:"朱(熹)、张(张栻,张浚之子)、东莱,屹鼎立于一世,学者有宗,圣传不坠",然而"南轩(张栻)亡而公(吕祖谦)病废",如今天下只剩朱熹巍然独存,领袖群彦了。那么,朱熹因何不愿与辛氏交盟呢? 一个可能的原因是两人抗金复国策略的不同。朱熹早年力主抗金,认为"和议有百害而无一利",但到晚年,则强调"蓄锐待时","用兵当在数十年后",反对盲目用兵。他当时向孝宗提出的"急务"却是"辅翼太子,选任大臣,振举纲维,变化风俗,爱养民力,修明庶政"六件大事,绝口不言军事恢复之事,甚至认为"区区东南,事有不可胜虑者,何恢复之可图乎?"(《戊申封事》)则几乎滑到了反战派的边缘。辛弃疾作为一位有经验的军事将帅,自然也不主张盲目用兵,但在实际行动上要积极得多,不然的话,他就不会在嘉泰年间力陈"用兵之利",助成韩侂胄"开禧北伐"了。朱熹比辛弃疾年长十岁,对朝政时局阅历更深,因而举措审慎,对辛陈的急功求成保有距离,也是情理中事。

但我觉得更重要的是朱辛二人文化性格类型的巨大差异。辛弃疾是位事功型的人物,豁达大度而又刚强果毅;而朱熹则坚持道学理想人格的追求,"圣贤气象"的涵养。在此次辛陈之会前,朱辛交往不多,但仅有的两次接触肯定给朱熹留下不好的印象。一是辛氏营建带湖别墅,"作室甚宏丽",朱熹"潜入去看,以为耳目所未曾睹"。这话是朱氏亲口说与陈亮,陈亮又亲笔写给辛氏的(《与辛幼安殿撰》)。朱之"去看"辛氏别墅,是"潜入",像是暗中察访,别有用意;陈之转告辛,却对朱之主观评价留了一手。作为"存天理,灭人欲"的理学大师,其好恶褒贬是不言而喻的。他的好友刘珙也曾"创第规模宏丽",朱熹也予"劝止"而不惜开罪友人(《朱子语类》卷一三二)。二是辛氏帅湖南时,曾派客舟载牛皮过南康军境,恰为军守朱熹搜检拘没,辛致函朱,才得发还。但朱熹在给友人信中叙述此事说"见其不成行径,已令拘没入官",后因辛氏修书说情,"势不为已甚,当给还之,然亦殊不便也"。虽徇情"给还",仍不能释然。时人对辛氏的这类訾议,如"用钱如泥沙,杀人如草芥"之类,所在多有,连陆九渊也有专函给辛,深致不满。这些对于"气吞万里如虎"的军事强人辛老夫子来说,似属小事一桩,大可略而不计,但在崇奉内省修身以达于道德自我完善之境的朱熹眼中,却是人格评价的根本原则问题了。

果不其然,即在辛陈"鹅湖之会"后不久,辛陈友人杜叔高往访辛氏,辛又依《贺新郎》韵作词一首送杜;杜将会见情况告朱熹,朱氏在《答杜叔高》中说:"辛丈相会,想极款曲。今日如此人物,岂易可得,向使早向里有用心处,则其事业俊伟光明,岂但如今所就而已耶?"

什么叫"向里来有用心处"？这其实是朱子哲学的重要命题。他论学主旨即以自我心性修养为主,一再反复强调"向内便是人圣贤之域,向外便是趋愚不肖之途"(《朱子语类》卷一一九)。把道学的理想人格归结为道德的自我完善。朱熹还对门人说:"辛幼安亦是一帅材,但方其纵恣时,更无一人敢道它,略不警策之。"要求朝廷"明赏罚",对辛氏的"短"处、"过当为害"处,严加约束,监控使用(同上书,卷一二四)。这番师生间的悄悄话,明白无误地表明朱熹终究不视辛氏为同道者,理学理想人格与实践性事功型人物之间确乎存在"戛戛然不相入"的一段差距,朱熹的爽约拒会,是否应从这里找到原因呢?

南宋的两次"鹅湖之会",一次是失败的哲学会议,却名噪当时,声播后代;一次是流产的政治性聚会,其本来面目则长期湮没,仅仅被当作词坛酬唱留给后人些许追忆。而在通常情况下,一次单纯的词人聚会不免遭受社会的冷落。这种一冷一热的历史效应还伴随着辛陈与朱之间的冷热反差:辛陈热情来会,而朱熹漠然谢却。历史的不公蕴藏着历史的深邃和复杂,这里隐含着我们民族的文化特征,尤其是理学精神的历史影响力和对社会心理的渗透力。当我将离鹅湖书院时,禁不住在大门口一座青石牌坊前徘徊。这座清初遗物,上刻雁塔图案,三层翘檐,翼然欲飞,颇显精工和气派。迎面镌有"斯文宗主"四字,背面则刻着"继往开来",我顿时才明白鹅湖书院是冲着朱熹和朱子学而建立、繁荣起来的,朱、陆之争不过是个触发的契机。康熙帝"御书"的楹联写道"章岩月朗中天镜,石井波分太极泉",发挥的正是朱熹"理一分殊"即千差万别的事事物物只是最高"理"的体现这一理学精髓,使用的也正是朱熹一再使用过的"月印万川"禅宗话头。朱熹这套格物致知、穷理尽性的学说,最终要使人在内省修身中穷天穷地穷人,以臻于与天理合而为一,这就把封建伦理道德规范,化为主体的自觉行为方式,以达到人类社会和自然界的和谐美妙境界。这套学说,完全适应宋末以来以伦理为本位、以道德为中心的

227

中国封建统治的需要,并成为民族文化的重要传统精神,其受到社会的普遍崇奉自是必然的了。

但在南宋风雨飘摇的偏安时局下,朱子学并不是一种有效的救亡图存的学说,律己有馀而救国不足。陈亮上书中说:"今世之儒士自以为得正心诚意之学者,皆风痹不知痛痒之人也。"岳珂等认为即指朱熹,固不尽然;但朱之与时局保持距离也是不争的事实。他在答覆陈亮时写过:"奉告老兄,且莫相撺掇,留闲汉在山里咬菜根。……古往今来多少圣贤豪杰,韫经纶事业作不得,只恁么死了底何限;顾此腐儒,又何足为轻重!"这比之"夜半狂歌悲风起,听铮铮、阵马檐间铁。南共北,正分裂"的辛氏,"据地一呼吾往矣,万里摇肢动骨"的陈亮,从对当务之急的关注来说,两者所表现的社会责任感似不可同日而语,然而后世的价值取向却并非完全对应。

岁月悠悠,要想在当地寻觅一点辛陈之会的印痕,实在颇为渺茫。期思村瓢泉有座"斩马桥"旧址,来源于南宋人赵潜《养疴漫笔》的一则记载。据传陈亮此次骑马往访辛氏,"遇小桥,三跃而马三却。同甫怒,拔剑挥马首,推马仆地,徒步而进"。这自然未可据信,但反映出人们心目中陈亮的豪健躁急、时时准备行动的性格,倒甚传神,这就稍许减轻我一些尚友古人的某种寂寞之感。但这份心理平衡很快又被另一桩事所打消。紫溪有座叫"西山"的小村,居民大都为辛姓,传是辛氏后裔。我在一部书中看到他们所出藏的一幅辛弃疾画像的复印件,正冠朝服,拱笏肃立,慈眉善目,丰颊广颡,不像"眼光有棱"、"背胛有负"的"一世之豪",大有"以醇儒自律"、冲融平和的道学家风度。这也颇堪玩味。辛弃疾后在福建为官,朱熹与他交往才日见亲密起来。原因呢,朱氏说"渠既不以老拙之言为嫌",即认为辛氏接受了他"早向里来有用心处"的告诫,他又热情地为辛氏斋室题写了"克己复礼"的匾额。这就为后人用道学家的形象改铸辛氏提供了根据,也折射出中国民族文化精神中理学积淀的深固有力。

　　我后来从鹅湖赴武夷山，也途经紫溪，望着一旁蜿蜒起伏、时存时断的鹅卵石古官道，顿觉历史的道路也是这样曲折复杂，从古代一直延伸到今天。

（原载《随笔》1995 年第 1 期）

我读辛词《菩萨蛮》

　　文学作品的解读不是一次能够完成的,经典名作更是供人一生寻绎不尽、常读常新的审美对象,辛弃疾《菩萨蛮》(郁孤台下清江水)就是如此。

　　辛弃疾这首词作于宋孝宗淳熙二三年(1175—1176)间,时任江西提点刑狱,驻节赣州,行经造口而"书江西造口壁"的。我早在20世纪50年代高中语文课本上就第一次读到了。那时在老师的讲授下,读得很顺畅,几乎没有什么文字障碍。全词仅44字,上下片各四句,以两句为一个意义单位,构成四个画面的依次衔接,且以水和山作为联想、比喻、象征的中介物。"郁孤台下清江水,中间多少行人泪",以登台观水开篇,水中饱含当年流亡者血泪;"西北望长安,可怜无数山",山遮视线,不见北方沦陷故地。一为近视、俯视,一为仰视、远视,突出登台所处的高视点,景象大,感慨深。上片两个画面均单言水,下片则山、水连及:"青山遮不住,毕竟东流去",山挡不住水,江水竟自东流;"江晚正愁余,山深闻鹧鸪",江边听山中啼鸟。一为虚写,一为实写,突出一个"愁"。全词以小令写家国之恨的大题材,以浅近流畅语句抒发激越悲愤的爱国热情。作为一个中学生,掌握了这些基本要点,也算是初步读懂了这首词。

　　随着时间推移、马齿日长,阅读日广,在浏览众多注家的阐释中却引起越来越多的疑点和难点,促进思考,加深理解。德国接受美学的代表人物姚斯说过:"第一个读者的理解将在一代又一代的接受之链上被充实和丰富，一部作品的历史意义就是在这过程中得以确定，它的审美价值也是在这过程中得以证实。"(《走向接受美学》)这首辛词的"第一读者"，我派定为南宋罗大经。他在《鹤林玉露》甲编卷一中说："南渡之初，虏人（金人）追隆祐太后御舟至造口，不及而还，幼安（辛弃疾）因此起兴。"又说："'闻鹧鸪'之句，谓恢复之事，行不得也。"

罗大经这里提出此词的两个问题是重大的：一是背景，一是主题，成为后人解读、"接受之链"的起点。有的学者指出，金人追隆祐太后事，遍检史籍"并不谓有追至造口之事"，"罗说非也"，因而此词"不关孟后"，"全不相涉"。虽然持此说者不少，其实还可继续讨论。隆祐太后孟氏是哲宗之妻，高宗之伯母。她原是皇后，因与刘妃在宫廷争斗中失宠而被废，不料因祸得"福"，在金兵攻陷汴京时，"六宫有位号者皆北迁"，她却因"废后"而幸免被掳北去。嗣后，她积极扶助赵构登基而为高宗，因而高宗"以母道事隆祐"(《宋史·后妃传》)。她与高宗同是维持危局、建立南宋以延续宋室的中心人物。金兵渡江南侵，分两路追击：一路追高宗，高宗率众从建康而临安，直至浮舟海上；一路追隆祐太后，她从洪州而吉州，而太和，而万安，直至此次逃亡的终点虔州（即赣州）。金兵之所以穷追孟后，乃因她率领六宫从行，且携带祖宗神主及"二帝御容"，是大动乱中政权的象征，她最后退保虔州，俨然是当时南宋王朝的第二个"行在所"。她一行人众，后有追兵，又有扈从将士的叛乱为盗，备受颠沛惊恐之苦，辛弃疾40多年后再至此地仕官，自不会忘记这场历史浩劫。清江水中的"行人泪"，并非一般行旅人之泪，而是特指遭受金兵蹂躏的流亡者之泪，隆祐太后一行无疑是最重要、最有代表性的一群流亡者。从这个大背景来理解此词，似不能指为"曲解"。

再从史籍而言，虽无"追至造口，不及而还"的明确记载，但也没有明言未到过造口。《三朝北盟会编》卷一三五记建炎三年（1129）十

231

一月二十三日，孟后离吉州，至太和县，又进至万安县："金人追至太和县，太后乃自万安县至皂口（即造口），舍舟而陆，遂幸虔州。"这里指出隆祐太后在造口舍舟登陆再逃至赣州，那么金兵有没有从太和县继续前追？或者是否有少许前锋部队追至造口（太和至万安之造口，约160里）？史无明文，只好存疑。但有些记载，似也不排除这种可能性。《建炎以来系年要录》卷二九记此事云："金人追至太和县，太后乃自万安舍舟而陆，遂幸虔州。后及潘贤妃皆以农夫肩舆，宫人死者甚众。从事郎、三省枢密院干办官刘德老亦为敌所杀。"从叙述次序来看，太后在万安之造口"舍舟而陆"在前，刘德老被金兵追杀在后。《宋史·赵训之传》更明云"刘德老为金人追骑所杀"，且亦紧接太后"至太和，众皆溃"之后。按当时的情势，金兵没有必要把自己的行动限制在太和县而止步不前，"追骑"继续向南延伸应有可能。

罗大经是南宋晚期人，其记事多据耳闻目睹。他又是庐陵（吉州）人，与同乡杨万里父子、周必大均有交游，他对隆祐太后避难吉州、虔州一事，当会特别地关注。因而他的"追至造口"之说，实存在或传闻失实，或竟可补史载之阙的两种可能性，遽断其非，恐亦未妥。

此外还可提及，此词应是登临郁孤台之作，郁孤台乃赣州一大名胜，而造口则在万安县，两地相距二百多里。这就产生一个尚未见人提到的新问题：辛弃疾为何要将登临郁孤台的作品"书于"造口？限于史料，不易推测。其实，造口作为隆祐太后舍舟登陆之地也好（这已确定），或作为金兵追而折返之地也好（有可能，但尚待证实），对于理解此词，都不重要，重要的是此处已成为带有某种国耻意义的纪念地，这是否是辛氏书写此词于造口的内心动因呢？要之，隆祐太后逃难一事，与此词写作应有密切关联，并非"全不相涉"的。

罗大经谓此词主旨是"恢复之事，行不得也"这一说法，我就不能认同了。这不仅与辛弃疾一生坚决抗金的主张不合，且与"鹧鸪声"的文学意象的含义相左。在我国古代诗词中，"鹧鸪声"已超越自然禽鸟之外而积淀为特定含义的文学意象。宋人所著的《重修政和经史证类备用本草》卷一九记载鹧鸪"生江南,形似母鸡,鸣云'钩辀格磔'者是"。此"钩辀格磔"的鸣声,演化为"行不得也哥哥"或"但南不北"两种谐音,而赋予两种不同的寓意(还有一种"懊恼泽家"的谐音,见韦庄《鹧鸪》诗)。前一种从"行不得也哥哥"生发,常用以抒写离别之苦,辛氏《贺新郎·别茂嘉十二弟》开端"绿树听鹈鴂,更那堪、鹧鸪声住,杜鹃声切",就是以鹧鸪等三种凄切的鸟啼声来烘托"人间离别"之恨。后一种则与南人思念故土之悲相联系。汉杨孚《异物志》:鹧鸪"其志怀南,不思北徂(徂,往也)","其鸣呼飞,'但南不北'"。鹧鸪"生江南","豫章已南诸郡处处有之"(《文选·左思〈吴都赋〉》注),常作为南方热土的象征物。唐代郑谷的"座中亦有江南客,莫向春风唱《鹧鸪》"(《席上赠歌者》)的名句,就指《鹧鸪》歌曲会触发"江南客"(郑谷亦江西人)的思乡之情,切莫演唱。他还写有《鹧鸪》七律,"相呼相应湘江阔",也突出南方地域特点,因而获得"郑鹧鸪"的名声。其实在郑谷之前,李白《山鹧鸪词》、李群玉《九子坡闻鹧鸪》等,其"南禽多被北禽欺","我心誓死不能去","曾泊桂江深岸雨,亦于梅岭阻归程"等,都表达依恋南国的情怀。辛词此处,我取后一种含义。同一凄厉南禽鸣声,南人在北地闻,与北人在南方听,同为异域闻听,空间的错位造成心理感受上的反差,备感身羁异乡之苦,自在情理之中。北宋张咏《闻鹧鸪》云:"画中曾见曲中闻,不是伤情即断魂。北客南来心未稳,数声相应在前村。""北客南来"也是张咏的山东同乡辛弃疾的身世写照!尤其需要强调的,是辛氏作为"归正人"的特殊身份。他满怀救国壮志,从山东归向宋廷,而宋廷对于这位军事强人,始终怀有戒心,处在不能不用又不能重用的尴尬境地。这是把握不少辛词情绪内蕴的一把钥匙。"闻鹧鸪"不仅引逗起对沦陷故土的怀念,也撩拨着他这一内心隐痛。他说的"江晚正愁余"之"愁",或在《水龙吟》中"无人会、登临意"之"意",的确值得深长思之。

　　细读此词，反复玩味，对于其他一些流行解释，也不免疑窦丛生。首句"清江水"，注家大都说是"江西袁江与赣江合流处，旧亦称清江。此处当指赣江言"。认为清江是专有名词，以部分代替全体，作为赣江的代称；然而袁江远在赣北，也从无作为赣江别称的用例。流经郁孤台下的江水固然是赣江，但"清江水"仅乃"清澈江水"之谓，与当作专名的"清江"似无关。"西北望长安"句，是化用前人诗句，还是贴近赣州风物？从王粲《七哀诗》"回首望长安"、杜甫《小寒食舟中作》"愁看直北是长安"、张舜民《卖花声》"回首夕阳尽处，应是长安"等，"望长安"已是诗词中常见意象，辛氏此处固然与之有一脉相承之痕，但主要乃从郁孤台的本事中化出。唐李勉为赣州刺史，登郁孤台北望，顿生"心在魏阙"之想，改台匾为"望阙"。这个流传甚广的故事成为郁孤台诗文的习用之典。苏轼写过两首《郁孤台》诗，还写过《虔州八景图》，就有"倦客登临无限思，孤云落日是长安"的感叹。与辛氏同时的周必大，在《回施赣州元之启》中也有"郁孤存望阙之台，流风可想"之句（施元之即此时被辛氏奏劾而罢赣州知府的）。所以，我以为辛词此处即使字面上袭用前人诗句，重点却在"郁孤望阙"的"本地风光"。"毕竟东流去"句，不少注本释为江流的势不可挡，以喻抗金力量的坚韧不屈。然而，这与紧接的"江晚正愁余"如何相衔？凡此种种，均颇堪玩索。回忆 50 年前初读此词，难免不求甚解；现在或许有求深之过，读解诗词之难，难乎哉！

（原载《文史知识》2002 年第 3 期）

辛弃疾词"掉书袋"辨析

　　辛弃疾词的一个重要表现手法是大量用典，前人对此毁誉参半。推崇者说："辛稼轩别开天地，横绝古今，《论》、《孟》、《诗小序》、《左氏春秋》、《南华》、《离骚》、《史》、《汉》、《世说》、选学、李杜诗，拉杂运用，弥见其笔力之峭。"（吴衡照《莲子居词话》卷一）贬抑者却讥之为"掉书袋"。刘克庄《跋刘叔安感秋八词》云："近岁放翁、稼轩一扫纤艳，不事斧凿，高则高矣，但时时掉书袋，要是一癖。"（又见沈雄《古今词话·词话》卷上引）指责他贪用书本材料以逞才炫博。这也算是评价辛词艺术中的一桩公案。

　　产生分歧的原因可从用典本身中去找。用典是我国古代诗词中常用的手法，它一方面可以利用典故本身所包含的较为丰富的内容来增加诗歌形象或意境的内涵和深度，给读者以联想、思索的馀地，以适应诗歌作为精炼的语言艺术、以少许胜多许的要求；另一方面，它毕竟是书本材料，是过去时代的故事和人物（包括词藻材料），这又跟诗歌主要应从现实生活中吸取和提炼新颖独创的诗的形象、以抒写诗人生活感受的要求，发生一定的矛盾。由于后者，它曾引起过不少诗评家的激烈反对，如南朝梁钟嵘就主张"直寻"，责问"吟咏情性，亦何贵于用事？"（《诗品·序》）由于前者，又使它在我国古代诗词中长期运用，历久不废。所以，问题不在于能不能用典，而在于用得是否得当，是否用以构筑新的独特的艺术意境，成为诗人自己诗歌形象的有机组成部分。南宋词人张炎《词源》"用事"条说："词用事最难，

235

要体认着题,融化不涩。"要"用事不为事所使",就是这个意思。这也同样适用于对辛词的艺术评价。

先试以《贺新郎·别茂嘉十二弟》、《永遇乐·京口北固亭怀古》两词为例作些说明。

> 绿树听鹈鴂,更那堪、鹧鸪声住,杜鹃声切。啼到春归无寻处,苦恨芳菲都歇。算未抵、人间离别。马上琵琶关塞黑,更长门、翠辇辞金阙。看燕燕,送归妾。　　将军百战声名裂,向河梁、回头万里,故人长绝。易水萧萧西风冷,满座衣冠似雪,正壮士、悲歌未彻。啼鸟还知如许恨,料不啼清泪长啼血。谁共我,醉明月!

——《贺新郎·别茂嘉十二弟》

南宋陈模《论稼轩词》说:"此词尽集许多怨事,全与太白《拟恨赋》手段相似。"(《怀古录》卷中)清许昂霄评此词云:"上三项说妇人,此二项言男子;中间不叙正位,却罗列古人许多离别,如读文通《别赋》,亦创格也。"(《词综偶评》)"尽集许多怨事","罗列古人许多离别",确是此词写法上的特点,但光凭这点,并不能算作"创格",倒往往成为蹩脚的"拟"作。我们不妨将李商隐《泪》、宋初西昆体作家们对它的拟作,以及这首辛词,三者作一比较。李商隐《泪》云:"永巷长年怨绮罗,离情终日思风波。湘江竹上痕无限,岘首碑前洒几多! 人去紫台秋入塞,兵残楚帐夜闻歌。朝来灞水桥边问,未抵青袍送玉珂。"这诗前六句,也"罗列古人许多离别"之事,如陈皇后、舜二妃、羊祜、王昭君、项羽等,每事并不相关,结构平直;但结尾突然点出题意:古人离别之恨都算不了什么,都抵不上一介寒士的送别之苦。这就使全诗灵动活泼,避免了堆垛板滞之感。再看钱惟演的《泪》:"家在河阳路入秦,楼头相望只酸辛。江南满目新亭宴,旗鼓伤心故国春。仙掌倚天频滴露,方诸待月自涵津。荆王未辨连城价,肠断南州抱璧人。"这诗由四五个有关眼泪的典故堆砌而成,全篇没有完整的独特的意境,也看不出诗人自己究竟要表达什么思想感情,只是晦涩而又乏味的"泪典"杂拌而已。从这两首《泪》的对比中可以看出,用典成功与否,取决于是否有助于诗人自己诗歌意境的独特创造。

李商隐的这首《泪》并不是他的上乘之作,其手法在诗歌中也非他所独创。如白居易七律《中秋月》二三两联云:"谁人陇外久征戍?何处庭前新别离?失宠故姬归院夜,没蕃老将上楼时。"列举四类月夜"肠断"人来抒愁写恨,虽泛用事而非具体典实,但同属"尽集许多怨事"这种写法。然而,辛弃疾此词在用典上却表现出更深微、更精到的工力。

辛弃疾这首词的主干的确是中间四个典故:昭君"和蕃"出塞,戴妫被弃归陈,李陵、苏武分袂,荆轲易水诀别。但作者没有采用罗列并出的老办法,而是先用"绿树听鹈鴂"的景物起兴,为这四个故事作铺垫。词中先写三种鸟声:能使"百草为之不芳"(《离骚》)的鹈鴂声,声如"行不得也哥哥"的鹧鸪声,"不如归去"的杜鹃声。声声相递,彼鸣此歇,直把一片春光弄得黯然失色,凸出了一个充满离愁别恨的环境。但是,"算未抵人间离别",词情来了个大转折。李商隐诗把"未抵"放在结尾,强调古人种种挥泪离别恨事不及他早来灞岸送别之恨;而辛词却放在开头,强调三种啼鸟的悲不及四个人间离别故事之悲,正是为了突出四个典故在全词的重心地位。梁启超说"算未抵"句为"全首筋节"(《艺衡馆词选》丙卷),说中了它的关捩作用,下面就展开对四个典故的正面描述了。因此,开头一段在文义上跟下文互相发明,人、鸟同有离恨,写来却深浅不等,以鸟的"浅"来突出人的"深";同时也使行文跌宕多姿,富于变化,无呆板之病。还应指出,这里所写的三种鸟声,都是在我国民族传统中有着特定而丰富含义的事物,辛词实际也是一种用典,只不过与景物描绘融合无间,使人仿佛觉得是在交代作者和茂嘉分别时的实景。这种典故的暗用,跟下面的明用,也是交映成趣的。

其次,对四个典故的正面描述,作者不是简单的冷漠的复写,而是根据自己诗歌境界的要求作了充满激情的再创造。此词确受江淹《恨赋》的明显影响,但它不是照抄照搬。比如两者都用了昭君、李陵与苏武的典故,却不雷同。《恨赋》写昭君,从她离宫之时写到对日后前途的推测。她离宫时"仰天太息",感到"紫台(皇宫)稍远,关山无极",预测日后"望君王兮何期?终芜绝兮异域!"流露出对"君王"的期待和葬身异域的恐惧。辛词却不尽然。它从出塞路上写到对离宫之时的回忆。有人认为"更长门翠辇辞金阙"一句是指陈皇后被贬长门宫事,似不确。(如前面提到的许昂霄所说"上三项说妇人",三项即指昭君、陈皇后、戴妫;近人也有主张此说的。)据《汉书·外戚传》,陈皇后失宠,汉武帝命她"其上玺绶,罢退居长门宫",则"翠辇"之"翠"稍嫌华贵;长门宫即在汉皇宫内,"辞阙"一般指离开皇城,则又嫌不够贴切。长门,这里实为冷宫的代称。这句是说王昭君在冷遇中而被物色为"和蕃"对象,乘辇离国。和《恨赋》比较,辛词这一改,突出了她命运的悲惨,扫去了她对皇恩感戴的幻想,以更准确地表达诗人自己的愤懑和不平。而"马上琵琶关塞黑"一句,寥寥七字,就把昭君的旅途孤寂落寞的景况和盘托出,凝炼生动,富有表现力。至于李陵、苏武一典,《恨赋》原用"李君降北"四句写李陵降敌后的愧负,"情往上郡"四句写苏武被扣十九年仍"誓还汉恩",最后只用"朝露溘至,握手何言"两句,写苏武返汉时李陵与他"握手"相送,但无话可说。内容较为复杂,头绪也较纷繁。辛词却改以李陵一人为主,在交代他"百战身名裂"的遭遇身分后,集中写他与苏武离别时的情景,突出他对万里外祖国的眷念,与老友诀别的悲痛。这里应说明,辛弃疾对李陵的看法是受了传统评论的影响的(著名史学家司马迁即因替李陵说情而遭受酷刑),固然不无可议;但他这样改写,无疑对造成整个伤离恨别的词境,起了有益的作用,使整个作品更和谐、更统一。王国维说:"稼轩《贺新郎》词'送茂嘉十二弟',章法绝妙,且语语有境界,此能品而几于神者。"(《人间词话》卷下)要达到"语语有境界"的艺术水平,就必然要对传统典故进行改造,有所舍弃也有所强调,以服从创造整个词境的需要。这是辛词用典艺术的一项宝贵经验。另外,四个典故,两个讲美人离宫,两个讲壮士诀别,作者一气写来,奔腾而出,完全打破上下阕的严格界限;而又利用长短句的特点,对前两个用字较少,后两个用字较多,取得于整齐中见变化,叙述中寓咏叹的艺术效果。

最后,此词词题标明为"别茂嘉十二弟"而作,但实际上直接写到此点的只有结尾"谁共我,醉明月"两句。这就发生一个问题,作者为什么"离题"似的铺写四个历史故事呢? 其实,这正说明此词不过借"题"发挥而已。作者借助历史典故所包含的较多内容,来抒写他的家国之痛和身世之悲,这才是词的主旨。昭君离别中原,远赴边陲,戴妫也因卫国内乱,其子(新立国君)被杀而被弃归家,这与当时北宋灭亡、金人掳去徽、钦二帝及大批嫔妃宫女的情况不是有某种类似吗? 在辛弃疾看来,李陵是奋身百战后失败招辱的将军,荆轲易水诀别,慷慨壮烈,前途却是死亡,在这些历史人物的某些方面,诗人不是看到自己的身影吗? 全篇基调沉郁苍凉、寄慨无限,正是苦难时代在辛弃疾这位胸怀壮志而又报国无门的英雄的心灵上的反响。

辛弃疾的另一名作《永遇乐·京口北固亭怀古》的用典,又别具匠心。

千古江山,英雄无觅、孙仲谋处。舞榭歌台,风流总被、雨打风吹去。斜阳草树,寻常巷陌,人道寄奴曾住。想当年,金戈铁马,气吞万里如虎。 元嘉草草,封狼居胥,赢得仓皇北顾。

四十三年,望中犹记、烽火扬州路。可堪回首,佛狸祠下,一片神
鸦社鼓。凭谁问:廉颇老矣,尚能饭否?

此词也共用四个典故(孙权、刘裕、刘义隆以及廉颇),但在结构安排
上不像《贺新郎·别茂嘉十二弟》那样讲究前有铺垫("绿树"等句)、
后有绾束("啼鸟"两句),而是一个紧连一个(特别是孙权、刘裕、刘义
隆三个主要典故)。从抽象的形式上看,它有点近乎钱惟演的《泪》。
然而,它没有成为典故的堆积,而是一曲悲壮激越的高歌,其原因即
在于典故之间有着内在的线索和脉理,分散的典实缀连成一件完整
的艺术品。第一,孙权是在京口建立吴国的国都,后又抗击北来曹操
大军的进犯,称雄一方;宋武帝刘裕也在京口起事,击败桓玄,掌握东
晋大权,后又挥师北伐,消灭南燕、后秦,收复洛阳、长安,建立新王
朝;宋文帝刘义隆却不及乃父,草草北伐,仓皇败退,敌军直达长江北
岸。三件史实都是与京口有关的"本地风光",又与"怀古"题意丝丝
入扣。第二,三个典故在形式上似是平列的,但在文义上有主有从,
有实有虚。此词作于辛弃疾晚年,时韩侂胄匆忙决定北伐,诗人颇为
忧虑,词的主旨之一即是此。因此,刘裕父子两代北伐,一成一败,词
中把这个对比作为重点加以着力地描写,而孙权之事实处于衬托的
地位,这样,其形如呆板并列,其神却灵动流走,与钱惟演等的《泪》是
不可等量齐观的。第三,前三事叙毕,"京口怀古"之意似已题完意
足,"四十三年"以下六句转入现实抒慨。诗人眺望江北,战火纷飞扬
州路,依稀曾见,却已过了四十三年(当年作者正率众南归宋朝);佛
狸祠(魏太武帝拓跋焘庙)香火旺盛,人们已忘记当年敌酋的侵扰。
这里,现实抒慨又与历史怀古水乳交融在一起:拓跋焘击败刘义隆
"北伐",南下追歼,"焚烧广陵","烽火"句字面上是作者回顾自己当
年的戎马经历,实际上一片"烽火"也联系着刘宋时代;佛狸祠即建于
刘义隆"北伐"失败之后,此句字面上似讲历史,但又隐指南宋时打到

长江北岸的金主完颜亮,有作者《水调歌头·舟次扬州》"风雨佛狸
愁"句可证。前者从现实暗指历史,后者从历史暗指现实,虚实交映,
合二而一,用典用到融化无迹的程度。第四,最后以廉颇自喻,表现
抗金的坚定意志和老当益壮的战斗精神,是词的另一主旨。用典也
很贴切,又与全词的"怀古"情调一致。

关于这首几乎全篇用典的词,岳珂《桯史》卷三"稼轩论词"条有
一则记载。据说,岳珂当面对辛弃疾说:此词"微觉用事多耳",辛
"大喜,酌酒而谓坐中曰:'夫君实中予癰。'乃咏改其语,日数十易,累
月犹未竟。其刻意如此"。这个故事常常被用以说明辛弃疾严肃认
真的创作态度,但以他"别开天地,横绝古今"的才华,何以竟至"日数
十易,累月犹未竟"呢? 何以少用几个典故就难住了这位大手笔了
呢? 这从另一方面启发我们:此词用典实在不能改动,即使部分删
改也非易事,因为各个典故之间有着内在的逻辑联系,有着统一、和
谐的怀古情调。俗语说:牵一发而动全身,我想这大概是诗人终于
没有改"竟"的缘故。所以,对"用事多"进行简单指责是缺乏说服力
的,辛词中其他全篇用典之作还不少,如《贺新郎·赋琵琶》等,都不
失为创造了独特词境的名作。

当然,辛词"用典多"只算个特点,它可以成为优点,也可以成为缺
点。他的另一些作品,或大量"檃括"古书成句,或在酬赠词中使用与对
方同姓古人的典故,如《六么令·用陆氏事,送玉山令陆德隆侍亲东归
吴中》,全篇连用七个姓陆者的典故:陆机评羊酪、陆龟蒙养鸭、陆绩藏
桔、陆贾说《诗》《书》、陆抗与羊祜交战、陆贽言其志、陆羽著《茶经》等,
徒以掇拾为能事,实在不足为训。这在辛词中甚至形成一种倾向,就不
能不是食古不化之"癰"了。所以,辛词用典,有得有失。能否"用事不
为事所使",能否"融化不涩",这是衡量用典得失的一个标准。

(原载《柳泉》1982 年第 2 期)

杨万里的当下意义和
宋代文学研究

    作为南宋的一个重要作家,研究杨万里必将推动宋代文学研究走向深入。杨万里的身份,主要有三个:一是勤政爱民的爱国名臣;二是卓有建树的理学家;三是中国诗歌史上一个有关键意义的大诗人。这三个主要身份留给我们丰富深厚的文化遗产,一直到今天都能发生很深刻的作用。

一

    杨万里的当下意义,用三个字可以概括:一是"新";一是"活";一是"诚"。

    "新",即开创精神,开拓精神。杨万里是南宋四大诗人之一,但就陆游与杨万里比较而言,一般地说,陆游生前的名声和影响比杨万里大。但是在文学史上、诗歌史上,没有一个陆游的什么体,而独独有一个"诚斋体",这是很不容易的。在南宋时候,诗歌的发展,要创立一个体是很困难的,因为在杨万里以前几乎都是江西诗派,难度非常大,但就是杨万里,唯独在诗歌史上留下一个独特的名字:"诚斋体"。诚斋体包含了杨万里非常艰苦的一个诗歌创新过程,当然他的创新也不是无水之源,他是学了王安石的诗,又学晚唐的诗,最后,又从生活当中去进行思考。他的诗歌快、活、谐趣,都对生活充满着清

242

晰敏锐的感觉,最后他把那种感受写到诗歌里去。所以他写下的那些典型的诚斋体诗歌都留传下来,很多的宋诗选本都有杨万里的诗。我想这样一种创新开拓精神,我们今天改革开放的社会可以从中汲取很多营养,他的一些成功经验,都给我们很大的激励和启发。

关于"活",杨万里的诗有一个"活法","活"也是创造诚斋体的基础,但是提出"活法"本身最早的不是杨万里,而是吕本中。我们现在想到的吕本中的"活法"的影响反而没有杨万里这么深。原因在什么地方? 根据钱锺书先生的说法,吕本中原来想在江西诗派的规范当中能够突破这个规范,既承认规则,又能够超越规则,所以能够做到自由和规律的统一,而吕本中的"活法"就讲到这里为止。但是杨万里的"活法"在这个基础上,又有更新的体会。这是杨万里的"活"的一个主要精神,就是杨万里直接从生活中,从自然界本身之中建立一个嫡亲的母子关系。很多的江西诗派对于事物的感觉,不是从事物本身,而是从历代的诗歌当中去感受。写到月亮,那么就想到很多写月亮的名诗,从这些诗歌中翻新出诗。但是杨万里不是这样,杨万里是直接从生活当中把与生活建立的亲切的母子关系写出来,这样来表现他的真切情趣、理趣乃至童趣。所以杨万里这个"活法",在今天更加有意义。

第三是"诚"。杨万里考中进士,刚走上仕途的时候,是永州(古零陵)的一个地方官,当时爱国名将张浚正好也在零陵。杨万里好几次去拜访他,头两次他不接见。但他坚持要见张浚,最后张浚就授予他"正心诚意之学"。"正心诚意"是宋代理学的一个观念。杨万里接受"正心诚意"这个影响,奉为终身的圭臬,他的号叫"诚斋",即是从"正心诚意"来的。那么这个"诚"就成为杨万里一生行事为政的思想性格重心。"诚"既是作为诚信论的基础,一个道德基础、伦理基础,同时又成为他政治思想中的核心内容。按照儒家的说法,就是要"修身,齐家,治国,平天下"。杨万里在一篇文章里说首先要"诚",诚了以后才能正心，才能修身，修身以后才能有齐家治国平天下的一个发展过程，所以"诚"成为他政治理想的第一原动力。杨万里把"诚"提高到这么一个程度。诚斋的易学，他的《庸言》《天问天对解》等一系列的理学著作，奠定了他作为宋代一个重要理学家的地位。他的理学的一个重大特点就是实践性，他的理学总是用这套理论来密切关注现实，跟他的政治实践、道德实践以及他的文化创造实践结合在一起，所以"诚"在杨万里心目中具有非常重要的位置。党的十七大提倡科学发展观，建设和谐社会，那么诚信是非常重要的，是我们目前的一个新的理念。胡锦涛同志在中央党校的一个重要报告里面，特别讲到了和谐社会。他讲，和谐社会有六个构成因素，其中一个因素就是讲诚信。我想杨万里的"诚"所蕴含的意义，我们今天可以结合当下现实进行新的阐释，同时加入到我们的核心指导思想里面来。

杨万里这个作家身上所体现的东西，与我们的现实非常容易找到契合点，把杨万里所创造的文化业绩、他丰富的遗产转化成与我们现实生活密切结合的一种资源，非常有必要。

二

杨万里的研究，从宋代文化研究的层面来说，应该说是取得了很多成绩的一个领域，特别是最近几年，杨万里研究在文献研究、年谱研究方面都有很大的收获。长期以来，特别是建国以来的前 17 年，宋代文学与唐代文学比较，比不上唐代文学研究的规模。唐代文学无论是从整理文献基础方面，还是论著方面都有很好的成绩，是宋代文学研究学习的榜样。但是，近几年来，宋代文学研究气象是不错的。宋代文学研究长期有一个偏向，除了整体上与唐代文学有差距外，还有就是重大作家轻小作家，重词轻诗文，重北宋轻南宋，我将其称为"三重三轻"的偏向。所以杨万里研究正好在纠正这个偏向上有重要意义,对杨万里的研究深入了以后,可以对南宋文学特别是诗歌的发展作一新的认识。

那么杨万里研究怎样进一步深入?我想,首先是继续加强文献整理,资料的整理是研究的基础和前提。这是"永垂不朽"的。但是真正要把宋代文学研究提高一个水平,把杨万里研究提高一个水平,我想最重要的要有问题意识,要能够善于发掘一些新的材料,找到一些新的问题。在这一方面,我想介绍一下钱锺书先生的杨万里观。钱锺书先生是一位博学和睿智的学者,恐怕当代是很少有人能与他相比的。钱先生关于杨万里的一些论述,我们熟悉的是他的《宋诗选注》。《宋诗选注》里有一篇杨万里的小传,是篇幅较大的一篇。钱先生的《宋诗选注》一般人看起来,是一本普及性的读物,因为它选了三百多首诗,81个作家。但据我看,这部书是宋代诗学的专著。特别是81篇作家小传,把它们连起来读,就是宋代诗歌发展史的纲要。它里面提出的很多观点,限于著作体例,没有充分地发挥。他提出的一些问题,是需要我们去接着发挥的。《宋诗选注》在正式出版以前,钱先生选了10篇作家小传在《文学研究》上发表,其中就有一篇杨万里的,这篇小传是钱先生十分看重的一篇。除了钱先生的《宋诗选注》以外,也可以从他的《谈艺录》等其他著作中看到对杨万里的论述。

钱先生故世以后,出版界出版了他的两部大书:一部是《宋诗纪事补订》,这是钱先生对清朝一个学者编的《宋诗纪事》的补订,这部书代表了钱先生在当时解放前夕,对宋诗的文献研究的成果;第二部是钱先生的《钱锺书手稿集》。《钱锺书手稿集》已经出版的三卷,每卷大概一百万字,是钱先生平时读书心得的记录。据说,全部的数量是四十五卷,这个规模非常了不起,现在还没有找到第二个人能保存如此数量的手稿。最近几年,我们看到盛宣怀档案的整理出版,规模也很大,但他的材料大多是他的文书给起草的,大多是公文。然而《钱锺书手稿集》是钱先生读书的笔记,是他一个字一个字写下的一座图书馆。从现在已经出版的三卷来看,有一个大的特点,就是论到宋代 360 个诗人的集子,每一个集子都作了笔记,其中北宋的 70 个左右,南宋的将近 300 个。我读了以后非常兴奋。可以说,没有第二个人对于宋人的集子读得那么多,那么仔细,那么深刻。他对 300 个南宋诗人的诗集都作了笔记。杨万里的那一条,我们整理出来了,大概有三四千字,这三四千字所提出的问题,是我们后辈人应加以消化、加以发挥的。所以我曾经提出,对钱先生留下的遗产,特别是《手稿集》,我们首先要继承,要"照着说",然后我们才能"接着说",进行对话与交流。这三四千字里面包含了很多问题,联系他以前发表过的著作,我想钱先生对杨万里的看法至少有两个问题,是有系统的看法的。

第一,杨万里在中国诗歌史上的地位。《宋诗选注》里说在中国诗歌史中,杨万里起了一个关键性的作用:"在当时,杨万里却是诗歌转变的主要枢纽,创辟了一种新鲜泼辣的写法,衬得陆(游)和范(成大)的风格都保守或者稳健。"他具体说了南宋的诗歌分成两派,一派是江西派,一派是晚唐体。最早是从杨万里开始有这两个走向的。《手稿集》里面进一步地说,曾几的七律开了杨万里的先河。钱先生并没有简单地认同杨万里自述创作道路的话,杨曾说他首先是学江西诗,后来又学王安石,最后又面对生活从生活里学诗。但钱先生从杨万里的作品里分析得出,这话不完全如此,他认为杨万里是江西诗派的教外别传。

第二,他对杨万里的诗歌艺术作了细致的分析,有些非常精彩。钱先生手稿的主要形式是引一首诗加一些评语,另一种形式就是抄诗。他的抄诗,为什么抄这首诗,也是值得我们好好体会的,刚才讲的三四千字的笔记主要是抄诗,在抄诗的过程中加以评点。比如说,他抄了一首诗,写热天的:"晚林不动蝉声苦,蝉亦无风可得餐。"题目叫做《深秋盛热》,说深秋热得很厉害,树林中没什么动静,没有风,蝉却觉得苦。为什么呢? 蝉已经无风可吃了。这是诚斋体的一首典型的诗。另外一首诗说："小风不被蝉餐却,合有些凉到老夫。"他说风很小,期望蝉不要把风全部吃光,留一点凉快给他享受。成语中有所谓"餐风宿露"或"餐风饮露",杨万里却把"餐风"坐实,再加以引申发展,钱先生命名为"将错认真法",以获得别样的诗趣与情蕴。还有一种叫"倩女离魂法",杨万里的《登多稼亭》"偶见行人回首却,亦看老子立亭间",《上章戴滩》"回看他船上滩苦,方知他看我船时",都利用了双方视角的错位和对流,就像倩女离魂,自己离开了自己的灵魂,然后那灵魂来看我自己,就是这么一个方法。这让我很容易想起卞之琳有名的一首诗叫《断章》："你站在桥上看风景,看风景的人在楼上看你。明月装饰了你的窗子,你装饰了别人的梦。"这样的写法与意境,最能体现诚斋体的特点,所以我觉得非常值得我们继续研究。我看了钱先生的著作,有一个突出的感觉,就是在南宋诗人当中,谁是钱先生最看重的诗人? 是杨万里。这从钱先生经常把杨万里与陆游比较中可以证明。他在比较中,总是讲陆游的不足(当然这个观点人们不一定都能同意)。钱先生的艺术感受与品评我们不能等闲视之,因钱先生的观点中有深刻的诗学背景,这样的一些问题都对我们今后研究杨万里有很大的启发。

宋诗研究、杨万里研究,要寄希望于我们整个研究宋代文学的学者,特别要寄希望于江西的学者,能给我们带来更多的成果。我有一句话,宋代文学的半壁江山在江西。

【附记】2007 年 10 月 30 日在江西吉水县举行"纪念杨万里诞辰880 周年学术研讨会",本文即据我在会上的发言稿修改而成。文中涉及的一些问题(如钱锺书先生论杨万里等),似未失去参考价值,故发表以求教正。2010 年 1 月识。

(原载《江西师范大学学报》2010 年第 43 卷第 3 期)

也谈姜夔的《扬州慢》

扬 州 慢

淳熙丙申至日,予过维扬。夜雪初霁,荠麦弥望。入其城,则四顾萧条,寒水自碧;暮色渐起,戍角悲吟;予怀怆然,感慨今昔,因自度此曲。千岩老人以为有黍离之悲也。

淮左名都,竹西佳处,解鞍少驻初程。过春风十里,尽荠麦青青。自胡马窥江去后,废池乔木,犹厌言兵。渐黄昏,清角吹寒,都在空城。　杜郎俊赏,算而今、重到须惊。纵豆蔻词工,青楼梦好,难赋深情。二十四桥仍在,波心荡、冷月无声。念桥边红药,年年知为谁生?

夏菁同志认为姜夔这首《扬州慢》的思想内容应该完全否定:(一)词里的"犹厌言兵"句表现了"极端厌战的思想,取消积极抗战";(二)下片词又表现了"封建士大夫的没落情感",并且有"荡佚之怀"①。我觉得这是值得商榷的。

从作家的全集中取其一诗一词作单独分析时,应该尽可能地联系作家的生平、思想和所处时代环境进行考察;从全诗全词中取其一句进行评价时,则又不应脱离这首作品的总的思想倾向。只有这样,

---

① 夏菁:《姜夔〈扬州慢〉词中反映了爱国思想吗?》,见 1960 年 10 月 9 日《光明日报》。

才能得出比较正确的结论。

姜夔这首《扬州慢》作于南宋孝宗淳熙三年丙申(1176),是《白石道人歌曲》中可以确定系年的最早词作。这时正是姜夔二十二三岁的青年时代。姜夔自述"蚤岁孤贫,奔走川陆"(《昔游诗序》),"予自孩幼,从先人宦于古沔(按:其父知汉阳县),女须因嫁焉。中去复来几二十年"(《探春慢序》),看来生活并不富裕,行踪也很漂泊。《扬州慢》就是离鄂沿江东下路过扬州时作的。关于姜夔青年时代的思想,我们研究得还很少。但从诗词作品等材料看来,他一方面大概过着类似江湖名士的吟赏胜游的生活,耿直狷介,洁身自好,对于当时火热的民族斗争是比较远离的;另一方面,青年的姜夔还有一种裘马意气的豪放精神,对于国家兴亡、民族安危也并未完全置身度外。如他在《昔游诗》中回忆青年时代雪中纵马的自豪神情:"自矜意气豪,敢骑雪中马。"而对偏安屈辱的南宋局面,发出"徘徊望神州,沉叹英雄寡"这样深切的感喟。在客游合肥所作的《凄凉犯》中,对于江淮腹地变成了"似当时将军部曲,迤逦度沙漠"的"边城",也有极深的慨叹。这时和他交游唱和的许多诗人学者,特别如萧德藻等人(后来还有杨万里、范成大、辛弃疾等),大都是有一定爱国正义感的知名之士,对他的思想也不无影响。晚年他的词,一变中年冷隽凄苦的情调和讲究音律、炼句的词风,而成为具有一定爱国感情的豪放风格,这与其生活地位和社会环境的变化有关,但与他青年时代的思想也是有脉络可寻的。

了解姜夔青年时代这种思想状况,可以帮助我们理解《扬州慢》的思想内容。这首词的主题思想,姜夔已在小序中点明为"感慨今昔",他的叔丈人萧德藻更说"有黍离之悲",这大致是正确的,也说明了它的写作方法上的特点。萧德藻是十分激赏姜夔的,他对姜词自然非常了解,而姜夔在小引里又特地追加他的评语(姜夔结识萧德藻在作此词以后),可见也是引为定评的。但我们还是对原作做一些具体分析。

词人一开头用"荞麦青青"来描写唐时已"雄冠天下之势"的扬州"名都",已经流露了今昔沧桑的感触,而"荞麦"的形象又多少和我国古典诗歌中"黍离麦秀"的传统题材有些渊源。"自胡马窥江去后,废池乔木,犹厌言兵",确是全首的重点。郑文焯说"胡马窥江"是指"绍兴三十年,完颜亮南寇,江淮军败,中外震骇;亮寻为其臣下杀于瓜州"的事(见郑校《白石道人歌曲》)。绍兴三十年(1160)离姜夔作此词时已达十六年之久,而眼前仍然是一片池台荒废、乔木自生的"四顾萧条"景象,词人从对这种残破衰败景物的悲切哀怨出发,对于金朝统治者所发动的侵略战争至今还抱着深深的厌恶。对完颜亮南寇一事的态度,姜夔在另一首回忆青年时代的《昔游诗》中也有表示,时间差不多和《扬州慢》同时,是可以互相参证的。他记述一次"白湖辛巳岁(辛巳,绍兴三十一年),忽堕死蜿蜒"的奇闻,这条死龙鳞大如箕,鬐大如椽,"敛席复其体,数里闻腥膻",但在"一夕雷雨过,此物忽已迁"了。作者下面写道:"是年虏亮至,送死江之壖。或云祖龙谶,诡异非偶然。"故事虽然荒诞不经,但却反映了作者及当地人民对金朝统治者的仇恨,认为他是天理难容、死有应得的。这种对金主完颜亮及其侵略集团的敌忾情绪和《扬州慢》正相一致,不过前者更强烈些。从这点上看,说《扬州慢》反映了一些爱国思想,也并非"不虞之誉"。作者接着又用"渐黄昏,清角吹寒,都在空城"的劫后扬州惨状来加深这种对于战乱的感伤和愤懑。陈廷焯在《白雨斋词话》卷二中说"'犹厌言兵'四字,包括无限伤乱语",基本上是说对了的。而夏青同志没有从分析全词着手,孤立地把"厌兵"两字断为"乃是对抗战的消极态度","取消积极抗战",这是缺乏根据的。当然,这首词的调子"低沉而抑郁",但说他反对抗战、取消抗战,这样理解原作不免有牵强之处。姜夔后来在与爱国词人辛弃疾唱和的《永遇乐·北固楼》中,把正在准备北伐的辛弃疾称赞为诸葛、桓温,对他的伐金壮志还寄予过同情和支持。即使在他中年思想趋于消沉之时，也没有发展到这种卑怯可耻的地步！

词的下半阕，作者原想通过杜牧当年的所谓"风流韵事"来进一步"感慨今昔"，寄托伤战乱、寓敌忾的"黍离之悲"的，但却更多地流露出封建士大夫的情趣。他看到战乱破坏的是"夜市千灯照碧云，高楼红袖客纷纷"①的杜牧时代的扬州盛况，摧毁的是歌浪弦声、柳陌花衢的享乐生活，而实际上战乱所造成的最大灾难却是人民群众的横遭杀戮，颠沛流离。即在姜夔作此词以前五六年，江淮东路荒芜的农田竟达四十万亩以上，人民生活的痛苦可想而知。这，作为封建文人的姜夔却没有予以反映。但夏菁同志认为下半阕就是表现了作者的"荡佚之怀"和"封建士大夫的没落情感"，甚至具体到来扬州"没有妓女可玩了"，这种理解恐也不很确切，至少没有完全概括作者在下半阕所要着重表现的抚今追昔，感时伤乱的思想内容。

我对这首词的理解也可能不对，希望夏菁同志和读者指正。

（原载《光明日报·文学遗产》1960年10月30日）

---

① 见王建《夜看扬州市》诗。参看《容斋随笔》卷九"唐扬州之盛"所记安史乱后的扬州情况。

读中华版《家世旧闻》

　　《家世旧闻》是陆游的一部重要笔记,但最早仅著录于明代《文渊阁书目》,而原书久佚。明中期长洲袁褧曾藏有此书钞本,今亦不见。现孔凡礼先生据北京图书馆收藏邓邦述穴砚斋写本,校以社会科学院图书馆所藏萃闵堂钞本,整理出版(与《西溪丛语》合刊,中华书局1993年12月版),使这一尘封冷藏多年的珍籍重见于大陆学林,诚有功之举;且孔先生句读审慎、校勘亦称精细,整理质量颇高。

　　然而,此书在台湾"中央图书馆"尚藏有钞本一部,上、下两卷,共62页,每半页9行,每行18字,无界栏及中缝字,楷体工录。此本最后亦有何焯跋语云:"乃六俊袁氏故物",知同是袁褧藏本的另一过录本。又据首尾各有一"吴兴张氏珍藏"、"希逸藏书"长方印,知曾为吴兴人张珩(字葱玉,号希逸)所藏。

　　此张珩藏本(简称张本)虽与穴砚斋本等均自袁褧藏本所出,但因抄写工整,保存完好,实比穴砚斋本优胜,具有很高的校勘价值,可供参酌之处甚多。

　　一、穴本残缺或文义疑异者,可据此本补全或校理。暂举十例。

　　(1) 中华版第181页,卷上13条:"楚公仕宦四十年,意无屋庐。"孔先生校云:"疑应作'无意'。"按,张本作"竟无屋庐","意"、"竟"乃形近而误,作"竟"于义始通。

　　(2) 第182页,16条:"楚公精于《礼》学,每擄经以破后世之妄。"按,"擄"为发抒、舒展等义,"擄经"似不词,张本作"据经",是。

（3）第 187 页，32 条："'……必是出□在此。'既检，果出此句注中。""出□"，张本作"出处"，是。

（4）第 190 页，43 条："忽见右□数十人列侍。"张本"右□"作"左右"，不缺亦不误乙。

（5）第 194 页，53 条："朝循之治为先，诵楚公回师朴《谢入馆启》云。"孔校云："此句文意难明，疑有讹脱。"按，张本作"胡循之治为先君诵楚公回师朴《谢入馆启》云"。此当作一句，谓胡治（字循之）为先君（陆宰）诵读楚公（陆佃）之文（《谢入馆启》）。师朴，指韩师朴，见本书前第 50 条。

又，本条《谢入馆启》云："而有寒峻之风。""峻"字误，张本作"峻"，是。

（6）第 213 页，卷下 30 条："当时阿谀之士，翕然称其□□得《尚书》、《春秋》之法。"按，据张本，此两脱字为"工"、"云"，应分为上、下两句。

（7）第 214 页，34 条："初，安时妻与弟宽不相得，安时妻早死。"此谓黄宽叔嫂不和而致使嫂氏早死，似属少见；而据张本，"弟宽"下有一"妻"字，则指妯娌勃谿，较合情理。同条"安时不拘世俗如此"句，张本作"安时卓然不徇世俗如此"，义亦较优。

（8）第 216 页，38 条：记陆宰临终梦见陆佃："楚公愿，又曰：'汝在此日……'"孔校："'愿'疑为'顾'之误。"张本此句作"楚公顾叹曰：'汝在此日，……'"则"顾"误作"愿"，"叹"又误作"又"，两字并误。

（9）第 217 页，39 条："泰州徐神翁，能知前来物。""前来物"二字费解，孔校仅云：《说郛》'前来'作'未来'。""未来物"于义亦欠妥；张本作"能前知未来事"，则语意明白通畅。

（10）第 221 页，43 条："范忠宣叹曰：'□唐士宪、程伯淳不遽死，元祐之政，可以无憾，亦当□□今日之祸。'"据张本，所缺三字，分别为"使"、"能弭"，文义即周全矣。

二、凡孔先生校改之误字、脱字，此本大都不误、不脱。如此者颇夥，略举五则以示例。

（1）第 177 页，卷上 6 条："太尉锁斤试两浙漕司。"孔校："宋制，凡命士应举，谓之锁厅试"，"疑'斤'字有误"。按，张本正作"厅"。

（2）第 183 页，21 条："色极不乐。"孔校："'乐'后疑脱去一'曰'字。"按，张本即有此"曰"字。

（3）第 185 页，27 条："私念秦陵终无嗣。"孔校："秦"当作"泰"，"泰陵"乃谓哲宗。按，张本即作"泰"，不误。

（4）第 192 页，46 条："妻刑，亦追封燕国夫人。"孔校："'刑'疑为'邢'之误。"按，张本正作"邢"。

（5）第 194 页，54 条："介甫观书，一过目尽能。"孔校："'能'后当脱去一字，其所脱之字或为'记'字。"按，张本正有"记"字，孔校所言极确。

三、其他异文可供参考者。

（1）第 182 页，卷上 19 条：记苏轼守钱塘时商议筑堤西湖，陆游六叔祖陆傅以"工役甚大"、"费财动众"加以反对。苏轼怒斥其"小匃辄呶呶不已！""小匃"当为骂人口语，"匃"即"丐"字，义亦互通；而张本作"小勾"，或指其时陆傅任"浙西转运司勾当公事"之"勾"，可供再酌。顺便提及，孔先生认为此条说明"苏轼实有点自以为是、听不得不同意见的毛病。这，十分有助于对苏轼的全面了解"（见《〈家世旧闻〉是宋代史料笔记珍品》，《古籍整理出版情况简报》第 285 期）。则似不确。因该条下文陆傅即自云："'小匃'盖指臣也。然是时岁凶民饥，得食其力以免于死、徙者颇众。臣所争亦未得为尽是。"苏轼整治西湖采取了"以工代赈"的正确方法，兼收治湖、赈济之利。其《申三省起请开湖六条状》云："艰食之岁，使数千人得食其力以度凶年，亦归于赈济也。"《奏户部拘收度牒状》又云："将前来度牒变转赈济外，所馀钱米，召募艰食之民，兴功开淘。今来才及一月，渐以见功。吏

254

民踊跃从事,农工父老,无不感悦。"故此则若说成"记录下"苏轼的"自以为是、听不得不同意见"的"性格中的这一方面",毋宁说是表现他的"决断精敏"(苏辙语)以及陆傅的知错改过。

(2) 第 184 页,23 条:楚公"与诸公不合者实多"。张本在"诸公"下多出"议论"两字,似可增补。

(3) 第 185 页,28 条:"元丰中,庚申冬。"张本作"元丰庚申冬"。"庚申"为元丰三年。"中"字当系衍文。

(4) 第 190 页,41 条:"至崇宁后,群阉用事,遂改都知为知内侍省事、同知内侍省事。"按,"都知"改为"知内侍省事",但不能同时又改为"同知内侍省事";改为"同知内侍省事"的当是原"副都知"。张本在"同知内侍省事"前正有"副都知为"四字。

(5) 第 192 页,48 条:"一鼎之内,以貔一脔投之,旋即糜烂。"张本作"一鼎之肉,以此物一脔投鼎中,旋即糜烂"。按,此句言陆佃从辽国所得"貔狸",有"糜肉"之神奇性能。"貔狸"当系一兽,不能省称为"貔",却可用"此物"代称。"一鼎之肉"亦比"一鼎之内"于义为长。

(6) 第 195 页,58 条:记陆佃为傅氏师,"傅氏孙兴祖,字仲修,实受业。为仲修不第,自号且翁"。按,"为仲修不第","为"字甚突兀;据张本,"为"乃"焉"之误,应属上句为"实受业焉",然后再述其不第之事。

(7) 第 195 页,60 条:"九月杜知婆",又"先世以来,庶母皆称知婆"。按,此两"知婆",据张本批语均应作"支婆",即"支庶"、"支孽"之"支"。"知"恐是音近而讹。

(8) 第 205 页,卷下 13 条:"先君言:问贯、师成事用之由。"此句谓陆宰问邵成章:童贯、梁师成"用事"之缘由,作"事用"不妥,张本正作"用事"。同条言梁师成"自言母本文潞公侍儿,生己子外□者",下一句殆不可解。张本作"生己于外舍者",即谓梁师成冒充文彦博之子,语意始明。

（9）第 209 页，19 条：记蜀人魏汉津"自言年九十五，得法于仙人李艮，艮盖年八百岁，谓之李八百者是也"。按，张本"岁"作"世"，当属下句："世谓之李八百者是也。"上文记魏汉津"年九十五"，亦无"岁"字。

（10）第 221 页，41 条，记唐介被贬，朝士作送行诗，"李诚之作《山字韵》一篇"，"先夫人尝言李诚之诗本云'未死奸谀骨已寒'，盖畏祸者避斥潞公也，然不知如此则句乃不工"。据张本，"盖畏祸者"前，尚有"世所传本乃曰'已死奸谀骨尚寒'"一句，则上下句因果关系始显。按，李师中，字诚之，时唐介因弹劾外戚张尧佐、宰相文彦博而被贬英州，李师中作《赠御史唐介贬英州别驾》诗，中有"并游英俊颜何厚，未死奸谀骨已寒"一联，据《东轩笔录》卷七，时谏官吴奎先助唐介同劾张尧佐，及至弹劾文彦博时，吴奎"畏缩不前"，故"厚颜之句，为（吴）奎发也"；而据本书，我们才知"未死"之句乃指文彦博。此为仁宗朝政争与诗歌之一大关涉，《家世旧闻》张本所载，对解读李诗很有帮助。又，今存此诗除《东轩笔录》外，尚见《宋朝事实类苑》卷三六，"未死"句恰作"已死奸谀骨尚寒"，与"世所传本"相同。对此异文，亦赖张本可得辨明渊源本末，乃是"畏祸者"所改。

张珏本虽也有个别舛误之处，但总体而言，远胜穴砚斋本。其原因之一，恐在于袁袠藏本之本身缮写颇劣。张本所附何焯跋语云："陆放翁《家世旧闻》二卷，乃六俊袁氏故物，恨笔生太拙于书耳。"（此跋与中华版《家世旧闻》所附录之何焯跋语文字出入颇大，"恨笔生"句即无。）抄手书写拙劣，以致辨认为难；而张本之缮写者却甚细心严谨，错误较少；且遇宋帝必空格（穴本不空格），自称"游"时必作小字，似比穴本更多地保留了初钞本的原貌。胡适于 1948 年 12 月 18 日曾寓目此本，"敬记"有"此书似宜钞一本付影印流传"一语，继毛扆、缪荃孙、傅增湘之后，表达了出版此书的愿望，但当时亦未实现。

此书有九条正文之末注有入《笔记》等语，其中六条且作"入《笔记》讫”字样。此《笔记》即《老学庵笔记》。孔先生认为，这些都是“陆游自己加的”，并说，“陆游原来有意把前者(《家世旧闻》)的一些条陆续经过考虑后收入后者(《老学庵笔记》)”，得出了“前者大约是后者的初稿”的推断。此点尚可再酌。第一，此九条注文中，有的注云：“已入《笔记》，‘天人五衰’《记》所无。”(卷上，44 条)玩其语气，不类陆游本人，显是抄者所加。又如“《菊》诗入《笔记》”(卷上，46 条)，亦疑抄校者之语。第二，卷上第 54 条，记楚公尤爱《毛诗》及王安石熟读《诗正义》事，亦见《老学庵笔记》卷一，但文末无注，殆系抄校者失校；如此类注文为陆游自注，恐不致遗漏。第三，陆游于庆元四年春作有《戊午元日读书至夜分有感》一律云：“七十年来又四年，雨声灯影故依然。未收浮世风沤梦，尚了前生蠹简缘。《老学》辛勤那有补，《旧闻》零落恐无传。先师钵袋终当付，叹息谁能共著鞭?”此诗把《老学庵笔记》和《家世旧闻》两者对举，说明这是两部独立的著作，而不是一书之“初稿”和“定稿”的关系。两书虽有部分条目交叉，但不影响各自作为专书的性质，正如欧阳修的《六一诗话》和《归田录》亦有互见条目而仍各自成书一样。

(原载《书品》1995 年第 1 期)

王应麟的"词科"情结与《辞学指南》的双重意义

一

号称"通儒"的王应麟一生怀有"词科"情结,影响到他的行为选择和著述取向。他的父亲王捴,虽中进士却未能考取博学宏词科,终身抱憾,"他日必令二子业有成"①,他课子严苛,期待迫切,临终时犹以此事殷殷嘱咐应麟、应凤这对孪生儿子②。王应麟于淳熙元年(1241)举进士,时年19岁,取得了参加博学宏词科考试的资格,就积极备考,广泛搜集资料,随时整理归类,"闭门发愤,誓以博学宏词科自见,假馆阁书读之"③,"每以小册纳袖中。入秘府,凡见典籍异文,

---

① 见《延祐四明志》卷五《王先生》,文渊阁《四库全书》本。
② 王应麟《浚仪遗民自志》云:"先君擢第之岁,与弟太常博士应凤生同日,嘉定癸未也。"其子王昌世《宋吏部尚书王公圹记》亦云"先公(应麟)于嘉定十六年七月庚午与叔父太常博士讳应凤生同日",均明确说是孪生兄弟(见《四明文献集》附录,第570、572页,中华书局2010年版)。但钱大昕《深宁先生年谱》谓两人虽生于同日,但相差八岁,所据不详(同上书,第530页)。王应麟之弟子袁桷《挽伯厚先生诗》首云"秋水孕双莲,英英吐异芬"(同上书,第629页),亦以"双莲"隐喻孪生。
③ 《宋史》卷四三八王应麟本传,第12988页,中华书局1977年版。

则笔录之,复藏袖中而出"①,孜孜矻矻,毫不懈怠,终于在宝祐四年(1256)中科,践尝了这一夙愿,时年 34 岁,离中进士已足足 15 年。他的弟弟应凤也于开庆元年(1259)考取,成为现有资料最后一位博学宏词科中式者,兄弟相踵,一时传为佳话。

王应麟的"词科"情结,促使他编撰了一系列有关词科的书籍,既为自我积累之用,又可应社会广大举子要求。《辞学指南》就是迄今唯一一部词科研究专书,附见于他的《玉海》之末②。《玉海》共 200卷,是一部体大思精、搜讨宏富而又自具特色的类书。取名"玉海",意指"若玉之珍贵,若海之浩瀚",突出其内容之珍贵和蒐罗之广博,又云"玉以比德,海崇上善",标举"德"、"善"等传统信条。它分天文、地理、官制、食货等二十一门,门下又细分若干二级小类,纲举目张,条理井然,不单是文献资料的排比辑录,也反映编者对世界万事万物的一种条理化的整体观念,努力使之成为在一定思想指导下的知识体系。比之一般的唐宋类书,此书有两点尤当注意。一是为"词科"应试服务。《四库全书总目》卷一三五即指出:"其作此书,即为词科应用而设。故胪列条目,率巨典鸿章,其采录故实,亦皆吉祥善事,与他类书体例迥殊。""词科"考试制、诰等文体,大都为朝廷代笔,内容自然偏重于"巨典鸿章"、"吉祥善事",在类书编纂取材时就对此有所突出和强调,以更切合实用。二是重视宋朝史料。《四库全书总目》又指出:"然所引自经史子集、百家传记,无不赅具。而宋一代之掌故,率本诸实录、国史、日历,尤多后来史志所未详。其贯串奥博,唐宋诸大类书未有能过之者。"这是因为词科考试的内容,"古今杂出","每场一古一今",古今史事并举,故在取材时又需注意本朝史料的摘

---

① 陈仪、张恕编:《王深宁先生年谱》引《至正直记》,见《四明文献集》附录,第545 页,中华书局 2010 年版。
② 本文所引《辞学指南》一书,均据王水照所编《历代文话》本,复旦大学出版社2007 年版。为避繁赘,不再一一出注。

取编辑。"尤多后来史志所未详",是肯定其作为宋代史料的独特价值;阮元《学海堂集序》中说:"多士或习经传,寻疏义于宋齐;或解文字,考故训于仓雅;或析道理,守晦庵之正传;或讨史志,求深宁之家法。"①也推崇王应麟对于"史志"处理的"家法"。至于"唐宋诸大类书未有能过之者",则是对其总体的评价了。

除《辞学指南》、《玉海》外,王应麟词科著作还有《词学题苑》40卷。至于他的名著《困学纪闻》,博赡精深,涉及词科者亦随处可见,其卷一九为"评文",更富直接论述词科之材料。

同属浙东学派的章学诚,在论及王氏《玉海》时,曾指出"皆为制科对策,如峙粮粮,初亦未为著作。惟用功勤而征材富,亦遂自为一书"②,也注意到此书对于科举的实用性质,并因"用功勤而征材富"而自为一书。但章氏坚持"纂辑"与"著述"的区别,并引发出对王氏此类书籍负面作用的指责。他说:"王氏诸书,谓之纂辑可也,谓之著述,则不可。谓之学者求知之功力可也,谓之成家之学术,则未可也。今之博雅君子,疲精劳神于经传子史,而终身无得于学者,正坐宗仰王氏,而误执求知之功力,以为学即在是耳。""指功力以谓学,是犹指秫黍以为酒也。"③章氏此论,渊源有自。他在同书《浙东学术》篇中,已指出"浙东贵专家,浙西尚博雅"的特点,"浙东、浙西,道并行而不悖也","各因其习而习也";但又说"整辑排比,谓之史纂;参互搜讨,谓之史考;皆非史学"④,在他的心目中,"史纂"、"史考"、"史学"是犁然有别的,应从这个角度来理解章氏对"宗仰王氏"的后学辈的批评。他对王应麟的《玉海》等书,还是怀抱敬意的,在同书《答客问下》中,论及"比次之书"时,认为有三种情况:"及时撰集以待

---

① 阮元:《揅经室集·续集》卷四,第1076页,中华书局1993年版。
② 章学诚:《与林秀才书》,见刘承幹刻《章氏遗书》卷九。
③ 章学诚:《文史通义校注·博约中》上册,第161页,中华书局1994年版。
④ 章学诚:《文史通义校注·博约中》上册,第524页,中华书局1994年版。

后人之论定者"，"有陶冶专家，勒成鸿业者"，还有一类即是如《玉海》之属，乃是"有志著述，先猎群书，以聚薪樵者"（《诗经·大雅·棫朴》"薪之樵之"，樵，积也），正确地指明《玉海》等纂辑排比资料之书，乃是进行学术研究的基础与前提，两者既有层次差异又有循级前行、不断探索的密切关系。章学诚对王应麟的学术评价，是深刻而全面的。

王应麟"词科"情结之所以强烈，一是来自父命，此点毋庸赘述；二是出于对自身社会角色的认定，词科出身对政界、学界的自我形象塑造，关系重大；三是个人学术宗旨与文学志趣使然。南宋士人中虽不乏贬斥词科和词科出身者，然而在大部分士人中却颇获青睐。王明清《玉照新志》卷二云："汤举者，处州缙云人……遗泽遂沾其子，即进之思退也。后中词科，赐出身，尽历华要，位登元台，震耀一时。"①汤思退（字进之）历仕签书枢密院事、参知政事直至拜相，依附秦桧，丧权误国，但这条记载却反映出词科出身与他仕途顺遂的微妙关系。周密《齐东野语》记真德秀云"时倪文节（倪思）喜奖借后进，且知其（真德秀）才，意欲以词科衣钵传之"，真德秀固然出类拔萃，倪思"与之延誉于朝，而继中词科，遂为世儒宗焉"②。这则材料则透露了词科与"儒宗"直接的隐性联系。无独有偶，王应麟登进士第后，自言："今之事举子业者，沾名誉，得则一切委弃，制度典故漫不省，非国家所望于通儒。"③他发誓不能止步于进士科，为考中博学宏词科而"闭门发愤"，在他看来，博学宏词科是达致"通儒"的必由之路。《四库全书总目》卷一六五在评其《四明文献集》时也说"应麟以词科起家，其《玉海》、《词学指南》诸书，剩馥残膏，尚多所沾溉；故所自作，无不典雅温丽，有承平馆阁之遗"，颇为中肯地指明词科对王氏文学创

① 王明清：《玉照新志》，第 24 页，上海古籍出版社 1991 年版。
② 周密：《齐东野语》卷一，第 12 页，中华书局 1983 年版。
③ 《宋史》卷四三八王应麟本传，第 12987 页，中华书局 1977 年版。

作趋尚的具体影响。

二

要深入而具体地了解王应麟的学术宗旨与文学志趣，我们可通过对其《辞学指南》的研究，把握他的一个侧面。

《辞学指南》四卷，附刻于《玉海》之后，如果说《玉海》为应试词科者提供了丰富的素材，《辞学指南》就是有关词科肄习方法、考试试格，以及制度沿革的专门著作，两者互为表里，交相为用。不少词科出身者均热衷于编辑类书，如唐仲友即编有《帝王经世图谱》十卷，周必大谓其"凡天文地志、礼乐刑政、阴阳度数、兵农王伯，皆本之经典，兼采传注，类聚群分，旁通午贯，使事时相参，形声相配"①，说明此类类书的编辑，其出发点是为自己迎考所作的肄习工夫，初不在为他人提供参酌，也就是说，首先是为己，其次才是为人。正因为有《玉海》作准备，王应麟的《辞学指南》才显得论述扎实，语无虚饰，超出于泛滥成灾的科举图书，而成为富有学术内涵的专著，在我国科举学史上有其价值与地位②。

《辞学指南》前有《自序》，言简意赅地论述两个问题。一是宋代词科设置、沿革大略，大致有三个阶段：（一）绍圣元年，"五月，中书言唐有辞藻宏丽、文章秀异之科，皆以众之所难劝率学者，于是始立宏辞科。二年正月，礼部立试格十条"。原来在进士科罢诗赋后，"纯用经术"，公文写作人才一度匮乏，朝廷文告的撰述成为"众之所难"，

---

① 周必大：《帝王经世图谱题辞》，《文忠集》卷五四，文渊阁四库全书本。
② 当今尚无有关宋代词科的研究专著。聂崇岐《宋词科考》（载《宋史丛考》，中华书局，1980年）、祝尚书《宋代词科制度考论》（载《宋代科举与文学考论》，大象出版社，2006年）是两篇最见功力的论文。

为了补缺纠偏,才决定设置"宏词科"①;(二)大观四年,"改为辞学兼茂科";(三)绍兴三年,"七月诏以博学宏词为名"。随着这三次改名,考试的科目均有相应的变动。在宋人的用语中,把"宏辞科"、"辞学兼茂科"、"博学宏辞科"都统称为"词科"。但宋末嘉熙二年,另立"词学科",考试难度降低,不久废置,"今唯存博宏一科"。前人一般对此短期存在的"词学科"忽略不计。王氏概括这三次改名的情况云:"绍圣颛取华藻,大观偲尚淹该,爰暨中兴(即绍兴三年以后),程式始备,科目虽袭唐旧,而所试文则异矣。"也就是说,经历了一个先重华藻、"宏词",继尚淹该、"博学",最后达至"博学宏词"并重而又以"博学"为先之境,正与其科名相吻合。

二是提出衡文的标准。王应麟写道:"朱文公谓是科习诡谀夸大之辞,竞骈俪刻雕之巧,当稍更文体,以深厚简严为主。然则学者必涵泳六经之文,以培其本云。"作为词科人,王应麟既怀自豪之感,又不讳言科举中的不良文风,他治学兼取朱、陆,自然尊重朱熹的批评意见,并把"深厚简严"树为文章圭臬,纠正诡谀、夸饰、雕琢之时病,也是他编著本书的现实针对性之所在。

《辞学指南》正文四卷,第一卷讲叙肄习之法和作文门径,第二、三、四卷分论词科所试各个科目,即各种文体的写作要领,最后附以《辞学题名》。内容重在指导学子的学习和写作,不专力于词科制度,但自具逻辑系统,编次井然有序。

在第一卷中,分编题、作文法、语忌、诵书、合诵、编文六个子题,王氏大量引用前人和时辈的名言隽语,而参以己意,使之相互阐释学习与写作之道,注意理论性解说与作品实例的结合,同时立"语忌"专

---

① 洪迈《容斋三笔》卷一、毕沅《续资治通鉴》卷八四均谓始立宏词科在绍圣二年,王应麟等认为在绍圣元年,是。次年正月,"礼部立试格十条",已进入具体运作阶段;"始立宏辞科",应在此前之绍圣元年。参见聂崇岐前揭文之考证。

节,注意正反两方面写作经验的对照,又设置"诵书"、"合诵"专节,使"读"与"写"能够统一起来。此卷以"编题"开篇,即是指导学子应在"编阅搜寻"、"俟诸书悉已抄遍"的基础上,编制文类门目,如天文、律历、浑仪等,他共列举了137门,这里有他自己编纂《玉海》的实践体会在内。他还引用"陆贽《备举文言》三十卷,摘经史为偶对类事共四百五十二门。李商隐《金钥》二卷,以帝室、职官、岁时、州府四部分门编类",又引传为韩愈所作《西掖雅言》五卷,晏殊《类要》"总七十四篇,皆公所手抄"等经典范例,导示学子,用心良苦。他在《自序》中主张"学者必涵泳六经之文,以培其本",把《六经》视为治学根本,自当涵泳精读,但在"诵书"、"合诵"等处,又主张广泛阅读,如"子书则《孟》、《荀》、《扬》、《管》、《淮南》、《孔丛》、《家语》、《庄》、《列》、《文》、《墨》、《韩非》、《华》、《亢仓》、《文中》、《鬻》、《刘》诸子,《汲冢周书》、《吕氏春秋》、贾谊《新书》、《说苑》、《新序》,兵书则《六韬》、《司马法》、《孙吴》、《尉缭》、李靖《问对》,皆有题目,须涉猎抄节",他还列其他不少书目,视野开阔,博及群书。其中尤须注意的是《宏词总类》一书,此书为陆时雍所编,也是宋代有关词科的专书,陈振孙《直斋书录解题》卷一五曾予著录,但现已佚失。《辞学指南》却详细指示阅读、利用此书的方法和步骤,从其引用来看,此书主要是辑录宋代词科考取者的程文,在今天又有科举史料的价值。

作为科举学史上的一部重要著作,《辞学指南》在史料准确性上更具优长。王应麟是位严谨的文史学者,他的不少记述甚至比其他史书更可靠。《辞学题名》就充分体现出这个特点。《辞学题名》依次登录绍兴二年"宏辞"首科至大观三年末科取录共31人,政和元年"词学兼茂"首科至建炎二年末科取录共36人,绍兴五年"博学宏词"首科至开庆元年末科取录共40人,共计107人,这是宋代考取词科的全部名单(仅政和二年缺曹辅一人),基本完备。例如嘉定元年录取的"博学宏词"陈贵谊,《宋会要辑稿》选举一二之一至一二之二五,就失载了，以致影响今日有关著作也随之失载；祝尚书先生《宋代词科制度考论》曾勾稽史料，力图在嘉定以后"补史之阙"，共得六人，其中洪咨夔、李刘、郑思肖、杨攀龙四人仅为"欲应词科"或"试博学宏词"，实未最终中式，另两人即王应麟、王应凤兄弟，已见王应麟《辞学题名》的最后两名。至于聂崇岐先生《宋词科考》所补理宗嘉熙二年"词学科"林存、卢壮父两人，他已指出，此"词学科"与"宏词"、"词学兼茂"、"博学宏辞"三科不同，乃是"降等立科，止试文辞，不责记闻"（《续文献通考》卷三七），"以所试较易，颇为学士大夫所轻"，且前后不过七年，开科仅五次，因而王应麟《辞学题名》不予收录，也是可以理解的。要之，名单基本完备，此其一。

这里附带讨论徐凤是否曾中词科的问题。王应麟《辞学题名》中未见徐凤，但据叶绍翁记载，他似亦中式。《四朝闻见录》甲集"词学"条云："徐（凤）、真（德秀）共习此科（博学宏辞科），且同砚席，文忠已中异等，为玉堂寓直，徐三试有司始中……徐后亦寓直玉堂，官至列监，迟速皆命也。"①"徐三试有司始中"，此文前已叙述徐凤曾两次应试被黜，似乎此次（即嘉定七年，1214年，详下）侥幸录取。此则记载，与王应麟有关记述不合。《辞学指南》卷四云："徐子仪（即徐凤）《甘石巫咸三家星图序》引《周礼·筮人》巫咸事，按本处注，巫字当为筮，非殷之所谓巫咸。贡院言：'是旁证，即非本处有差，未敢取放。'开院日，知举请与升擢。（原注：是年试者二十四人。）""知举请与升擢"，结果是否中式，没有明确交代。《辞学指南》曾列历朝试"序"题目，此三家（甘公、石申夫、巫咸）星图序之试题，列于嘉定甲戌（七年）；再检《辞学题名》，此年无人录取，二十四人全部落榜。说明王应麟对徐凤考词科情况十分了解，不可能发生遗漏之失。他在《困学纪闻》卷二〇"杂识"中也记叙此事："徐子仪嘉定中试宏辞《甘石巫咸三

① 叶绍翁：《四朝闻见录》，第21页，中华书局1989年。

家星图序》引《周礼·簭人》'巫咸',本注'巫'当为'筮',非殷巫咸。主司黜之,而荐于朝。不数年,入馆掌制。"①徐凤过了数年才"入馆掌制",是在应试落榜而被人"荐于朝"以后的事情,他未被正式录取博学宏辞科应是确定的。真德秀为他所作的墓志铭《秘书少监直学士院徐公墓志铭》对这位"同习"词科的友人更有颇详记录:"始公(徐凤)试博学宏辞,垂中矣,以一字疑而黜,及是再试,又以一事疑而黜,朝论杂然称诎。知贡举曾公从龙帅其僚荐于朝,谓公词精记博,非作者不能及……宜被褒擢,或籍记中书,备异时翰墨之选。明年,除吏部架阁。"②绝口未提考取词科之事。王氏《辞学题名》不收徐凤,是符合实情的。

其次是《辞学题名》记录的姓名准确。如崇宁元年之"石悆",《宋会要辑稿·选举》一二之二作"石忞",查《直斋书录解题》、民国《芜湖县志》等,均作"悆"。政和四年的"滕庚",《宋会要辑稿》误作"滕庚"。绍兴八年的"詹叔羲",《宋会要辑稿·选举》一二之一二、《建炎以来系年要录》卷一二〇均误作"詹叔义"。绍兴十八年之"季南寿",《建炎以来系年要录》卷一五七误作"李南寿"。乾道五年的"姜凯",《宋会要辑稿》误作"姜剀"等。王应麟在记录被录取者时,特别留心他们的家族背景,在这 107 人中,父子三人相继中式者有三陈:陈宗召、陈贵谦、陈贵谊;兄弟三人相踵者有三洪:洪遵、洪造(后改名适)、洪迈;兄弟二人荣登者更多,计六组:二吴(吴兹、吴开)、二滕(滕康、滕庚)、二李(李正民、李长民)、二袁(袁植、袁正功)、二莫(莫冲、莫济)以及王应麟、应凤二王兄弟自己。这一现象说明词科考试比起其他科目来,需要更广博的知识储备与更

---

① 王应麟:《困学纪闻》(全校本)下册,第 2093 页,上海古籍出版社 2008 年版。

② 曾枣庄、刘琳主编:《全宋文》第 314 册,第 185 页,上海辞书出版社、安徽教育出版社 2006 年版。

严格的文词训练,引导士子家庭作出针对性的应试反应,形成家学中某种专科化倾向,这是饶有兴趣的话题。

三

《辞学指南》是现存唯一一部研究宋代词科的专书,在中国科举学史上占有不可或缺的地位;而在本书卷二至卷四论述词科试格等部分,更在文体形态研究、骈文批评思想和文话著作类型特点等方面,为中国古代文章学史增添重要的篇章。这就是此书在学术史上的双重意义。

本书卷二至卷四论述词科试格,即考试科目,共制、诰、诏、表、露布、檄、箴、铭、记、赞、颂、序十二类,此实为本书重点所在,因而《辞学指南》也可视为文体学著作。据王应麟《自序》,绍圣元年始立"宏词科",次年礼部立试格十条,分为章表、赋、颂、箴、铭、诫谕、露布、檄书、序、记;后诏诰赦敕不试,"再立试格九条,曰章表、露布、檄书(以上用四六)、颂、箴、铭、诫谕、序、记(以上依古今体,亦许用四六)"。大观四年改为"辞学兼茂科"时,除去檄书,增入制、诏。绍兴三年又改为"博学宏词科",定为十二条,即《辞学指南》所据以论列者。还规定"古今杂出,六题分为三场,每场一古一今,三岁一试,如旧制"。所谓"古今体"乃指内容,"古"指"以历代故事借拟为题","今"指"以本朝故事或时事为题","盖质之古以觇记览之博,参之今以观翰墨之华",测试考生学问是否淹博,文辞是否佳妙,考评其"学"和"辞"两方面的能力与水平。从"宏词科"一改为"辞学兼茂"再改为"博学宏辞",表示两者重心的进一步转移:"博学"优于"宏辞"。

刘勰《文心雕龙》为文体学的建立提出过明确的原则与完整的框架。在《序志》篇中,对《明诗》至《书记》二十篇分论各体文章时的写作思路,作过精到的概括:"原始以表末,释名以章义,选文以定篇,敷理以举统。"即探源溯流,解释文体名称和性质,评选代表作家作品,最后归纳该文体的体制特点与规格要求。这四项成为后世文体学著作大都遵循的准则。王应麟也不例外。如论"制",首叙"制"之源流:"唐虞至周皆曰命,秦改命为制,汉因之。"继叙"制"的功用:"制用四六以便宣读。"又叙"制"之作法,如论制头破题四句:"能包尽题意为佳(如题目有检校少保,又有仪同三司,又换节,又带军职,又作帅,四句中能包括尽此数件是也)。若铺排不尽,则当择题中体面重者说,其馀轻者于散语中说,亦无害(轻者如军职三司是也)。制起须用四六联,不可用七字。"交代细致。因"制"常须提到地名、郡名、节镇名等,他又制表详列,注出其别称。与一般文体学著作不同之处,在于格外关注其与词科的关系。故所举范文,均为词科人之作(如孙觌、洪遵、莫冲等),还列举自政和至咸淳历次考试"制"之题目,供学子参酌。在具体分析时也注意及此,如引真德秀语云:"辞科之文谓之古则不可,要之与时文亦复不同。盖十二体各有规式,曰制、曰诰,是王言也,贵乎典雅温润,用字不可深僻,造语不可尖新。"他还拈出制词写作的三要害:"制词三处最要用工:一曰破题,要包尽题意而不粗露(首四句体贴)。二曰叙新除处,欲其精当而忌语太繁。三曰戒辞,'於戏'而下是也,用事欲其精切。三处乃一篇眼目灯窗,平日用工先理会此等三处,场屋亦然。"所言切实中肯,便于初学。在选择可供学习追摹的前辈文人时,也着眼于此:"前辈制词惟王初寮、汪龙溪、周益公最为可法,盖其体格与场屋之文相近故也。其他如王荆公、岐公、元章简、翟忠惠、綦北海之文亦须编。《玉堂集》自建炎至淳熙制词具备,亦用详看。盖凡用事造语皆当祖述故也。"提示门径,颇具操作性。此书论及"制"体共占 25 页,比之后世文体学著作如明吴讷《文章辨体序说》、徐师曾《文体明辨序说》来,显得内容丰赡,论述详明,后来者未必居上。论及其他十一体也大致达此规模水平,故在文体学史上应居一席之地。

　　词科所试各体，主要是骈体文，因而《辞学指南》又可视作骈文论或四六话的一种。我曾把我国古代文话划分为四种类型：颇见系统性与原创性之理论专著（如陈骙《文则》）；具有说部性质、随笔式的著作，即狭义的"文话"；辑而不述的资料汇编式著作及有评有点之文章选集①。在王应麟之前，有王铚《四六话》、谢伋《四六谈麈》、洪迈《容斋四六丛谈》及杨囷道《云庄四六馀话》等四种骈文话，前三种属于第二类（洪迈之书乃后人从《容斋随笔》中摘编而成），后一种属第三类。《辞学指南》中虽然大量引用各家论述（尤以吕祖谦、真德秀、周必大为多），但其书自有体系和编纂宗旨，作者独立论述的比重亦大，实已从第三类过渡到第一类，即从单纯的资料汇编优入著作之林了。

　　作为骈文话，此书关于骈文与古文关系的论述，颇堪重视。王氏首先看重骈文的自身特点，在论"表"时说："大抵表文以简洁精致为先，用事不要深僻，造语不可尖新，铺叙不要繁冗，此表之大纲也。"这其实也是对骈文的一般要求。在论"赞"时说："诵味吟哦，便句中有意，于铺张扬厉之中而有雍容俯仰、顿挫起伏之态，乃为佳作。若止将华言绮语一向堆叠，而无风味韵致，亦何足取哉？"也可引申为对骈文普遍适用的批评标准。至于所引"凡作四六须声律协和，若语工而不妥，不若少工而浏亮（上句有好语而下句偏枯，绝不相类，不若两句俱用常语）"，"四六宜警策精切"，"四六之工在于裁剪，若全句对全句，何以见工？以经语对经语，史语对史语，方妥帖"，这些对"四六文"的创作规定，确实切中了这一文学样式的特质之处。然而，王应麟同时主张骈文不应与古文绝然划界分疆，互不相涉，他引真德秀之语云："凡作文之法，见行程文可为体式，须多读古文，则笔端自然可观。"又引陈晦语云："读古文未多，终是文字体轻语弱，更多将古文涵泳方得。"他发挥柳宗元"参之《国语》以博其趣"时，专门选了《国语》

————————
① 参看《历代文话序》，《历代文话》，复旦大学出版社2007年版。

十三则文字,叮嘱学子细读,他说:"古文中如《左传》、《国语》、西汉文最为紧切,其次则《选》、《粹》及韩、柳等文。"他对骈、散两体相反相成的辩证见解,虽非创见,但结合词科来论述,亲切有裨实用。此书中数处对宋代作家骈文风格的具体评赏,有出自王氏引用的(如李汉老云"张乐全高简纯粹,王禹玉温润典裁,元厚之精丽稳密,苏东坡雄深秀伟,皆制词之杰然者"),也有他个人的(如"见行程文为格外,更将前辈制词,如张乐全、王荆公、岐公、元厚之、东坡、颍滨、曾曲阜、王初寮、汪龙溪、綦北海、周益公所作,裒集熟读,则下笔自中程度矣")作为本朝人对骈文创作的当下反馈,也是研究宋代骈文史的第一手材料,似尚未引起注意,也值得玩味。

对于宋代词科设置的得失功过,当时人就有不同的评论。公开声言要求取消词科的是著名学者叶适。他说:"绍圣初,既尽罢词赋,而患天下应用之文由此遂绝,始立博学宏词科,其后又为词学兼茂,其为法尤不切事实。"他进一步指出:"自词科之兴,其最贵者四六之文,然其文最为陋而无用。士大夫以对偶亲切、用事精的相夸,至有以一联之工而遂擅终身之官爵者。"这些会写"四六之文"的士人,"其人未尝知义也,其学未尝知方也,其才未尝中器也"。结论是:"进士制科,其法犹有可议而损益之者,至宏词则直罢之而已矣。"①

叶适的批评正好涉及制度和文章两个层面,很有讨论的必要。他要求科举制能有效地选拔出经世济时的实用之才,这代表着时代的呼声。但他立论的基础是反对"四六文",对"四六文"和擅长四六文的士人声罪致讨,把四六文归结为"最为陋而无用",四六作者则是不知义、不知方、不中器之人,这就偏激失当了。从当时社会思潮来看,对他的偏激也应采取"了解之同情"的态度,在上述文章中,他最

---

① 叶适:《水心别集》卷一三《外稿·宏词》,见《叶适集》,第 804 页,中华书局1961 年版。

后指责习词科者,"则其人已自绝于道德性命之本统","陷入于不肖而不可救"之境地。这就让人明白了:原来他是为当时"道德性命之本统"的道学派而立言的,有着深刻的思想背景和文化传统。

宋代词科考试,每科取士例为五名,但一般仅取一二名,选取颇为严格,不像进士科动辄每科高达五六百名。从全部录取人员来看,官至宰执者占相当比重。《辞学指南》引"水心曰:'宏词人,世号选定两制。'李微之曰:'自绍圣至绍熙,至宰执者十一人,绍熙后执政三人。'"据聂崇岐先生文章的材料,可具体考实有王孝迪、孙近、滕康、卢益、费辅、孙傅、张守、范同、秦桧、洪遵、洪适、汤思退、周必大、傅伯寿、陈贵谊等十五人,表明所取不乏政治干才,并非全是"不知方、不中器"之庸人,即如秦桧也非无能之辈。《四库全书总目》卷一三五论宋代词科之设,"于是南宋一代通儒硕学多由是出,最号得人,而应麟尤为博洽",语或有夸饰,但对促成"博洽"学风确是起到一定作用的。

再若从文章学发展的角度看,其偏颇更为明显。谢伋《四六谈麈序》云:"朝廷以此取士,名为博学宏词,而内外两制用之。四六之艺,咸曰大矣!下至往来笺记启状,皆有定式,故谓之应用,四方一律,可不习知?"①词科的制度设置,激发起士人社会对四六文的重视和普遍肄习,在此基础上,三洪、二王以及周必大、孙觌、倪思、吕祖谦、真德秀等,均由词科出身进而被称为四六名家,对南宋骈体文的繁荣与发展发挥了举足轻重的影响。

陈寅恪对汪藻的《代皇太后告天下手书》一文,更是推为极致:"其不可及之处,实在家国兴亡哀痛之情感,于一篇之中,能融化贯彻,而其所以能运用此情感,融化贯通无所阻滞者,又系乎思想之自由灵活。故此等之文,必思想自由灵活之人始得为之。"②陈振孙《直

---

① 《历代文话》第 1 册,第 33 页,复旦大学出版社 2007 年版。
② 陈寅恪:《论再生缘》,《寒柳堂集》,第 73 页,三联书店 2001 年版。

斋书录解题》卷一八称许汪藻为"四六偶俪之文"的"集大成者":"绍圣后置词科,习者益众,格律精严,一字不苟措,若浮溪,尤其集大成者也。"①即从"词科"背景中来追寻汪藻之所以获此成就的原因,尽管汪藻本人未曾中此科。钱锺书先生在论及汪藻时,则与曾中词科的孙觌作比较。他写道:"汪藻《浮溪集》三十二卷,十三年前过眼者也。彦章以俪语名,陈振孙《书录解题》推为集宋人四六之大成。其骈文对仗精切而意理洞达,自擅能事,然较之同时孙仲益无以远过。仲益属词比事,钩新摘异,取材之博似尚胜彦章也。"②他在汪藻与孙觌之间扬抑褒贬,用语审慎,但倾向性仍甚鲜明:他更肯定孙觌这位词学兼茂科出身的骈文家。

相较而言,南宋古文领域缺少像北宋"欧苏王曾"古文六大家那样的作者,南宋骈体文的成就则足以与古文并肩,甚或有所超越。在评估词科取士功过得失时,理应考虑到这一客观实况。

（原载《社会科学战线》2012 年第 1 期）

---

① 陈振孙:《直斋书录解题》卷一八,第 526 页,上海古籍出版社 1987 年版。
② 钱锺书:《钱锺书手稿集·容安馆札记》卷一,第 246 则,第 392 页,商务印书馆 2003 年版。

略谈《拗相公》的素材、形象及其他

　　《拗相公》是现存最早的话本选集《京本通俗小说》中的一篇。文学研究者们对它的评价还很不一致。否定这篇小说的意见认为,这是"毁谤、污蔑中国历史上杰出的政治家王安石的无聊作品"①,"对王安石的进步政治主张竭尽其恶毒攻讦之能事"②。肯定派说,这种意见是"把小说中的艺术形象和真实的历史人物混淆起来"了,认为小说"描写了广大人民对于暴政虐民的统治者的无比憎恨",小说中对于王安石的咒骂,"乃是对于历代许多反动政客仇恨的集中发泄",是"真正来自人民底层的声音",从而肯定这篇小说是有着强烈斗争性和人民性的现实主义杰作③。我对于这两种意见都有一些不同的看法,提出来向同志们请教。

　　艺术形象是通过作家头脑对现实生活的再现,它之与真实的历史人物有所区别,这原是很自然的。我国文学史上许多不朽的或杰出的艺术典型,如《三国演义》中的曹操和诸葛亮、《水浒传》中的宋江、《西游记》中的玄奘,都与真实的历史人物的面貌有很大的不同;至于民间戏曲和说唱文学中的蔡伯喈,更与后汉蔡邕的史实毫不相

---

① 《谈傅惜华先生选注〈宋元话本集〉的工作方法和态度》,见《文学遗产增刊二集》第 188 页。
② 《谈〈京本通俗小说〉》,见《文学遗产增刊二集》第 182 页。
③ 北大一版、二版《中国文学史》及《中国小说史稿》。

关。然而,作为文学形象,都显示了强烈的思想和艺术的力量。其原因在于这些形象尽管这样那样地不尽符合史实的真实,但却概括与集中了更广泛、更本质的历史生活的内容。而这又与这些作品在人民群众中间长期流传和不断演化的创作过程有着密切的关系。它们是历代人民丰富的历史生活经验的积累,也是人民的思想、理想和意愿的结晶。因此,深入了解作品的创作过程,从而具体分析形象本身所包含的生活真实性和作家在形象中所体现的思想倾向,应该是评价这类艺术形象的主要方法和尺度。对于像《拗相公》这样的短篇小说的评价,我以为也应该如此。

探索《拗相公》的创作过程,有助于对"拗相公"形象真实性的理解。

王安石是"中国十一世纪的改革家"(列宁语,见《列宁全集》第11卷,第152页),是地主阶级杰出的爱国政治家。由于他所领导的变法运动在一定程度上打击了大地主、大官僚等豪强势力,因此遭到他们的强烈反击和无耻诽谤。于是王安石便成为我国历史上长期受到严重歪曲的历史人物。在宋神宗变法之际,对于王安石就诋訾蜂起,责难横生;宋哲宗"元祐更化"以后,新旧党争愈演愈烈,旧党集团掀起了一个规模更大的对王安石的诽谤运动,以打击他们当时的政敌。除了直接的政治斗争之外,保守派的士大夫知识分子们又以大批的野史逸闻式的著作做了有力的呼应。现存的大量宋人说部笔记中,如《邵氏闻见录》、《温公琐语》、《涑水纪闻》、《云麓漫钞》、《贵耳集》、《铁围山丛谈》等,差不多都对王安石采取了敌视的态度。这些著作虽也保存了某些珍贵史料,但对王安石的评价方面大部分材料都是经过夸大、歪曲了的,有的更属荒唐(参见蔡上翔《王荆公年谱考略》)。它们不仅经过朱熹《宋名臣言行录》的采录而直接影响了元人所编的《宋史·王安石传》的真实性,而且因为这类记述比较生动,又带有一定的故事性和传奇性,所以也影响了小说戏曲等艺术部门,使得"稗官小说作伪之风滋长"（李绂《穆堂初稿》卷四五《书邵氏闻见录后》）。因此便造成象原属民间文艺的话本小说的种种复杂情形，《拗相公》就是在这种社会风气影响下的产物。

在《京本通俗小说》的七个短篇中，《拗相公》的内容和风格是很特别的。它不像其他几篇大都以小手工业者（如《碾玉观音》中的崔待诏）、小商人（如《志诚张主管》中的张胜、《错斩崔宁》中的崔宁）、婢妾（如《碾玉观音》中的秀秀、《志诚张主管》中的小夫人、《菩萨蛮》中的新荷）等小人物为主人公，反映了鲜明的城市下层居民的思想意识，艺术风格上也不像它们的纯朴和明快，语言上更掺杂了较多的文言成分；而其结构的完整，构思的缜密，却与出于一人之手的文人拟话本十分类似，很不像是经过民间口头流传的作品。如果进一步探索小说所据的素材及其写作方法时，问题便更加明朗了。

《邵氏闻见录》是所有诽谤王安石的笔记中影响最大、材料最多的著作之一。作者邵伯温是著名的唯心主义哲学家邵雍的儿子，父子两代和旧党领袖司马光都有十分亲密的交往。《邵氏闻见录》材料的来源，据他的《自序》说："伯温早以先君子（即邵雍）之故，亲接前辈，与夫侍家庭，居乡党，游宦学，得前言往行为多……"这些"前辈"等等，他的儿子邵博在《后序》中说得更明白："先君子（指邵伯温）尝曰：吾自为童子，奉康节公几杖于左右，多阅天下之士，故自富文忠公、司马文正公、吕正献公以下，吾皆得从之游……"由此可见，这部书实际上只是像富弼、司马光、吕公著等这些保守派们所"闻"所"见"的辑录，其旧党立场是无可置疑的。然而《拗相公》的全部情节和故事，大都采自此书（部分采自《邵氏闻见后录》）。从韩琦主扬州时与王安石的误会起，诸如苏老泉作《辨奸论》、梦见王雱负枷、捐资求儿冥福、天津桥邵雍闻杜鹃、王安石误食鱼饵、后悔"福建子误我"等，一直到"熙宁变法（即指王安石在宋神宗熙宁年间的变法运动）所坏，所以有靖康之祸"的论调，在《邵氏闻见录》中，莫不历历可寻，有的是句重字复,整段抄录,有的虽然详略有所不同,然而思想观点却无二致。就连题目《拗相公》也是出自该书所记司马光对王安石的评语:"介甫无他,但执拗耳。"至于王安石临终时劝说叶涛"宜多读佛书,莫作要紧文字"一段,几与《三朝名臣言行录》卷六之二所载"元丰七年春,公有疾,两日不言"云云全同。小说中写王安石途次七次遇到讽刺诗,也是岳珂《桯史》卷九《金陵无名诗》和袁褧《枫窗小牍》卷上无名氏题诗相国寺讽刺新政的翻版。而作者采用王安石罢相归金陵途中步步遇诗、处处遭诘的喜剧性的公式,从而把这些素材精心组织起来,这种创作构思也并非他的独创。我们试看宋王辟之《渑水燕谈录》卷九《杂录》这样一段记载:

> 卢多逊南迁朱崖,逾岭,憩一山店。店妪举止和淑,颇能谈京华事。卢访之,妪不知为卢也,曰:"家故汴都,累代仕族,一子事州县,卢相公违法治一事,子不能奉,诬窜南方。到方周岁,尽室沦丧,独残老躯,流落居此,意有所待。卢相欺上罔下,倚势害物,天道昭昭,行当南窜,未亡间庶见于此,以快宿憾尔。"因号呼泣下。卢不待食,促驾而去。

这与《拗相公》有着多么惊人的类似!清人王士禛在《香祖笔记》卷一〇论及《拗相公》也有同样的看法:"乃因卢多逊谪岭南事,而稍附益之耳。"我以为这个推断是合乎情理的。以上这种考据式的寻根溯源,也许有些繁琐,但却说明了作品素材的性质和一般话本往往是流行在群众中的口头传说是不同的;也说明了作者加工的重点在于对素材的补缀联属,使之成为尽可能完整的小说,而不是在深刻的生活体验的基础上重新进行艺术的概括和创造。而作者对于素材处理则又表现在他对王安石新法的看法,基本上没有摆脱保守派们的政治观点,很少向前跨越一步。

　　既然没有从广泛的历史生活取得创作的基础，也没有与人民对于历史的认识和意愿取得密切的联系，这位无名氏作者自然就不能解决真实的历史和他的创作意图的矛盾了。因此这个短篇的主要人物形象就显得浮浅和架空，缺少真实感。为了使王安石受尽奚落"以快宿憾"，作者主观地驱遣人物就事，于是情节的发展只能勉强凑拍，很难说这就是生活本身的逻辑发展。作者笔下的"拗相公"，既是一个"祖制纷更"、"蠹国害民"的大逆不道的"奸贼"，又是一个受尽恶言恶语而只会"垂下眼皮"、"默然无语"甚至"暗暗垂泪"、"惨然不乐"的可怜者；既是"任性胡为"、"性子执拗"的刚愎之徒，又是一个不断地自我忏悔、自怨自艾直到"看经念佛，冀消罪愆"的宗教徒。这跟历史人物王安石的面目完全相反，但作为艺术形象本来还不成太大的问题，因为我们不能仅仅根据历史事实的真实来非难文学作品中的形象；然而人物性格的发展缺乏内在的阶级根据，围绕人物的环境又不符合生活的真实，这就造成了"拗相公"形象很少真实感这一带有根本性的弱点。有人认为，这样的描写正是"现实主义使得话本作者不能任意歪曲王安石的性格和品质"的地方，这也是缺乏根据的。实际上，作者对于王安石"千年流毒臭声遗"的肆意攻击和对于王安石这个典型的封建政治家的才干和某些个人品质的"惋惜"，恰恰反映了一部分保守派（如宣仁太后、司马光等）对王安石的矛盾态度，也是新法一方面损害了豪强兼并势力的一定利益，而另一方面又是地主阶级的自救运动的这种两面性的反映。这既不是对于人物性格本质特征的现实主义的真实描绘，更牵连不到创作方法和世界观的什么"矛盾"。与此相联系，作品中对于王安石新法使"民间怨声载道"、"万民失业"的描写，主要借助于几个"老叟"、"老妪"的责骂，或是一些阴间的冥谴，这些都缺乏建立在真实形象基础上的较为深刻的谴责力量。实际上，"老叟"和"老妪"对免役法和青苗法不满的具体理由，倒很像是保守派们朝章奏疏的形象演绎。像保守派的领袖之一刘挚就曾虚伪地做出为民请命的姿态,说免役法实施的结果是"优富苦贫",便宜了有钱人,苦了老百姓,因此免役法要不得! 韩琦的两篇长言奏疏,更对所谓"民间怨声载道"、"万民失业"的情况作了具体的描绘,与"老叟"、"老妪"的话十分雷同。鲁迅先生在评述与《拗相公》观点大致相同的《大宋宣和遗事·元集》中关于王安石变法的描写时说:"次述王安石变法之祸者其二,亦北宋末士论之常套。"(《中国小说史略》第十三篇《宋元之拟话本》,重点引者所加)这同样可以用来说明《拗相公》中对新法非难的阶级实质,说这是"真正来自人民底层的声音",是不能说服人的。

《拗相公》所反映的保守派士大夫的思想倾向及由此造成的艺术上的缺陷,这是小说不足的一面;但是,在南宋末年政治环境中所产生的这篇小说,又有着可以适当肯定的另一方面。

从作品中既称"我宋"又称"北宋神宗年间"为"先朝"来看,作者大概是南宋时人。这时,已经经过了蔡京专权误国、靖康国耻之难的巨大变化。在南宋小朝廷局促一隅的生活里,士大夫知识分子中间都来推究导致目前社会危机的历史原因。洛党门人杨时(中立),早在靖康国难当头之时首倡"盖京(蔡京)以继述神宗为名,实挟王安石以图身利,故推尊安石,加以王爵,配飨孔子庙庭,今日之祸,实安石有以启之"的说法①。这种说法在南宋的社会环境中得到很合适的土壤,于是在士大夫中间从者纷纭,积非成是。显而易见,这仍与他们的旧党立场有密切的关系,是新旧党争历史纠纷的继续;然而值得重视的是其中渗透了他们在现实政治条件下所产生的某些积极的思想的因素,杂糅了他们对于现实政治的忧愤和不满。蔡京之于新法,实是挂羊头卖狗肉,用以加强其极端腐朽的大地主阶级专政,造成了民不聊生、满目疮痍的黑暗政治。因此,小说中对新法缺点的指责,

---

① 《宋史》卷四二八《杨时传》。

于王安石真正实行变法的时代不免是一种夸大或歪曲，而对于假新法派的蔡京时代，却是符合历史真实的。这是南宋时所再度发动的攻击王安石的浪潮与北宋时不尽相同的地方。这一历史情况在艺术作品的《拗相公》中也得到了曲折的反映。《拗相公》的作者虽以攻击新法和王安石作为自己的创作目的，但他又触及到了当时现实生活的一些方面，虽然由于思想的局限，他还不能直接地去反映"真正来自人民底层的声音"，但却烘托出了一种浓烈的对于暴政的怨毒气氛。老叟、老妪等形象性较强的几个段落，虽然夹杂了保守派的政治见解，但又有北宋末年黑暗政治的投影，并在客观上写出了人民生活的痛苦和对于残民以逞的官吏们的反抗。在这些地方，不仅表现了历史真实和艺术真实的一定程度的统一，而且表现了作者对于人民疾苦的较为深厚的同情心，这又是很可宝贵的。

总之，《拗相公》所提供的虽然不很深广的黑暗政治的客观图景和它一定的批判精神，必须予以肯定，但作品所表现的保守士大夫的阶级偏见，又比较严重，并因此损害了人物形象的真实感。这是小说的两重性。所以，我以为流行的对于这篇作品的全部肯定或全部否定的意见，都各有一偏。

（原载《文学遗产》增刊第 10 辑，中华书局 1962 年 7 月）

附　录

《唐宋文学论集》①后记

　　这本集子中的 23 篇文章，一部分写于 1960 年至 1964 年，那时我在北京哲学社会科学部（今中国社会科学院前身）文学研究所工作；一部分是 1978 年以来写的，我调至上海复旦大学中文系任教。两处都从事唐宋文学的学习、研究或教学。承齐鲁书社的美意和支持，把这些文章结集出版，作为自己几年来在这一领域中学习、探索过程的一个小结。

　　我刚到文学研究所时，当时所长何其芳同志强调研究工作中理论、历史、现状三者的结合，提倡战斗的实事求是的学风。古典文学的研究虽属历史科学，但也要求学习理论，注意现状，包括古典文学研究的现状。在这些思想的影响下，现在这个集子中就有一些商榷或答辩性质的文章。回过头来检查，讨论是正常的，心平气和的，并促使自己有目的地去占有尽可能丰富的材料，思考和钻研一些问题。《诗经》有语："如切如磋，如琢如磨"，"它山之石，可以为错"，确是有益的格言。从讨论或争论中学习，从自己的弱点、缺点和错误中学习，不失为一种好方法。所以我对所有讨论或争论过的同志，都怀着深深的谢意和敬意，事实上我跟其中的一些同志从此结下友谊。当

---

① 《唐宋文学论集》，齐鲁书社 1984 年版。

前古典文学研究界思想活跃但似交锋不多,我却追怀过去从中得到的教益。希望这本书的问世能引起对一些问题的继续讨论,使我们的研究工作深入一步。

收入本书的文章基本上未作改动。个别篇章因发表时篇幅限制有所删节,这次作了一些恢复。《唐诗发展的几个问题》一文是由余冠英先生和我合写的,征得他的同意收在这里。

在我开始涉猎唐宋文学这一研究领域时,曾得到钱锺书先生富有启发性的指导,这里有的文章就是经过他的细心审阅和修改的,他又为本书封面题签,这都使我永志不忘。其他师友也给过我不少教益,在此一并表示衷心的感谢。

王水照
1983 年 7 月

我和宋代文学研究

——《王水照自选集》^①代序

　　记得我 13 岁从浙江馀姚西部一座偏僻小镇去县立中学求学时，县城外竖有一方石碑，上镌"文献名邦"四个颜体大字，深深地烙入少时的脑际。后来才知道严子陵、王阳明、朱舜水和黄宗羲是自己的四大乡贤。说起来，这四位乡贤与宋代学术文化都有这样那样的关联，如王阳明继踪宋儒陆九渊，创陆王心学，朱舜水东渡扶桑传播朱子学，黄宗羲乃《宋元学案》的编撰者，至于严子陵，宋代名臣范仲淹有《严先生祠堂记》，"云山苍苍，江水泱泱，先生之风，山高水长"，当时已能背诵；但我走上研究宋代文学之路，并非源自"故乡情结"，却是另有原由。然而在馀姚县中时代，的确培养起对古代文学的浓厚兴趣。

　　1955 年夏天，我负笈北上，就读于北京大学中文系。那时，经过院系调整后的中文系，各校名师宿儒纷纷云集未名湖畔，可称是系史上最为辉煌的时期。林庚先生在四十年后用他诗人的语言写道："那难忘的岁月仿佛是无言之美。"我和同窗学友共同领受了"向科学进军"口号的感召与鼓舞，一头埋入书林学海；课堂上听到的是游国恩、林庚、吴组缃、季镇淮、王瑶、吴小如等先生的文学史系统讲授，王力、魏建功、周祖谟等先生的语言学课程，还有丰富多彩的校外专家的专题选修课；北大图书馆的骄人典藏和种种全国一流的教学条件，庆幸

---

① 《王水照自选集》，上海教育出版社 2000 年版。

282

自己获得一个千载难逢的学习良机，度过了两年名副其实的苦读生活。然而，1957年那个不平常的夏天打断了这个进程，在左批右批声中一时颇感迷茫。幸而嗣后的"教育大革命"和"学术大批判"却意外地把我引向宋代文学研究之路。

事情的起因有些偶然：一位受到"大批判"的老教授发话："你们能'破'不能'立'！"这一下子刺激了我们全班七十多位同学的"革命积极性"，倡议自己动手编写一部文学史，"把红旗插上中国文学史的阵地"。这就是震动当年的所谓北大55级学生集体编写的"红皮"《中国文学史》。在组织各断代编写小组时，先由同学自动报名，大都集中在唐代和明清；我因对各代文学都有一些兴趣而又毫无专长，就由班上分配在宋元小组，而且被指派为负责人。对于这部在特定时代条件下产生的"红皮"文学史（包括翌年的再版本），将来的《中国文学史学史》当会作出应有的历史评判；就我个人而言，首要的是得到继续攻读的机会，不像其他年级同学纷纷下乡"与生产劳动相结合"去了；而且阅读的范围不再漫无边际，相对集中于宋元的文学史料和文化典籍；同时锻炼与提高了科研能力和写作水平。而更为重要的是，从那时起直到今天，虽然世事多变，一波三折，断而复续，续而又断，却一直与宋代文学研究结下不解之缘。

1960年我北大毕业后，分配到当时隶属于中国科学院哲学社会科学部的文学研究所，并在该所古代文学研究组工作。一到所，立即投入组里正在进行的另一部《中国文学史》的编写工作。宋代部分正缺人手，我因在大学时期的上述一段经历，顺理成章地承担起唐宋段的编撰任务。从此把自己的治学领域和主攻方向正式地确定下来。

文学研究所也是名家荟萃之地，为我提供了学习请益的好机会。当时的所长何其芳先生强调研究工作中理论、历史、现状的结合，提倡实事求是的学风。古代文学研究虽属历史科学，但也要求学习理论，注意现状，包括古代文学研究的现状。何先生的这些思想是作为文学所的"所风"建设提出来的,给我以很深的影响。所里又为每位初来的年轻研究人员指派一位导师,我的导师就是钱锺书先生。钱先生以他并世罕见其匹的博学与睿智,使我第一次领略到学术海洋的深广、丰富和复杂,向我展示了对中国传统文化全身心的研治、体悟和超越,可以达到怎样一种寻绎不尽的精妙境界。在他和余冠英等先生的富有启发性的指导下,我完成了《中国文学史》、《唐诗选》两个集体项目中所承担的编撰任务,并结合编撰工作,或别有心得,或利用占有资料之便,独自发表了一些论著,如关于杜甫诗、柳永词等多篇论文,《宋代散文选注》的编选,都是其时的"副产品"。

在文学研究所最初工作的三四年间,最大的收获是受到对学术规范、学术道德乃至学术伦理的颇为严格的训练与具体的教育,同时初步具有在宋代文学研究领域中进行独立工作的能力。然而,"文革"狂飙突起,我国的学术发展出现一个断裂层,我的研读生活也在劫难逃地留下了一段可叹的空白。

1978年3月我调入上海复旦大学中文系,我们的国家也迈进了新时期,迎来了科学艺术全面繁荣的春天。我一面教书育人,为本科生、研究生开设唐宋文学史、苏轼研究、宋古文六家论、北宋三大文人集团、唐宋文学史料学等课程;一面依旧做着自己钟爱的唐宋文学研究。这时的研究,既作为教学的学术依托与支撑点,保证教学内容的充实和不断更新;同时在教学过程中不断地引起新的思考,在教学、科研互动互补关系中,求得科研选题、内容保持鲜活的时代特点。这时的研究,又与过去那种"以任务带研究"的方式告别,完全能按照自己的学术理念、知识结构的特点、秉赋素质的长处与短处,合理地选择课题:由过去的唐宋诗文并举转向此时的偏重宋代文学,由诗词兼及散文,从个别作家到群体研究,从作品的艺术特质、风格流派到文人心态、文化性格探讨,等等,艺术观念有所更新,研究视野有所开拓,运用方法有所丰富,对学术传承和发展的自觉意识有所加强。具体来说，主要在以下四个领域。

　　一是苏轼研究。早在北大编写文学史时，我便是修订版《苏轼》一章的执笔人。初次接触苏轼遗存的作品，就被他的那种文学艺术上的"全才"特点所吸引。在他的宏博的文化知识、成熟的艺术技巧、丰富而复杂的人生经验面前，在无限广阔、难测其深的"苏海"面前，我错愕，我惊服。虽然受制于当时"左"的社会思潮，我还是明确地肯定他是宋代文学最高成就的代表。后来文学研究所编写的文学史，其《苏轼》一章也是我写的。由于通读了苏轼的全部诗词作品、大部分的文章以及其他背景材料，似乎得写得更充实、更细致一些。然而这个开端在1966年以后即被中断，其原因是众所周知的。

　　重新进行苏轼研究已到了1978年，我在当年《文学评论》上发表了《评苏轼的政治态度和政治诗》一文。针对"文革"中"评法批儒"运动时对苏轼"投机派"、"两面派"的指控，这是第一篇为苏轼辩诬"正名"的文章。这一论辩实已超出单纯学术研究的范围，但又为今后自由探讨苏轼的历史真面目创造必要的前提。

　　后来我感到，苏轼毕竟主要是一位文学家，而不是政治家。他与王安石变法的关系问题，对其一生的思想和创作发生过影响，继续探讨仍是必要和有益的；然而他的政治态度毕竟已属于过去，而他留给后人的巨大文化遗产却仍在现实生活中产生深远的作用。因此，苏轼研究的重点不能不放在对于他的文学创作的探讨上。依据这种理解，我便写了一些有关苏轼文学创作的论文。如《论苏轼创作的发展阶段》、《生活的真实与艺术的真实——从苏轼〈惠崇春江晓景〉谈起》等。同时编选了《苏轼选集》一书（上海古籍出版社）。此书选录苏轼诗词文三百多篇，分体编年，"注释"中注意把前人的歧见加以归纳整理，断以己意；又设"集评"，努力做到"详而不芜，博而得要"；对一些历来聚讼不明的问题以及对理解苏氏作品有关的材料，另立"附录"。由于以学术研究的态度从事编选，此书曾被有的书评誉为"古代作家选本中少见的杰构"，获得全国首届古籍整理图书奖。

随着时间的推移和个人生活体验的积累，我又逐渐认识到，苏轼的意义和价值，似不宜仅限于文学领域。他的全部作品展现了一个可供人们感知、思索的活生生的真实人生，表达了他深邃精微的人生思考。他的人生思想成为后世中国文人竞相仿效的一种典型。于是我把更多的精力投入这方面的探讨。如在《文学遗产》上先后发表的《苏轼的人生思考和文化性格》、《苏、辛退居时期心态平议》等文。前篇对苏轼一生于大起大落、几起几落之中的思绪变化，儒、佛、道思想的消长起伏，作了颇为精细的剖析，不仅指出其淑世精神与虚幻意识的并存，还着力发掘他在虚幻性感受中深藏着对个体生命和独立人格价值的追求，并进而详细分析他以狂、旷、谐、适为中心的完整性格系统，使他对每一个生活中遇到的难题，都有自己一套的理论答案和适应办法。此文曾被日本《橄榄》杂志全文译载，并获上海市哲学社会科学优秀成果奖。

从政治家的苏轼，到文学家的苏轼，再到作为文化型范的苏轼，我近二十年来的学苏治苏过程大致如此。这个过程也反映出国内苏轼研究的发展走向，我的研究与之同步。我已把有关苏轼论文十六篇辑为《苏轼论稿》，由台湾出版，其增订本《苏轼研究》（收文二十四篇）亦由河北教育出版社印行。此书曾获教育部第二届人文社会科学研究成果奖（著作二等奖）和首届国家社会科学基金项目优秀成果奖（著作类三等奖）。

二是散文研究。相对于苏轼研究这个"热点"，宋代散文研究却处于颇为沉寂的状态，难点和盲点甚多。我在"文革"前曾在《文学遗产》上发表《宋代散文的风格》、《宋代散文的技巧和样式的发展》等文，只能看作初涉这一领域的粗浅习作。1978年后，先后写了《曾巩散文及其评价问题》（1984）、《苏轼散文的艺术美》（1985）、《苏辙的文学思想和散文特色》（1987）、《苏洵散文与〈战国策〉》（1988）、《论散文家王安石》(1988)、《欧阳修散文创作的发展道路》(1990)等文,还编选了《唐宋散文精选》(此书获第三届全国古籍整理图书奖)等七八种散文选本,开始了对宋代散文颇见系统的研究。其中的体会是,第一,对中国古代散文的"杂文学"性质的重新认识。在我国古代散文研究中,关于文学性散文这一概念的确定,一直存有歧义。我认为不宜把古代散文的文学性、艺术性理解得太窄。比如列名宋代古文六大家的曾巩,以说理文见长,有着"擅名两宋、沾丐明清、却暗于现今"的奇特历史遭遇,重要原因之一就是现代人按照现代文学散文概念观照的结果。如果认真清理和总结我国古典散文的理论成果和写作经验,探明我国散文已经历史地形成的独特概念系统,那些在现代文学分类中不属于文学性散文的说理文,事实上却是中国古代散文的重要组成部分。我在《曾巩散文及其评价问题》中较为深入地讨论了曾巩在各种文体上的创作成就,并分析了"敛气"、"蓄势"、"文眼"、"缩联"等写作技巧,揭示其中所蕴含的审美因素。我们对于诗、词、戏曲、小说等的批评都已基本形成一套较为稳定的术语,而且诗话、词话以及戏曲、小说理论批评资料也已基本得到清理和编辑(如《历代诗话》、《历代诗话续编》、《词话丛编》等),相对来说,"文"的批评术语和批评模式尚未科学建构,遑论熟练运用。古代散文研究中的当务之急在于对前人已有的诸种批评范畴和术语,如"气"、"势"、"法"之类加以系统的梳理,并予以准确稳妥的现代阐述,这些范畴和术语绝不仅仅只是形式上、文字上的技巧问题,而是直接与散文的美学内涵相关。因此,全面地辑录和清理古代的"文话"便势在必行。我近年来努力于《历代文话》的编纂,希望能为我国古代散文研究提供一部基础性的参考文献。

第二,对宋代散文的总体把握与对北宋各大家的个案分析相结合。我把"平易自然、流畅婉转"视为宋代散文"稳定而成熟"的风格,或谓之"群体风格";同时逐一巡视北宋六家各异的创作历程,探求他们在"群体风格"基础上的个人风格,以确立他们各自的文学意义与历史地位,力图勾画出北宋散文演进的轨迹。在梳理历史脉络的同时,也注意澄清一些似是而非的问题。如《欧阳修学古文于尹洙辨》一文,以较充分的材料,辨明所谓欧氏向尹洙学习古文的真相,弄清北宋前期古文家的分流以及欧氏的抉择取舍,更深入地揭示出宋代散文"群体风格"形成的曲折过程及其丰富内涵。但我对南宋散文的发展脉络尚未有明晰的把握,当在今后继续努力。

三是宋词研究。我大学毕业后发表的最早两篇文章都是关于宋词的,即《也谈姜夔的〈扬州慢〉》和《谈谈宋词和柳永词的批判地继承问题》。这是因为研究宋代文学不能不研究作为宋代文学标志性成果的宋词。但我对这个课题没有系统的研究,只是围绕苏辛词派和"苏门"词人作了重点论析。较有影响的论文,一是《苏轼豪放词派的涵义和评价问题》,对词学研究中关于"豪放"、"婉约"之争的一大公案,本文跳出以往仅从艺术风格着眼区分两者的格套,而从清理这一对概念的历史来由及其涵义的嬗变过程入手,指出应从词的源流正变上来把握这一对概念的实质,从而认识苏词的革新意义。此文为解决这一长期的学术纷争,提供了新思路或切入口,因而获得夏承焘词学奖(论文一等奖)。二是《从苏轼、秦观词看词与诗的分合趋向》,此文着眼于苏轼、秦观的题材相同或相近的诗、词作品,进行多方面的详细对照、比勘,认为秦观诗虽有"词化"倾向,但基本上保持着诗与词的传统界限;而苏轼却"以诗为词",但又"没有使词与诗同化","仍然十分尊重词之所以为词的个性特性"。此文在对照比勘的方法运用上颇有新意,因而获得中国秦观学会优秀论文奖。三是《论秦观〈千秋岁〉及苏轼等和韵词》,通过秦观名词《千秋岁》及一组和词(共九首,同时人和后人所作)的分析,认为苏轼、黄庭坚、秦观等元祐党人对贬窜岭南等地各具不同的三种心态。其实,这三种对逆境的不同心理反应,大致能概括旧时遭受贬谪的士大夫的一般类型。此文力图以小见大，从一组九首和词的罕见文学现象中，挖掘其背后所蕴藏的特殊意义，因而也为学术同道所重视。此外，秉着"他山之石，可以攻玉"的宗旨，我还主持编译了《日本学者中国词学论文集》一书，收入近三十篇代表日本词学研究水平的论文，并撰写长篇前言，向国内词学界介绍日本词学研究的状况、方法和特点以及成就突出的词学家，以有助于国内的词学发展。

四是专题性的综合研究。我近三四年的主要工作有两项，一是北宋文人集团研究，一是主编《宋代文学通论》一书。前一项着重研究北宋的三大文人集团：以钱惟演为中心的洛阳幕府集团、以欧阳修为盟主的嘉祐举子集团、以苏轼为领袖的元祐"学士"集团。它们都是以交往为联结纽带的文学群体，具有代代相承、成一系列的特点。我试图在详细描述这三大集团的师承、交游、创作等情况的基础上，着重阐明文学主盟思潮的成熟及其文化背景，三大集团的成因、属性和特点，它们对北宋文学思潮、文学运动、诗词文创作发展的关系，群体又对各自成员的心态和创作所产生的交融、竞争等多种机制，从而揭示出北宋文学的真实可感的历史内容，从文学群体的特定视角对北宋文学中的一些重大问题作些阐述和回答，探讨某些文学规律、经验和教训。已发表的主要论文有《北宋的文学结盟与尚"统"的社会思潮》、《北宋洛阳文人集团与地域环境的关系》、《北宋洛阳文人集团与宋诗新貌的孕育》、《嘉祐二年贡举事件的文学史意义》等。这项研究尚在进行之中。

《宋代文学通论》已由河南大学出版社于 1997 年出版，由我和几位研究生共同撰著。此书由"绪论"、"文体篇"、"体派篇"、"思想篇"、"题材体裁篇"、"学术史篇"、"结束语"七部分组成，共 50 万字。我们以专题的方式组织整体框架，用以较为全面系统地论述两宋文学的概貌、特点、发展进程、历史地位和影响。这一条块明晰、各部分相对独立而又互为参证的有序结构,或可在现有通常流行的"以时代为序、以作家为中心"的教科书体例之外,更便于集中探讨一些文学现象的底蕴,便于从理论上总结某些规律性的问题,也便于表达我们学习宋代文学的一些基本认识和体会。比如从"宋型文化"的角度来探讨宋代文学特点的形成和历史地位的确立,从"雅、俗之辨"、"尊体与破体"等角度来观察宋代诗、词、文、小说、戏曲五大文体的时代特征及其嬗变,等等,虽不敢自以为定论,却表示我对于调整研究观念、更新视角、开拓思路的努力,对于宋代文学研究有所突破的一份期待。

以上文字均写于今年(1999)1 月,乃应某书编者之命而作。该书主旨为介绍"治学历程与经验",以供年轻学人参酌,文中自不免有自我揄扬之嫌。今承蒙上海教育出版社给我提供出版自选集的机会,按理也应对自己的治学道路作一简单回顾,尤须注重教训、不足方面。但一时未能措笔,权将此稿充数,以与读者交流。这部自选集共选文四十五篇,厘为六卷。前五卷"宋代综论"、"苏轼研究"、"宋文探索"、"词学蠡测"、"考辨诸什",均属宋代文学研究范围,正反映出我科研工作的重点所在。我也写过有关唐代文学的论文,时间大都在"文革"以前,亦选取五篇题为"唐诗存稿"置于末卷。这些论文已不能完全代表我现在的认识,是当作历史资料而录存,有的文章发生过一些影响。如《唐诗发展的几个问题》(此文写成于 1965 年,发表于 1978 年《文学评论》复刊号第一期),作为中国社会科学院文学研究所编选的《唐诗选》的《前言》,广为流传(此书至今已发行一百多万册),而且引起一场规模较大的关于唐诗繁荣原因的讨论。有关杜甫的两篇文章,是有感于 1962 年纪念杜甫诞生 1250 周年的一些论著中的某种倾向,而作的评论,也受到同道的注意。作为中国诗史上少数几位最杰出的诗人之一,杜甫具有崇高的地位与不朽的影响力。

在当年纪念他时,对他的思想与艺术评估偏高,也原非意外,讨论也是正常的;而讨论中所体现的不同评价标准与方法,仍有学术史的意义。我想,进行任何一项研究课题,首先应作该课题的学术史研究,尊重其历史发展的实际存在。因而收入本书时也不作修改,尽管带有那个特定时代的印痕。其他论文亦多数发表过,有的在刊载时因受篇幅限制作了删节,现均按原稿复原增补。也有五篇未曾发表,从存稿中选入本书,一并向读者请教。

1999 年 11 月 5 日

《当代名家学术思想文库·
王水照卷》^①自序

　　承蒙傅璇琮先生雅意,邀我"加盟"这套"当代名家学术思想文库",感与愧并。收入本书的篇章,说不上有多少学术积累的价值,并非名山事业,却总算是个人治学道路上的坚实足痕,也是一己生命的重要构成。

　　我的学术道路和生活道路总的说来是较为平顺的。虽与同辈人一样,经历过反右、红专辩论、四清乃至十年空前浩劫的曲折与磨难,无法掌握自己的命运,但也未遭受大的挫折与打击。不是阳光一片,也够不上风雨人生。回首往事,我特别庆幸能遇到三个称心如意的学习单位与工作机构:求学于北京大学五年,工作于中国社会科学院文学研究所十八年,任教于复旦大学三十多年。"文革"结束前的二十三年,学术成果稀少,且受制于意识形态的拘限,乏善可陈,因而这段时期的文章,本书中一篇未收,但是,北大的系统学习是我的学术启蒙,并因参加五五级同学编写文学史之举,意外地规定了我日后专治宋代文学的方向;经过文学研究所的专业工作,使我独立从事科学研究的能力得到初步培养,学术规范、学术门径得到训练与开拓。但只有到了新时期来复旦任教以后,才真正进入一个正常的学术研究时期,陆续有成果问世,取得了一些成绩。这里我尤要感恩于许许多多师长和同道的教育、提

---

① 《当代名家学术思想文库·王水照卷》,万卷出版公司 2011 年版。

292

携、切磋和帮助，若没有遇见他们，人生将失去色彩。

　　北大、文学所、复旦，三点一线，都使我与宋代文学结下不解之缘。我是北大"红皮"文学史宋元文学部分的主要编写人，在文学所又被编入古代文学组的唐宋段，尤其到复旦以后，主要从事唐宋文学的教学与科研。这时，我才与过去"以任务带研究"的模式告别，能按照我自己的学术理念、知识结构特点、禀赋素质的优劣，自由地选择课题：由过去的唐宋诗文并举转向偏重于宋代文学，由诗词而兼及散文，从个体作家到群体作家，从作品的艺术特质、风格流派到文人心态、文化性格探讨，等等。文学观念有所更新，研究视野有所拓展，运用方法有所丰富，对学术传承和发展的自觉性有所加强。但也有明显局限，即治学领域越来越集中到宋代文学上，几乎达到"目不斜视"的地步。近年来，关心的范围稍有扩大，如对中国古代文章学等，用力较多，假如主客观条件允许，准备投入更多的精力。

　　我在2000年编过一部自选集，由上海教育出版社出版；十年来又续有所作，分别在不同报刊杂志上发表。本书即由新世纪前后所作的两部分文稿所编成，前期采择较严，后期选取稍宽，因文稿散见各处，辑录于一书，便于读者和自己查阅。这两部分篇幅大致相埒。略以内容厘为四辑：第一辑为总论。大抵综论宋代文学的一些重大问题，努力在实证基础上追求一种贯穿性、整体性的宏观把握。第二辑为专题研究。就具体的作家、作品以及各类"问题"，提出个人见解；有两篇论及钱锺书先生的宋诗观，是我一项国家研究课题的阶段性成果。第三辑为考辨诸什。以上三辑均属宋代文学范围，对全局性论题的思考，对具体专题的考论和资料性考辨，即所谓"大判断"和"小结裹"的结合，实是学术研究应守之道，也是它的内在逻辑。第四辑则为其他论题，已不限于宋代，均为近年来所作，算是新探索吧。

　　岁月荏苒，马齿虚长，在此时来编集子，不免带有总结的意味，但我希望不要成为"终结"。南宋赵蕃暮年命名自己的书斋为"难斋"，乃取"末路之难"之义（典出《战国策·秦策五》）。我曾感慨过，年华老去，"末路"即人生旅程之晚年不请自来。晚年之难，一言难尽，思维迟钝而新知锐增，精力不支而杂事丛脞；衰病日寻，犹白香山所云"病与乐天相伴住"，更是难逃之劫。但赵蕃却以"难斋"自警自励，期以克服"末路之难"为暮年人生的追求，努力在文化事业上续有建树，不失为老年人的好榜样。天假以年，我将坚守一个知识人的本分，再做一点力所能及的工作。

2010 年 7 月于复旦大学

《走马塘集》^①自序

走马塘是上海东北地区一条河流的名称,属于杨浦区。该区在唐末宋初成陆,相传南宋名将韩世忠于此屯兵,在岸边走马往来,由此得名。我在十多年前迁移此河之畔的所谓亲水小区,那时还遭黑臭之累,如今河道颇清,臭味已除,成了我晚年居于斯、食于斯、治学于斯的处所。本集所收之文,以晚年所作为主,既表现我治学趣向嬗变的轨迹,包涵了我对学术同道"如切如磋"的一份期待,也可以与我已经出版的几部论文集在内容编排上有所区别。简言之,《走马塘集》即"晚学集"也。

我在治学道路上努力遵循一个原则:研读力求普泛,落笔则须谨慎,切忌逾越疆界。学界向有所谓宏观、微观研究的讨论,我个人倾向"中观",即"与其简单重复一些老生常谈的大题目,不如切实地开掘出一批富有学术内涵的中、小型课题,有根有据地予以研讨与阐明,必能提高我们研究的总体水平"(《走近"苏海"》),意欲兼收宏观与微观研究的长处而更力求两者的良性互激与动态平衡。梁启超批阅他学生潘光旦习作《冯小青》一文时,热情肯定而又语重心长地告诫他:"望将趣味集中,务成就其一,勿如鄙人之泛滥无归耳。"我深为其肺腑之言所感动。

一位年轻朋友这样概括我的学术历程与治学旨趣:"用力最深的

---

① 《走马塘集》,复旦大学出版社 2016 年版。

宋代文学研究"、"期待最切的古代文章学研究"、"牵挂最多的钱锺书学术研究",所言颇称到位。但随着老境渐至、个人主观条件的变化,又面对外部学术环境的日新,我对这三个专题的认识与观察是有发展的,尤其是 2000 年中国宋代文学学会的成立,2007 年《历代文话》的出版,2003 年起《钱锺书手稿集》的陆续问世,直接影响我的学术思考,对自己所从事的研究专题,其重点、内涵与未来方向等,均有新的想法与作派。

我从大学时代开始,比较早地确定了学术的主攻方向,以宋代文学研究为志业。衡估自己的资质禀赋、学养基础和知识结构,我较自觉地认识到能做到什么,尤其是不能做到什么。虽对其他领域也产生过兴趣,但始终不忘宋代文学,而且越来越到了"目不斜视"的程度。自知有学术格局狭小之弊,仍不敢超越畛域。前期所选宋代具体课题,大致从苏轼、宋词、宋文、文人集团几个方面展开,既是读书有得的促动,更为个人兴趣爱好所致,谈不上通盘的计划。2000 年在复旦大学成立了中国宋代文学学会,我被推为会长,促使我在个人研究之外,需要更多地关心宋代文学研究的整体建构与发展导向,对研究中的前沿问题,也应进行思考。这个任务于我有些勉为其难,但也尽可能地建言献策。

比如我在一次年会上曾提出过宋代文学研究在布局上存在"三重三轻"的偏向,即重大作家轻中小作家,重词轻诗文,重北宋轻南宋。其实,前两点也集中体现在"轻南宋"上,因为南宋中小作家数量庞大,当时几乎还未进入研究者们的视野,对南宋诗歌发展脉络的梳理,也远不如北宋之明晰,散文方面更处于被严重遮蔽的状态。这与南宋文学的时代特点与历史定位是很不相称的。南宋文学是中国文学史上一个独立的发展阶段,它虽是北宋文学的继承与延伸,却不是"附庸"。这一百五十多年的文学历史呈现出诸多重大特点,如文学重心在空间上的历史性南移,而作家层级却又明显下移,文体文风上的由"雅"趋"俗",文学商品化的演进与文学传播广度和密度的加大,都具有里程碑式的转折意义。反观我国南宋史研究界,近年来却有长足的进步。杭州市社会科学院南宋史研究中心陆续推出"南宋史研究丛书",凡53种,还多次召开富有成果的学术会议,给我们提出了一个重要的新课题:"重新认识南宋",对南宋文学史研究也是有力的推动,应该迅速改变冷落与轻视的现状。有感于此,我除了与门人合作撰写《南宋文学史》外,也尝试写了一些文章,收在本书第一辑"南宋文学研究"中。虽然乏善可陈,权当引玉之砖吧。

我初涉宋代散文研究,为时颇早,在上世纪60年代初。《宋代散文选注》是普及性的大众读物,却是我个人第一次出书。我趁机泛阅了大量的古代散文选本、各类评注本以及著述文献,并尝试辑录古代散文评论资料。品味散文文本使我获得很大的审美愉悦,有时甚至觉得比读诗更有兴味;而那些保留在题跋、书简、随笔、短论中的文评资料,其深微厚重的内涵,又带给我一时难解的学术困惑。

其时我正参加中国社会科学院文学研究所《中国文学史》的编写。在叙述散文发展状况时,先秦部分还比较充分地论析了历史散文和诸子散文,两汉以后,就只能作散点介绍了。虽唐宋古文运动、前后七子、桐城派等着墨稍多,仍无法展示出我国散文发展的完整脉络,严重地脱离中国文学史的实际,尤其是无法展示出汉文学的民族特色。这是当时文学史编写者的共同困惑。读者们不知是否注意到,游国恩先生等主编的《中国文学史》,与我们文学所的文学史一样,都没有统领全书的综论性前言,卷首仅有出版说明。游著的《说明》很简洁,只对"文学对象或划分范围"作了交代,着重谈到"在文学发展的最初阶段,散文中的文学作品和历史、哲学著作常常很难划分,就是两汉以后,在一般学术论著和实用文章中也有很多富有文学意味的散文",编者们就根据这个认识决定散文入"史"的具体对象和范围。比它早一年问世的文学所版文学史,也是如此处理,都在审慎之中充满着无奈,留下一个大大的问号。

文学所编写的文学史于 1962 年 7 月出版后,胡乔木同志曾两次提出过意见。在第一次谈话中,他专门对散文问题作过大段议论,最后说:"散文在古代文学中的地位那么高,现在我们把大部分作品都加以拒绝,说它们不是文学,这恐怕是一个缺陷。这里面有两个问题:① 从历史观点来考虑,值得研究;② 从文学观点来考虑,也值得研究。"(见《岁月熔金:文学研究所五十年记事》,中国社会科学出版社,2003 年)他指示文学所应从"三卷本"教科书规模的"跑道"上退出,撰写 20 卷或 10 卷本大文学史。文学所即落实这个指示,并就一些重大问题成立研究小组,其中就有散文组。我参加该组工作,更积极地搜集、梳理有关古代散文评论资料,因为我当时认为,解决这个"困惑"的关键在于调整我们的文学观念,一方面要深入研究外来"纯文学"观念的形成历史,它在现代学科分类中的进步作用以及它的适用范围,另一方面更要坚守中国本土文化本位,从前人的大量论述中探索"中国文学"这个观念的丰富内涵,维护中国文学的主体性。这两者是存在矛盾的,只能在研究实践中求得一定的平衡。而作为工作切入点,或曰"抓手",只能从认真踏实地研究我国古代的文评资料做起。但这个学术梦想被又一个政治风暴所击碎,初步积累的一些资料也毁灭殆尽。

新时期带来了学术新生机,我重新拾起散文研究这个课题。但第一,研究的具体目的已从解决古代散文入"史"标准问题,转向对中国古代文章学这一学科建构的探讨;第二,作为课题基础和前提的古文献整理,也从搜集散见材料转为专书(含独立成卷者)的汇编。这是因为我其时已无参与文学史编写的任务,同时认为要从学理上解决入"史"标准问题,应从更广阔的学科视野上来着手;散见资料汇编,工程浩大,头绪纷繁,非我个人能力和精力所能完成,而汇编专书,已有《历代诗话》、《词话丛编》的成熟编例可资借镜,能与其"鼎足而三"，具有实际的操作方便和应急的使用需要。因而即从调查书目开始，黾勉从事，到了 2007 年才出版《历代文话》10 册，630 万字。资料汇编和学科建构实际是互为表里、互相支撑的两项工作。我一再说明，《历代文话》的编纂是为了助成一门学科的建立，它采用"应有尽有，应无尽无"以及"寓选于辑"等方针，以保持全书体量不宜太大、书价不宜太贵，期望有兴趣的研究生们自行购藏，钻研课题。出版后也颇见实效，我很欣慰。在复旦大学中文系的支持下，我们又于2009、2012、2015 年召开了三届"中国古代文章学国际学术研讨会"，并先后编辑了《中国古代文章学的成立与展开》、《中国古代文章学的衍化与异形》、《中国古代文章学的拓展与深入》等会议论文集，邀约同道，商量培养，以期对这一学科的建立与发展尽到绵薄之力。以上算是本书第二辑"古代文章学研究"的写作背景。

　　钱锺书先生以渊博闻名于世，广大精微兼而有之，宋诗研究则是他创造的学术世界中重要的组成部分。在他生前出版的著述中，已有丰富的宋诗研究资料。《宋诗选注》以普及性选本而优入宋代诗学经典之林，其作家小传与注释尤为学界奉为圭臬。日本著名宋诗专家小川环树先生评云："由于这本书出现，大概宋代文学史很多部分必须改写了吧。"1948 年问世的《谈艺录》，作为诗话，其论析重点就是宋诗和清诗；1983 年进行增补，篇幅几与初本相埒，并有对宋诗更精彩、更细致的分析与观察。他的《管锥编》中也有不少论及宋诗之处。甚至旧诗创作和小说《围城》中，也包含启人心智的评论宋诗的见解。因而，我们早就认识到，研究宋诗已经绕不过他这座高峰。当时我也不揣固陋，写过一些文章。钱先生 1998 年辞世后，从 2003 年开始陆续出版《钱锺书手稿集》，其第一部分《容安馆札记》更引起学术界一片赞叹而又惊愕之声。此书三大册，共评析两宋诗文集 360余种（北宋 70 家，南宋近 300 家），我们从中辑得约 55 万字，相当于又一部《谈艺录》。我曾说过，他的《容安馆札记》"着眼于作品本身的艺术成就,所以他的品评就成为真正的审美批评","《札记》是一方远离外部喧嚣、纷争世界的自立的学术精神园地,一部真正'不衫不履不头巾'的、心灵充分舒展、人格完全独立的奇书"。其意义和价值可能要有一个逐渐展现的过程,在研究钱先生的宋诗观中具有特殊的价值。手稿集的第二部分《中文笔记》二十册,于 2011 年出版,也有论及宋诗的重要篇章。至于早在 2002 年问世的《宋诗纪事补正》(后改名《宋诗纪事补订》)属于大型的宋诗搜集和辨正著作,是他在宋诗文献整理方面的重要成果。

学术史表明,从"新材料"中研究"新问题",就能形成"学术之新潮流"(陈寅恪先生语),新材料的出现往往带动学术的新发展。钱先生这批手稿,随笔挥洒,涂抹勾乙,目力不济者阅读为难;他的笔记草楷杂用,龙飞凤舞,不熟悉其手书者辨认不易;更由于广征博引,出入诸部,无一定学术功底者艰于理解。我自知不是解读这批珍贵史料的合适人选,但时时为其所吸引,禁不住在"钱学"之畔窥视徘徊,粗有涉足。眼看十多年过去了,以手稿为主要对象进行宋诗研究的成果,颇显冷落,不免有寂寞之感。把我这些难入钱先生法眼的文字汇录为"钱锺书与宋诗研究"一辑,心怀惴惴,聊作征求友声之嘤了。

附带说明,本书收文以晚年之作为主,但也酌收前期著述,借以看出一脉相承之处和前后蜕变之迹。又厘为三辑,稍呈眉目,但有些文章的性质实兼跨两辑,只能随机安置,容有不当。《鹅湖书院前的沉思》乃学术散文,表达我的一个猜想,即历史上是否存在过一次流产的政治性"鹅湖之会",然现存史料尚不足证实此事,故出以漫率之笔,我对此文有些偏爱,亦予阑入,统祈读者原谅。

王水照

2015 年 7 月